LES MYSTÈRES D'OSIRIS

**

LA CONSPIRATION DU MAL

DU MÊME AUTEUR
CHEZ POCKET

L'AFFAIRE TOUTANKHAMON
CHAMPOLLION L'ÉGYPTIEN
MAÎTRE HIRAM ET LE ROI SALOMON
POUR L'AMOUR DE PHILAE
LA REINE SOLEIL
BARRAGE SUR LE NIL
LE VOYAGE INITIATIQUE
LA SAGESSE ÉGYPTIENNE
LE MOINE ET LE VÉNÉRABLE
LES ÉGYPTIENNES
LE PHARAON NOIR
LA TRADITION PRIMORDIALE DE L'ÉGYPTE ANCIENNE
LE PETIT CHAMPOLLION ILLUSTRÉ
LA SAGESSE VIVANTE DE L'ÉGYPTE ANCIENNE

Le juge d'Égypte

1 – LA PYRAMIDE ASSASSINÉE
2 – LA LOI DU DÉSERT
3 – LA JUSTICE DU VIZIR

Ramsès

1 – LE FILS DE LA LUMIÈRE
2 – LE TEMPLE DES MILLIONS D'ANNÉES
3 – LA BATAILLE DE KADESH
4 – LA DAME D'ABOU SIMBEL
5 – SOUS L'ACACIA D'OCCIDENT

La pierre de lumière

1 – NÉFER LE SILENCIEUX
2 – LA FEMME SAGE
3 – PANEB L'ARDENT
4 – LA PLACE DE VÉRITÉ

La reine liberté

1 – L'EMPIRE DES TÉNÈBRES
2 – LA GUERRE DES COURONNES
3 – L'ÉPÉE FLAMBOYANTE

Les mystères d'Osiris

1 – L'ARBRE DE VIE
2 – LA CONSPIRATION DU MAL

À paraître

3 – LE CHEMIN DE FEU
4 – LE GRAND SECRET

CHRISTIAN JACQ

LES MYSTÈRES D'OSIRIS

**

LA CONSPIRATION DU MAL

XO ÉDITIONS

ISBN 2-266-14594-0

L'iniquité est capable de s'emparer de la quantité, mais jamais le mal ne mènera son entreprise à bon port.

Ptah-Hotep, *Maxime 5.*

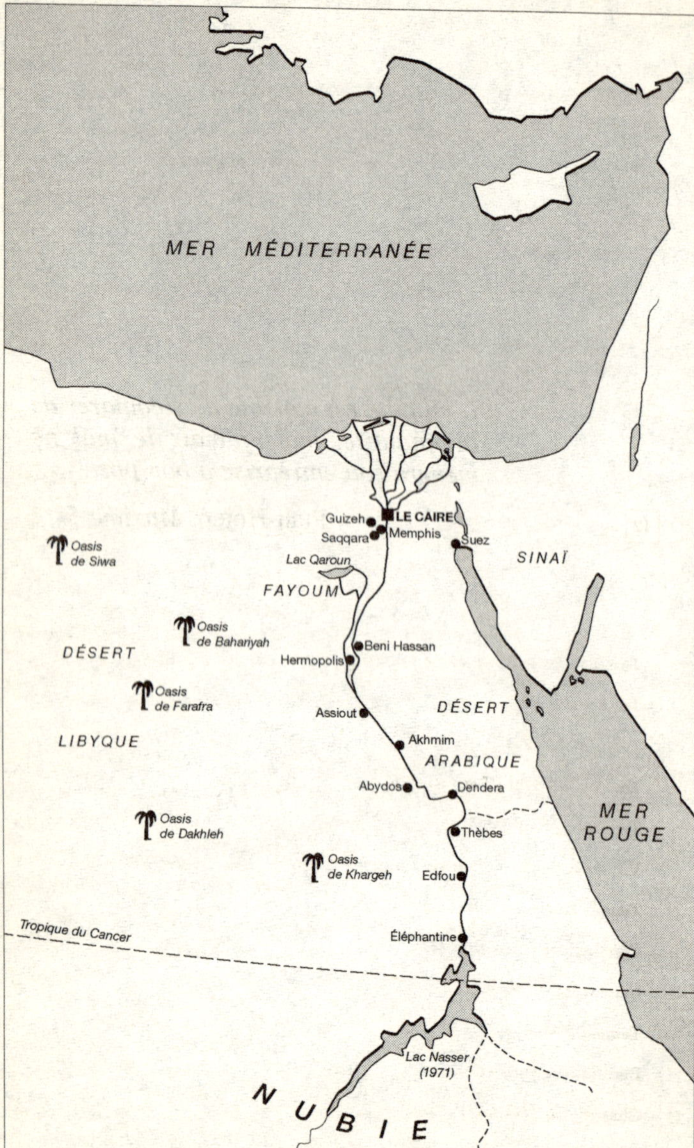

MER MÉDITERRANÉE
LE CAIRE
Guizeh
Saqqara
Memphis
Suez
SINAÏ
Oasis de Siwa
Lac Qaroun
FAYOUM
Oasis de Bahariyah
DÉSERT
Beni Hassan
Hermopolis
Oasis de Farafra
Assiout
DÉSERT
LIBYQUE
Akhmim
ARABIQUE
Abydos
Dendera
MER ROUGE
Oasis de Dakhleh
Thèbes
Oasis de Khargeh
Edfou
Tropique du Cancer
Éléphantine
Lac Nasser (1971)
NUBIE
0
200 km
Cartographie : Noël Meunier

Christian Jacq

Christian Jacq est né à Paris en 1947. Il découvre l'Égypte à treize ans, à travers ses lectures, et se rend pour la première fois au pays des pharaons quatre ans plus tard. Après des études de philosophie et de lettres classiques, il s'oriente vers l'archéologie et l'égyptologie, et obtient un doctorat d'études égyptologiques en Sorbonne avec pour sujet de thèse : « Le voyage dans l'autre monde selon l'Égypte ancienne ». Parallèlement à sa carrière universitaire, il écrit des ouvrages de fiction dès l'âge de seize ans. Producteur délégué à France Culture, il travaille notamment pour *Les chemins de la connaissance.*

Christian Jacq publie son premier essai, *Le message des bâtisseurs de cathédrales*, en 1974, puis une quinzaine d'autres, dont *L'Égypte des grands pharaons* (1981), qui est couronné par l'Académie française, ainsi que *Le petit Champollion illustré* et *Initiation à l'égyptologie* (1994), qui mettent à la portée de tous des connaissances jusque-là réservées aux spécialistes. Dans le domaine du roman, le premier grand succès de Christian Jacq est *Champollion l'Égyptien* (1987), succès confirmé par *La reine Soleil* (prix Jean d'Heurs du roman historique 1988) et *L'affaire Toutankhamon* (prix des Maisons de la Presse 1992).

Créateur de l'institut Ramsès, Christian Jacq a effectué avec son équipe une « description photographique de l'Égypte » destinée à préserver les sites menacés, et mène de fréquentes missions sur le terrain. Il poursuit ainsi une triple carrière d'égyptologue, d'essayiste et de romancier, qui le ramène toujours à l'Égypte ancienne.

ABYDOS

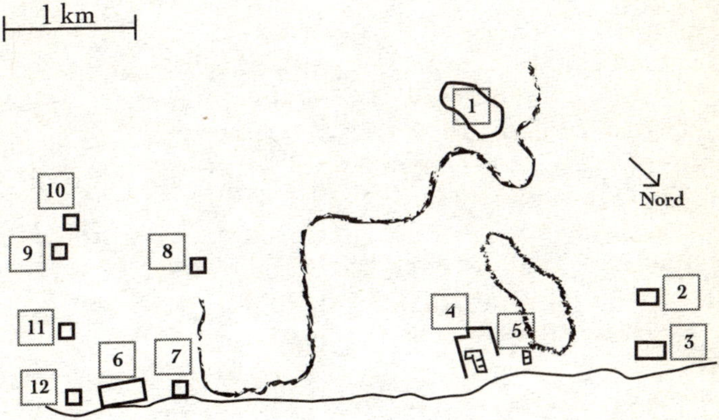

1 Tombes royales de la première dynastie

2 Tombes archaïques

3 Temple d'Osiris

4 Temple de Séthi Ier et Osireion

5 Temple de Ramsès II

6 Villes du Moyen et Nouvel Empire

7 Temple de Sésostris III

8 Cénotaphe de Sésostris III

9 Cénotaphe d'Ahmosé

10 Temple d'Ahmosé

11 Pyramide d'Ahmosé

12 Chapelle de Téti-shéri

1.

L'acacia d'Osiris allait mourir.

Si l'arbre de vie s'éteignait, les mystères de la résurrection ne pourraient plus être célébrés, et l'Égypte disparaîtrait. Incapable de faire rayonner le secret essentiel, elle ne serait plus qu'un pays comme les autres, livré à l'ambition de quelques-uns, à la corruption, à l'injustice, au mensonge et à la violence.

C'est pourquoi le pharaon Sésostris, troisième du nom, se battrait jusqu'à l'ultime instant afin de préserver l'héritage inestimable de ses ancêtres et de le transmettre à son successeur. Haut de plus de deux mètres, le colosse de cinquante ans au regard perçant livrait un difficile combat d'où, malgré son autorité innée, son courage et sa détermination, il ne sortirait peut-être pas vainqueur.

Les yeux enfoncés dans leurs orbites, les paupières lourdes, les pommettes saillantes, le nez droit et fin, la bouche arquée, Sésostris avait un visage indéchiffrable. Ne prétendait-on pas que, grâce à ses larges oreilles, il percevait la moindre parole prononcée au plus profond d'une grotte ?

Le pharaon versa de l'eau au pied de l'arbre, la Grande Épouse royale répandit du lait. Le roi et la reine s'étaient dépouillés de leurs bracelets et de leurs colliers d'or et d'argent, car la Règle d'Abydos ne tolérait aucun métal sur le territoire d'Osiris [1].

Abydos, le centre de l'univers spirituel de l'Égypte, la terre du silence, le domaine de la rectitude, l'île des Justes survolée par les âmes-oiseaux et protégée par les étoiles impérissables. Ici régnait Osiris, l'Être perpétuellement régénéré, né avant que la naissance existât, créateur du ciel et de la terre. Triomphateur du trépas, il ressuscitait sous la forme du grand acacia qui plongeait ses racines dans le *Noun*, l'océan d'énergie d'où surgissaient toutes les formes de vie. Petite émergence perdue au sein de cette immensité, le monde des humains risquait d'être submergé à tout moment.

Face à la gravité de la situation, Sésostris avait édifié un temple et une demeure d'éternité afin de produire une énergie spirituelle, destinée à sauver l'acacia. Le processus de dégradation s'était interrompu, mais un seul rameau de l'arbre de vie avait reverdi.

Les recherches entreprises pour trouver la cause de ce désastre et son instigateur donneraient bientôt des résultats, puisque le pharaon ne tarderait plus à lancer une attaque décisive contre le chef de province Khnoum-Hotep, soupçonné d'être l'auteur de ce crime.

Équipé de la palette en or, symbole de sa fonction de supérieur des prêtres d'Abydos, le pharaon lut à haute voix les formules de connaissance dont elle était porteuse. Derrière lui se tenaient les quelques permanents autorisés à résider à l'intérieur de l'enceinte sacrée où venaient travailler chaque jour des temporaires, filtrés et surveillés par les forces de sécurité.

Représentant officiel du roi, le Chauve ne prenait

1. Abydos se trouve à 485 kilomètres au sud du Caire et à 160 kilomètres au nord de Louxor.

aucune décision sans l'accord formel du souverain. Responsable des archives de la Maison de Vie, le Chauve avait passé toute son existence à Abydos et n'éprouvait nulle envie de connaître un autre horizon. Bourru, incapable de la moindre diplomatie, il ne songeait qu'à la parfaite exécution des tâches confiées aux permanents et ne tolérait aucun laxisme. Avoir la chance d'appartenir à ce collège restreint excluait toute faiblesse.

— Les ancêtres sont-ils vénérés ? demanda le roi.

— Le Serviteur du *ka* remplit son office, Majesté. L'énergie spirituelle des êtres de lumière nous parvient encore, les liens avec l'invisible restent solides.

— Les tables d'offrandes sont-elles garnies ?

— Celui qui verse la libation d'eau fraîche, chaque jour, s'est acquitté de sa mission.

— Le tombeau d'Osiris est-il intact ?

— Celui qui veille sur l'intégrité du grand corps a vérifié les scellés apposés sur la porte de sa demeure d'éternité.

— La connaissance est-elle rituellement transmise ?

— Celui dont l'action est secrète et qui voit les secrets ne trahit pas sa fonction, Majesté.

L'un de ces quatre permanents ne pensait plus avec sincérité à l'accomplissement de ses devoirs sacrés. Déçu de ne pas obtenir le poste de Supérieur après une carrière qu'il jugeait pourtant exemplaire, le prêtre avait décidé de s'enrichir en utilisant le savoir acquis pendant ses années de formation. Puisque Sésostris ne reconnaissait pas ses mérites, il se vengerait du roi et d'Abydos.

— La porte du ciel se referme, déplora le Chauve. La barque d'Osiris[1] ne circule plus dans les espaces stellaires. Peu à peu, elle aussi se dégrade.

1. La *neshemet*.

Telles étaient bien les paroles que le pharaon redoutait d'entendre. L'affaiblissement de l'arbre de vie provoquerait une série de catastrophes, puis l'effondrement du pays entier. Mais il eût été indigne et lâche de se boucher les oreilles et de se voiler la face.

— Fais venir les sept prêtresses d'Hathor, ordonna le monarque, et qu'elles assistent la reine.

Issues de milieux divers, ces femmes, elles aussi, résidaient en permanence à Abydos et, comme leurs collègues masculins, avaient juré le secret absolu. Le Chauve ne se montrait pas plus aimable avec elles qu'avec les prêtres et n'admettait aucune erreur de leur part. Au cœur du temple, aucune fonction n'était définitivement acquise, et tout ritualiste notoirement insuffisant en serait exclu sans que le Chauve lui témoignât la moindre indulgence.

Récemment élevée au grade d'Éveillée par la reine d'Égypte, la plus jeune des sept prêtresses était d'une beauté presque irréelle. Le visage lumineux aux traits d'une finesse inégalable, la peau très lisse, les yeux d'un vert magique, les hanches minces, elle se déplaçait avec une noblesse et une grâce qui séduisaient les plus blasés.

Attirée par l'initiation depuis l'enfance, elle se désintéressait du monde profane pour apprendre les hiéroglyphes et passer une à une les portes du temple. Appelée à célébrer des rituels dans plusieurs provinces, elle revenait toujours joyeusement à Abydos.

Vêtue d'une robe imitant une peau de panthère constellée d'étoiles, la jeune femme jouait le rôle de la déesse Séchat, souveraine de la Maison de Vie et de l'écriture sacrée, formée de paroles de puissance, seules capables de combattre les ennemis invisibles.

Toute tracée, l'existence de la jeune prêtresse aurait dû se dérouler d'une manière paisible si plusieurs drames ne l'avaient bouleversée. D'abord, la maladie de l'arbre de vie qui répandait l'angoisse en un lieu où n'aurait dû régner que la sérénité ; ensuite, les prédictions lui annonçant qu'elle ne serait pas une Servante de Dieu comme les autres, car chargée d'une mission capitale et périlleuse, au-delà de l'imaginable ; enfin, la rencontre d'un jeune scribe, Iker, qu'elle ne parvenait pas à chasser de sa mémoire et qui troublait de plus en plus souvent ses méditations.

— Que les sept Hathor forment un cercle autour de l'arbre de vie, ordonna la reine.

Les prêtresses disposées, la Grande Épouse royale ceignit le tronc de l'acacia d'une bandelette rouge afin d'y emprisonner les forces du mal.

Le pharaon savait cette protection insuffisante. Sauver l'acacia exigeait de réunir le Cercle d'or d'Abydos.

À l'exception du Chauve, les ritualistes se retirèrent.

Recueillis, le couple royal et le Chauve attendirent l'arrivée des membres du Cercle d'or qui avaient emprunté le canal creusé par Sésostris et bordé de trois cent soixante-cinq tables d'offrandes, évocation du banquet céleste célébré tout au long de l'année.

D'une barque légère descendirent les généraux Sépi et Nesmontou, le Grand Trésorier Senânkh et le Porteur du sceau royal Séhotep. En mission spéciale, un seul initié manquait.

Les fidèles portaient un reliquaire, composé de quatre lions placés dos à dos. Au centre de l'objet cylindrique évidé, une hampe au sommet recouvert d'un cache. Elle incarnait le pilier vénérable créé au commencement du temps, la colonne vertébrale autour de laquelle s'organisait le pays entier.

Les quatre hommes déposèrent le chef-d'œuvre à proximité de l'acacia. Gardiens infatigables dont les yeux ne se fermaient jamais, les lions dissuaderaient tout agresseur de s'approcher de l'arbre de vie.

Le roi et la reine fichèrent chacun une plume d'autruche dans le cache. Elle symbolisait Maât, la justesse, la rectitude et l'harmonie sur lesquelles se bâtissait quotidiennement l'Égypte. Émanation de la lumière divine, Maât était l'offrande par excellence dont la terre des pharaons se nourrissait.

Un vent froid balayait le site.

— Regardez, là-bas ! s'exclama le général Nesmontou.

Au sommet d'une butte aride, en lisière du désert, un chacal venait d'apparaître. De ses yeux noirs, ourlés d'orange, il fixait les ritualistes.

— Le génie d'Abydos approuve notre démarche, estima la reine. Celui qui est à la tête des Occidentaux [1], les défunts reconnus comme Justes, nous gratifie de sa présence et nous encourage à poursuivre notre quête.

Ce signe de l'au-delà conforta Sésostris dans sa décision de modifier les parages du site sacré.

— Plantez un acacia à chaque point cardinal, décréta-t-il.

Les membres du Cercle d'or s'exécutèrent. Ainsi l'arbre de vie serait-il protégé par les quatre fils d'Horus qui veilleraient désormais sur la résidence d'Osiris. Témoins de la résurrection, ils formeraient un talisman efficace contre l'anéantissement.

Après que le monarque eut consacré les plantations, il visita sa nouvelle cité, « l'Endurante de places [2] », où résidaient les bâtisseurs de son temple et de sa tombe. Il y régnait une atmosphère pesante, mais nul ne rechignait à la tâche. Le monarque ne tolérait aucun relâ-

1. Khenty-imentiou.
2. *Ouâh-sout*.

chement sur le territoire d'Osiris où se jouait le sort de l'Égypte.

Au terme de son inspection, le roi se retira dans une chapelle où il convoqua la jeune prêtresse.

— Grâce aux indications que tu as recueillies dans les textes anciens, indiqua-t-il, j'ai pris le maximum de précautions afin de prolonger la vie de l'acacia. Mais ce n'est qu'un pis-aller.

— Je continuerai à chercher, Majesté.

— Ne relâche surtout pas tes efforts. Le malheur qui frappe Abydos ne saurait être dû au hasard, ses causes sont probablement multiples. Peut-être l'une d'elles se cache-t-elle ici même.

— Que dois-je comprendre ?

— Les ritualistes d'Abydos doivent se montrer irréprochables. Si tel n'est pas le cas, une faille s'ouvre dans la muraille magique érigée pour préserver Osiris de toute atteinte. Je te demande donc d'être vigilante et de prêter attention au moindre incident.

— Il sera fait selon votre volonté, et je ne manquerai pas d'avertir le Chauve.

— C'est moi que tu avertiras, et personne d'autre. Tu pourras aller et venir selon ton gré, et il te faudra sans doute quitter Abydos plus d'une fois.

Bien que cette obligation lui coûtât, la prêtresse s'inclina. Ici, et nulle part ailleurs, sa vie prenait un sens. Elle aimait ce paysage hors du temps, le recueillement inscrit dans chacune des pierres du grand temple, la célébration quotidienne des rites. Elle partageait les pensées toujours présentes des initiés qui, depuis les origines de la cité d'Osiris, participaient à ses mystères. Abydos était sa terre, son monde, son univers.

Mais un ordre de Pharaon, garant de l'existence même de ces lieux, ne se discutait pas.

2.

Le visage carré, les sourcils épais et le ventre rond, Sékari jardinait avec une sage lenteur. Redoutant des douleurs dorsales et un abcès au cou à force de soulever la palanche aux extrémités de laquelle étaient suspendus deux lourds pots remplis d'eau, il mesurait ses efforts et prenait soin de ne pas commettre d'excès de labeur. Ce n'est pas parce qu'il se hâterait que les poireaux pousseraient plus vite.

Sékari déterra les plus gros et les enfourna dans l'un des sacs que portait Vent du Nord, l'âne colossal aux grands yeux marron de son ami, le scribe Iker. Infatigable, le quadrupède n'obéissait qu'à son maître qui l'avait sauvé des mains d'un tortionnaire puis d'un sacrificateur. Comme Iker l'autorisait à accompagner Sékari, Vent du Nord assistait le jardinier dans sa tâche aussi obscure que pénible.

Selon la coutume, pendant les périodes chaudes, Sékari n'arrosait pas les cultures avant la tombée du jour. L'eau s'évaporait beaucoup moins vite pendant la nuit, et les plantes stockaient la précieuse substance pour résister à l'ardeur du soleil.

Désirant étendre son carré d'oignons, Sékari s'agenouilla afin d'arracher les mauvaises herbes. Mais ce qu'il découvrit lui ôta l'envie de continuer.

Supprimer le pharaon Sésostris par n'importe quel moyen : telle était l'obsession d'Iker. Le jeune homme avait tant souffert de la cruauté du roi qu'il n'existait plus d'autre solution.

Depuis son entrée dans l'élite des scribes de la ville de Kahoun, dans le Fayoum [1], Iker aurait dû se contenter de sa remarquable situation. Mais il ne parvenait pas à oublier le passé au cours duquel il avait frôlé la mort à plusieurs reprises, et les mêmes scènes revenaient sans cesse le hanter pendant son sommeil après qu'on lui eut volé son ivoire magique qui éloignait les démons.

Il se revoyait attaché au mât d'un bateau, *Le Rapide*, et promis comme offrande à la mer dangereuse, puis seul rescapé d'un naufrage imprévisible. À destination du mythique pays de Pount, ce navire ne pouvait appartenir qu'au roi. Et c'était ce même monarque qui avait ordonné à un faux policier d'éliminer Iker, l'empêchant ainsi de faire surgir la vérité et de provoquer un scandale susceptible d'ébranler son trône. Ce tyran criminel asservissait l'Égypte, le pays aimé des dieux, en piétinant la loi de Maât.

Le chemin du jeune scribe était donc tout tracé : il devait empêcher ce despote assassin de continuer à nuire.

Mais bien des questions restaient encore en suspens. Pourquoi des pirates l'avaient-ils enlevé ? Pourquoi, sur l'île du *ka*, dans un rêve, un immense serpent

1. À une centaine de kilomètres au sud-ouest de Memphis (Le Caire).

avait-il demandé au naufragé s'il serait capable de sauver son monde ? Pourquoi le capitaine avait-il qualifié ce rapt de « secret d'État » ? Pourquoi son vieux maître, un scribe du village de Médamoud, lui avait-il prédit : « Quelles que soient les épreuves, je serai toujours à tes côtés pour t'aider à accomplir un destin que tu ignores encore » ? Des épreuves, Iker venait d'en traverser beaucoup, mais le mystère demeurait entier. Au moins se rendrait-il utile en tuant Sésostris.

Dans sa demeure de fonction, le jeune scribe ne manquait de rien. Il aurait dû mener une belle carrière en ne se préoccupant que de promotions. Une petite pièce vouée au culte des ancêtres, une modeste salle de réception, une chambre à coucher, des toilettes, une salle d'eau, une cuisine, une cave, une terrasse, un mobilier sommaire mais solide : que rêver de mieux ? Cette aisance matérielle, Iker ne la remarquait même pas, tant son esprit était tendu vers son unique but, si difficile à atteindre.

Souvent, il songeait à la jeune prêtresse dont il était tombé amoureux et qu'il ne reverrait probablement jamais. C'était pour elle qu'il progressait dans son métier, pour elle qu'il voulait devenir scribe d'élite afin de ne pas la décevoir s'ils se rencontraient de nouveau et s'il obtenait l'opportunité de lui dévoiler ses sentiments. Longtemps, il avait voulu croire à ce miracle. Aujourd'hui, il savait qu'elle n'était qu'un rêve merveilleux et inaccessible.

Les braiments de Vent du Nord arrachèrent Iker à sa sinistre méditation.

— Je suis rentré, annonça Sékari. Donne à manger à ton âne, je prépare la soupe.

— Bonne récolte ?

— J'ai la main verte.

La spécialité de Sékari ne se composait pas que de

légumes. Il y ajoutait des morceaux de viande et de poisson, du pain, du cumin et du sel. Ce plat-là tenait au ventre et permettait de passer une nuit tranquille jusqu'au petit déjeuner.

Après avoir échappé à la mort, en compagnie d'Iker, dans les mines de turquoise du Sinaï, Sékari avait recroisé sa route à Kahoun où il était devenu son domestique, appointé par la municipalité. Des travaux de jardinage complétaient son modeste salaire, et il vendait sa production aux scribes.

Après qu'Iker eut conduit Vent du Nord à son étable, il retourna chez lui d'un pas lourd.

— Tu n'as pas l'air gai, observa Sékari. Pourquoi ne prends-tu pas la vie du bon côté ? Habille-toi de lin fin, fréquente les beaux jardins et les salles de banquet, respire le parfum des fleurs, enivre-toi, fais la fête ! L'existence est si courte qu'elle passe comme un rêve. Si tu le désires, je te présenterai à une fille très gentille. De ses cheveux, elle forme un lasso pour prendre les garçons au piège. Avec sa bague, elle les marque au fer rouge. Ses doigts ? Des feuilles de lys ! Sa bouche ? Un bouton de lotus ! Ses seins ? Des mandragores ! Mais avant de te laisser séduire, mange.

Iker goûta du bout des lèvres au chef-d'œuvre de Sékari.

— Ce n'est pas en dépérissant que tu retrouveras le moral. Souhaites-tu autre chose ?

— Non, ta soupe est délicieuse, mais j'ai perdu l'appétit.

— Qu'est-ce qui te tourmente, Iker ?

— Même si je ne parviens pas à comprendre pourquoi le pharaon a décidé de me supprimer, moi, un petit scribe sans importance, je dois agir.

— Agir, agir... Qu'est-ce que ça signifie ?

— Quand on connaît la racine du mal, n'est-il pas indispensable de la détruire ?

— Vous, les scribes, vous inventez toujours des justifications à tout ! Moi, je suis un homme simple et je te conseille d'éviter les complications. Tu as une maison, un métier, un avenir assuré... Pourquoi rechercher les ennuis ?

— L'essentiel est ce que me dicte ma conscience.

— Si tu commences à utiliser les grandes formules, je perds pied ! Il faut quand même que je te dise...

Sékari eut l'air ennuyé.

— Une triste découverte, avoua-t-il, mais tu n'as peut-être pas envie de savoir.

— Au contraire !

— Ça concerne l'ivoire magique qui protégeait ton sommeil.

— L'aurais-tu retrouvé ?

— Oui et non... Le voleur l'a réduit en miettes et les a éparpillées dans de mauvaises herbes. C'est peut-être le bonhomme qui t'a agressé et dont le cadavre a été repêché dans un canal. Impossible de reconstituer l'objet. Pour moi, ce n'est pas bon signe. Quels que soient tes projets, tu devrais y renoncer.

— Il me reste les petites amulettes que tu m'as offertes, rappela Iker. Avec les faucons, incarnations du dieu céleste Horus, et les babouins de Thot, maître des scribes, ne suis-je pas bien protégé ?

— Elles sont vraiment très petites, ces amulettes ! À ta place, je ne m'y fierais pas trop.

Sékari termina la soupe sous le regard absent d'Iker.

— La prochaine fois, j'ajouterai des épices. Si on allait dormir ? Demain, on travaille tôt.

Iker acquiesça.

Sékari déroula une natte de première qualité sur le

seuil de la petite maison. Depuis l'attentat dont Iker avait failli être victime, son domestique prenait des précautions.

Certain que Sékari était profondément endormi, Iker quitta sa demeure en passant par la terrasse. Après s'être assuré que personne ne le suivait, il se faufila dans une ruelle d'une propreté impeccable et y patienta un long moment.

Kahoun était une cité remarquable. Bâtie selon les lois de la proportion divine, elle se divisait en deux quartiers principaux. Celui de l'ouest se composait de deux cents maisons de taille moyenne, celui de l'est abritait plusieurs villas dont certaines possédaient soixante-dix pièces. Au nord-est, l'immense résidence du maire, bâtie sur une sorte d'acropole.

Iker ne savait plus quoi penser de l'important personnage. D'un côté, il l'avait engagé puis avait favorisé sa carrière ; de l'autre, il était forcément le fidèle serviteur du pharaon. Le jeune scribe ne se réduisait-il pas à un pion manipulé sur la table d'un jeu dont il ignorait les règles ?

Comme rien ne troublait le calme de l'endroit, Iker se dirigea vers le lieu de son rendez-vous. Ni le maire ni son supérieur hiérarchique, Héremsaf, ne connaissaient ses contacts avec une jeune Asiatique, Bina, une servante qui ne savait ni lire ni écrire mais luttait, comme lui, contre la tyrannie de Sésostris.

La jeune femme l'attendait dans une maison désaffectée. Dès qu'il y pénétra, elle referma la porte et l'entraîna dans une réserve de jarres où nulle oreille indiscrète ne surprendrait leur entretien.

Bina était brune, spontanée et charmeuse.

— As-tu pris les précautions indispensables, Iker ?

— Me considères-tu comme irresponsable ?

— Non, bien sûr que non ! Mais j'ai peur, si peur... Ne devrais-tu pas me rassurer ?

Bina se blottit contre le scribe, mais il ne réagit pas. Chaque fois qu'elle tentait de le séduire, le visage de la jeune prêtresse lui revenait en mémoire et lui ôtait tout désir de céder aux avances de sa complice.

— Nous n'avons pas beaucoup de temps, Bina.

— Un jour, cette ville sera à nous, et nous ne serons plus obligés de nous cacher. Mais le chemin est encore long, Iker. Toi seul nous permettras d'aboutir.

— Je n'en suis pas sûr.

— Hésiterais-tu encore ?

— Je ne suis pas un assassin.

— Tuer Sésostris sera un acte de justice !

— Encore faudrait-il posséder des preuves formelles de sa culpabilité.

— Qu'exiges-tu de plus ?

— Je veux consulter les archives.

— Ce sera long ?

— Je l'ignore. Mes fonctions actuelles ne m'y autorisent pas, et il me faudrait grimper dans la hiérarchie pour y avoir accès sans attirer l'attention du maire et d'Héremsaf.

— Qu'espères-tu donc découvrir, Iker ! Tu sais déjà que le pharaon est l'unique responsable de tous tes malheurs et de ceux de ton pays. Tu es conscient de la gravité de la situation. C'est pourquoi tu n'as pas le droit d'abandonner.

— M'imagines-tu, moi, planter un poignard dans le cœur d'un homme ?

— Tu en auras le courage, j'en suis certaine !

Iker se releva et marcha sur des tessons de poterie. L'un d'eux se brisa sous son pied. Il souhaita que supprimer le monstre fût aussi facile.

— Sésostris continue à exterminer mon peuple, déclara la jeune femme avec émotion. Demain, c'est le tien qu'il persécutera, au terme de la guerre civile qui s'annonce. Non loin d'ici, le chef de province Khnoum-Hotep lève une armée pour lutter contre le tyran, mais combien de semaines lui résistera-t-il ?

— D'où proviennent tes informations ?

— De nos alliés qui arriveront bientôt à Kahoun, j'espère. Avec eux, notre énergie décuplera !

— Comment entreront-ils dans la ville ?

— Je l'ignore, Iker, mais ils y parviendront. Tu verras, ils nous fourniront une aide précieuse.

— C'est de la folie, Bina.

— Je t'assure que non ! Il n'existe aucun autre moyen de nous délivrer de cette oppression, et tu seras le bras armé qui nous offrira la liberté. Existe-t-il un plus grand destin ? En s'attaquant à toi, Sésostris a déclenché la force capable de le détruire.

Les dernières paroles de Bina convainquirent le scribe qu'il progressait sur la bonne voie. Cependant, le but demeurait bien lointain, et ses chances de l'atteindre paraissaient infimes.

— Je partage tes doutes et tes inquiétudes, Iker. Mais bientôt, nous ne serons plus seuls.

Allongé sur sa terrasse, Iker ne dormit pas de la nuit. Cette fois, son projet prenait corps, et il se sentait apte à le mener à bien. Rien ne lui était plus insupportable que l'injustice, qu'elle fût commise par un roi ou par un pauvre. Et s'il n'y avait personne d'autre que lui pour se révolter, il ne reculerait pas.

Provenant du bas, un cri de douleur le fit sursauter.

— Vous avez la calebasse fêlée ! protestait Sékari

avec véhémence. On ne réveille pas les gens à coups de pied dans les fesses !

Iker descendit voir.

Deux policiers se tenaient devant chez lui.

Munis de gourdins, ils n'avaient pas l'air commode.

Debout, encore embrumé, Sékari se tâtait le postérieur.

— Qui c'est, celui-là ? demanda le policier le plus âgé.

— Sékari, mon domestique.

— Dort-il toujours sur le seuil ?

— Mesure de sécurité.

— Avec un gaillard qui a tant de mal à se réveiller, moi, je me sentirais plutôt en danger ! Bon, ce n'est pas pour lui qu'on vient. Le scribe Héremsaf te réclame d'urgence.

Les deux envoyés s'éloignèrent.

« Au moins, pensa Iker, figé sur place, ils ne me passent pas les menottes et ne me traînent pas dans les rues de la ville comme un vulgaire brigand. »

Ce n'était malheureusement que partie remise. Si Héremsaf le convoquait de cette manière, c'est parce qu'il percevait ses intentions. Iker serait arrêté et condamné. Sa seule chance consistait à s'enfuir, mais les gardiens de la porte principale de la ville lui permettraient-ils d'en sortir ?

3.

Si le pharaon Sésostris avait baptisé « l'Endurante de places » sa cité construite sur le site d'Abydos, c'était pour incarner la première des deux valeurs fondatrices de la monarchie pharaonique : la persévérance. La seconde, la vigilance ou, plus précisément, l'éveil d'Osiris lors de la résurrection, conférait à l'institution la dimension surnaturelle qui lui permettait de bâtir des monuments durables.

Le pharaon examinait lui-même le tableau de service des prêtres temporaires, répartis en cinq équipes se succédant l'une à l'autre.

Face au géant, le responsable de sa rédaction, un petit homme nerveux, ne pouvait s'empêcher de trembler.

— Si tu as suivi mes instructions et rempli correctement ta mission, pourquoi cette peur ?

— Le... le privilège de vous rencontrer, Majesté, le...

— Ni toi ni moi n'avons de privilèges. Nous sommes les serviteurs d'Osiris.

— C'est bien ainsi que je l'entendais, Majesté, et...

— Comment fonctionnent tes équipes ?

— D'une manière traditionnelle. Les employés forment un équipage divisé en plusieurs sections, affectées à des tâches précises. Aucune ne doit nuire à une autre, et toutes les obligations sont accomplies à leur heure.

Le responsable se lança dans un discours détaillé où il évoqua la toilette des statues, le nettoyage des vases de purification, la préparation d'huiles d'éclairage dont la combustion ne dégageait pas de fumée, le choix de nourritures à déposer sur les tables d'offrandes puis réparties sous contrôle. Il donna au roi les noms et les états de service des gardiens, des chefs d'atelier, des sculpteurs, des peintres, des jardiniers, des boulangers, des brasseurs, des bouchers, des pêcheurs, des parfumeurs, sans omettre le plus modeste des porteurs d'offrandes.

— Chacun d'eux est identifié par les forces de l'ordre qui tiennent un registre comportant les jours et les heures d'arrivée et de départ, ainsi que les motifs d'absence et de retard.

— Jusqu'à présent, combien d'exclusions de temporaires pour faute grave ?

— Aucune, Majesté ! répondit fièrement le responsable.

— Voici la preuve de ton incompétence.

— Majesté, je...

— Comment peux-tu supposer un seul instant avoir atteint la perfection ? Ou bien tu tentes de m'abuser, et c'est une erreur impardonnable ; ou bien tu te fies aux rapports lénifiants de tes subordonnés, et c'est une erreur non moins impardonnable. Dès que j'aurai nommé ton remplaçant, tu quitteras Abydos.

En visitant les ateliers, les réserves, les boucheries et les brasseries, Sésostris constata plusieurs manquements aux consignes de sécurité. Sobek le Protecteur prit sur-le-champ les mesures nécessaires. Puis le roi reçut son maître d'œuvre, au visage marqué par la fatigue.

— De nouveaux ennuis ?

— Rien de grave, Majesté, grâce à la protection des prêtresses d'Hathor. Les outils ne cassent plus et les tailleurs de pierre ne tombent plus malades. C'est pourquoi je suis heureux de vous annoncer la fin du chantier : les peintres ont terminé ce matin même la dernière figure divine, celle d'Isis. Votre temple est prêt à fournir un maximum de *ka*, de même que votre demeure d'éternité. Quand désirez-vous animer le trésor ?

— Dès demain.

À Thèbes, les cérémonies s'accompagnaient d'une liesse populaire. Mais à Abydos, même les brasseurs remplissaient un rôle culturel au service d'Osiris. Et dans les circonstances actuelles, toute manifestation de joie eût été inconvenante.

Sous le regard des prêtresses et des prêtres permanents, Sésostris plaça dans le dépôt de fondation de son temple vingt-quatre lingots de métaux et de pierres précieuses parmi lesquels de l'or, de l'argent, du lapis-lazuli, de la turquoise, du jaspe et de la cornaline. Issus du ventre des montagnes, ces matériaux entraient dans la composition de l'œil d'Horus, le plus puissant des talismans.

Puis porteurs et porteuses d'offrandes vinrent en procession vers le sanctuaire afin de l'équiper des éléments nécessaires à son bon fonctionnement : bassins de purification, coupes, vases, coffres, autels, encensoirs, étoffes, barques entraient dans le trésor du temple au plafond d'or et de lapis-lazuli, au sol d'argent et aux portes de cuivre.

— Je célébrerai aujourd'hui les trois rituels du matin, du midi et du soir, annonça le pharaon, de sorte que les puissances surnaturelles maintiennent le génie de ce lieu, demeure des divinités et non des humains. Son rôle consiste à diffuser de l'énergie.

La jeune prêtresse voyait s'accomplir les textes déchiffrés dans la Maison de Vie d'Abydos, qui traitaient du rôle primordial du roi d'Égypte, maître de la création des rites. À lui de mettre l'ordre à la place du désordre, la vérité à celle du mensonge, la justesse à celle de l'erreur. Il existait une possibilité de vivre l'harmonie céleste dans une société terrestre : accomplir ces rites à leur heure et disposer d'un pharaon capable de remplir pleinement sa fonction.

— Que la lumière illumine les autels, ordonna Sésostris.

Les brûle-parfums répandirent des odeurs suaves. Fleurs, viandes, légumes, aromates, récipients contenant de l'eau, de la bière et du vin, pains de formes et de tailles diverses furent déposés sur les tables d'offrandes en diorite, en granit et en albâtre. Toutes ces richesses étaient présentées aux divinités afin qu'elles en goûtent l'aspect subtil et les transforment en substances assimilables. L'offrande affermissait le lien entre le visible et l'invisible. Grâce à elle, la création se renouvelait.

Sésostris pénétra dans le temple couvert, accessible à un petit nombre de ritualistes chargés de le représenter. En cet endroit fermé aux profanes, ils devaient préserver l'intégrité divine et repousser sans cesse les forces du chaos qui tentaient de détruire cet espace de Maât.

Au fond du sanctuaire, la butte primordiale vers laquelle descendait le plafond et montait le sol. Émergée des eaux originelles lors du premier matin, elle était le socle sur lequel le Créateur bâtissait sans cesse son œuvre.

Dans la pénombre du Saint des Saints se révélait la

contrée de lumière[1] dont le pharaon ouvrait les portes. Au cœur du ciel des puissances, le roi faisait renaître l'origine.

— Tant que le cosmos restera établi sur ses quatre piliers, dit le monarque à la Présence, tant que l'inondation viendra au moment juste, tant que les deux luminaires régiront le jour et la nuit, tant que les étoiles demeureront à leur place et que les décans s'acquitteront de leur tâche, tant qu'Orion rendra Osiris visible, ce temple sera stable comme le ciel.

L'animation du temple ralentirait la dégradation de l'acacia d'Osiris. En l'environnant d'ondes bienfaisantes, il édifierait un mur magique qui protégerait l'arbre de vie de nouvelles attaques, sans supprimer la cause de la maladie.

Le moment de procéder à une intervention d'un autre ordre approchait. Aussi le roi réunit-il les membres du Cercle d'or d'Abydos afin d'arrêter sa décision.

— Un seul chef de province refuse de se soumettre, rappela le rugueux général Nesmontou. Lançons contre Khnoum-Hotep une grande offensive afin d'extirper toute trace de rébellion. Quand l'Égypte sera réellement unifiée, l'acacia reverdira.

Toujours aussi vigoureux, le vieil officier n'avait pas coutume de mâcher ses mots. Indifférent aux honneurs, il ne vivait que pour la grandeur des Deux Terres. Et qui l'incarnait, sinon le pharaon Sésostris auquel il se sentait prêt à offrir sa vie ?

— J'approuve Nesmontou, déclara le général Sépi.

1. L'*akhet*, mot construit sur la racine *akh*, « être lumineux, utile ».

Même si cette confrontation entraîne de nombreuses victimes dans les deux camps, elle semble inéluctable.

Grand, maigre et autoritaire, Sépi avait été le bras droit du chef de la province du Lièvre, Djéhouty, devenu un fidèle de Sésostris. En mission spéciale confiée par le Cercle d'or, le général avait peu à peu persuadé Djéhouty d'éviter un conflit aux conséquences désastreuses. À la tête d'une des plus brillantes écoles de scribes du pays, Sépi ne s'emballait jamais. Réfléchi et pondéré, il détestait les va-t-en-guerre.

— Je redoute la violence, avoua le Porteur du sceau royal Séhotep, un trentenaire élégant et racé, aux yeux pétillants d'intelligence, mais je me rallie à l'avis de Nesmontou et de Sépi, car Khnoum-Hotep ne se rendra pas. Avec lui, la négociation paraît vouée à l'échec. Bien qu'il soit le dernier chef de province à camper sur ses positions, il ne reconnaîtra pas son erreur et préférera verser le sang pour tenter de conserver ses privilèges.

Le Chauve se contenta de hocher la tête affirmativement. Le supérieur des prêtres d'Abydos ne se préoccupait guère des convulsions du monde extérieur, mais il était frappé par la concordance de vues entre des personnalités aussi différentes que Nesmontou, Sépi et Séhotep.

— Cet affrontement s'annonce horrible, prédit le Grand Trésorier Senânkh, quadragénaire épanoui, fin gastronome et gestionnaire rigoureux. Khnoum-Hotep est riche, sa milice redoutable. Aussi sa résistance ne sera-t-elle pas de pure forme. Croire la victoire acquise d'avance serait vanité.

— Je ne prétends pas le contraire, intervint le général Nesmontou, mais ce n'est pas une raison pour hésiter et laisser l'œuvre du pharaon inachevée.

— Êtes-vous certains, questionna la reine, que

Khnoum-Hotep manie la force de Seth et fait dépérir l'acacia d'Osiris ?

— Aucun doute ne subsiste, répondit Nesmontou, puisque les autres chefs de province n'étaient pas coupables. Sa folie des grandeurs le pousse à régner sur le Sud. Comme notre souverain ruine ses projets, Khnoum-Hotep se venge en s'attaquant au centre vital de l'Égypte.

— Et s'il avait des complices ? suggéra Séhotep.

— Hypothèse à retenir, déplora le général Sépi. Khnoum-Hotep a longtemps contrôlé des pistes commerciales le mettant en contact avec l'Asie. Peut-être a-t-il trouvé des alliés extérieurs dont l'intérêt consiste à affaiblir l'institution pharaonique.

— Simple supposition, objecta Senânkh.

— Facile à vérifier, avança Nesmontou : terrassons la milice de Khnoum-Hotep, capturons-le et interrogeons-le. Croyez-moi, il nous dira la vérité.

— Sa Majesté connaît-elle l'avis du seul membre du Cercle d'or absent en raison de la mission secrète dont il est chargé ?

— Je ne parlerai pas en son nom.

— Moi qui suis proche de lui, indiqua Sépi, je crois qu'il aurait prôné l'offensive.

— Tes réserves signifient-elles ton hostilité ? demanda le roi à Senânkh.

— Certainement pas, Majesté. Mais envisager la perte de tant de vies humaines au cours d'une guerre civile me désespère. Néanmoins, je la sais inévitable et j'agirai au mieux pour que l'économie du pays en souffre le moins possible.

— Le Cercle d'or étant unanime, conclut Sésostris, préparons-nous à attaquer Khnoum-Hotep et à reconquérir la province de l'Oryx. Que la reine et le Grand Trésorier regagnent Memphis afin d'assurer la gestion des affaires courantes. Si je disparais pendant le combat, la Grande Épouse royale régnera et décidera de ma succession avec les survivants du Cercle d'or d'Abydos et de la Maison du Roi.

À l'approche du conflit menaçant d'ensanglanter l'Égypte, Sésostris goûtait la paix et le silence d'Abydos. Certes, ils étaient troublés par la maladie de l'acacia mais conservaient encore les souvenirs de l'âge d'or qui avait vu les initiés vaincre la mort grâce à la célébration des mystères d'Osiris.

C'était pour sauver ces valeurs vitales que le pharaon devait éteindre la rébellion de Khnoum-Hotep, le soumettre et le faire avouer. Si Sésostris parvenait à détruire ce bastion de Seth et à réunifier les Deux Terres, il disposerait d'une force nouvelle qui, jusqu'à présent, lui avait beaucoup manqué.

Sur le quai, la jeune prêtresse récitait les formules de protection du voyage face à l'œil complet, récemment repeint à la proue du navire royal. Sobek le Protecteur contrôlait lui-même l'identité de chaque marin et fouillait une troisième fois la cabine du monarque, juste avant le départ.

— Quand comptez-vous revenir, Majesté ? demanda la jeune femme.

— Je l'ignore.

— La guerre approche, n'est-ce pas ?

— Osiris, le premier des pharaons, régnait sur un pays cohérent dont toutes les provinces, sans perdre leur originalité, vivaient dans l'union. J'ai le devoir de poursuivre son œuvre. Que je revienne ou non, accomplis le tien.

Lorsque le bateau s'éloigna du quai, Sésostris ne parvint pas à détacher son regard du paysage incomparable d'Abydos, façonné par l'éternité d'Osiris.

4.

Tous les trois mois, la garde chargée de surveiller les accès de la ville de Kahoun était entièrement renouvelée. Les soldats se répartissaient aux quatre coins et ne laissaient pénétrer dans la cité que les personnes connues et dûment autorisées à y séjourner. Certain d'être arrêté, Iker ne tenta même pas de franchir les barrages et se dirigea, le front haut, vers la demeure d'Héremsaf, son supérieur hiérarchique.

Avant d'être jeté en prison, condamné aux travaux forcés, voire exécuté, Iker dévoilerait à Héremsaf le fond de sa pensée. Ce serait sans doute inutile, puisque le haut fonctionnaire servait Sésostris. Mais à force de répandre la vérité sur le tyran, des prises de conscience s'effectueraient et un autre bras armé parviendrait à le supprimer.

Pour comparaître devant son juge, Iker s'était équipé du superbe matériel de scribe, cadeau de son professeur, le général Sépi. À son accusateur, il remettrait ses palettes, ses pinceaux, ses grattoirs, ses gommes et ses pots à encre.

Ainsi tirerait-il un trait définitif sur son passé.

Héremsaf dégustait un gratin de poireaux découpés en fines lamelles que séparait du fromage frais piqué d'ail. Quand Iker se présenta devant lui, il ne leva pas la tête et se concentra sur son plat favori.

Le visage carré, sa petite moustache taillée à la perfection, Héremsaf était l'un des personnages majeurs de Kahoun. Intendant de la pyramide de Sésostris II et du temple d'Anubis, il vérifiait chaque jour les livraisons de viande, de pain, de bière, de graisses et de parfums, scrutait les livres des scribes comptables, contrôlait les heures supplémentaires des employés et s'assurait de la juste répartition des nourritures. Levé tôt, couché tard, il oubliait jusqu'à l'idée de repos.

Iker lui devait son premier poste et ses promotions, assorties d'un conseil : « Rien ne doit échapper à ta vigilance. » Or, au cours d'un travail confié par son supérieur, Iker avait trouvé le manche d'un couteau marqué au nom du *Rapide*, le vaisseau qui le conduisait à la mort. Simple hasard ou bien Héremsaf le manipulait-il ? En refusant à Iker la possibilité de consulter les archives, il prouvait sa collusion avec le maire, séide de Sésostris. Pourtant, le scribe n'avait rien de précis à lui reprocher, sans savoir à quel jeu il jouait.

Aujourd'hui, Héremsaf ôtait son masque. Sa véritable stratégie consistait à tendre des pièges à Iker avec l'espoir qu'il commettrait une erreur fatale. Disposant d'informations décisives, il pouvait à présent porter le coup de grâce.

— Il faut qu'on parle, Iker.

— Je suis à votre disposition.

— Tu sembles bien nerveux, mon garçon ! Des soucis ?

— À vous de me le dire.

— Tu redoutes que je critique ton bilan, n'est-ce pas ? Eh bien, regardons-le de près ! Tu as résolu une délicate affaire de greniers, dératisé la ville, réhabilité d'anciens entrepôts et réorganisé avec une rapidité incroyable la bibliothèque du temple d'Anubis. Mon résumé te paraît-il correct ?

— Rien à ajouter.

— Une trajectoire fulgurante, n'est-ce pas ?

— À vous de juger.

— Même si tu as décidé de te montrer désagréable, tu ne modifieras ni mon avis ni ma décision.

— Je n'avais pas cette prétention. Voici mon matériel de scribe.

Héremsaf releva enfin la tête.

— Pourquoi veux-tu t'en séparer ?

Iker demeura coi.

— Sache, mon garçon, que je n'accepte aucun cadeau de quiconque ! Tu devrais t'excuser pour cette démarche stupide, mais ce n'est pas ton style. Bon, oublions ça... Si je formulais le moindre reproche contre le jeune scribe le plus doué de Kahoun, le maire m'infligerait un blâme. Le privilège qu'il t'accorde me paraît exorbitant, mais je suis contraint de m'incliner. Ne te prends quand même pas la tête ! Les jalousies ne manqueront pas et, à la moindre erreur, on ne te ratera pas. Sois donc extrêmement prudent et ne te vante pas de ta bonne fortune.

— Ma bonne fortune... À quoi faites-vous allusion ?

— À ton déménagement. Le maire t'offre une nouvelle maison, vaste et mieux située. Te voici propriétaire.

— Pourquoi tant de générosité ?

— Tu appartiens désormais à l'élite des scribes de Kahoun, mon garçon, et toutes les administrations de la ville te sont donc ouvertes.

— Dois-je continuer à m'occuper de la bibliothèque du temple d'Anubis ?

— Bien entendu, car de nouveaux manuscrits y seront transférés cette semaine. Tu es le plus apte à les classer. À mon avis, tu seras bientôt appelé à la mairie comme conseiller. Alors, je ne serai plus ton supérieur, et tu te débrouilleras seul face aux fonctionnaires en place depuis longtemps. Méfie-toi d'eux, ils n'apprécient pas les jeunes, susceptibles de prendre leur poste. Satisfait de ton domestique ?

— Sékari ? Je le considère comme un ami qui travaille chez moi à temps partiel.

— Je te l'attribue à temps complet. Ton domicile doit être constamment bien tenu, il y va de ta réputation. Bonne journée, scribe Iker. Toi et moi, nous avons beaucoup à faire.

— Un rêve incroyable, révéla Sékari à Iker : je mangeais de l'âne ! D'après l'interprète des songes que j'ai consulté, c'est excellent : promotion assurée pour moi ou l'un de mes proches.

— Ton rêve ne t'a pas trompé : le maire m'attribue une grande maison.

Sékari ne put retenir un sifflement admiratif.

— Ça alors... Tu deviens quelqu'un de vraiment important, dans cette ville ! Quand je pense aux sales moments qu'on a traversés, merci au destin. À quand le déménagement ?

— Immédiatement.

— Alors, préparons tes affaires !

— Les services de la mairie s'en occupent.

Iker, Sékari et Vent du Nord se rendirent à l'endroit indiqué par Héremsaf, une ruelle proprette située dans le beau Kahoun, non loin de l'immense villa du maire.

— C'est celle-là ? s'étonna Sékari.

— Exact.

— Pas possible... Qu'est-ce qu'elle est belle, toute blanchie à la chaux, avec un étage ! Et tu as vu la taille de la terrasse ! Accepteras-tu encore de m'adresser la parole ?

— Bien sûr, puisque tu habiteras ici comme intendant.

— Ça alors ! Attends, on n'entre pas comme des sauvages. Je vais chercher le nécessaire.

L'absence de Sékari fut de courte durée. Il revint avec une cuvette remplie d'eau parfumée qu'il déposa sur le seuil.

— Personne ne pénétrera dans cette résidence sans s'être lavé les mains et les pieds. Propriétaire, à toi l'honneur !

Dans la pièce réservée au culte des ancêtres, Sékari huma l'air.

— On a bien aspergé les murs avec de l'ail moulu, pulvérisé et trempé dans de la bière, constata-t-il. Ni serpents, ni scorpions, ni revenants ne nous importuneront.

Une salle de réception, trois chambres, des sanitaires neufs, une vaste cuisine, une cave digne de ce nom... Sous le charme, Sékari parcourut plusieurs fois les lieux.

— Et... le mobilier ?

— Je crois qu'il arrive.

Plusieurs employés municipaux apportèrent une impressionnante quantité d'objets. Sous l'œil attentif de Vent du Nord, Sékari les obligea à se laver les pieds et les mains avant de déposer leurs précieux fardeaux aux endroits adéquats.

Paniers et coffres de rangement pour les aliments, les vêtements, les sandales et les objets de toilette auraient satisfait les plus exigeants. Rectangulaires, oblongs, ovoïdes ou cylindriques, ils étaient soit en tiges de jonc ligaturées par des bandes de feuilles de palmier, soit en bois, et bénéficiaient de couvercles bien ajustés que l'on fermait avec des cordelettes. Quant aux nattes, qualité supérieure : brins transversaux de jonc croisés avec des brins longitudinaux de lin composant des carrés et des losanges de couleur. Les unes seraient étalées sur le sol, les autres accrochées aux fenêtres afin de servir d'écran contre le soleil.

Les tables basses et les tabourets à trois pieds ne manquaient ni d'élégance ni de robustesse, mais Sékari apprécia surtout les chaises basses paillées aux pieds de section carrée et au dossier légèrement incurvé, épousant la forme du dos. Grâce à leurs cadres que fixaient des tenons encastrés dans des mortaises superposées à angle droit, elles traverseraient les siècles. Et que dire des superbes lampes, composées d'une base de calcaire et d'une colonnette de bois imitant une tige de papyrus sur laquelle était posé un récipient en bronze destiné à recevoir l'huile d'éclairage !

Le souffle coupé, Sékari s'assit sur une chaise.

— Serais-tu nommé adjoint au maire ?

Le plus surprenant restait à venir : trois lits, un pour chaque chambre, dotés d'un équipement comme Sékari n'en avait jamais vu. Il tâta doucement les sommiers fabriqués avec des écheveaux de chanvre tressés et fixés à un cadre en bois décoré de figures du dieu Bès et de la déesse hippopotame Touéris. Armés de couteaux, ils brandissaient des serpents et protégeaient le sommeil du dormeur. Le domestique posa sa tête sur les oreillers, bourrés de laine, et tomba en extase lorsqu'il palpa les draps de lin fin.

— Tu imagines, Iker, dormir là-dedans, surtout si on les parfume... Pas une fille n'y résistera ! Je les vois déjà en train de...

Le braiment de Vent du Nord interrompit les visions

idylliques de Sékari. Sur le flanc ouest de la maison, l'âne venait de découvrir un jardinet et une petite étable au toit recouvert de feuilles de palmier. Litière confortable, mangeoire remplie de céréales, de légumes et d'un mets incomparable, des chardons : à l'évidence, Vent du Nord appréciait son changement de domicile.

Trois solides gaillards se présentèrent à la porte de la demeure.

— La cave ? demanda le premier.

Sékari accourut.

— Pour quelle raison ?

— On livre des jarres de bière de la part du maire.

Sékari regarda passer des poteries étanches au col étroit, cuites dans toute leur épaisseur et pourvues de deux anses. Les bouchons de limon garantissaient un breuvage de qualité.

— Bon... Suivez-moi.

À peine les jarres entreposées, un autre livreur apparut, porteur de pagnes de lin écru, formés de deux pièces symétriques cousues au milieu.

— La dernière mode, indiqua-t-il. Ce pagne descend jusqu'au mollet et monte jusqu'à la poitrine. Les deux plus longues pointes du triangle se nouent autour de la ceinture. La plus petite doit être ramenée d'arrière en avant entre les cuisses et s'attacher sur l'abdomen avec les deux autres. Si la manœuvre réussit, le tissu fait deux fois le tour du corps.

Iker essaya aussitôt et fut satisfait du résultat.

— On m'a donné ça pour le domestique.

Sékari reçut un magnifique balai aux longues fibres de palmier, repliées et assemblées par écheveaux. Deux ligatures sextuples maintenaient le manche rigide.

Pendant que l'intéressé testait son nouvel outil de travail, Iker contemplait un objet insolite qui n'aurait pas dû figurer dans son matériel de toilette : une cuiller à fard représentant une nageuse nue, la tête levée et tenant une coupe ovale en forme de canard. Elle, Nout, la déesse Ciel ; lui, Geb, le dieu Terre. De leur union dépendait la circulation de l'air et de la lumière qui rendaient possible la vie sur terre.

Elle.

Ce petit objet rendait soudain présente la jeune prêtresse, si lointaine, si inaccessible ! Simple erreur ou bien signe du destin ?

— Que comptes-tu faire avec ça ? demanda Sékari, amusé.

— Tu offriras cette cuiller à l'une de tes belles.

— Tu penses encore à cette femme que tu ne reverras jamais ! Je t'en présenterai dix autres, jolies et compréhensives. Avec une maison comme celle-là, tu deviens l'un des meilleurs partis de Kahoun.

Iker songea à la pierre exceptionnelle, la reine des turquoises, extraite de la montagne. Grâce à elle, il avait contemplé le visage de la femme aimée auquel nul autre ne saurait se substituer.

— Tu te tortures en vain, insista Sékari, et tu n'apprécies pas ta chance. Une demeure pareille et un emploi de scribe de haut niveau, tu te rends compte ?

— Ne m'as-tu pas parlé du Cercle d'or d'Abydos ?

Sékari fronça les sourcils.

— Je ne me souviens pas, mais quelle importance ? Chacun a entendu cette expression qui désigne des initiés aux mystères d'Abydos. Nous, on n'en fait pas partie, et tant mieux ! Imagines-tu une existence de reclus, sans aucun plaisir, loin du vin et des femmes ?

— Et si elle appartenait à ce Cercle ?

— Oublie-la et préoccupe-toi de ta carrière ! Pourquoi faire une tête aussi sinistre alors que tu as tout pour être heureux ?

— Sauf ton respect, mon ami, tu ne comprends pas la raison de cette montagne de cadeaux.

Sékari s'assit sur un tabouret.

— Tu es reconnu comme un excellent scribe et tu bénéficies des avantages attachés à ta fonction ! Quoi d'étonnant ?

— On veut m'acheter.

— Tu divagues !

— On veut m'empêcher de mener plus loin mes investigations et de découvrir la vérité. Un bon poste, une belle maison, l'aisance matérielle... Que souhaiter de plus, en effet ? Calcul habile, mais il ne m'abuse pas. Personne ne m'arrêtera, Sékari.

— Vu sous cet angle... Mais n'exagères-tu pas ?

— Aux yeux des autorités de cette ville, je représente un danger. Elles tentent de m'endormir.

— Admettons que tu aies raison. En ce cas, profite des circonstances ! Si la vérité que tu cherches te conduit au désastre, pourquoi ne pas y renoncer et te satisfaire de ce qui t'est offert ?

— Je te le répète : personne ne m'achètera.

— Bon, moi, je vais faire mon premier ménage, puis préparer le déjeuner.

Iker monta sur la terrasse.

Ici, il ne se sentait pas chez lui. En essayant de l'assoupir, ses adversaires n'aboutissaient qu'à conforter sa détermination.

De son pagne, le scribe sortit le couteau avec lequel il tuerait Sésostris et laissa le soleil jouer sur sa lame.

5.

La veuve travaillait dur. À ses trois enfants, elle voulait assurer une existence heureuse. Sur ses terres isolées, au nord de Memphis, elle cultivait des légumes avec deux ouvriers agricoles et les vendait sur les marchés.

Alors qu'elle entassait de magnifiques courgettes dans un couffin, un monstre velu se dressa devant elle. Bien que la veuve ne fût pas peureuse, elle eut un mouvement de recul.

— Salut, l'amie ! Tu possèdes un joli petit domaine, dis donc. Ça doit bien rapporter.

— En quoi ça te regarde ?

Gueule-de-travers eut un sourire mauvais.

— Je suis un type gentil et attentif aux soucis d'autrui. C'est pourquoi je m'occupe de les protéger. Et toi, tu as sûrement besoin de ma protection.

— Tu te trompes.

— Oh non ! je ne me trompe jamais !

— Fiche le camp !

— Lorsqu'on me parle sur ce ton, je m'irrite. Ne compte pas sur tes ouvriers pour te défendre, ils sont entre les mains de mes hommes. Quant à tes rejetons, on ne leur fera aucun mal si tu te montres compréhensive.

La veuve blêmit.

— Que veux-tu ?

— Dix pour cent de tes revenus en échange de ma protection. Et n'essaie pas de m'abuser. En cas de mensonge ou de réticence, je me vengerai sur la benjamine.

La technique de Gueule-de-travers était bien rodée. Avec son équipe de truands sans pitié, il mettait sous sa coupe de modestes exploitations dont les propriétaires cédaient à son chantage, de peur de perdre la vie ou de voir torturer leurs proches.

La veuve ne fit pas exception à la règle.

En ne laissant aucun cadavre derrière lui, Gueule-de-travers n'attirait pas l'attention de la police. Comme il commençait à gérer un bon nombre de « protégés », ses prélèvements devenaient substantiels. Simple début, mais il se félicitait de ses progrès, en espérant que le grand patron serait satisfait.

Gueule-de-travers pénétra dans Memphis par le faubourg nord d'où l'on apercevait la vieille citadelle aux murs blancs, œuvre de Ménès, « le Stable », le premier pharaon. Vu la populace, on y passait facilement inaperçu. Le grand patron, l'Annonciateur, avait élu domicile dans un logement modeste au-dessus d'une boutique que tenaient ses fidèles.

Né bandit, auteur de vols à main armée, Gueule-de-travers avait passé plusieurs années dans les mines de cuivre du Sinaï et ne s'était échappé de celles de turquoise qu'en raison d'une attaque de l'Annonciateur et de sa troupe. Peu enclin à reconnaître une autorité quelconque, le brigand avait quand même admis qu'il ne trouverait pas meilleur chef. Argument décisif : l'Annonciateur le laissait s'enrichir à sa guise, à condition qu'il reste discret et entraîne son équipe de commandos en vue d'opérations plus risquées que le racket de fermes isolées.

La brute goûtait pleinement sa nouvelle existence dont la seule obligation consistait à se rendre régulièrement à Memphis pour s'y entretenir avec l'Annonciateur et lui apporter sa gourmandise préférée.

Quelle que fût la capitale choisie par tel ou tel pharaon, Memphis, avec son grand port fluvial, demeurait le centre économique de l'Égypte. Là arrivaient les marchandises en provenance de Crète, du Liban et d'Asie, répertoriées et triées dans de vastes entrepôts. Les innombrables greniers étaient remplis de céréales, les étables abritaient des bœufs gras, et le Trésor contenait de l'or, de l'argent, du cuivre, du lapis-lazuli, des parfums, des substances médicinales, du vin, de nombreuses sortes d'huiles et quantité d'autres richesses.

Gueule-de-travers rêvait de s'en emparer et de devenir l'homme le plus fortuné du pays. Et ce rêve-là, l'Annonciateur l'encourageait, car il ne contrariait pas ses projets.

Indifférent aux croyances, mais redoutant la cruauté de l'Annonciateur qui surpassait la sienne, Gueule-de-travers ne songeait qu'au résultat. À son patron le commandement, à lui la fortune. Et s'il fallait répandre la terreur en exécutant tous les opposants, il ne manquerait pas d'ardeur à la tâche.

À l'approche du domicile de l'Annonciateur, Gueule-de-travers se sentit observé. Un réseau de sentinelles repérait les curieux et prévenait leur chef en cas de danger. Ici, un vendeur de pains ; là, un badaud ; là-bas, un balayeur.

Personne ne l'empêcha d'entrer dans la boutique où s'entassaient sandales, nattes et tissus grossiers. Suivant les consignes de leur maître, les disciples de l'Annonciateur devenaient d'honnêtes commerçants, appréciés du quartier. Certains fondaient une famille, d'autres se contentaient de liaisons passagères. Ils participaient aux nombreuses fêtes célébrées tout au long de l'année, fréquentaient les tavernes et s'intégraient ainsi à la société égyptienne. Avant de frapper leurs ennemis, ils devaient passer inaperçus.

— Comment vas-tu, Gueule-de-travers ? lui demanda un rouquin.

— À merveille, mon gars. Et toi ?

Shab le Tordu, bras droit de l'Annonciateur, était un redoutable manieur de couteau dont la spécialité consistait à frapper dans le dos. Criminel froid, sans émotions ni remords, il absorbait avec délices l'enseignement de l'envoyé de Dieu et ne jurait plus que par lui.

— Nous progressons. J'espère que tu n'as pas été suivi.

— Tu me connais, Shab. J'ai gardé la main.

— De toute manière, aucun fouineur ne parviendra jusqu'ici.

— Tu n'as rien perdu de ta méfiance, on dirait !

— N'est-elle pas la base de notre succès futur ? Les impies sévissent partout. Un jour, nous les exterminerons.

Gueule-de-travers opina du chef. Rien ne l'ennuyait davantage que les discours théologiques.

— L'Annonciateur prêche. Suis-moi, sans aucun bruit.

Les deux hommes montèrent au premier étage où une vingtaine de disciples, très attentifs, buvaient le discours de leur maître.

— Dieu me parle, révélait-il. C'est à moi, et à moi seul, de transmettre son message. Dieu se montre doux et miséricordieux avec ses fidèles, mais impitoyable avec les incroyants qui disparaîtront de la surface de la terre. À vous, les tenants de la vraie foi, il impose une terrible épreuve en vous contraignant à vous mêler au peuple égyptien, englué dans la luxure et adorateur de faux dieux. Il n'existe pas d'autre moyen pour préparer la grande guerre et imposer la vérité absolue et définitive dont je suis porteur. Ceux qui refuseront de la reconnaître périront, et leur châtiment nous remplira de joie. Nous exécuterons les blasphémateurs, à commencer par le premier d'entre eux, le pharaon. Ne croyez pas que ce but soit impossible à atteindre. Demain, nous régnerons sur ce pays. Ensuite, nous effacerons les frontières afin de ne former qu'un seul empire sur toute la terre. Plus aucune femelle ne circulera dans les rues, plus aucune débauche ne sera tolérée, et Dieu nous comblera de ses bienfaits.

« Toujours le même discours », pensa Gueule-de-travers, qu'impressionnaient la véhémence du ton et la force de persuasion. Ce meneur d'hommes en convaincrait plus d'un.

Le sermon achevé, les disciples se retirèrent en silence pour redevenir qui boulanger, qui vendeur de sandales, qui coiffeur.

Comme lors de chacune de leurs rencontres, Gueule-de-travers s'étonna de la puissance physique de l'Annonciateur. Grand, longiligne, barbu, des yeux rouges profondément enfoncés dans leurs orbites, les lèvres charnues, les cheveux recouverts d'un turban, vêtu d'une tunique de laine tombant jusqu'aux chevilles, il terrorisait les plus courageux de son regard de rapace. Tantôt sa parole était coupante comme un rasoir en silex, tantôt suave et envoûtante. Chacun de ses fidèles le savait capable de dominer les monstres du désert et de se nourrir de leur force redoutable.

— M'as-tu apporté le nécessaire, Gueule-de-travers ?

— Bien sûr. Tenez.

Le velu tendit un sac à l'Annonciateur. Shab le Tordu s'interposa.

— Un instant, je vérifie.

— Pour qui te prends-tu ? s'insurgea le velu.

— Les mesures de sécurité s'appliquent à tout le monde.

— Paix, mes amis, intervint l'Annonciateur. Jamais Gueule-de-travers n'oserait me trahir. J'ai raison, n'est-ce pas ?

— Évidemment.

L'Annonciateur ouvrit le sac et y puisa une poignée de sel des oasis. Ne buvant ni vin, ni bière, ni alcool et très peu d'eau, il se désaltérait avec cette écume de Seth qui se formait à la surface du sol lors des grandes chaleurs de l'été.

— Excellent, Gueule-de-travers.

— Première qualité. Il provient du désert de l'Ouest.

— Le vendeur ne t'a pas menti.

— Personne ne se moque de moi.

— Content de tes affaires ?

— Ça fonctionne au mieux ! Les fermiers ont tellement peur qu'ils se plient à mes exigences.

— Pas de forte tête ?

— Pas la moindre, seigneur !

— Rien à craindre de la police ?

— Rien du tout ! En me recommandant d'agir ainsi, vous avez eu une fameuse idée. Je reverserai de jolis bénéfices à la cause.

— Tes hommes continuent-ils à s'entraîner ?

— Comptez sur moi ! Mes gars sont plus costauds que jamais. Quand vous aurez besoin d'eux, ils seront prêts.

— Attendez-moi, tous les deux.

L'Annonciateur sortit de la pièce, laissant Gueule-de-travers et Shab le Tordu face à face.

Il pénétra dans un réduit encombré de couffins contenant des nattes grossières. En souriant, il songea à la révolte qu'il avait suscitée dans la ville de Sichem, au pays de Canaan. L'armée égyptienne croyait l'avoir écrasée, oubliant que le feu couvait sous la cendre. Arrêté et incarcéré, l'Annonciateur était sorti de prison en utilisant un stratagème : convaincre un simple d'esprit de s'exprimer en son nom et de passer pour lui. En l'exécutant, les Égyptiens pensaient se débarrasser du fauteur de troubles. Officiellement mort, l'Annonciateur agissait dans l'ombre en toute tranquillité.

Il fit pivoter sur lui-même le mur du fond où était aménagée une cachette et en sortit un coffre en acacia, fabriqué par un menuisier de Kahoun, éliminé au moment où il menaçait de se montrer trop bavard.

Ce splendide objet aurait mérité de figurer dans le trésor d'un grand temple. À l'intérieur, des écrits, des figurines magiques et une pierre qu'il mania avec précaution. L'Annonciateur regagna la grande pièce et montra la merveille à Gueule-de-travers et à Shab le Tordu.

— Voici la reine des turquoises.

Un joyau de cette taille et de cette qualité était sans égal. L'Annonciateur l'exposa à la lumière afin qu'il se recharge d'énergie.

— Grâce à elle, nous déclencherons une sorte de cataclysme contre lequel le pharaon sera impuissant.

— Je reconnais cette pierre, commenta Gueule-de-travers. Iker, un indicateur de police, l'avait extraite du ventre de la montagne d'Hathor. Lors de l'attaque de la mine, il a été tué et son cadavre brûlé.

— Contemplez cette splendeur et goûtez ce privilège réservé à mes fidèles lieutenants.

Le bandit ne prisait guère la méditation.

— Quelles sont vos consignes, seigneur ?

— Augmente le nombre de fermes placées sous ta protection, accrois tes bénéfices, renforce ton armement et continue à former des guerriers impitoyables. Le temps joue en notre faveur.

Ce genre d'instructions convenait parfaitement à Gueule-de-travers, qui sortit de la boutique avec plusieurs paires de sandales, tel un banal acheteur.

L'Annonciateur reprit une poignée de sel.

— D'après la rumeur, lui apprit Shab le Tordu, Sésostris s'apprête à attaquer le chef de province Khnoum-Hotep. L'affrontement s'annonce aussi sanglant qu'incertain, car la milice de la province de l'Oryx est nombreuse et bien équipée.

— Tant mieux, mon ami.

— Peut-être Sésostris sera-t-il vaincu et tué. En ce cas...

— En ce cas, Khnoum-Hotep prendra sa place et deviendra notre nouvelle cible. C'est l'institution pharaonique qu'il faut détruire, pas seulement les individus qui la rendent agissante.

— Avez-vous réellement confiance en Gueule-de-travers ? À force de s'enrichir, il pourrait devenir incontrôlable.

— Rassure-toi, ce criminel a compris que personne ne me trahissait sous peine de voir les griffes d'un démon du désert s'enfoncer dans sa chair.

— Il s'intéresse si peu à la vraie foi !

— Il en ira ainsi de beaucoup de nos alliés, simples instruments de Dieu. Toi, tu es d'une autre nature. Ma révélation a changé ton destin et tu marches désormais sur les sentiers de la vertu.

La douce voix de l'Annonciateur plongea Shab dans une sorte d'extase. C'était la première fois qu'il lui parlait de cette façon, ancrant définitivement ses convictions. Il suivrait jusqu'au bout ce chef au regard de feu et lui obéirait aveuglément.

— J'ai besoin de savoir si notre réseau de Cananéens implanté à Memphis est prêt à agir, indiqua l'Annonciateur. Nous allons donc lui confier une mission précise afin de supprimer un obstacle important qui empêche un commando asiatique de s'infiltrer dans Kahoun.

6.

Âgés de dix-sept ans, rapides comme le vent et souples comme le roseau, les deux éclaireurs du général Nesmontou n'avaient peur de rien. Conscients de l'importance de leur mission, ils étaient décidés à courir tous les risques afin d'obtenir des informations sur le système de défense du chef de province Khnoum-Hotep. Le succès de l'assaut dépendrait en grande partie des renseignements qu'ils fourniraient à leur supérieur.

D'abord, le Nil. Sans armes, vêtus d'un pauvre pagne qui sentait le poisson, ils se firent passer pour des pêcheurs. Et ce qu'ils virent les étonna : Khnoum-Hotep avait massé devant le port de sa capitale une véritable flottille composée d'embarcations variées. À bord, des dizaines d'archers.

Lorsqu'un bateau fonça sur leur modeste barque, ils se gardèrent bien de s'enfuir.

— Pourquoi traînez-vous dans le coin ? interrogea un gradé.

— Ben... on pêche.

— Pour le compte de qui ?

— Ben... pour le nôtre. Faut bien nourrir nos familles.

— Ignorez-vous les ordres du seigneur Khnoum-

Hotep ? Plus aucune barque ne doit circuler sur cette partie du fleuve.

— On habite le village, là-bas, et on a l'habitude de pêcher ici.

— En ce moment, c'est interdit.

— Alors, comment on va manger ?

— Gagnez le poste de contrôle le plus proche, on vous donnera des vivres. Si je vous revois ici, je vous arrête.

Les deux éclaireurs s'éloignèrent sans se hâter, tels deux braves pêcheurs qu'ennuyait le nouveau règlement. Ils accostèrent avant le poste de contrôle et s'engagèrent dans des fourrés de papyrus où pullulaient serpents et crocodiles. Indifférents aux piqûres d'insectes agressifs, ils parvinrent à la lisière des terres cultivées.

Là encore, Khnoum-Hotep avait pris ses précautions. Dissimulées par des branchages recouverts de terre, des fosses profondes piégeraient l'assaillant. Ce n'étaient pas des paysans qui occupaient les cabanes de roseau, mais des soldats. Et il en allait de même pour les fermes. Les éclaireurs repérèrent aussi des archers perchés dans les arbres.

Continuant leur exploration, ils plongèrent dans un canal relié à la capitale et nagèrent sous l'eau, reprenant rarement leur respiration. À bonne distance, ils découvrirent de solides fortifications que tenaient un nombre imposant de miliciens.

Le dispositif de Khnoum-Hotep ne présentait aucun point faible.

Les éclaireurs en savaient assez, mais restait le plus difficile : revenir sains et saufs et transmettre les informations recueillies.

C'est alors qu'une flèche siffla à leurs oreilles.

Dès que le roi franchit la porte de son palais, l'ex-chef de province Djéhouty vint à sa rencontre. Vêtu d'un grand manteau qui atténuait la pénible sensation de froid dont il souffrait, le vieux dignitaire voulait oublier l'âge et les rhumatismes, et rendre hommage au souverain dont il était devenu le fidèle sujet.

— Je vous attendais avec impatience, Majesté.

— Mauvaises nouvelles ?

— J'ai renforcé les frontières de la province et déployé toutes mes troupes afin d'isoler Khnoum-Hotep, mais je redoutais chaque jour une tentative de sa part pour forcer ce blocus. Sa milice étant plus nombreuse que la mienne, je n'aurais pas résisté longtemps.

— Ce malheur n'étant pas advenu, nous gardons espoir.

— Je demeure pessimiste, Majesté. Mes propres hommes ne me paraissent pas très sûrs. À l'idée de combattre ceux de Khnoum-Hotep, beaucoup regimbent. Et je vous recommande de n'accorder aucune confiance aux soldats des milices récemment ralliées à la Couronne. Leur engagement est trop récent, et la réputation du chef de la province de l'Oryx les fait trembler. La plupart pensent qu'il sortira vainqueur de n'importe quelle confrontation. En réalité, vous ne pouvez compter que sur vos propres forces.

— Merci de me parler aussi franchement.

— Sans doute avez-vous l'étoffe d'un grand pharaon dont notre pays a tant besoin, mais l'obstacle qui se dresse devant vous semble insurmontable. Même si vous remportez ce combat, les blessures seront ineffaçables.

Djéhouty se demanda si le roi prenait ses remarques au sérieux. Réintégrer dans le giron de l'Égypte les provinces rebelles, à l'exception de celle de Khnoum-Hotep, avait été un coup d'éclat, toutefois la réconciliation effective réclamerait du temps, beaucoup de temps. En exigeant une victoire totale, Sésostris ne risquait-il pas un désastre ? Mais en atermoyant, il s'affaiblirait face à Khnoum-Hotep, qui n'oublierait pas d'en tirer parti.

Chef de la garde personnelle de Sésostris et de toutes les polices d'Égypte, Sobek le Protecteur ne dormait plus depuis que le roi résidait dans la province du Lièvre. Athlétique et nerveux, il ne maîtrisait pas encore les données de la sécurité sur ce territoire trop vaste. De plus, il lui fallait composer avec les miliciens de Djéhouty et former des équipes mixtes qui ne lui inspiraient guère confiance. Au moins imposait-il fermement la présence de ses meilleurs hommes autour des appartements du souverain.

À l'évidence, Khnoum-Hotep tenterait de supprimer le monarque avant que ce dernier ne lançât l'assaut. Privé de leur chef, les troupes de Sésostris se rallieraient sans doute à l'adversaire. Où et quand la tentative d'assassinat aurait-elle lieu ?

À Khémenou, la capitale provinciale, l'atmosphère tournait au sombre. Aucun des éclaireurs envoyés par le général Nesmontou de l'autre côté du front n'était revenu. Sésostris ignorait donc tout du système de défense de Khnoum-Hotep. Attaquer en aveugle ne pouvait conduire qu'à l'échec.

Dès l'aube, Sobek fouillait lui-même les employés du palais. Il se méfiait même des vieillards apparemment inoffensifs et se rendait aux cuisines où les marmitons goûtaient les plats en sa présence.

Alors qu'il prenait le loisir de manger une galette fourrée aux fèves, l'un de ses adjoints, la mine basse, s'approcha avec hésitation.

— Un problème ?

— Non, chef, pas vraiment... Mais comme vous nous avez ordonné de tout vous signaler.

— Explique-toi.

Sobek posa sa galette qu'un chien, bas sur pattes mais excellent observateur, guettait depuis un long moment. S'emparant de sa proie, il détala pour la déguster dans un coin tranquille.

— Vous avez vu, chef, il...

— J'attends.

— Voilà, c'est un incident mineur. Le coiffeur officiel du palais y est entré hier soir, un peu avant le coucher du soleil, et personne ne l'a vu ressortir. Normalement, il aurait dû terminer son service avant le déjeuner.

— Il s'est donc caché !

— Rassurez-vous, j'ai son matériel. Personne n'est autorisé à circuler dans le palais avec une arme ou un objet dangereux.

— Imbécile, il aura dissimulé un rasoir quelque part !

Sobek et son adjoint coururent en direction des appartements de Sésostris. Dans le couloir qui y menait, l'adjoint aperçut le coiffeur.

— C'est lui !

Tenant un petit sac en cuir, l'homme s'immobilisa, affolé. Sobek lui tomba sur le dos de toute sa masse et le plaqua au sol. L'adjoint lui entrava les mains et les pieds avec une corde qui s'enfonça dans les chairs.

— Alors, mon gaillard, on voulait assassiner le roi !

— Non, non, je vous jure que non !

— On va voir ça.

Sobek ouvrit le sac.

À l'intérieur, pas de rasoir. Seulement un superbe scarabée en cornaline.

— Tu l'as volé ?

Le coiffeur baissa la tête.

— Oui, c'est vrai.

— À qui ?

— À une femme de chambre.

— Et tu t'es dissimulé, cette nuit, pour accomplir ton forfait ?

— Je pensais que personne ne m'apercevrait. Il faut me pardonner, je...

— Je te promets un maximum d'années de prison.

Tandis que Sésostris examinait le plan d'attaque du général Nesmontou, Sobek les avertit que deux éclaireurs, blessés, venaient de rejoindre la première ligne de fantassins. Méfiant, le chef de la police demanda à Nesmontou d'identifier ces hommes avant qu'ils ne comparaissent devant le pharaon.

L'un des deux jeunes avait une pointe de flèche dans l'épaule gauche, l'autre la jambe droite en sang. Fiers d'avoir rempli leur mission avec succès, ils refusèrent d'être soignés avant de parler au monarque et au général qui les écoutèrent avec attention.

Nesmontou les félicita et les promut au grade d'officier. Les deux héros ne purent retenir une larme quand le roi, les dominant d'une bonne tête, leur donna l'accolade.

Après leur transfert à l'hôpital militaire, Sésostris réunit son conseil restreint composé des généraux Nesmontou et Sépi, du Porteur du sceau royal Séhotep et de Sobek le Protecteur.

Avec gravité, Nesmontou résuma les renseignements recueillis. Un long silence succéda à son exposé.

— Le dispositif de Khnoum-Hotep est infranchissable, estima Sépi. Il nous faudrait une armée trois fois plus importante pour l'enfoncer, au prix de très lourdes pertes. Dans l'état actuel de nos forces, aucune chance.

— Je reconnais que cette opération s'annonce délicate, admit Nesmontou. Pourtant, hors de question de reculer. Je prendrai la tête de mon unité d'élite et nous percerons les défenses adverses.

— Tu te battras avec panache, concéda Séhotep, mais tu perdras la vie. Quand nos meilleurs soldats auront disparu, quel espoir nous restera-t-il ?

— Connaître les positions de l'ennemi nous procure un avantage considérable. Si nous savons en profiter, le destin nous sera peut-être favorable.

— Vaine incantation ! protesta Sobek. Tu viens toi-même de nous expliquer pourquoi nous étions vaincus d'avance.

— Tentons encore de négocier, proposa Séhotep. Je m'estime capable d'amadouer Khnoum-Hotep.

— Il te gardera en otage, prédit le général Sépi. La tête de ce chef de province est plus dure que le granit. Khnoum-Hotep ne négociera pas, car il n'abandonnera aucune de ses prérogatives.

Personne ne contredit Sépi.

— Nous n'avons pas le choix, affirma Nesmontou. Quels que soient les risques, attaquons. Sinon, le prestige du pharaon sera mortellement atteint.

— Je prône le statu quo, dit Séhotep. Isolons Khnoum-Hotep, affamons-le et obligeons-le à se rendre.

— Utopie ! Sa province est suffisamment riche pour le nourrir pendant des mois, voire des années. Si nous renonçons à agir, lui, il agira.

— La sécurité du roi passe en priorité, rappela Sobek le Protecteur. Lors de l'offensive, Sa Majesté ne devra pas s'exposer.

— C'est bien ainsi que je l'entends, martela Nesmontou, et c'est moi qui marcherai à la tête de mes soldats.

Sésostris se leva.

— La décision ultime m'appartient. Vous la connaîtrez demain matin, après la célébration du rituel dans le sanctuaire de Thot.

7.

Vêtue d'une robe plissée à manches courtes et d'un corsage beige, la jeune prêtresse salua l'arbre de vie et joua à son intention de la harpe portative, particulièrement difficile à rendre harmonieuse. En bois de sycomore, longue d'une cinquantaine de centimètres, l'instrument était doté de quatre cordes. La musicienne calait son extrémité basse au creux de l'épaule et le tenait horizontalement afin d'obtenir un parfait équilibre, sous la protection de deux petites sculptures décorant la harpe, un nœud magique d'Isis et une tête de Maât.

Elle développa une mélodie très lente, mais bien en rythme, qui apaisait les angoisses et procurait la sérénité.

Avant de procéder à la libation, le Chauve attendit que s'égrènent les ultimes notes.

— Le ciel et les étoiles jouent de la musique en l'honneur de l'arbre de vie, rappela-t-il. Soleil et lune chantent ses louanges, les déesses dansent en sa faveur. Un vrai musicien connaît le plan du Créateur, perçoit la manière dont il ordonne l'univers et met ses composantes en résonance. De cet ordre naît une musique céleste dont nous pouvons devenir de modestes interprètes. Que ton art soit un rite.

En arrivant à Abydos, Gergou se sentait déprimé. Âme damnée du riche et puissant Médès, Secrétaire de la Maison du Roi, Gergou avait été promu inspecteur principal des greniers. À ce titre, il voyageait dans l'Égypte entière et soumettait au chantage quelques propriétaires, menacés de représailles fiscales s'ils ne lui concédaient pas, avec une parfaite discrétion, une partie de leurs biens.

Épais, gros buveur et mangeur, amateur de femmes, divorcé à trois reprises, Gergou aurait dû séjourner en prison pour avoir battu sa dernière épouse, mais Médès l'avait tiré de ce mauvais pas, lui ordonnant de ne plus fréquenter que des professionnelles.

Superstitieux, redoutant les pouvoirs occultes des divinités et des magiciens, Gergou ne se déplaçait pas sans une belle quantité d'amulettes. Néanmoins, en posant le pied sur le débarcadère du territoire sacré d'Osiris, il s'estimait exposé aux agressions de l'invisible.

Bon marin et chasseur expérimenté, Gergou détestait le risque inconsidéré. Or Médès le lui imposait en l'envoyant ici une nouvelle fois. Comme il ne pouvait rien refuser à son protecteur, il revenait sous le prétexte d'apporter aux prêtres des denrées figurant sur une liste officielle.

Le véritable but de sa mission était tout autre : reprendre contact avec l'un des permanents, le corrompre et le transformer en allié sûr avec l'espoir de s'emparer des trésors d'Abydos.

À la suite de leur dernière rencontre, Gergou pensait

l'entreprise réalisable. Mais plus il réfléchissait, plus il pressentait que ce prêtre lui tendait un piège.

Pourtant, nul argument ne dissuadait Médès d'insister. Et seuls plusieurs litres de bière forte incitaient Gergou à sortir de sa cabine.

Comme lors de sa précédente visite, il fut frappé par le déploiement des forces de sécurité chargées de surveiller le site. Que se passait-il à Abydos ? Chaque arrivant soigneusement fouillé, chaque bateau inspecté de fond en comble !

Gergou n'échappa pas au règlement. Voyant fondre sur lui un officier et quatre costauds armés de gourdins, il se mit à transpirer.

Ils allaient l'arrêter, le jeter en prison et l'interroger !

— Documents, exigea le lieutenant.

— Les voici.

Tremblant, il remit un papyrus au militaire qui prit le temps de le lire.

— Inspecteur des greniers Gergou, en mission officielle avec un bateau de denrées périssables... Vérifions si le contenu est conforme.

Le lieutenant le regarda d'un drôle d'œil.

— Vous n'avez pas l'air bien.

— J'ai dû manger un aliment avarié.

— Il y a un médecin de garde, au poste de commandement. Si votre état empire, n'hésitez pas à le consulter. Pendant que mes hommes examinent la cargaison, je vous emmène à mon bureau.

— Pourquoi ça ?

— Parce que j'ai reçu des consignes spéciales à votre sujet.

Gergou sentit ses jambes se dérober, mais parvint à rester debout. À l'évidence, son sort était scellé. Vu le nombre de soldats, impossible de fuir. Résigné, il suivit l'officier jusqu'à une vaste salle où travaillaient une dizaine de scribes.

Le lieutenant prit une tablette en bois posée sur une étagère et la remit à Gergou.

— Étant donné la fréquence de vos visites à Abydos, voici votre accréditation de temporaire, approuvée par le responsable des contacts avec l'extérieur. Ayez toujours ce document sur vous pendant que vous vous déplacez sur le site. Il ne vous autorise pas à circuler sur le territoire interdit aux profanes et ne vous dispense d'aucun contrôle. Mais une tête connue facilite la procédure.

Incapable de prononcer un mot, Gergou se contenta d'un sourire niais.

— On va vous conduire à votre lieu de rendez-vous.

Encore hébété, Gergou fut heureux de patienter à l'endroit habituel. Cette attente lui permit de recouvrer ses esprits avant sa rencontre décisive avec le prêtre permanent qui semblait prêt à trahir.

Le doute l'assaillit de nouveau.

Et si un autre ritualiste sortait du temple couvert pour l'accuser de corrompre l'un des membres de la confrérie la plus fermée d'Égypte ?

La gorge serrée, Gergou s'étrangla en buvant un peu d'eau.

Et l'homme apparut.

C'était bien le même prêtre, toujours aussi sévère et rébarbatif !

Aigri de ne pas avoir été nommé supérieur des permanents d'Abydos, Béga désirait se venger du principal coupable de sa stagnation, le pharaon Sésostris. Réussir impliquait des alliés. Comment les trouver en restant confiné dans le domaine d'Osiris ?

La venue de Gergou avait été un véritable miracle. Malgré la médiocrité du personnage, Béga le considérait comme l'émissaire d'un puissant personnage, décidé à percer les mystères d'Abydos. Il mandatait Gergou afin de savoir s'il existait une faille dans laquelle il pourrait s'engouffrer.

Cette faille, c'était lui, Béga.

Aussi négocierait-il ses services à leur valeur maximale et s'enrichirait-il tout en accomplissant sa légitime vengeance.

— Votre statut de temporaire facilite nos contacts, révéla-t-il à Gergou. Bien entendu, je continuerai à vous confier des listes de denrées à me fournir et vous continuerez à vous acquitter de cette tâche avec zèle.

— Bien entendu, acquiesça Gergou.

— Avant que nous ne développions notre collaboration, j'aimerais la fonder sur une certitude : êtes-vous réellement capable de me procurer les réseaux nécessaires pour écouler ce que j'ai à vendre ?

— Quelle que soit la nature de la marchandise, aucun problème.

— Vous êtes donc un dignitaire très influent, Gergou.

— Seulement un intermédiaire. Mon employeur occupe effectivement de hautes fonctions.

— Ferait-il partie de l'entourage du pharaon ?

— Je ne suis pas autorisé à vous en dire davantage, il faut que nous nous connaissions mieux. Et d'abord, qu'avez-vous à vendre de si précieux ?

— Venez avec moi.

L'estomac de Gergou se contracta. Ne s'agissait-il pas d'un traquenard ?

— Ne craignez rien, lui recommanda Béga. Je vais vous accorder une faveur qu'apprécient beaucoup les temporaires qui en bénéficient. Vous allez vous approcher de la terrasse du Grand Dieu.

Avec autant de peur que d'étonnement, Gergou découvrit un grand nombre de chapelles bordant un chemin processionnel. Composées d'un sanctuaire précédé d'une cour et d'un jardin arboré, elles étaient entourées d'un mur d'enceinte.

— Qui obtient le privilège d'être enterré ici ? demanda Gergou.

— En réalité, personne.

— Mais alors...

— Visitons l'un de ces monuments, vous comprendrez.

Passant par une porte ouverte dans l'enceinte, les deux hommes pénétrèrent dans le jardin d'une grande chapelle. Au pied d'un sycomore, consacré à la déesse Ciel, Nout, un bassin où s'épanouissaient des lotus. Contre les murs, des stèles, des statues et des tables d'offrandes de diverses tailles.

— Aucun corps ne repose ici, expliqua Béga. Pourtant, beaucoup de dignitaires sont présents auprès d'Osiris grâce à ces monuments qu'ils furent autorisés à envoyer à Abydos et que les prêtres permanents animent magiquement. Ainsi s'effectue le pèlerinage de l'âme. Avoir une stèle ou une statue proche de la terrasse du Grand Dieu, c'est être certain de participer à son éternité. Souvent, mes collègues et moi versons des libations qualifiées de « divine rosée » et diffusons de la fumée d'encens, « celui qui divinise », sur ces pierres sacrées. Les noms des heureux élus sont alors régénérés.

Fasciné par la majesté des lieux, Gergou demeurait craintif.

— Très impressionnant, mais je ne vois pas...

— Regardez mieux.

Gergou se concentra, mais ne discerna que des chapelles et des monuments votifs.

— La valeur de ces stèles, de ces statues et de ces tables d'offrandes est inestimable, précisa Béga, car elles ont été consacrées et imprégnées de l'esprit osirien.

Gergou n'osait pas comprendre.

— Vous ne comptez quand même pas...

— Tout ce qui entre à Abydos est sévèrement contrôlé, mais pas ce qui en sort.

— Sortir ces œuvres-là...

— Pas les statues, pas les grandes stèles, pas celles des dignitaires envoyés en mission à Abydos par un pharaon, mais les petites stèles. Dans certaines chapelles, elles sont si nombreuses que personne ne s'apercevra de quelques disparitions. À vous de trouver les acquéreurs de ces trésors dont la puissance protectrice est inégalable.

« Aucune difficulté, pensa Gergou, et je ferai monter les prix au maximum. »

— Dans l'avenir, continua Béga, j'aurai d'autres marchandises encore plus précieuses à négocier, mais nous en parlerons plus tard.

— Vous n'avez pas confiance ?

— Je joue gros et je ne veux pas perdre. Avant d'aller plus loin, voyons comment vous traiterez cette première affaire.

— Vous ne serez pas déçu ! Mon patron est efficace et discret.

— Je l'espère.

— Pourquoi tant de militaires et de policiers autour d'Abydos ? demanda Gergou.

— Il s'agit d'un des renseignements que je vous vendrai. Des rumeurs ont peut-être circulé, mais seuls les permanents et les proches de Pharaon connaissent l'exacte vérité. Les faits étant d'une gravité exceptionnelle, ils sont soumis au secret le plus strict.

— Un secret que vous êtes prêt à violer ?

Béga devint encore plus glacial qu'à l'ordinaire.

— Nous verrons.

Les deux hommes s'éloignèrent lentement de la terrasse du Grand Dieu. Le silence était si profond qu'il apaisait les nerfs de Gergou.

— Lors de votre prochaine visite, lui dit Béga, je vous remettrai une première stèle miniature.

— De quelle manière procéderons-nous ?

— Soyez sans inquiétude. Si l'opération commerciale me donne satisfaction, j'exigerai de connaître votre patron.

— Je ne sais pas si...

— Vous, et lui à travers vous, savez qui je suis. Je dois donc savoir qui il est afin que nos liens soient indestructibles et notre association durable.

— Je lui transmettrai vos exigences.

— Voici la liste des denrées à livrer prochainement aux permanents. Ne vous précipitez pas et adoptez un délai raisonnable avant de revenir.

En regagnant son bateau, Gergou constata qu'il n'était soumis à aucun contrôle. Désormais connu comme temporaire, il fut salué par les gardes, et l'un d'eux l'aida même à porter son sac de voyage.

Gergou s'étonnait de l'audace et de la détermination de ce prêtre. Fallait-il qu'il eût accumulé de la haine et de la rancune pour trahir ainsi les siens ! Mais quelle fabuleuse aubaine... Même dans ses rêves les plus fous, jamais Médès n'aurait imaginé bénéficier d'un tel allié au cœur d'Abydos.

8.

La trentaine flamboyante, Roudi était l'un des policiers les plus redoutés de Memphis. Nommé à un poste particulièrement délicat par Sobek le Protecteur, l'athlétique contrôleur de l'immigration asiatique s'acquittait de sa tâche avec une extrême rigueur.

Travailleur, méticuleux et d'un naturel méfiant, Roudi ne digérait toujours pas la révolte cananéenne de Sichem au cours de laquelle son meilleur ami avait été massacré. Ravi de l'élimination du meneur, un fou qui se faisait appeler « l'Annonciateur », le contrôleur n'en demeurait pas moins sur ses gardes.

Chaque fois qu'une caravane d'étrangers sollicitait l'autorisation de pénétrer en Égypte, il prenait personnellement l'affaire en main et consultait le dossier de chaque commerçant. En cas de suspicion, il se rendait au poste de douane situé au nord de Memphis où l'on retenait les suspects qu'il interrogeait lui-même.

Roudi n'aimait ni les Cananéens ni les Asiatiques. À ses yeux, ils rivalisaient de fourberie en excellant dans le mensonge et les coups tordus. Aussi en refoulait-il un maximum, avec la certitude de contribuer au maintien de la sécurité sans laquelle aucun bonheur de vivre n'était possible.

— Chef, le prévint son adjoint, on a intercepté deux types louches près du temple de Ptah. Ils se prétendent marchands de sandales, mais ils n'en ont aucune à vendre.

— Je m'en occupe tout de suite.

— Chef, c'est l'heure du déjeuner !

— Le devoir d'abord.

— La voie semble libre, estima Shab le Tordu.

Précédant l'Annonciateur dans le dédale de ruelles situées derrière le port de Memphis, Shab se comportait comme un fauve en chasse. Il tentait de percevoir le moindre danger, et nul suiveur ne serait parvenu à tromper sa vigilance. Et puis il appréciait la capacité de son maître à se transformer en rapace et à déchirer les chairs de l'adversaire.

Shab s'immobilisa devant une maison délabrée et scruta les alentours.

Aucun suspect en vue.

À une petite porte, il frappa quatre coups espacés. De l'intérieur, on lui répondit d'un seul. Le Tordu en frappa deux autres, très rapprochés.

La porte s'ouvrit.

Toujours aussi méfiant, Shab pénétra le premier dans une pièce au sol de terre battue sur lequel deux barbus se tenaient accroupis.

Estimant qu'il n'y avait pas de danger, il fit un signe à l'Annonciateur, qui entra à son tour.

La porte fut sèchement refermée.

— Va chercher les autres, ordonna l'Annonciateur au portier.

Quatre hommes imberbes, âgés d'une trentaine d'années, ne tardèrent pas à apparaître. Ils se prosternèrent devant leur chef.

— Pourquoi ces deux-là ont-ils laissé repousser leur barbe ?

— Seigneur, répondit le locataire officiel des lieux, nos compagnons ne réussissent pas à s'accommoder du mode de vie de cette cité maudite. Ils ne ménagent pas leurs efforts, mais voir circuler librement toutes ces femelles impudiques est au-dessus de leurs forces. Aussi préfèrent-ils rester ici et respecter nos coutumes.

— Et toi, quels résultats as-tu obtenus ?

— Guère plus satisfaisants, je le crains. Avec mes compagnons, nous sommes devenus dockers, mais les Égyptiens nous regardent d'un mauvais œil. Ils boivent de l'alcool, racontent des histoires licencieuses, rient très fort et s'amusent avec des femmes de mauvaise vie. Comment devenir les amis de ces gens-là ? Ils nous répugnent ! Nous souhaitons rentrer à Sichem, en Canaan, et reprendre là-bas la lutte contre l'oppresseur.

Shab le Tordu eut envie de cracher au visage de cet incapable, mais c'était à l'Annonciateur de prendre une décision.

— Je comprends vos tourments, dit-il avec douceur. L'Égypte est une terre dépravée qu'il faut ramener sur le chemin de la vertu.

Tous s'assirent, et l'Annonciateur se lança dans un long prêche où il fustigea la luxure, la liberté scandaleuse des femmes et l'institution pharaonique que Dieu lui avait ordonné de détruire. À plusieurs reprises, les Cananéens hochèrent la tête en cadence. En demeurant ferme sur ses positions, leur chef les réconfortait.

— Nous vaincrons, prédit-il, et vous serez les premiers à accomplir un exploit dont le pays de Canaan parlera avec fierté.

Dubitatifs, les regards se levèrent.

— Pour porter un coup meurtrier au tyran, expliqua-t-il, il est indispensable qu'une caravane où seront présents nos alliés parvienne à Kahoun. Or un haut fonctionnaire égyptien nommé Roudi constitue un obstacle insurmontable. Cet obstacle, c'est vous, mes courageux disciples, qui l'éliminerez.

— De quelle façon ? questionna l'un des barbus.

— Nous tendrons à ce Roudi un piège dont il ne sortira pas vivant. Et le mérite de ce coup d'éclat vous reviendra.

Les Cananéens écoutèrent avec attention les explications de l'Annonciateur.

— Jusqu'au moment où je vous donnerai le signal de l'action, conclut-il, j'exige le silence absolu. Si l'un de vous bavardait, nous serions tous en danger.

— Nous ne bougerons plus d'ici, promit un barbu, et nous obéirons strictement à vos ordres.

Shab le Tordu inspecta la ruelle.

Personne.

L'Annonciateur pouvait sortir du repaire des Cananéens.

Alors qu'ils retournaient à leur domicile, le Tordu ne retint pas sa langue.

— Des lâches et des incapables, seigneur. À mon avis, ne comptez pas sur eux.

— Tu n'as pas tort.

— Mais... Vous venez de leur confier une mission de première importance !

— Certes, mon ami, mais ne sera-t-elle pas la seule ?

— Ainsi, avança Roudi, vous êtes des marchands de sandales.

Les deux prévenus s'agenouillèrent.

— C'est ça, répondit le plus âgé. Mon frère étant muet, je parlerai pour deux.

— Tâche de ne pas mentir davantage, sinon je perds mes nerfs !

— Je vous jure que...

— Ne t'obstine pas. Comment es-tu entré en Égypte ?

— Par les Chemins d'Horus.

— Tu as donc laissé une trace de ton passage dans l'un des fortins. Lequel ?

— Je ne me souviens plus.

— Toi et ton complice, vous avez pénétré en fraude sur notre territoire. Avec quelles intentions ?

— L'Égypte est riche, nous sommes pauvres. On espérait y faire fortune.

— En vendant des sandales ?

— C'est ça, c'est bien ça.

— En les fabriquant toi-même ?

— Bien sûr.

— Je vous emmène tous les deux dans un atelier. Vous me montrerez comment vous vous y prenez.

— Entendu... On n'y connaît rien en sandales.

— Recommençons depuis le début, mon gaillard ! Cette fois, plus le moindre mensonge. Sinon, je laisse mes hommes t'interroger à leur manière.

— En Égypte, on ne brutalise personne !

— Quand ils auront fini de s'occuper de toi, personne ne te reconnaîtra.

Les deux frères se recroquevillèrent.

— Si je cause, on aura des ennuis.

— Si tu te tais, ils seront pires.

— En vérité, je ne sais pas grand-chose... et je ne voudrais surtout pas d'embêtements ! Si je vous dis tout, vous nous accorderez la liberté, à mon frère et à moi ?

— Tu demandes beaucoup, non ? Voici le marché, non négociable : tu me dis réellement tout, et je vous fais expulser.

— Parole ?

— Parole.

— Alors, voilà : mon frère et moi, on vient de la ville de Sichem, en Canaan. On a été invités à Memphis par un compatriote qui s'est installé ici l'année dernière. Il nous promettait du travail et un logement. En fait, il voulait nous transformer en criminels !

— De quelle manière ?

— Il projetait de piller l'un des entrepôts du port et n'aurait pas hésité à supprimer les gardiens. Pour nous, pas question ! Alors, on est très heureux de rentrer au pays. Voilà, vous savez tout.

— Manque un détail : où habite ce Cananéen ?

— Une maison avec un gardien derrière le temple de Ptah, en face de trois palmiers. L'homme est très méfiant.

— Mot de passe ?

— Vengeance.

— Toi et ton frère, vous quittez l'Égypte aujourd'hui même.

Roudi aurait dû avertir son supérieur, Sobek, mais il préféra organiser seul cette banale opération de police. Ainsi, il pourrait interroger ce Cananéen et obtenir les noms des membres de son réseau. Inutile de déranger le chef des forces de sécurité pour mettre hors d'état de nuire une bande de petits malfaiteurs.

Néanmoins prudent, Roudi emmena avec lui cinq policiers, car les Cananéens étaient passés maîtres dans l'art de se faufiler, et il ne voulait laisser aucune chance à leur chef.

La maison ne fut pas difficile à repérer. Roudi disposa ses hommes et se dirigea vers le portier, assoupi sur le seuil.

Il le réveilla en lui tapant sur l'épaule.

— Ton patron est là ?

— Possible. Qui dois-je annoncer ?

— Vengeance.

— Je vais voir.

D'un pas traînant, le serviteur ouvrit la porte, emprunta une petite allée sablée, pénétra dans la demeure, y resta quelques instants et réapparut sans changer de rythme.

— Il vous attend.

À son tour, Roudi suivit l'allée. Vint à sa rencontre l'un des Cananéens rasés que l'Annonciateur avait fait venir la veille à cet endroit, juste avant d'envoyer deux complices près du temple de Ptah. Leur comportement ne manquerait pas d'intriguer la police, Roudi les interrogerait et, grâce aux renseignements qu'ils lui fourniraient, le contrôleur interviendrait en personne.

Le piège fonctionnait à merveille.

— Pouvez-vous répéter le mot de passe ? demanda le Cananéen.

— Vengeance.

— Cette vengeance, c'est toi qui vas la subir !

Par-derrière, le portier ceintura Roudi pendant que les autres fidèles de l'Annonciateur jaillissaient de la maison et frappaient l'Égyptien à coups de poignard. Terrassé, il eut néanmoins la force d'appeler à l'aide, et ses hommes intervinrent avec promptitude.

Au terme d'une féroce mêlée, seul un policier, quoique grièvement blessé, survécut. Il se traîna à l'extérieur, héla un passant et s'évanouit.

Selon le code convenu, Shab le Tordu frappa à la porte de la maison délabrée. Ce fut l'un des deux barbus cananéens, restés sur place, qui lui ouvrit. Le Tordu entra, suivi de l'Annonciateur.

— Les nôtres ont-ils réussi ? demanda l'autre barbu, assis et buvant du lait.

— Le contrôleur Roudi a été tué.

— Sont-ils déjà repartis pour Sichem ?

— Non, pour une destination beaucoup plus lointaine.

Le barbu se releva.

— Vous voulez dire...

— Ils ont offert leur vie à notre cause. Dieu les accueillera comme des héros et ils jouiront enfin de tous les plaisirs.

— Et nous... Pouvons-nous enfin quitter Memphis ?

— Ne désirez-vous pas, vous aussi, devenir des héros ?

Shab le Tordu étranglait déjà le premier barbu avec un lacet de cuir. Le second tenta de s'enfuir, mais la main de l'Annonciateur se posa sur sa poitrine.

Le Cananéen hurla.

Une serre de faucon se planta dans sa chair et lui arracha le cœur.

— Que faisons-nous des cadavres ? demanda Shab.

— Laissons-les en évidence et ne refermons pas la porte derrière nous. Un passant apercevra les corps et alertera la police. Elle sera ravie de découvrir le refuge de Cananéens qu'elle associera probablement aux assassins du contrôleur Roudi. Une nouvelle répression s'abattra sur Sichem, lieu d'origine des terroristes. Pharaon fera surveiller plus étroitement encore le pays de Canaan, persuadé que s'y trouve la source du mal. Et nous, nous serons libres d'agir.

9.

Du sommet de la colline où était creusée sa vaste tombe à présent terminée, Khnoum-Hotep contemplait la magnifique province de l'Oryx qui, dans quelques heures ou quelques jours, serait le sanglant théâtre d'une guerre civile.

Dans cette tombe décorée d'admirables oiseaux multicolores régnait encore une paix profonde. Mais que resterait-il de ce monument si Sésostris triomphait ? Sans doute le détruirait-il pierre par pierre afin d'effacer toute trace de son dernier adversaire. Et qu'adviendrait-il de sa capitale, Ménat-Khoufou, « la Nourrice de Khéops », lieu de naissance de l'illustre bâtisseur de la grande pyramide ?

Mais Sésostris ne tenait pas la victoire ! Non, il ne régnait pas encore sur les plaines cultivées de cette province, sur ses villages coquets aux petites maisons blanches, sur ses palmeraies et ses bassins d'irrigation. Il ne contrôlait pas les routes caravanières sinuant dans le désert oriental, il ne commandait pas la milice nombreuse et bien entraînée. Elle se battrait férocement, et pas un seul guerrier ne rendrait les armes.

— Éventez-moi, ordonna-t-il à deux serviteurs, qui agitèrent aussitôt deux éventails en forme de lotus.

Connaissant les goûts de leur maître, ils adoptèrent le bon rythme.

« Quel charme a ce paysage, pensa Khnoum-Hotep, comme il est empreint de douceur. Pourquoi ce rêve, devenu réalité à force de labeur, doit-il prendre fin aussi brutalement ? »

Impossible de prolonger ces trop brefs instants de méditation, car chacun attendait ses instructions.

— Rentrons au palais.

Corpulent, Khnoum-Hotep possédait trois chaises à porteurs au dossier inclinable.

Ses trois chiens, un mâle très vif et deux femelles rondouillardes, accoururent pour recueillir quelques caresses. Préoccupé, leur maître ne leur accorda qu'un court moment de tendresse.

Quatre solides gaillards soulevèrent la chaise récemment renforcée et, en compagnie des chiens, regagnèrent la capitale.

Après s'être fait masser avec son onguent préféré, à base de graisse purifiée cuite dans du vin aromatisé, Khnoum-Hotep s'installa dans un fauteuil à haut dossier.

Un serviteur s'empressa de lui laver les mains, un deuxième lui versa du vin blanc dans sa coupe préférée recouverte d'une feuille d'or, un troisième sortit d'un meuble en sycomore deux perruques de grand prix, l'une courte avec des cheveux nattés, l'autre longue avec des mèches ondulées. Khnoum-Hotep aimait changer chaque jour de coiffure et ne supportait pas le moindre défaut, car il en allait de sa dignité. Parfois, il souhaitait avoir le front, les oreilles et la nuque cachés ; en d'autres circonstances, de lourdes tresses l'amusaient.

— Ni l'une ni l'autre, dit-il au perruquier. Donne-moi la plus ancienne et la plus sobre.

Pour affronter l'ennemi, Khnoum-Hotep voulait ressembler à ses ancêtres.

Se présenta la dame Téchat, Trésorière, contrôleuse des entrepôts de la province et gestionnaire des biens personnels de son seigneur.

— Vos directives ont été exécutées avec minutie. Le système défensif est en place, les miliciens à leur poste.

— La province de l'Oryx sera le cimetière des troupes de l'envahisseur. Elles se rueront à l'assaut et tomberont dans nos pièges.

— Pardonnez mon impertinence, seigneur, mais n'est-ce pas un vain espoir ? Pas plus que moi, vous ne croyez à la naïveté de Sésostris. Ses éclaireurs ne nous ont-ils pas espionnés ?

— Nous les avons interceptés !

— Certainement pas tous. Le roi ne connaît-il pas nos forces et nos faiblesses ?

— En ce cas, éliminons ces dernières !

— Nous ne disposons pas d'assez d'hommes.

— Que les femmes et les enfants participent à la défense de notre territoire.

— C'est déjà fait.

Le regard de Khnoum-Hotep s'assombrit.

— D'après toi, dame Téchat, aucune chance de vaincre !

— Peut-être notre courage nous permettra-t-il de repousser l'assaillant.

— Prônerais-tu notre reddition ?

— Certes pas, seigneur ! Mais comment ne pas comprendre que ce terrible affrontement, quelle qu'en soit l'issue, laissera notre province exsangue ? J'ai peur. Peur de voir détruit ce que nous aimons tant.

Khnoum-Hotep ne prononça aucune parole de réconfort. Qu'opposer à la lucidité de sa conseillère ?

— Autorisez-moi à me retirer, seigneur. Je refuse d'assister à ce massacre. Si nous sommes vaincus, ils ne me captureront pas vivante.

Khnoum-Hotep se tassa dans son fauteuil. C'était ici qu'il serait averti de l'offensive de Sésostris. Il prendrait alors la tête des meilleurs hommes de sa milice qui lutteraient jusqu'à l'extrême limite de leurs forces.

Résonnèrent des bruits de pas précipités.

— Seigneur, lui annonça son intendant dont la voix tremblait, voici le pharaon !

— Où a-t-il attaqué ?

— Il n'a pas attaqué, mais il est ici.

Khnoum-Hotep fronça les sourcils.

— Ici... Qu'est-ce que ça signifie ?

— À votre porte, seigneur.

— Ma milice a été exterminée, et l'on ne m'avertit que maintenant !

— Non, non, seigneur ! Personne n'a été tué.

— Serais-tu devenu fou ?

— Le pharaon est seul. Enfin, presque seul. Le Porteur du sceau royal l'accompagne.

Incrédule, Khnoum-Hotep se leva et marcha à grandes enjambées jusqu'à l'entrée de son palais.

Coiffé de la couronne bleue, le géant portait un pagne surprenant, couvert de hiéroglyphes rappelant la fonction de ce vêtement sacré : transformer le roi en lumière agissante, le rendre victorieux contre le mal et voir la totalité de la création.

— Personne... personne ne vous a empêché de parvenir jusqu'à moi ?

— Qui oserait lever la main sur le roi de Haute et de Basse-Égypte ?

— Ma province est indépendante, rugit Khnoum-

Hotep avant de se lancer dans un long discours où il retraça l'histoire de sa famille avec un maximum de détails.

S'appuyant sur les résultats de sa bonne gestion, dont il n'omit aucun élément, il vanta ensuite les mérites de son administration.

Immobile, Sésostris attendit la fin de cette péroraison sans manifester le moindre signe d'impatience. Puis il laissa s'écouler un long silence avant de prendre lui-même la parole.

— L'orateur prolixe qui harangue la foule est un homme dangereux, le bavard un fauteur de troubles. Exciter la multitude conduit à la destruction. C'est pourquoi gouverner exige de devenir un artisan en paroles.

Les dignitaires présents étaient persuadés que Khnoum-Hotep, gravement insulté, allait ordonner l'arrestation immédiate de ce roi imprudent.

Comme frappé par la foudre, le chef de la province de l'Oryx n'eut aucune réaction.

— Interlocuteur des dieux, le pharaon passe un pacte avec eux, poursuivit Sésostris, mais n'œuvre pas pour lui-même. L'énergie créatrice dont il est dépositaire, il la destine à son peuple. L'harmonie de l'État s'accomplit dans une communion entre les êtres qui ne réclament pas de droits mais vivent de leurs devoirs réciproques. Que soit unie la pensée des humains avec l'esprit des divinités, que la Maison du Roi soit unie, que le gouvernement insiste sur la capacité d'union de chaque être et non sur celle de s'opposer et de diviser. Aussi toutes les provinces doivent-elles se rassembler afin d'apporter les offrandes au temple et faire de l'Égypte un grand corps, semblable au ciel. Pharaon ne se contente pas de parler, mais agit. Ce que mon cœur conçoit, je le réalise, avec ténacité et persévérance. Si tu es un homme de devoir, un vrai responsable, ne condamne pas la province de l'Oryx à l'isolement. Mais le mal ne te ronge-t-il pas, Khnoum-Hotep ? N'as-tu pas dérobé l'or des dieux ? N'as-tu pas jeté un maléfice sur l'arbre de vie ? Ne tentes-tu pas d'empêcher la résurrection d'Osiris ?

De nouveau, le silence.

Cette fois, Khnoum-Hotep ne pouvait rester muet. Il ne s'agissait pas d'une joute verbale, mais d'accusations si graves que le chef de province devait éliminer ce monarque, soit parce qu'il en savait long, soit parce qu'il osait souiller ainsi son honneur.

Khnoum-Hotep finit bien par réagir, mais d'une manière imprévisible.

L'imposant personnage éclata de rire.

Un rire si tonitruant qu'il dépassa les limites du palais.

Quand il retomba enfin, Khnoum-Hotep constata que le regard du pharaon continuait à lui percer l'âme.

— Majesté, je reconnais avoir été bavard ! J'ai ri pour deux raisons. D'abord, à cause de moi-même et de ma lenteur à percevoir les arguments que vous avez exposés en si peu de mots, mais combien puissants ! Ensuite, à cause de l'énormité de vos griefs. L'exploitation des mines d'or du désert d'Orient est réduite au minimum depuis longtemps, et le peu de métal précieux dont je dispose est destiné au temple. Quant à l'arbre de vie, à supposer qu'il ne s'agisse pas d'une légende, j'en ignore l'emplacement. Et si je vénère Osiris, l'unique garant de la survie de mon âme, je ne suis pas initié aux mystères de sa résurrection et n'ai donc aucun pouvoir ni sur lui ni sur son domaine sacré d'Abydos. Je ne suis pas le criminel que vous recherchez, Majesté. Cette rencontre est le moment le plus important de mon existence, car elle met fin à notre affrontement et permet d'éviter un conflit sanglant et dévastateur. Je vois et j'entends un véritable pharaon dont je deviens dès cet instant le fidèle serviteur. Je remets la province de l'Oryx entre vos mains, Majesté, et vous invite au plus gigantesque banquet jamais organisé dans ma capitale.

Pour Sobek le Protecteur, qui doutait encore de la sincérité de Khnoum-Hotep, ce banquet était un vrai cauchemar. Dans cette vaste salle où s'installaient les dignitaires de la province et leurs épouses, comment assurer la sécurité du roi ? Son hôte ne jouait-il pas la comédie afin de l'attirer dans un piège ?

Le général Nesmontou partageait cette hypothèse. Obligé de revêtir son habit de cérémonie à son corps défendant, il jugeait ce Khnoum-Hotep capable d'envisager l'élimination du roi et de ses proches lors de cette fête grandiose qui voyait fraterniser miliciens de la province de l'Oryx et soldats du pharaon. Méfiant, Nesmontou avait donné des consignes très strictes à un régiment d'élite chargé d'intervenir au moindre incident.

Le général Sépi et le Porteur du sceau royal Séhotep se montraient moins pessimistes. Le premier, parce qu'il constatait le soulagement unanime d'échapper à une effroyable confrontation ; le second, parce qu'il assistait à la métamorphose de Khnoum-Hotep et que personne ne pouvait simuler à ce point-là.

Ornée de centaines de fleurs, parfumée, éclairée par des dizaines de lampes, la salle du banquet était un régal pour les yeux.

Lorsque s'éleva la voix autoritaire de Khnoum-Hotep, le silence s'établit.

— Le pharaon est venu. Il réunit les Deux Terres, la Haute et la Basse-Égypte, gouverne la terre rouge et place la terre noire sous son autorité, donne la vie au roseau et à l'abeille. Tous ici présents, inclinons-nous devant lui et vénérons-le.

Beaucoup d'hommes rudes, à commencer par Nesmontou, ne purent contenir leur émotion. En cet instant, l'Égypte retrouvait l'unité, la paix et la cohérence. Le spectre de la guerre civile s'évanouissait.

Au titre de cet exploit, Sésostris compterait parmi les plus grands pharaons de l'histoire égyptienne.

Les cuisiniers de Khnoum-Hotep avaient choisi de servir plusieurs poissons, les uns grillés et accompagnés d'asperges, les autres avec une sauce au cumin, au céleri et à la coriandre. Longues de deux mètres, les plus grosses perches pesaient cent cinquante kilos. Rudes combattantes, elles ne se laissaient pas facilement pêcher mais se montraient vulnérables en hiver quand elles se rapprochaient de la surface. Le dos brun olivâtre, le ventre argenté, elles offraient une chair d'une grande finesse. Chargée de protéger la proue de la barque solaire, la perche avertissait l'équipage divin de la présence du serpent monstrueux décidé à boire l'eau du Nil.

Le général Nesmontou apprécia un muge à la tête arrondie et aux grandes écailles qui vivait dans les marais saumâtres et le Delta. Rapide, habile, il échappait souvent aux filets. Séhotep, lui, se régalait de la chair délicate d'un barbeau au corps blanc, argenté et brillant. On le pêchait avec des hameçons triples et, comme appâts, on utilisait soit des dattes, soit des boules d'orge germé. Le général Sépi goûta un poisson très cher, le mormyre au museau court et à l'œil large, habitué des bords du fleuve. Nocturne, craintif, il montait rarement à la surface, et seuls des professionnels chevronnés le surprenaient. Quant à Sobek le Protecteur, il mangea avec appétit une superbe citharine, blanc argenté sur le ventre et les flancs, et gris bleuâtre sur le dos. Et personne ne rechigna lorsque passèrent des plats de mulets, d'anguilles, de carpes et de tanches.

Préparée avec des ovaires de muges plusieurs fois lavés dans de l'eau salée avant d'être pressés entre des planches, puis séchés, la boutargue était d'une qualité exceptionnelle. Elle accompagna les plats principaux qui connaissaient un franc succès, qu'amplifiaient des vins dont l'étiquette précisait « huit fois bon », le plus haut degré dans la cotation des grands crus. Même Nesmontou dut admettre que les maîtres vignerons de la province de l'Oryx valaient ceux du Delta.

Alors que les conversations allaient bon train et que l'atmosphère se détendait, Khnoum-Hotep s'adressa au roi.

— Majesté, puis-je solliciter des explications à propos des questions terrifiantes que vous m'avez posées ?

— L'arbre de vie, l'acacia d'Osiris à Abydos, est victime d'un maléfice. S'il meurt, l'Égypte mourra. Seul un certain or le guérira. Nous devons aussi identifier le coupable qui manie contre Osiris la force de Seth.

— Et vous avez cru... que c'était moi !

— Nous avons soupçonné chacun des chefs de province attachés à leurs privilèges. Combattre l'unité du pays, n'était-ce pas empêcher la résurrection d'Osiris ? Aujourd'hui, les Deux Terres sont de nouveau liées, et ton innocence, comme celle de tes homologues, est établie.

— Alors, qui ?

— Tant que nous ne le saurons pas, nous serons en grand danger.

— Je vous aiderai de toutes mes forces.

— Sans faillir et sans états d'âme ?

— Ordonnez, j'obéirai.

La nuit s'avançait lorsque furent servis de succulents

gâteaux à base de miel. Quand le pharaon se leva, tous les convives l'imitèrent pour écouter une déclaration qu'ils pressentaient essentielle.

— Il n'existe plus de chefs de province, les charges héréditaires sont supprimées. Haute et Basse-Égypte se réunissent dans le cœur et le poing du roi. Je confie l'administration des Deux Terres à un vizir. Il s'entretiendra chaque matin avec moi, me rendra compte de ses activités, sera assisté par des ministres et soumis au contrôle de la Maison du Roi. Sa tâche s'annonce pénible, rude, ingrate et amère comme du fiel. Il appliquera la loi de Maât sans l'outrepasser, sans faiblesse ni excès, traquera l'injustice, entendra le pauvre comme le riche, se fera craindre à bon escient et ne courbera pas la tête devant les dignitaires.

Tous eurent la même pensée : restait à connaître le nom du premier titulaire de ce poste écrasant, un homme qui bénéficierait de la confiance du monarque et serait accablé sous une masse de devoirs impérieux.

— J'attribue la fonction de vizir à Khnoum-Hotep, décréta le pharaon.

10.

Le soleil venait de se coucher. Iker pénétra dans la maison à l'abandon où il rencontrait en secret Bina, la jeune Asiatique, à l'abri des oreilles indiscrètes.

L'endroit était sinistre. Un mur menaçait ruine, les poutres se fissuraient. Bientôt, la masure serait abattue pour céder la place à une bâtisse neuve.

— C'est moi, annonça-t-il à mi-voix. Montre-toi.

Aucun signe de vie.

Soudain, Iker se demanda si la jolie brune ne l'avait pas trahi en le dénonçant aux autorités. Ne complotait-elle pas avec le maire ou Héremsaf afin de mener le jeune scribe à sa perte ? En dévoilant ses projets, elle le condamnerait au châtiment suprême, et le tyran continuerait à détruire l'Égypte en répandant le malheur.

Alors qu'il s'apprêtait à partir en espérant que la police ne l'attendait pas à l'extérieur, deux mains se plaquèrent sur ses yeux.

— Je suis ici, Iker !

Il se dégagea vivement.

— Tu es folle ! Pourquoi me causes-tu de telles frayeurs ?

Elle eut une moue de petite fille.

— J'aime bien m'amuser, moi... Toi, pas assez !

— Crois-tu que j'aie le cœur à m'amuser ?

— Tu as raison, pardonne-moi.

Ils s'assirent côte à côte.

— Es-tu enfin décidé, Iker ?

— J'ai encore des vérifications à effectuer.

— Moi, j'ai d'excellentes nouvelles ! Nos alliés ne tarderont plus. Bientôt, ils arriveront à Kahoun. Ces vrais guerriers sauront prendre le contrôle de la ville. Le haut fonctionnaire qui bloquait leur entrée en Égypte vient de quitter son poste. Son successeur étant moins intransigeant, la caravane passera sans difficulté.

— Je suppose que d'autres villes sont concernées ?

— Je l'ignore, Iker. Je ne suis qu'une humble servante dévouée à la cause des opprimés. Ce que je sais, c'est qu'elle triomphera !

— La municipalité m'a offert une magnifique maison, révéla Iker.

— On veut étouffer ta conscience ! Mais tu n'es pas de la race des ambitieux que l'on corrompt, n'est-ce pas ?

— Personne ne m'achètera, Bina. Mon vieux maître m'a appris à toujours rechercher la justesse afin d'agir en conséquence.

— Alors, supprime le tyran Sésostris !

— Je dois encore procéder à quelques vérifications, notamment en consultant des archives dont on me refuse l'accès.

— Comme tu voudras, Iker. Mais ne perds pas trop de temps.

Étendu sur son lit, Sékari songeait aux merveilleux moments qu'il venait de passer dans les bras de sa nouvelle maîtresse, la servante d'une demeure voisine qui n'avait pas résisté à ses histoires drôles, de plus en plus grivoises. Acceptant la proposition d'en mettre une en scène, la mutine s'était abandonnée à son rôle en le jouant à la perfection. Et quelle femme digne de ce nom aurait refusé de se rouler dans des draps de lin fin, doux et parfumés ?

Sékari aurait volontiers renouvelé les ébats, mais il devait nourrir Vent du Nord, et l'on ne faisait pas attendre l'âne de son patron. Ensuite, il préparerait un dîner consistant, bien qu'Iker manquât singulièrement d'appétit. Sauf revirement de situation, Sékari se dévouerait pour terminer les plats.

Quand il rentra, le jeune scribe se lava les mains et les pieds, puis s'assit dans un fauteuil. Sa mine était plus sombre que la veille.

— Je parie que tu n'apprécieras ni mes fèves à l'ail ni mon gratin de courgettes.

— Je n'ai pas faim.

— Quel que soit ton idéal, Iker, tu ne l'atteindras pas en dépérissant.

Une voix connue résonna.

— Puis-je entrer ? Je cherche le scribe Iker.

— Héremsaf...

« Cette fois, pensa le jeune homme, il ne m'attribuera ni maison ni promotion. Il a dû me faire suivre et connaît mes liens avec Bina. »

— Je vais le recevoir, décida fièrement Sékari.

— Non, laisse. Ça ne concerne que moi.

Le supérieur hiérarchique d'Iker avait un visage grave et fermé.

— Belle demeure, Iker. Mais tu sembles fatigué.

— La journée a été rude.

— Acceptes-tu de me suivre sans discuter ?

— Ai-je le choix ?

— Bien entendu. Soit tu restes chez toi et tu te reposes, soit tu tentes l'aventure.

« L'aventure... Un drôle de terme pour désigner la prison », songea Iker.

Fuir ? Utopique. Et quel plaisir aurait Héremsaf en voyant le jeune scribe plaqué au sol et matraqué par les policiers ! Puisque c'était la fin du chemin, il se comporterait au moins avec dignité.

— Je vous suis.

— À mon avis, tu ne le regretteras pas.

Iker ne réagit pas à cette ironie mordante. Son vainqueur ne discernerait chez lui aucun signe de faiblesse.

D'abord, il n'aperçut aucun policier ; ensuite, il constata qu'Héremsaf ne le conduisait pas hors de la ville, mais en direction du mur sud.

— Où allons-nous ?

— Au temple d'Anubis.

— Qu'avez-vous à me reprocher ? Aurais-je mal fait mon travail ? La bibliothèque ne serait-elle pas en ordre ?

— Au contraire, Iker, au contraire ! Tu as tellement bien rempli tes fonctions que le collège des prêtres d'Anubis souhaite te voir.

— Maintenant ?

— Tu sais, avec ces gens-là, on ne connaît ni le jour ni l'heure. Mais tu es libre de refuser leur convocation.

Quel genre de traquenard Héremsaf avait-il conçu ? Aussi intrigué qu'inquiet, Iker persévéra.

Sur le seuil du temple, un ritualiste au crâne rasé tenait une torche bien droite. Vint à ses côtés l'un de ses collègues, porteur d'un rouleau de papyrus.

Il s'inclina devant Héremsaf, lequel se tourna vers le scribe.

— Toi, Iker, désires-tu devenir prêtre d'Anubis ?

Pris au dépourvu, le jeune homme répondit sans hésiter.

— Oui, je le désire !

En ces quelques mots, le feu d'une espérance insensée qui, soudain, allait peut-être devenir réalité.

— As-tu été initié aux mystères de l'écriture sacrée ? demanda le porteur du rouleau.

— Je connais les lettres mères et les paroles de Thot.

— En ce cas, lis ce texte rituel. Ensuite, tu écriras des formules de connaissance relatives à la bonne pratique de l'art du scribe.

Iker réussit cet examen de passage en citant des maximes où Maât, rectitude et justesse, tenait la première place.

— Réunissons notre tribunal, recommanda le porteur de la torche, et procédons à l'évaluation des qualités du postulant. Notre supérieur accepte-t-il de le présider ?

Héremsaf hocha la tête affirmativement.

Iker était stupéfait. Héremsaf, ce dignitaire qu'il croyait bien connaître, dépositaire des mystères d'Anubis !

Les deux ritualistes prirent le scribe par les bras et l'introduisirent dans la première salle du temple.

Le long des murs, des banquettes de pierre occupées par les permanents qui célébraient les rites quotidiens et assuraient l'entretien du lieu saint.

Héremsaf prit place à l'orient et posa la première question.

— Que sais-tu d'Anubis, Iker ?

— Il est le passeur entre les mondes et détient les secrets des rites de résurrection. Incarné dans le chacal, il débarrasse le désert des charognes qu'il transforme en énergie.

Précises, cinquante autres questions fusèrent. Iker y répondit sans précipitation et sans tenter de dissimuler ses lacunes sous un verbiage d'érudit.

Pendant la délibération, le postulant fut isolé dans

une petite pièce aux murs nus qu'éclairait une seule lampe. Le temps cessa de s'écouler, le scribe se laissa dériver dans une méditation apaisante.

Un ritualiste lui présenta une longue robe de lin dont Iker se revêtit.

— Ôte tes amulettes, exigea-t-il. À l'endroit où tu vas, elles ne te seront d'aucune utilité. Ton juge, ton seul juge, sera Anubis. Et ses décisions sont sans appel.

Le ritualiste fit descendre le postulant dans une crypte obscure.

— Contemple le fond de cette grotte et sois patient. Peut-être la divinité t'apparaîtra-t-elle.

Demeuré seul, Iker s'habitua peu à peu aux ténèbres. Il finit par distinguer deux surprenantes créatures, un chacal mâle et un chacal femelle, debout sur leurs pattes arrière et face à face, laissant entre eux un vide qui attira irrésistiblement le scribe.

Indifférent au danger, il se glissa entre les deux fauves, lesquels posèrent leurs pattes avant sur ses épaules[1].

À cet instant, Iker sentit qu'une énergie nouvelle circulait dans ses veines. Tout se passait comme si son corps se renouvelait, comme si ses chairs se recréaient avec une vigueur jusque-là inconnue.

Portant un coffre en acacia, Héremsaf pénétra dans la crypte. Il le déposa aux pieds d'Iker et l'ouvrit lentement.

À l'intérieur, un sceptre en or, le *sekhem*. Dans la langue hiéroglyphique, il servait à écrire les concepts de maîtrise et de puissance.

Le scribe se souvint des paroles du potier préposé au temple d'Anubis. Ne lui avait-il pas appris que le dieu

1. Pour cette scène extraordinaire, voir *Mélanges Mokhtar*, I, Le Caire, 1985, p. 156, fig. 3.

à tête de chacal détenait la véritable puissance, incarnée dans ce symbole préservé sur le site d'Abydos ? Avec la lune, le disque d'argent qu'il maniait pendant la nuit, Anubis éclairait les justes ; et il façonnait aussi une pierre d'or prenant la forme du soleil.

Héremsaf referma le coffre et sortit de la crypte. Iker le suivit jusqu'à la salle à colonnes couverte de grandes dalles de pierre. Les permanents écoutèrent avec recueillement leur supérieur qui s'adressait au nouveau prêtre.

— Tourne tes regards vers le Saint des Saints, le ciel sur la terre. Ne pénètre jamais ici en état d'impureté, ne commets aucune inexactitude, ne dérobe ni pensée ni bien matériel, ne profère pas de mensonge, ne révèle aucun des secrets que tu verras, ne lèse pas les offrandes, ne nourris pas de parole sacrilège en ton cœur, remplis ta fonction selon la règle et non à ta fantaisie. Tu n'as aucun dogme à imposer, aucune vérité absolue à répandre, personne à convertir. Quand tu seras appelé au temple, chausse des sandales blanches, accomplis ton service avec rigueur, car Dieu connaît celui qui agit pour lui. Es-tu prêt, Iker, à prêter serment ?

— Je le suis.

— Approche-toi de l'autel.

Le scribe s'exécuta.

— Voici la pierre fondamentale d'où est né ce temple. Si tu devenais parjure, elle se transformerait en un serpent qui t'anéantirait. Répète avec moi cette formule : « Je suis le fils d'Isis, je ne trahirai pas les sept paroles cachées sous les pierres de la vallée[1]. »

Après qu'Iker se fut engagé, Héremsaf lui précisa sa mission.

1. Voir S. Aufrère, *L'Univers minéral dans la pensée égyptienne*, Le Caire, 1991, tome I, p. 109.

— Une fois par semaine, tu garniras d'offrandes cet autel. Lors des processions et des fêtes d'Anubis, tu allumeras une lampe. En échange de ton travail, tu recevras de l'orge et des mèches pour l'éclairage. De plus, tu seras le serviteur du *ka* de ce temple, sa puissance spirituelle. Aussi prononceras-tu, lors des cérémonies, les paroles d'animation de cette force nourricière. Sois le bienvenu parmi nous, Iker, et prends part à notre banquet.

Le nouveau prêtre temporaire reçut l'accolade de ses confrères.

La nuit était douce, les mets savoureux. Lors du partage de la galette rituelle révélant la face du dieu, Iker se sentit plus proche du sacré qu'il ne l'avait jamais été, même si les véritables secrets demeuraient inaccessibles.

Lui, le petit apprenti scribe de la bourgade de Médamoud, élevé au rang de prêtre temporaire du temple d'Anubis, à Kahoun... Comment imaginer pareil destin ? Il songea à la jeune prêtresse, à cette femme sublime qu'il continuait à aimer. En cette soirée, n'aurait-elle pas été fière de lui ?

Non, bien sûr que non. Elle devait fréquenter de si hauts dignitaires qu'elle ne poserait même pas les yeux sur Iker. Mais il était tout de même entré dans la hiérarchie sacrée et avait reçu la protection d'Anubis.

— Voici ta nouvelle amulette, dit Héremsaf en offrant à Iker un petit sceptre « Puissance » en cornaline. Mets-la à ton cou et ne la quitte jamais.

À tour de rôle, les serviteurs d'Anubis souhaitèrent la bienvenue à leur nouveau confrère.

En écoutant leurs paroles paisibles et leurs encouragements à découvrir peu à peu les enseignements du dieu, le jeune homme se demanda s'il ne faisait pas fausse route. Ne devait-il pas oublier ses projets insensés et se contenter de vivre ici, à Kahoun, en remplissant ses nouveaux devoirs et en étudiant les livres de sagesse ?

La magie de ce rituel, la sérénité de ces hommes, la beauté de ce lieu... Comme cet avenir-là lui paraissait radieux !

Mais il était allé trop loin.

Dissimulé dans sa chambre, le poignard avec lequel il tuerait Sésostris ne disparaîtrait pas. Bina, elle aussi, restait bien réelle et lui rappelait sa véritable mission. La négliger, oublier les malheureux opprimés par un tyran, serait une insupportable lâcheté.

— Te crois-tu vraiment capable d'assumer tes nouvelles fonctions ? interrogea Héremsaf.

— Si tel n'était pas le cas, m'auriez-vous appelé ?

— La vie n'est-elle pas une succession d'expériences ?

— C'est à cela que vous me réduisez, une simple... expérience ?

— À toi de me le dire, Iker.

Le scribe voguait dans un espace incertain. S'ajoutant à la chaleur de ces moments aériens, le vin du banquet mélangeait ses pensées. Héremsaf... Un protecteur qui lui ouvrait la voie des mystères ou bien un ennemi qui avait juré sa perte ?

L'heure ne se prêtait ni aux questions ni aux réponses, mais à la communion fraternelle des serviteurs d'Anubis. Au cœur de la nuit, Iker la goûta comme un mets unique.

11.

Quand le chef de toutes les polices du royaume piquait une colère, mieux valait garder un complet silence, ouvrir grandes ses oreilles, écouter ses ordres et les exécuter sans perdre une seconde. Aussi l'enquête sur la mort du contrôleur Roudi fut-elle rondement menée.

L'identification des assassins ne laissait subsister aucun doute : des Cananéens originaires de Sichem, la ville des révoltés sévèrement surveillée. Précautions insuffisantes, puisque les terroristes s'étaient infiltrés à Memphis pour y commettre un attentat. Il fallait lui relier la découverte des cadavres de Cananéens barbus dans une masure située derrière le port. À l'évidence, un autre domicile du même groupuscule. Mais pourquoi ce massacre ? S'étaient-ils entre-tués, leur chef les avait-il supprimés avant de s'enfuir ? Partiellement détruit, le réseau se reconstituerait-il ailleurs ?

En tout cas, il s'avérait indispensable de tarir la source, donc de ratisser Sichem et de durcir l'attitude des militaires égyptiens en Canaan. Telles se présentaient les conclusions du rapport de Sobek, remis au pharaon qui, de retour à Memphis, réunissait les membres de la Maison du Roi. Elle comptait un nouvel élu, le vizir Khnoum-Hotep, installé dans de vastes locaux jouxtant le palais. Entre lui et ses deux principaux collaborateurs, le Grand Trésorier Senânkh et le Porteur du sceau Séhotep, un courant de sympathie s'était aussitôt établi. Khnoum-Hotep s'affirmait déjà comme un vizir rigoureux, attaché au service de l'État. Grâce à l'aide des deux dignitaires, il recrutait des scribes d'élite et formait une administration efficace. Personne n'enviait sa position car, chaque jour, il serait confronté à une myriade de difficultés.

— J'ai envoyé le général Sépi à la recherche de l'or guérisseur, annonça Sésostris. Avec une petite troupe de prospecteurs, il explorera les sites où nous espérons le découvrir. J'espère que l'unité retrouvée de notre pays ralentira la dégénérescence de l'arbre de vie, mais elle ne suffira pas à le sauver. Et nous ignorons toujours l'identité du criminel qui a jeté le maléfice sur l'acacia et tente d'empêcher la résurrection d'Osiris. L'identifier reste une priorité. Mais nous devons affronter un autre danger : en raison de l'assassinat du contrôleur Roudi par des Cananéens, Sobek pense qu'une nouvelle révolte couve. Il nous faut donc intervenir avec vigueur dans le pays de Canaan et toute la Syro-Palestine. Hier, impossible. Aujourd'hui, nous nous en donnons les moyens en créant une armée où seront intégrées les milices des provinces revenues dans le giron de l'Égypte. Je confie le commandement de cette armée nationale au général Nesmontou qui l'organisera dans les plus brefs délais. Que cette force ne soit pas l'expression de la brutalité aveugle mais l'un des moyens de lutte contre le désordre et la rébellion.

Le seul à se moquer complètement de la gloire que lui conférait sa nomination était Nesmontou lui-même. Insensible aux honneurs et aux décorations, le vieux général se préoccupait de former son état-major avec des hommes de terrain, disciplinés et courageux, dont certains provenaient des anciennes milices. Chaque régiment comprendrait quarante archers et quarante lanciers, sous les ordres d'un lieutenant assisté d'un porte-enseigne, d'un scribe de l'intendance et d'un scribe des cartes géographiques. Arcs, javelots, massues, bâtons, haches, dagues, boucliers et bracelets de cuir, produits en quantité par les ateliers de Memphis, formaient la base de l'équipement. Et Nesmontou inspectait lui-même chaque navire de guerre en vérifiant les états de service des capitaines.

Au rythme où travaillait le général, il ne faudrait pas longtemps avant que l'armée égyptienne soit opérationnelle et fasse comprendre aux Cananéens que toute tentative de révolte était vouée à l'échec.

Sitôt rédigé le décret royal relatif à la création de ce nouveau dispositif militaire, Médès avait ordonné au service des postes d'en délivrer copie à toutes les villes du royaume. Comme d'ordinaire, le travail serait accompli à la perfection, et Sésostris n'aurait aucun reproche à adresser au Secrétaire de la Maison du Roi.

Dans la force de l'âge, amateur de bonne chère et de vins capiteux, les cheveux noirs plaqués sur son crâne rond, le visage lunaire, le torse large, les jambes courtes et les pieds potelés, Médès devenait l'un des hauts personnages de la cour les plus en vue. Propriétaire d'une superbe villa à Memphis, époux d'une idiote replette et perverse qui passait son temps à se refaire une beauté, il était l'exemple même du notable auquel tout réussissait.

Pourtant, Médès demeurait insatisfait et angoissé. Fasciné par le pouvoir et la richesse, il ne s'estimait pas honoré à sa juste valeur. Aussi désirait-il s'emparer de l'or de Pount, pays mythique qu'il considérait comme bien réel. Quoiqu'il eût organisé l'enlèvement d'un jeune scribe pour l'offrir à la mer dangereuse, *Le Rapide*, affrété par ses soins, avait coulé lors d'une tempête. Tout en lui donnant accès à des informations majeures, sa nouvelle charge lui interdisait, dans l'immédiat, de détourner un autre bateau sans attirer l'attention.

Depuis que Sésostris, à la surprise générale, avait réussi la réunification de l'Égypte, le Secrétaire de la Maison du Roi dormait mal. Quelques mois auparavant, il espérait déstabiliser le souverain, voire le supprimer. Sans y renoncer, il devait se montrer d'une extrême prudence.

Restait le but majeur de Médès : percer les mystères du temple fermé. Malgré d'habiles malversations et des flatteries répétées, il n'obtenait d'aucun grand prêtre l'autorisation de pénétrer dans l'ultime partie d'un sanctuaire. C'était là, et plus particulièrement à Abydos, que le pharaon puisait sa puissance. Et c'était là, tôt ou tard, que Médès puiserait la sienne.

Pour l'heure, les portes semblaient fermées. La nomination de Nesmontou à la tête de la nouvelle armée nationale n'offrait rien de réjouissant. Le vieux soldat n'éprouvait d'attrait ni pour la fortune ni pour les honneurs. Malgré ses investigations, Médès ne décelait aucun moyen de le corrompre.

— L'inspecteur principal des greniers Gergou demande audience, lui annonça son intendant.

— Conduis-le sous la pergola et sers-nous du vin blanc.

Manipuler Gergou ne présentait aucune difficulté, à condition de lui remonter le moral de temps à autre. Ivrogne, misogyne, ce jouisseur sombrait parfois dans la dépression. D'un parfait égoïsme, ne s'attachant qu'à son plaisir, Gergou était pourtant un bon exécutant.

La première coupe vidée, l'inspecteur principal arborait un franc sourire.

— Le contact avec le prêtre permanent d'Abydos se maintient et même se renforce, déclara-t-il avec fierté.

— Es-tu vraiment certain qu'il ne s'agit pas d'un piège ?

— Grâce à lui, j'ai acquis le statut de temporaire et visité une partie du domaine sacré d'Osiris où sont érigées des chapelles votives, des stèles et des statues. Un endroit impressionnant... Fait essentiel, il m'a révélé, au moins en partie, ses intentions : vendre des objets consacrés que nous ferons sortir d'Abydos.

Médès était abasourdi.

Il se demandait même si Gergou ne se moquait pas de lui, mais un exposé détaillé le convainquit.

— Comme ce prêtre doit être aigri !

— Il ne respire pas la bonté, c'est certain, mais quelle aubaine ! Ne rêviez-vous pas d'un allié à Abydos ?

— Un simple rêve...

— Il devient réalité, et nous sommes à deux doigts du succès, affirma Gergou, mais le prêtre formule une exigence : savoir qui est mon patron et le rencontrer.

— Impossible !

— Vous devez le comprendre. Lui aussi redoute un piège et veut des garanties. S'il n'obtient pas satisfaction, il se rétractera.

— Étant donné ma position, je ne peux courir un tel risque.

— Étant donné la sienne, il ne le peut pas non plus.

Médès fut ébranlé. Ou bien il se contentait de son poste éminent et oubliait ses ambitions, ou bien il tentait l'aventure avec la crainte de tout perdre.

— J'ai besoin de réfléchir, Gergou.

Comme chaque matin, la jeune prêtresse se rendit, dès l'aube, au lac sacré d'Abydos, résurgence du *Noun*, l'océan d'énergie où la vie était née. Après s'y être purifiée, elle recueillait dans un vase l'eau destinée à l'acacia d'Osiris.

Sentant un regard peser sur ses épaules nues, elle se retourna.

L'un des permanents la contemplait.

— Que désirez-vous, Béga ?

— De l'eau pure. Acceptez-vous de remplir ces vases ?

— N'est-ce pas le travail des temporaires ?

— Si vous y consentez, je suis sûr que les libations seront plus efficaces qu'à l'accoutumée.

— Ne m'attribuez pas tant d'importance !

— Vous appartenez au collège des prêtresses d'Hathor, et la reine d'Égypte en personne vous accorde son estime. Un grand destin ne s'ouvre-t-il pas devant vous ?

— Je n'aspire qu'à servir Osiris.

— N'êtes-vous pas trop jeune pour choisir un chemin aussi aride ?

— Je n'y vois nulle aridité mais plutôt une lumière qui féconde tout ce qu'elle touche.

Béga parut affligé.

— Belle pensée, mais comment envisager l'avenir d'Abydos ? Si l'arbre de vie s'éteint, le site sera abandonné et nous dispersés.

— Tout espoir n'est pas perdu, estima la jeune femme. L'un des rameaux n'a-t-il pas reverdi ?

— Espoir très mince, je le crains. Néanmoins, vous avez raison : nous lutterons jusqu'au bout, chacun à notre place.

— Les temporaires rempliront vos vases, précisa-t-elle, souriante, avant de s'éloigner.

Elle se dirigea vers l'acacia auprès duquel se trouvait déjà le Chauve. Avant qu'ils ne versent ensemble de l'eau et du lait au pied de l'arbre, il tint à lui communiquer la nouvelle qu'il venait de recevoir.

— Un messager de la poste royale m'a apporté une copie du décret dicté par le pharaon : les chefs de province se sont tous ralliés à la Couronne, l'Égypte est réunifiée, les Deux Terres solidement liées.

Un vent très doux se levait. Les branches de l'acacia frémissaient et, sous le regard ému du Chauve et de la prêtresse, un nouveau rameau, apparemment mort, se teinta de vert.

— Sa Majesté a pris la bonne direction, déclara le Chauve. Je vais l'avertir immédiatement. Et si l'arbre entier revivait ?

Dans les jours suivants, il n'y eut malheureusement pas d'autre signe de renaissance. Le maléfice n'était qu'entamé, non brisé.

— Accompagne-moi à la Maison de Vie, ordonna le Chauve à la jeune prêtresse. Si tu parviens à en franchir la porte, tu y rechercheras les anciens textes qui contiennent peut-être des indications sur la méthode à employer pour guérir l'acacia.

À chaque grand temple d'Égypte s'accolait une Maison de Vie où l'on conservait les « Âmes de la lumière divine [1] », à savoir les archives sacrées ; en raison de la qualité et de la quantité des textes préservés, celle d'Abydos se révélait d'une exceptionnelle richesse.

Seul le pharaon accordait l'autorisation d'y pénétrer. Aussi la jeune femme en déduisait-elle que le Chauve agissait sur son ordre.

1. *Baou Râ.*

De hauts murs protégeaient l'inestimable trésor.

— Voici un gâteau sur lequel j'ai inscrit les mots « ennemis », « rebelles » et « révoltés », tous gens d'*isefet*, la force négative et destructrice opposée à Maât. Fais-en bon usage.

Le Chauve poussa une petite porte donnant sur un couloir étroit.

Apparut aussitôt une magnifique panthère, la Dame du Château de Vie, dont le dos s'ornait de quatre étoffes.

De ses yeux noirs, elle observa longuement l'intruse, puis s'avança vers elle en ondulant.

La jeune femme ne bougea pas.

Après l'avoir flairée, le fauve posa sa patte avant gauche sur la cuisse de sa proie. Quoique sorties, les griffes ne déchirèrent pas la chair.

La prêtresse présenta le gâteau à l'incarnation de la déesse Mafdet, gardienne des archives sacrées. La panthère dévora les confédérés d'*isefet*, puis se lova près de la porte et s'endormit.

La voie était libre.

L'univers que découvrit la jeune femme la laissa interdite pendant de longues minutes. Sur les étagères d'une vaste bibliothèque, des papyrus et des tablettes traitant de tous les aspects de la science des Anciens : le grand livre contenant les secrets du ciel, de la terre et de la matrice stellaire, le livre pour comprendre les paroles des oiseaux, des poissons et des quadrupèdes, le livre pour interpréter les rêves, le livre des formes secrètes des divinités, le livre pour apaiser Sekhmet, la lionne terrifiante, le livre des transformations en lumière, le livre du Nil, les prophéties, les Sagesses, les traités d'alchimie, de magie, de médecine, d'astrologie, d'astronomie, de mathématiques et de géométrie, les dictionnaires de hiéroglyphes, le calendrier des fêtes secrètes et publiques, les manuels des ritualistes, le livre pour préserver la barque divine, les manuels d'architecture, de sculpture et de peinture, l'inventaire des objets rituels, la liste des pharaons et leurs annales... La seule lecture des titres faisait tourner la tête !

Mais la prêtresse avait une mission et ne devait pas céder à l'ivresse. Guidée par ses connaissances et son intuition, elle sélectionna les manuscrits traitant plus précisément de l'énergie créatrice, le *ka*, et de la manière de la sauvegarder.

Le Chauve en personne apporta ses repas à la jeune femme qui fut autorisée à dormir dans une petite pièce près de la bibliothèque. Ne prenant que le minimum de repos, elle poursuivit ses recherches jour et nuit, recoupant les indications et suivant chaque piste sans jamais se décourager.

Enfin, elle crut trouver.

Après avoir vérifié son hypothèse à l'aide d'un manuscrit renfermant les formules de résurrection des *Textes des Pyramides*, elle s'en entretint avec le Chauve.

— Ta théorie me paraît acceptable et tes arguments probants, conclut-il. Dès demain, tu prendras le bateau à destination de Memphis afin de l'exposer à Sa Majesté.

12.

Parfumé à l'excès, vêtu d'une longue robe chamarrée qui dissimulait ses rondeurs, le Libanais ressemblait à ce qu'il avait toujours été : un riche commerçant volubile, intéressé par n'importe quelle affaire lui permettant de prélever un maximum de bénéfices, en faisant croire à son partenaire qu'il gagnait bien.

Depuis son installation à Memphis dans une grande et belle villa discrète mais digne d'un notable, le Libanais pouvait être satisfait. Son négoce, l'illégal comme le légal, florissait.

Cependant, deux raisons d'inquiétude : d'abord, la livraison d'un important stock de bois précieux en provenance du Liban, au nez et à la moustache des douaniers égyptiens ; ensuite, une rage de dents à combattre sans tarder en ces instants critiques où il devait garder toute sa lucidité.

— Maître, lui annonça le portier, le dentiste.

Grâce à ses relations, le Libanais avait obtenu la venue rapide d'un des meilleurs praticiens de la ville.

Petit, fluet, le spécialiste ne lui inspira qu'une confiance limitée.

— L'endroit douloureux ?

— Un peu partout... Surtout en haut à gauche. Mais aussi en bas à droite. L'intervention sera-t-elle pénible ?

— Si vous redoutez la souffrance, je peux vous endormir.

— Et si je ne me réveille pas ?

— Ça arrive rarement. Installez-vous.

Le dentiste fit asseoir son patient dans un fauteuil placé en pleine lumière. À l'aide d'un miroir, il éclaira l'intérieur de la bouche et constata les dégâts.

— Pas encore de caries. Si vous continuez à abuser des sucreries, ça ne saurait tarder. Hygiène dentaire déplorable, gencives très irritées. Encore quelques années à ce régime-là, et vos dents se déchausseront. Par chance pour vous, je suis un spécialiste des prothèses en ivoire et des plombages en or. Et je manie aussi bien le foret que la lancette à cautériser.

— Rien ne presse, estima le Libanais. N'existerait-il pas un traitement préventif ?

— Frottez-vous les dents et les gencives au moins deux fois par jour avec une pâte contenant du sel marin. Serait également nécessaire un bain de bouche composé d'anis, de coloquinte et de fruits entaillés du perséa. Fastidieux, mais efficace.

— Combien vous dois-je ?

— Deux amphores de vin, une pièce de lin et une paire de sandales de luxe.

Quoique ce dentiste fût le plus cher de la capitale, son diagnostic rassurait le patient. Aussi ordonna-t-il à un domestique d'apporter les honoraires demandés, puis d'aller chercher les remèdes à l'officine la plus proche.

Restait la livraison de bois. Dans ce domaine, grâce à la collaboration de son complice, le haut dignitaire Médès, sa première expérience avait été un franc succès. Sans lui, impossible d'éviter les contrôles et de faire rentrer la cargaison en fraude. Après d'âpres discussions, les deux hommes s'étaient entendus sur un partage des bénéfices moitié-moitié. Le Libanais acheminait la matière première, Médès levait les obstacles administratifs et fournissait une liste de clients fortunés à son complice qui s'occupait des transactions commerciales, de sorte que l'Égyptien n'apparaisse pas.

Cette fois, le lourd bateau de marchandises transportait du cèdre, de l'ébène et diverses variétés de pins. De quoi fabriquer de nombreux meubles et donner satisfaction à une clientèle exigeante, ravie de ne payer aucune taxe. Superbe affaire... À condition que Médès joue le jeu.

— Maître, on vous demande.

Le Libanais descendit au rez-de-chaussée.

Enfin, celui qu'il attendait ! Son meilleur agent, un porteur d'eau. Il circulait partout sans être remarqué et avait filé Médès pour l'identifier. Aussi le Libanais savait-il que son partenaire était l'un des plus hauts personnages de l'État, le Secrétaire de la Maison du Roi. Mais il voulait davantage de détails.

— Qu'as-tu appris ?

— Médès ne passe pas inaperçu. Mes contacts, au palais, ne sont pas avares de commentaires. Chargé de rédiger les décrets formulés par le roi, il les transmet aux provinces. De l'avis unanime, un fonctionnaire très compétent. Personne ne saurait lui adresser le moindre reproche. Pointilleux et autoritaire, Médès ne supporte aucune faute de la part de ses employés. Les licenciements ne sont pas rares, et il ne recrute que des scribes travailleurs. L'homme est riche, marié, et possède une belle maison. Apparemment, le bonheur parfait. Mais l'une de ses ambitions reste insatisfaite, d'après l'un de mes interlocuteurs, prêtre temporaire au grand temple de Ptah : malgré plusieurs tentatives, l'accès aux mystères lui demeure fermé. Ce n'est plus qu'un détail, car sa carrière prend une telle dimension qu'il a désormais des perspectives plus intéressantes. Tôt ou tard, il devrait entrer dans la Maison du Roi.

— Aucun écho sur d'éventuelles malversations ?

— Aucun. Médès apparaît comme l'honnêteté personnifiée. Il s'est forgé une réputation de dignitaire responsable, intègre et généreux.

— Ses amitiés ?

— Un réseau de fonctionnaires et de notables qui lui doivent beaucoup et qu'il manipule à sa guise.

— Des nouvelles de mon bateau ?

— Il est arrivé au port de Memphis. Les démarches administratives sont en cours.

— Retourne là-bas. Si des incidents se produisent, avertis-moi au plus vite.

Le moment crucial approchait. Ou bien Médès jouait franc jeu, et il ne tarderait pas à rendre visite au Libanais ; ou bien il lui tendait un piège afin de démanteler un trafic de marchandises et lui enverrait la police.

Médès ignorait que le Libanais était un agent de l'Annonciateur, chargé de recruter une personnalité de la haute administration, capable de lui procurer un maximum d'informations sur la cour, les proches du pharaon et les habitudes de Sésostris, l'ennemi à abattre. Tout en commençant à traiter des affaires avec le Secrétaire de la Maison du Roi, le Libanais se sentait mal à l'aise. Ne pêchait-il pas un trop gros poisson ?

Mais si Médès se révélait bel et bien une crapule ambitieuse, qu'espérer de mieux ?

Réfléchir donnait faim. Aussi le Libanais se jeta-t-il sur une caille farcie que son cuisinier réussissait à la perfection.

Médès tirait vanité de sa maison à deux étages au cœur de Memphis. Une cour ceinte de hauts murs, un étang entouré de sycomores, une loggia ouverte sur le jardin et soutenue par des colonnes peintes en vert la rendaient particulièrement agréable.

— Avec qui dînons-nous ce soir, mon chéri ? lui demanda sa femme, dont l'unique distraction consistait à se maquiller avec les derniers produits à la mode.

— Avec des responsables de l'administration des canaux.

— Des gens terriblement ennuyeux, non ?

— Sois charmante et aimable. Ils pourraient m'être utiles.

— Il me manque une pommade pour les cheveux et une autre qui efface les traces de l'âge dès leur apparition. Elle se compose de gousses, de graines de fenugrec, de miel et de poudre d'albâtre. Si je ne l'obtiens pas aujourd'hui, je n'oserai pas me montrer. Le problème, c'est la qualité du minéral. Celui qu'utilise mon marchand habituel ne me satisfait pas.

— Envoie l'un de nos serviteurs à l'atelier royal de sculpture. Le contremaître lui donnera des fragments du meilleur albâtre et tu le feras réduire en poudre.

Elle lui sauta au cou.

— Tu es vraiment le mari idéal ! Je m'en occupe immédiatement.

Enfin, Gergou arriva.

— Au port, tout se passe bien, annonça-t-il à Médès. Les douaniers qui travaillent pour nous ferment les yeux, les bordereaux truqués ont été remis à l'administration, et les dockers déchargent la cargaison dans un entrepôt que je contrôle. Le Libanais ne s'est pas moqué de vous : une véritable fortune en perspective !

— Tu auras ta part. En ce qui concerne le prêtre d'Abydos, j'ai pris ma décision. J'accepte de le rencontrer. Malgré les risques, l'occasion semble trop belle pour la laisser passer. Dès que possible, tu retourneras là-bas et tu organiseras cette entrevue.

La pleine lune brillait dans le ciel de Memphis. Encapuchonné, Médès hâtait le pas. Certain de ne pas avoir été suivi, il frappa à la porte de la maison du Libanais, bien cachée dans les ruelles situées derrière le port.

Au gardien, Médès présenta un petit morceau de cèdre sur lequel était gravé le hiéroglyphe de l'arbre.

Le cerbère ouvrit, laissa entrer le visiteur et referma aussitôt. Un serviteur conduisit Médès à la salle de réception encombrée de meubles coûteux. Sur des tables rectangulaires, des coupes de fruits et des gâteaux. Plusieurs brûle-parfums répandaient des odeurs suaves.

— Cher ami, très cher ami, s'exclama le Libanais, quel immense plaisir de vous revoir ! Prenez un siège, je vous en prie. Ce fauteuil, là... Du bois de cèdre de première qualité et des coussins au moelleux inégalable. Puis-je vous offrir du vin cuit ?

— Volontiers, répondit Médès, visiblement sur ses gardes.

— Je viens d'acheter de la jolie vaisselle de pierre, révéla le Libanais. Schiste bleu, brèche rouge, albâtre blanc, granit rose... Un véritable concert de couleurs ! Il paraît que les bons vins dégagent encore plus d'arôme s'ils sont restés quelque temps dans un grand vase de granit. Et regardez ces merveilles : des gobelets en cristal de roche !

Le Libanais versa lui-même le précieux breuvage.

— Cher ami, je vous avoue que j'en suis extrêmement satisfait. Ce grand cru est un produit rare qui a reçu le qualificatif de « trois fois bon ». Doux, sucré, très alcoolisé, il se conserve pendant de nombreuses années. Les grappes mûres doivent être cueillies lors d'une belle journée, ni trop chaude ni trop venteuse. Après le foulage, on verse le moût dans un chaudron réservé à ce vin-là. On fait bouillir à feu doux et, avec une passoire, on ôte les impuretés qui surnagent jusqu'à obtention d'un liquide clair, filtré avec grand soin. Dans le second chauffage, très délicat, réside l'une des clés du succès. Ensuite...

— Je ne suis pas venu écouter une recette de cuisine, coupa Médès, mais parler de notre nouvelle affaire. Ta cargaison est arrivée à bon port, et je te procurerai une nouvelle liste de clients. Comme convenu, à ton équipe de les démarcher et de les livrer dans les meilleurs délais. La moitié des bénéfices me sera reversée au plus tôt. Pour notre troisième opération, je changerai d'entrepôt.

— Sage précaution, jugea le Libanais avec une soudaine froideur. Le Secrétaire de la Maison du Roi ne doit-il pas observer une extrême prudence lorsqu'il mène des transactions aussi occultes qu'illégales ?

Médès se leva d'un bond.

— Qu'est-ce que ça signifie ? Tu as osé m'espionner !

— On ne traite pas des affaires d'une telle ampleur sans se renseigner sur son partenaire. Vous, vous saviez tout de moi. Si je me comportais comme un naïf, continueriez-vous à me prendre au sérieux ? Rasseyez-vous et fêtons notre succès en buvant ce vin exceptionnel.

Obligé de reconnaître que le Libanais n'avait pas tort, Médès tendit son gobelet en cristal de roche.

Notre commerce de bois nous rapportera beaucoup, lui promit son hôte, mais j'ai d'autres objectifs. Seul, je ne parviendrai pas à les réaliser. Avec vous, les résultats seront mirobolants.

— De quoi s'agit-il ?

Le Libanais saliva.

— D'abord, d'une importation de flacons de grossesse fabriqués à Chypre, en forme de femme enceinte. Peints avec goût, ce sont des talismans très recherchés par la bonne société égyptienne. Je peux obtenir l'exclusivité, donc imposer des prix élevés.

— Marché conclu.

— Ensuite, continua le Libanais, je compte mettre la main sur la totalité du laudanum récolté en Syrie. Il me faut encore éliminer deux ou trois concurrents, mais ce n'est plus qu'une question de semaines. À cause de son odeur puissante et ambrée, les parfumeurs égyptiens apprécient le laudanum. Mais je ne dispose pas du circuit me permettant de devenir leur fournisseur privilégié.

— Aucun problème, assura Médès.

— J'ai gardé le meilleur et le plus difficile pour la fin : les huiles. L'Égypte en consomme une quantité incroyable, mais je ne m'intéresse qu'à deux d'entre elles : celle de sésame, en majeure partie importée de Syrie, et surtout celle de moringa, incolore, douce et qui ne rancit pas. Un véritable produit de luxe, utilisé par les pharmaciens et les parfumeurs, sans cesse en demande. Or je dispose d'une filière, au Liban, capable de nous en fournir une belle quantité. Mais est-il possible de contrôler, ici, suffisamment de vendeurs et d'entrepôts ?

— Possible, estima Médès, que séduisaient les projets de son associé.

— Et... ce sera long ?

— Quelques mois, afin qu'aucun impair ne soit commis. La chaîne de corruptions doit être solide, et chacun y trouver son compte.

— Ne serez-vous pas trop exposé ?

— J'ai un homme de confiance, capable de mettre en place un dispositif efficace et sûr.

— Pardonnez-moi cette question, Médès : pourquoi un personnage aussi haut placé prend-il de tels risques ?

— Parce que j'ai le commerce dans le sang et que j'aime la richesse. Mon poste au palais, si élevé soit-il, n'est que médiocrement rémunéré. Je vaux plus, beaucoup plus. Avec toi, je comblerai une partie du déficit. Bien entendu, mon très cher ami et complice, nous sommes à présent liés pour la vie. Et je compte sur ton silence absolu.

— Cela va de soi.

— N'envisage surtout pas de traiter une affaire, si petite soit-elle, avec quelqu'un d'autre que moi. Je suis désormais ton interlocuteur exclusif.

— Je l'entendais bien ainsi.

— Puisque nous nous disons tout, je m'interroge sur l'étendue de tes réseaux et ta surprenante capacité d'innovation. Sans vouloir te vexer, ne serais-tu pas le bras agissant d'une tête pensante ?

Le Libanais sirota un peu de vin cuit.

— Soupçonneriez-vous l'existence d'un grand patron qui me dicterait ses volontés ?

— Exactement.

— Question délicate. Très délicate.

— Les affaires que nous traitons sont très délicates, elles aussi. Je crains toujours d'en savoir moins sur toi que tu n'en sais sur moi. Alors, mon cher partenaire, j'exige la vérité. Toute la vérité.

— Je comprends, je comprends... Mais vous me mettez dans une position difficile.

— Ne cherche pas à jouer au plus fin. Personne ne se paie la tête de Médès.

Le Libanais regarda ses pieds.

— Oui, il existe bien un grand patron.

— Qui est-il, où se trouve-t-il ?

— J'ai juré de me taire.

— J'apprécie ton sens moral, mais je ne m'en contenterai pas.

— Il ne reste qu'une solution, estima le Libanais : lui proposer de vous rencontrer.

— Excellente idée.

— Ne vous emballez pas ! J'ignore s'il acceptera.

— Conseille-le-lui vivement. Entendu ?

— Entendu.

Médès venait d'arriver au point précis où le Libanais voulait le conduire, tout en lui faisant croire qu'il dominait la situation.

13.

D'Abydos à Memphis [1], le voyage en bateau avait duré moins d'une semaine. Comme le capitaine naviguait prudemment, la jeune prêtresse s'était reposée en contemplant les rives du Nil.

Sur le quai, une incessante agitation qui contrastait avec le calme d'Abydos.

Le capitaine contacta les forces de sécurité et présenta son livre de bord à un gradé. Ce dernier ordonna à deux policiers d'emmener la jeune femme au bureau du vizir. Elle aurait aimé passer quelques heures au temple d'Hathor et y célébrer des rites, mais l'urgence de sa mission ne le lui permettait pas.

Memphis lui apparut immense et bigarrée, avec ses greniers, ses entrepôts, ses boutiques, ses marchés, ses grandes demeures côtoyant des maisons modestes et ses imposants bâtiments officiels, au premier rang desquels figuraient les temples de Ptah, de Sekhmet la Puissante et d'Hathor, la Dame du sycomore du Sud. Proche de la vieille citadelle aux murs blancs et du sanctuaire de Neith, dont les sept paroles avaient créé l'univers, le quartier de l'administration ne manquait pas d'allure.

1. Distantes de 485 kilomètres.

Des scribes pressés couraient d'un service à l'autre. Ici, loin du centre de culte d'Osiris, se prenaient les décisions majeures concernant la gestion du royaume.

Le vizir s'était installé dans une aile nouvelle, ajoutée au palais royal. Après avoir franchi deux postes de contrôle et répondu à des interrogatoires serrés, la prêtresse fut conviée à attendre dans une antichambre où régnait une agréable fraîcheur.

Quelques minutes plus tard, un secrétaire vint la chercher et lui ouvrit la porte d'un vaste bureau dont les trois fenêtres donnaient sur un jardin. Les tamaris y rivalisaient de beauté avec les sycomores.

Deux petites chiennes rondouillardes et un mâle très vif entourèrent l'arrivante sans aboyer. Elle les caressa à tour de rôle jusqu'à l'apparition de l'imposant Khnoum-Hotep.

— Pardonnez-moi, ils sont insupportables !

— Au contraire, ils me semblent très accueillants.

— Je suis le vizir du pharaon Sésostris. Pouvez-vous me montrer votre ordre de mission ?

La jeune femme remit à Khnoum-Hotep la tablette de bois rédigée par le Chauve et marquée à son sceau. Le texte sollicitait une audience royale pour la porteuse du message.

— Qu'avez-vous à dire au roi ?

— Désolée, je ne suis autorisée à parler qu'à lui, et à lui seul.

— Vous ne manquez pas de caractère, mais vous ignorez sans doute que je suis le Premier ministre de Sa Majesté et qu'elle me confie le soin de régler un maximum de problèmes.

— Je comprends votre position, comprenez la mienne.

— J'ai l'impression que je ne parviendrai pas à vous

faire changer d'avis. Mon secrétaire va donc vous emmener au palais.

La prêtresse se laissa guider. Sitôt franchi le portail d'accès, elle fut conduite auprès du préposé à la sécurité qui alerta son supérieur.

L'athlétique Sobek ne manqua pas d'intervenir avec sa rugosité habituelle.

— Nul n'accède à la salle d'audience sans m'avoir précisé le motif exact de sa visite.

— Je viens d'Abydos, répondit-elle. Mon supérieur m'a ordonné de transmettre un message important au pharaon.

— Quelle est sa teneur ?

— Elle n'est destinée qu'au roi.

— Si vous persistez à vous taire, vous ne verrez pas Sa Majesté.

— Ce que je dois lui confier concerne l'avenir de notre pays. Je vous prie donc de ne pas entraver ma démarche.

— Elle est contraire à mon règlement.

— Désolée de vous contraindre à une exception.

— L'une de mes auxiliaires de police doit vous fouiller.

La prêtresse subit l'épreuve sans sourciller. Puis elle fut amenée dans une pièce que surveillaient deux gardes armés et recommença à patienter.

Alors qu'il sortait d'un bureau et traversait cette antichambre réservée aux personnalités sollicitant une audience royale, Médès aperçut la jeune femme.

Curieux, il se promit de se renseigner. Elle n'appartenait pas à la cour de Memphis et ne fréquentait pas le palais. D'où surgissait cette inconnue à la beauté lumineuse et pourquoi le pharaon acceptait-il de la recevoir ?

— Majesté, dit Sobek avec gravité, la prêtresse ne cède pas. Ni au vizir ni à moi-même, elle n'accepte de révéler le contenu de son message. Même une fouille humiliante n'a pas eu raison de sa détermination. Vous pouvez la considérer comme une personnalité très sûre à la loyauté sans faille.

— Fais-la entrer et laisse-nous seuls.

Elle s'inclina devant le monarque dont la stature l'impressionnait toujours autant.

— Majesté, peu après réception de votre décret de réunification des Deux Terres, un deuxième rameau de l'arbre de vie a reverdi. De plus, j'ai eu la chance d'effectuer une découverte dans la bibliothèque de la Maison de Vie : pour combattre la dégénérescence de l'acacia, le pharaon doit émettre du *ka*. Ramener la multiplicité des provinces à l'unité de votre être ne suffit pas, car il faut aussi renforcer celui d'Osiris. Les plus anciens textes l'affirment avec netteté : Osiris est l'œuvre de Pharaon, Osiris est la pyramide [1]. Bien que le temps de la construction des grandes pyramides soit révolu, ne reste-t-il pas indispensable d'incarner Osiris sous cette forme ?

Le pharaon garda un long silence, sa pensée voyageait dans de lointains espaces pour y percevoir une réponse.

— Excellente proposition, conclut-il. Reste à trouver le site où sera édifiée ma pyramide.

Accompagné de la jeune prêtresse et de sa garde personnelle, le pharaon parcourut les nécropoles d'Abousir, de Saqqara, de Guizeh et de Licht, mais aucun signe ne se manifesta. À Dachour [2], au sud de Saqqara, à la

1. *Textes des Pyramides*, 1657a-b.
2. À une quarantaine de kilomètres au sud du Caire.

lisière du désert de l'Ouest, s'élevaient les deux pyramides géantes du pharaon Snéfrou, prédécesseur de Khéops, et la petite pyramide d'Amenemhat II, mort dix-sept ans avant que le troisième des Sésostris ne montât sur le trône.

De ce site partait une piste, jalonnée de stèles, qui serpentait au nord du Fayoum et débouchait à Qasr el-Sagha où un temple étrange protégeait une zone de carrières. Une autre menait aux oasis, réputées pour leur production de vins.

La ville des bâtisseurs, Djed-Snéfrou, « Snéfrou est durable », accueillait encore des ritualistes chargés de nourrir le *ka* de l'illustre pharaon, considéré comme le plus grand constructeur de l'Ancien Empire. Ils garnissaient les tables d'offrandes et célébraient le culte dans les temples hauts, érigés devant la face est des deux pyramides, l'une lisse, l'autre à double pente.

Le soleil se coucherait bientôt, il fallait songer à regagner Memphis.

Quand les ombres des deux géantes s'allongèrent sur le désert, Sésostris s'immobilisa.

— L'âme de Snéfrou est en paix, déclara-t-il. Elle veille sur ces lieux qu'elle continue à sacraliser. Par son nom, « Celui qui accomplit le divin », il nous convie à créer. Ici, à l'ombre de cet immense monarque, je bâtirai ma propre pyramide.

Depuis son installation à Memphis, l'ex-chef de province Djéhouty était souffrant. Par chance, le docteur Goua l'avait suivi dans la capitale où sa réputation ne cessait de croître. Petit homme très maigre, il ne se déplaçait jamais sans sa lourde sacoche en cuir, remplie d'instruments de chirurgie et de médicaments d'urgence.

— Si vous continuez comme ça, dit le médecin à son patient, je refuserai de vous soigner. Je vous ai pourtant averti : vous mangez trop, vous buvez trop et ne faites pas assez d'exercice.

— Simple crise de rhumatismes, objecta Djéhouty.

— Si ce n'était que ça ! Un peu d'extrait concentré d'écorce de saule vous soulagerait. Mais il y a pire : votre cœur est fatigué. Chaque soir, avant de vous coucher, vous absorberez cinq pilules contenant du raisin, de la valériane, du miel et du pyrèthre. Et puis je tenterai de dégager les conduits où circulent les fluides vitaux. Ils doivent perdre leur rigidité et retrouver leur souplesse. Or tous passent par le cœur. Autrement dit, repos obligatoire ! Sinon, je ne réponds plus de rien.

Le portier de Djéhouty interrompit la consultation.

— Pardonnez-moi, mais...

— Pour qui vous prenez-vous ? s'indigna le docteur Goua.

— Le pharaon désire voir immédiatement le seigneur Djéhouty.

Le thérapeute referma sa sacoche. En voyant le roi pénétrer dans la chambre de son patient, il se demanda s'il aurait un jour à soigner un tel colosse.

— Je n'ai qu'un vœu à formuler, Majesté : ne confiez aucune tâche à mon malade et mettez-le immédiatement à la retraite.

Goua se retira en bougonnant pendant que Djéhouty se couvrait la tête d'une perruque de cheveux blancs.

— La vieillesse approche, reconnut-il, mais je la tiens encore à distance. Ce cher docteur me promet une mort prochaine depuis de nombreuses années, mais ses traitements me gardent en vie.

— As-tu reçu des nouvelles du général Sépi ?

— Son exploration s'annonce longue et difficile. Quand elles existent, les cartes sont imprécises. Et il doit rassembler les meilleurs techniciens et connaisseurs des déserts.

— En dépit des exigences de ton médecin, accepterais-tu une nouvelle fonction à laquelle j'attache une importance majeure ?

Le visage de Djéhouty devint grave.

— Majesté, je suis votre serviteur. Jusqu'à mon dernier souffle, je désire travailler pour la grandeur de l'Égypte.

— Djéhouty, je te nomme maire de la ville de pyramide que je vais ériger à Dachour. Le Grand Trésorier Senânkh assurera le financement du chantier.

Dans l'ombre bienfaisante des monuments de Snéfrou, Sésostris vit en esprit le plan du futur monument dont il dicta les traits principaux à Djéhouty.

— Quand un pharaon fonde un sanctuaire, rappela le Porteur du sceau Séhotep, il recrée l'Égypte. En bâtissant, il prolonge la création du premier matin. Puissent ces pierres vivantes devenir l'un des socles de votre règne.

Sur une pierre brute que doraient les derniers rayons du soleil, la jeune prêtresse versa de l'eau puisée dans le lac sacré du temple de Ptah.

— Le nom de ce domaine sera « l'eau fraîche céleste[1] », annonça le souverain. Nous l'entourerons d'une enceinte à bastions et à redans sur le modèle de celle de Djéser à Saqqara. Parce que la pyramide doit émettre du *ka* au plus vite, nous creuserons jusqu'à la roche et poserons sur elle un noyau de briques crues, ensuite revêtues de calcaire de Toura. En elle, qui s'appellera *Hotep*, « le couchant, la paix, la plénitude », sera

1. *Kebehout.*

tracé le parcours de l'âme jusqu'au « pourvoyeur de vie », le sarcophage, lieu de régénération du corps de lumière.

Au fur et à mesure que le monarque exprimait sa vision, Djéhouty la dessinait sur papyrus.

— Au nord de la pyramide, ajouta le roi, la demeure d'éternité du vizir Khnoum-Hotep. Les autres tombes des membres de la cour, plus modestes, s'inspireront de celles de l'Ancien Empire. À l'intérieur figureront des textes formulés pendant cet âge d'or.

À Abydos, la jeune prêtresse avait compris pourquoi la construction des demeures d'éternité était nécessaire. Seule cette architecture symbolique, magiquement animée, transformait les initiés en *akh*, l'être lumineux capable d'entrer en contact avec toutes les énergies circulant dans l'univers. Au-delà de la mort physique, le ressuscité demeurait agissant ici-bas et transmettait la lumière où il vivait d'une vie nouvelle.

Autour de la pyramide du pharaon, ses fidèles serviteurs formeraient un entourage surnaturel, à la fois chargé de le protéger et de répandre ses bienfaits.

— Les maisons des bâtisseurs seront prêtes dans les meilleurs délais, indiqua Djéhouty. Dès demain, ils commenceront à préparer le sol. Je compte sur Senânkh pour le transport des matériaux.

En terminant la rédaction du décret relatif à l'édification du nouvel ensemble architectural de Dachour, Médès fut frappé par l'ampleur du projet et celle des moyens déployés afin de le mener à bien aussi vite que possible. À sa gestion du pays, Sésostris ajoutait une œuvre spirituelle augmentant encore sa stature.

Abattre un adversaire de cette taille était-il vraiment possible ? Remettant cette interrogation à plus tard,

Médès tenta de se renseigner sur la jeune femme qui avait demandé audience. En recoupant plusieurs informations, il finit par apprendre qu'elle était une prêtresse venant d'Abydos, porteuse d'un message confidentiel.

À l'évidence, une subalterne sans importance. Mais pourquoi sa hiérarchie l'avait-elle envoyée à Memphis ? Peut-être Gergou, lors de sa prochaine rencontre avec le prêtre permanent, obtiendrait-il une réponse à cette question.

14.

Pêcher avant la crue relevait de l'exploit : le Nil au plus bas, la chaleur écrasante, les poissons méfiants. Pourtant, Sékari, en bon domestique d'Iker, voulait de la nourriture fraîche, remplie de *ka*. Aussi déployait-il ses talents avec l'espoir de rapporter quelques belles prises. Hélas ! la pêche à la ligne se soldait par un échec cuisant. À l'épuisette, exigeant coup d'œil et rapidité, il se sentait sûr de lui. Mais à peine les poissons y entraient-ils qu'ils en ressortaient. Restait la nasse cachée dans les joncs où des muges et des silures auraient dû se glisser sans pouvoir s'échapper. Comment ces futés repéraient-ils le piège ?

— Pas brillant, avoua-t-il à Vent du Nord, l'âne monumental d'Iker qui portait des paniers désespérément vides. Avec des bestiaux aussi malins, il faut de la patience.

Le grison aux grands yeux marron leva l'oreille droite en signe d'acquiescement. À cause de sa touffe de poils roux sur la nuque, signe de la force de Seth, il avait été abandonné et condamné à une mort certaine. Purifié par l'ibis de Thot et sauvé par Iker, l'ânon s'était développé pour devenir un véritable colosse, à jamais fidèle au jeune scribe.

— Franchement, Vent du Nord, ton maître m'inquiète. Il a perdu sa bonne humeur et son entrain, et se complaît dans des idées noires qui ne mènent à rien. As-tu tenté de lui parler ?

L'âne répondit affirmativement.

— As-tu obtenu un résultat ?

L'animal leva l'oreille gauche.

— C'est bien ce que je craignais. Même toi, tu n'exerces plus aucune influence sur lui. Il mange du bout des doigts, ne fait plus la différence entre un bon vin et une piquette, se couche trop tard et se lève trop tôt, ne s'amuse plus de mes meilleures plaisanteries et se perd dans d'absurdes projets. Mais je refuse de désespérer ! Ce gaillard-là possède un bon fonds et nous le tirerons de cette ornière. En attendant, passons au vivier afin d'y acheter de quoi manger.

Le maire de Kahoun sortait rarement de son immense villa où l'activité ne cessait jamais. Jour et nuit s'affairaient scribes, brasseurs, cuisiniers, boulangers, potiers, menuisiers et autres corps de métiers animant cette ruche en échange d'excellents salaires, augmentés au mérite. Confiné dans son bureau, aux prises avec des dossiers complexes, le maire se tenait cependant informé de tout ce qui se passait dans sa ville. Nulle promotion n'était décrétée sans son accord explicite, nulle erreur administrative ne lui échappait. Qui comparaissait devant lui ignorait s'il serait l'objet d'un blâme ou d'une louange. Dans ce dernier cas, mieux valait garder la tête froide. Car les compliments s'accompagnaient forcément d'une tâche supplémentaire, plus ardue que les précédentes.

— Tu as parcouru du chemin, mon garçon ! dit-il à Iker, bien obligé de répondre à sa convocation. Prêtre temporaire au temple d'Anubis à ton âge, c'est une sorte d'exploit. Quant à ta gestion de la bibliothèque, elle recueille l'unanimité. À Kahoun, un vrai miracle ! Même tes collègues expérimentés, rongés par la jalousie, reconnaissent tes qualités et ne savent plus quoi inventer pour te nuire. Ton seul défaut est une austérité excessive. Pourquoi ne songes-tu ni à te reposer ni à épouser une jolie fille, heureuse de te donner de beaux enfants ?

— Je suis venu ici afin de devenir scribe d'élite.

— Objectif atteint, mon garçon ! Et puis ta vie privée ne concerne que toi. Ta vie publique, en revanche, dépend de moi. Comme Héremsaf ne tarit pas d'éloges à ton sujet et parce que je suis entouré de trop de médiocres, je te nomme conseiller municipal.

— Votre confiance m'honore, mais mon poste actuel me convient parfaitement.

— À Kahoun, c'est moi qui décide. Puisque tu as prouvé ta puissance de travail et ton efficacité, je compte les exploiter. Ne crois pas un instant que ta promotion soit due à ma bonté d'âme, car j'en suis dépourvu. Le pharaon m'a chargé de rendre cette ville prospère et d'y créer la meilleure école de scribes du royaume : tels sont mes objectifs. Tu peux disposer.

Iker ne crut pas un seul mot de ce discours. En l'élevant dans la hiérarchie, le maire ne cherchait qu'à l'endormir. Écrasé de responsabilités, flatté par les courtisans professionnels, bien logé et bien nourri, il s'assoupirait dans le confort et oublierait à la fois son passé et son idéal.

Si habile fût-elle, cette stratégie ne l'abusait pas. Iker la retournerait à son profit en se comportant de manière exemplaire. Feignant de rentrer dans le rang, il remplirait sa fonction avec zèle et compétence. Ni le maire ni

Héremsaf ne devineraient ses véritables intentions. Et ils lui offraient même une arme dont il ne tarderait pas à faire usage.

Une maison comme celle-là était un bonheur. Pour Sékari, l'entretenir ne ressemblait pas à un travail mais à un plaisir. Il maniait le balai en sifflotant une chanson à la mode et ne supportait pas de voir un pagne négligemment jeté sur une chaise. Cuisine et salle d'eau demeuraient, en permanence, d'une remarquable propreté, et le ménage des autres pièces pouvait servir de modèle.

Et que dire du mobilier, à la fois élégant et solide ! Paniers, coffres de rangement, sièges et tables basses traverseraient aisément bien des générations. Quant aux préparations culinaires, elles avaient meilleur goût dans une belle vaisselle.

— Ton patron est chez lui ? demanda le Chevelu alors que Sékari repeignait en rouge l'encadrement de la porte d'entrée afin d'écarter les démons.

— Comme d'habitude, tu colportes de mauvaises nouvelles.

Spécialisé dans les ragots, bavard et paresseux, le Chevelu ne faillit pas à sa réputation.

— Pas fameuses, je l'avoue, mais qu'y puis-je ? Je dois parler à Iker.

— Lave-toi les pieds avant d'entrer et assieds-toi dans la première pièce. Je vais le chercher.

Désireux de se débarrasser au plus vite de l'importun, le jeune scribe ne lui offrit aucun rafraîchissement.

— Que se passe-t-il, Chevelu ?

— C'est la mairie qui m'envoie, en urgence. On

vient de recevoir les prévisions pour la crue, plutôt inquiétantes.

— Trop faible ou trop forte ?

— Trop forte. Il faut que tu t'occupes au plus vite du renforcement des digues.

— Ce sera fait.

— M'acceptes-tu dans ton équipe ?

— Puisque l'on envisage une catastrophe, mieux vaut t'avoir de mon côté. Rends-toi à l'entrée du Fayoum et demande un rapport détaillé sur l'état des bassins de rétention.

— J'y cours !

Iker, lui, prit la direction du bâtiment où étaient conservées les archives d'État qu'il désirait tant examiner.

Réservé et pointilleux, le Conservateur l'accueillit avec déférence. Par rapport à la première visite d'Iker, son attitude changea de beaucoup.

— Comment satisfaire notre nouveau conseiller municipal dont j'approuve sans réserve la nomination, amplement méritée ?

— Afin d'évaluer les dangers de la crue, j'aimerais consulter les documents relatifs à l'hydrologie de la région.

— Bien entendu, toutes les archives sont à ta disposition.

Iker ne se limita pas à ces documents-là.

Enfin, il accédait au registre des bateaux construits dans la province du Fayoum et aux noms des marins composant leurs équipages.

Aucune trace du *Rapide*.

Comme dans la province de Thot, les archives avaient été détruites. Pas la moindre mention, non plus, d'une expédition au pays de Pount.

Mais une preuve subsistait, amplement suffisante :

Œil-de-Tortue et Couteau-tranchant cités comme marins engagés dans la flotte marchande du pharaon ! C'était donc bien le tyran qui avait ordonné la mort d'Iker.

— Où te caches-tu, Bina ? demanda Iker en explorant la masure, leur lieu de rendez-vous.

— Derrière toi. Je ne me montrerai pas avant de connaître ta décision.

— À présent, irrévocable.

— Frapperas-tu le monstre ?

— Je l'éliminerai.

— Alors, je peux me montrer.

Quand il la vit, il ne la reconnut pas.

C'était une autre femme, maquillée avec soin, les yeux entourés de khôl, un produit composé de galène, d'oxyde de manganèse, d'ocre brun, de carbonate de plomb, d'oxydes de fer et de cuivre, de malachite, d'antimoine, de chrysocolle, et particulièrement efficace pour éloigner les insectes et protéger l'œil des agressions extérieures. Une large perruque masquait la majeure partie du visage.

— C'est toi, Bina, c'est bien toi ?

— Je savais que ta réponse serait positive. Aussi ai-je prévu de t'emmener chez nos amis, à condition qu'aucun passant ne puisse m'identifier. Ton arme ?

— Je l'ai sur moi.

— Je marcherai devant, à bonne distance. Quand je pénétrerai dans un atelier, suis-moi.

Quelques lampes éclairaient l'atelier où l'on fabriquait couteaux et poignards, les uns destinés à l'usage domestique, les autres aux forces de sécurité.

Tapis dans la pénombre, les artisans regardaient Iker avec hostilité.

— Ne t'inquiète pas, recommanda Bina, ce sont nos alliés. Ils détournent une partie de leur production, réservée aux libérateurs. Bientôt, nos rangs grossiront. Kahoun nous est promise, Iker ! Pourtant, rien ne sera possible tant que le tyran détiendra le pouvoir absolu. Présente-nous l'arme qui rendra justice.

Le scribe exhiba son poignard.

Bina s'en empara et le remit au contremaître.

— Aiguise-le bien, que sa lame soit tranchante comme la mort.

Bien que la tâche confiée au nouveau conseiller municipal fût écrasante, Iker se montrait à la hauteur. Avec une équipe composée de scribes, de techniciens et de manœuvres embauchés pour l'occasion, il faisait exhausser les berges des canaux grâce à des remblais de terre. Chaque digue serait renforcée, chaque bassin de retenue consolidé. Le scribe calculait et recalculait les masses nécessaires et le cubage à déplacer, puis à tasser, afin de les rendre imperméables. Même en cas de crue monstrueuse, les habitations resteraient hors d'atteinte. Le scribe s'était également occupé du transport de fourrage aux points de rassemblement des animaux, à l'abri des eaux. Et il n'oubliait pas de recenser les nombreuses embarcations qui permettraient à la population de se déplacer.

Chacun s'émerveillait de l'incroyable capacité de travail du jeune homme. N'ayant rien d'un colosse, il semblait pourtant inépuisable et tenait à tout contrôler par lui-même. À l'évidence, le maire lui avait imposé une responsabilité beaucoup trop lourde, mais Iker persévérait. Lorsque l'épuisement et le découragement le gagnaient, il songeait à elle, à cette jeune prêtresse toujours présente. Alors se produisait une éclaircie dans un ciel nuageux, l'énergie circulait de nouveau, et il repartait au combat.

Mais l'issue de cette lutte demeurait incertaine.

Lorsque survinrent les cinq jours « par-dessus l'année [1] » qui mettaient fin au cycle des trois cent soixante précédents et annonçaient le suivant, chacun retint son souffle. Dans les grands temples du pays, les ritualistes prononcèrent les formules d'apaisement de Sekhmet, la lionne terrifiante, afin qu'elle n'envoie pas ses émissaires et ses mauvais génies contre le peuple d'Égypte, avec leur cohorte de malheurs et de maladies.

Le premier des cinq jours redoutables, on célébra la naissance d'Osiris. La crue ne symbolisait-elle pas sa résurrection ? Le deuxième était consacré à son fils, Horus, protecteur de la royauté. Mais le troisième pouvait provoquer catastrophes et cataclysmes, car il voyait la naissance de Seth.

Maquillée et méconnaissable, Bina rencontra Iker sur une petite place qu'ombrageaient des palmiers.

— La ville bruisse de ton nom. Grâce à toi, paraît-il, elle sera sauvée du désastre.

— Personne n'a ménagé sa peine. Le Nil décidera.

— J'attends le jour de Seth avec impatience. Puisse-t-il châtier cette maudite Égypte !

— « Maudite Égypte »... Que veux-tu dire, Bina ?

La jeune Asiatique comprit qu'elle venait de commettre un impair.

— J'évoquais le maudit tyran qui conduit le pays à sa perte et sème la désolation parmi son peuple. Aurais-tu changé d'avis, Iker ?

— Me considères-tu comme un écervelé ?

1. Les jours épagomènes.

— Bien sûr que non !

— Alors, redoute Seth. S'il frappe le despote, tant mieux ; mais s'il dévaste les terres cultivables et réduit des milliers de gens à la misère, comment pourrais-tu te réjouir ?

— Ne te méprends pas ! Je souhaitais simplement que la force de ce dieu nourrisse notre cause.

Le jour de Seth, le bureau du vizir ne traita aucune affaire. Le roi demeura dans le temple, chacun resta chez soi.

Les heures s'écoulèrent, interminables.

Et vint enfin le jour d'Isis, suivi de celui de Nephtys. Grâce aux deux sœurs bienfaisantes, la nouvelle année naissait en harmonie.

Forte et haute, la crue ne causa pourtant que de légers dommages aux digues. Aucune victime à déplorer. La municipalité félicita le scribe Iker pour son remarquable travail de prévention. L'ensemble de ses calculs s'était révélé exact et, grâce à lui, Kahoun et ses environs sortaient indemnes de l'épreuve. On prévoyait même de superbes récoltes qui permettraient de remplir les greniers et d'accumuler des réserves en vue des mauvaises années.

Au terme des festivités du Nouvel An, Iker eut enfin droit à quelques heures de repos.

— Tu n'as pas bonne mine, observa Sékari. J'espère que le maire ne continuera pas à te pressurer comme un sac à raisins.

— Détrompe-toi, je dois rédiger un rapport sur les capacités de stockage de Kahoun. Les archives me faciliteront la tâche, mais il faudra quand même tout vérifier car les techniciens ont une fâcheuse tendance à recopier leurs erreurs.

— À propos d'archives... as-tu trouvé tes fameuses preuves ?

— Je n'ai plus aucun doute sur la conduite à tenir.

— Toi, tu es brillant, intelligent et cultivé. Moi, je suis un homme fruste, sans éducation, mais je me fie à mon instinct et il me trompe rarement. Pourquoi t'empêtrer dans le malheur, au moment où le bonheur te tend la main ?

— Pas de bonheur possible tant que je n'aurai pas accompli ma mission.

— Souviens-toi quand même de la parole des sages : Pharaon sait tout ce qui se produit. Il n'existe rien qu'il ignore, au ciel et sur la terre.

— Quels que soient les réseaux d'information du tyran, la justice finira par le frapper.

Sékari baissa les yeux.

— Ça m'ennuie de te dire ça... Mais ne compte pas sur moi pour t'aider. Mon existence n'a pas toujours été facile, j'ai subi pas mal de coups durs. Ici, je me sens bien.

— Je te comprends et je n'avais nullement l'intention de te solliciter. Peux-tu néanmoins me jurer que tu ne me trahiras pas ?

— Je te le jure, Iker.

15.

Tôt matin, la belle maison de Médès fut remplie des cris hystériques de son épouse dont la crise de nerfs concluait une succession de catastrophes inexcusables. D'abord, les galons qui ornaient le décolleté et les côtés de sa tunique d'hiver s'étaient décousus, comme si ce vêtement provenait d'un atelier d'incapables ! Ensuite, sa coiffeuse habituelle avait eu le mauvais goût de tomber malade et de lui envoyer une remplaçante si maladroite qu'elle ne réussissait pas à fixer les mèches postiches à sa perruque de cheveux noirs. Il suffisait pourtant de soulever une mèche de la perruque, de l'enrouler autour d'une grosse épingle, d'accrocher la fausse mèche et de remettre l'autre en place afin que l'artifice disparaisse. Furieuse, la femme du Secrétaire de la Maison du Roi avait jeté son miroir sur le sol et renvoyé la sotte sans la payer.

Alors s'était déclenchée une effroyable migraine que la riche propriétaire tentait de calmer en s'enduisant la tête d'une pommade composée de graines d'aneth, de bryone et de coriandre. Cette fois, le remède échouait.

Aussi pénétra-t-elle comme une furie dans la chambre de son mari.

— Chéri, je suis affreusement malade ! Envoie chercher le docteur Goua. Lui seul saura me guérir.

— Occupe-t'en toi-même et cesse de me réveiller brutalement. Je travaille, moi.

Elle claqua la porte.

Médès se leva et passa dans sa salle d'eau. D'habitude, il appréciait la toilette du matin puis un copieux petit déjeuner. Mais à la suite d'une nuit agitée, trop de soucis l'obsédaient.

Quand Gergou rentrerait-il enfin d'Abydos et avec quels résultats ? Médès ne parvenait toujours pas à croire qu'il bénéficierait bientôt d'un allié de l'intérieur. Comment un prêtre permanent pouvait-il trahir ainsi sa communauté ? S'il s'agissait d'une tentative de manipulation, en découvrir l'auteur ne serait pas facile. Mais Médès ne se montrait-il pas trop méfiant ?

Et puis se posait un nouveau problème : la réussite éclatante de Khnoum-Hotep. Le premier vizir choisi par le roi Sésostris se révélait excellent administrateur et assurait une parfaite cohésion entre le pouvoir central et les provinces. Comme beaucoup, Médès prévoyait incidents, accrochages et protestations, mais rien de tout cela ne se produisait. Avec l'aide permanente des membres de la Maison du Roi qui n'enviaient nullement son poste, le vizir dirigeait fermement une administration efficace et travailleuse. Par bonheur, Khnoum-Hotep, déjà âgé, ne sévirait pas longtemps. En attendant sa disparition, Médès voyait sa propre influence diminuer et devait s'employer à conserver ses réseaux d'amis et de courtisans.

Nombre de portes s'obstruaient, les rouvrir ne s'annonçait pas facile. Aujourd'hui, le plus grand espoir de Médès s'appelait : Abydos.

Rencontrer le grand patron du Libanais l'excitait. Quelle canaille était assez habile pour s'assurer les services du négociant ? Un tel personnage ne devait pas manquer d'intérêt, et Médès comptait bien l'utiliser.

Alors qu'il terminait de s'habiller, sa femme réapparut.

— Le docteur Goua ne m'examinera pas avant ce soir, geignit-elle. Use de ton influence pour qu'il annule ses rendez-vous et s'occupe de moi en priorité !

— D'une part, Goua est affligé d'un caractère exécrable et ne supporte aucune pression ; d'autre part, ta migraine ne me paraît pas mortelle. Retourne te coucher et dors jusqu'au déjeuner. Ensuite, le défilé de tes amies et leur papotage te remettront en forme.

L'arrivée de Gergou interrompit la conversation.

Tendu, Médès entraîna son second dans son bureau dont il referma soigneusement la porte.

— Excellentes nouvelles, affirma Gergou avec un grand sourire. Quel type formidable, ce prêtre ! Comme il comprend votre méfiance et désire vous prouver son désir de coopérer, il nous donne les moyens de réaliser des affaires sans lui.

Interloqué, Médès se demanda si Gergou n'était pas sous l'emprise de la boisson.

— Voici d'abord un sceau d'Abydos. Il s'applique sur divers matériaux et nous servira à établir des certificats d'authenticité pour les faux que nous fabriquerons et vendrons comme provenant du site sacré d'Osiris. Ça, c'est mon idée, et j'ai déniché l'artisan qui accepte le marché. Et voici le second cadeau de notre nouvel allié, plus précieux encore : la formule sacrée évoquant le bon accueil des justes dans l'autre monde : « Qu'il vogue dans la barque d'Osiris et y manie les rames, qu'il chemine là où son cœur le désire, que les Grands d'Abydos lui souhaitent la bienvenue, en paix, qu'il participe aux mystères d'Osiris, qu'il le suive sur des chemins purs dans la terre sacrée. » Nous la graverons sur une partie de notre production, que nous écoulerons à prix d'or !

Issu d'une famille modeste, le négociant en vins sentait sa santé décliner. Aussi songeait-il au grand voyage. Grâce à sa fortune, il se paierait un beau sarcophage, mais enviait les privilégiés dont le nom était gravé, à jamais, sur un monument d'Abydos, près d'Osiris et sous sa protection. Existait-il meilleure assurance d'une éternité heureuse ?

Quand il vit surgir Gergou, le négociant se demanda aussitôt quel rabais l'inspecteur principal des greniers exigerait sur sa prochaine commande. Mieux valait s'entendre au mieux avec ce personnage influent, doté de nombreuses relations au palais.

— Mon cher Gergou, je viens de recevoir un nouveau cru ! Souhaitez-vous le goûter ?

— Bien sûr que oui. Peut-on parler tranquillement ?

— Allons au fond de ma réserve.

La gorge du négociant se serra. De quel chantage serait-il l'objet ? Afin d'amadouer l'inspecteur, il lui offrit un vin exceptionnel.

— Pas mauvais, estima Gergou, mais un peu doux à mon goût. Tu t'es commandé un sarcophage de première qualité, paraît-il ?

— Il faut bien penser à l'au-delà.

— Abydos, ça te dirait ?

— Abydos... Je ne comprends pas.

— Je peux t'obtenir une stèle authentique, avec la formule sacrée. Il ne restera que ton nom à graver et tu passeras ton éternité au pied de l'escalier du Grand Dieu.

Le négociant faillit mourir d'émotion.

— Vous... vous plaisantez ?

— Il faudra y mettre le prix, à cause de mes frais.

— Tout ce que vous voudrez !

— Avant de t'engager, examine ce chef-d'œuvre.

C'est un négociant tremblant d'émotion que Gergou conduisit jusqu'à un entrepôt. Là, il lui montra la stèle.

— Affaire conclue, bredouilla l'acheteur.

— Et voilà ! fanfaronna Gergou. Votre cave et la mienne remplies en échange d'une jolie pierre sculptée qui n'ira jamais à Abydos et que notre artisan détruira dès cette nuit. Soyez tranquille, je l'ai bien payé. Nous non plus, nous n'avons plus besoin d'aller à Abydos. On se débrouillera sans ce brave prêtre.

— Tu te trompes, objecta Médès. Je ne nie pas l'intérêt de ta méthode qu'il faudra d'ailleurs utiliser avec parcimonie. Mais il y a mieux à faire, beaucoup mieux. De véritables stèles intéresseront les Memphites fortunés. Nous fixerons des prix élevés et non négociables.

Ces arguments ébranlèrent Gergou.

— On ne laisserait donc pas le prêtre hors du coup...

— Ce serait une grave erreur, car sa collaboration nous est indispensable à plus d'un titre. D'abord, pour réaliser d'excellentes affaires ; ensuite, afin de nous informer sur Abydos et de nous aider à percer le secret des grands mystères. Organise au plus vite ma rencontre avec cet homme providentiel.

« L'Endurante de places », la cité de Sésostris à Abydos, prenait vie. Y habitaient les bâtisseurs de son temple et de sa tombe, les ritualistes chargés de l'animation spirituelle de ces édifices et le personnel administratif, avec leur famille. Chaque maison comportait plusieurs pièces, une cour intérieure et un jardin. Larges de cinq coudées[1], les ruelles étaient tracées à angle droit. Du côté du désert, les résidences luxueuses. Quant à la demeure du maire, à l'angle sud-ouest de la ville, elle abritait les bureaux des fonctionnaires et de nombreux ateliers[2].

Ce fut dans l'un des locaux officiels que le prêtre permanent Béga reçut le temporaire Gergou et son assistant Médès, déclaré sous un faux nom au contrôle de sécurité. Bien connu des policiers, Gergou leur expliqua que sa tâche devenait de plus en plus lourde et qu'il devait être secondé afin de donner totale satisfaction à la hiérarchie d'Abydos.

Quand Béga entra dans la pièce, Médès ressentit un courant glacial. Il n'imaginait pas qu'un initié aux mystères d'Abydos pût être aussi laid et réfrigérant. Grand, raide, le nez proéminent, Béga s'assit à bonne distance de ses interlocuteurs. Dédaignant Gergou, il s'adressa à son patron.

— Qui êtes-vous ?

— Je m'appelle Médès et je suis le Secrétaire de la Maison du Roi. Le pharaon me dicte les décrets que je diffuse dans toutes les provinces.

— C'est un poste très important.

— Le vôtre n'a rien de médiocre.

— J'espérais mieux, beaucoup mieux. Vous aussi, peut-être ?

— Le sceau et la formule nous ont permis de conclure une première affaire à laquelle vous serez intéressé, bien entendu. Pour la suite, entraidons-nous afin d'obtenir ce que nous méritons.

Nul sourire n'anima le visage ingrat de Béga. Néanmoins, Médès perçut sa satisfaction.

1. 2,60 mètres.
2. Les dimensions du bâtiment étaient de 53 × 82 mètres.

— Votre ami Gergou vous a-t-il transmis mes propositions ?

— Elles me conviennent parfaitement. Nous nous occupons de fabriquer de fausses stèles que nous vendrons aux amateurs en leur faisant croire qu'elles sont destinées à Abydos. Vous n'avez pas à craindre le moindre impair, puisque nous les détruirons nous-mêmes. De votre côté, comment parviendrez-vous à sortir du site des monuments authentiques et quelle filière devrons-nous mettre en place afin de les acheminer jusqu'à Memphis ?

— Comme je l'ai expliqué à Gergou, humains et marchandises rentrant à Abydos sont contrôlés. En revanche, on en sort sans difficulté. En m'assurant la complicité d'un policier qui, tous les dix jours, est préposé à la surveillance de l'escalier du Grand Dieu, du côté du désert, je déposerai dans une cache de petites stèles d'une valeur inestimable. Que quelqu'un de confiance soit prêt à les recueillir. Il suffira ensuite d'emprunter la piste que je vous indiquerai pour regagner le Nil où un bateau attendra.

— Ce plan me semble excellent. Pourquoi agissez-vous ainsi ?

— Je vous retourne la question.

— Puisque nous courons autant de risques, jugea Médès, il serait stupide de nous mentir. Je ne suis pas payé à ma juste valeur et je me prouve donc à moi-même ma vraie valeur en utilisant les moyens dont je dispose. Mais vous, un homme du temple intérieur...

— J'ai longtemps cru que la dimension spirituelle me suffisait et que mes envies se réduisaient au minimum. L'intervention de Sésostris a tout changé. Au lieu de me nommer à la tête de la hiérarchie, il la dirige lui-même et réorganise les collèges de prêtres. Cette prise de pouvoir inacceptable me prive des privilèges qui me sont dus. J'ai donc décidé de me venger. Réussir implique des moyens financiers.

— Soyons clairs, Béga : qu'entendez-vous exactement par vengeance ?

— Supprimer l'homme qui ruine ma carrière.

— Connaissez-vous Sésostris ? Moi, je le vois souvent et je n'ignore rien de sa capacité d'action. Croyez-moi, il se révèle plus redoutable qu'un taureau sauvage et plus féroce qu'un lion. Je souhaite aussi sa disparition, mais comment saper les fondations d'un être aussi solide ?

— Auriez-vous renoncé à le combattre ?

— Je m'interroge sur la méthode à employer. Le roi est entouré d'amis fidèles, et son vizir recueille l'unanimité.

— Si solides paraissent-elles, les œuvres humaines finissent par être brisées. À nous d'unir nos forces et de déceler le point faible.

— Pourquoi l'armée et la police gardent-elles Abydos ?

Béga se renfrogna.

— Secret d'État.

— Au point où nous en sommes, observa Médès, pourquoi hésiter à m'informer ?

— L'un des mystères d'Abydos est l'arbre de vie, révéla le prêtre permanent. Tombé malade, l'acacia d'Osiris menace de mourir. Les interventions de Sésostris et des ritualistes freinent sa dégénérescence, mais pour combien de temps ? La guérison exigerait un or particulier qui ne sera peut-être jamais découvert.

« L'or de Pount », pensa Médès, passionné par ces révélations.

— Qui est à l'origine de ce maléfice ?

— Nous l'ignorons. Le roi a lancé plusieurs enquêtes afin d'identifier le coupable.

— Des soupçons ?

— Pas le moindre. Si l'acacia s'éteint, les mystères ne seront plus célébrés et Osiris ne ressuscitera pas. Ce sera la fin de l'Égypte.

— Parlons-en, de ces fameux mystères ! Ne sont-ils pas qu'un mirage ?

— Si vous n'en connaissiez même qu'une infime partie, Médès, vous ne poseriez pas cette question.

— En tant que prêtre permanent, vous pénétrez dans les domaines secrets d'Abydos et pratiquez les rites réservés aux initiés.

Béga demeura muet.

— Je veux tout savoir, insista Médès. Voilà de nombreuses années qu'on me refuse l'accès du temple couvert. Celui d'Abydos n'est-il pas le plus important et le plus vital de tous ?

Le prêtre eut un étrange sourire.

— J'ai juré de ne pas trahir le secret.

— Tout homme a son prix. Vous possédez plusieurs trésors, je les paierai à leur juste valeur.

— Nous aurons le temps d'en discuter.

— La précipitation nous conduirait à l'échec, vous avez raison. Nouons d'abord une solide collaboration et amassons un trésor de guerre. Ensuite, nous irons plus loin.

Béga observa longuement le Secrétaire de la Maison du Roi.

— Mettons-nous réciproquement à l'épreuve. Si tout se passe bien, nous progresserons.

— Une question encore : à Memphis, j'ai aperçu une jeune femme prétendant venir d'Abydos avec un message confidentiel destiné au roi. La connaissez-vous ?

— Décrivez-la-moi.

Béga écouta attentivement Médès.

— C'est l'une des prêtresses d'Hathor qui résident

ici. Notre Supérieur, le Chauve, lui a ouvert la bibliothèque de la Maison de Vie pour qu'elle effectue des recherches dans les anciens textes.

— Sans doute a-t-elle remis au monarque des plans lui facilitant la construction d'une pyramide. Cette femme joue-t-elle un rôle de premier plan ?

— Non, elle n'occupe qu'une position subalterne et ne fut que la messagère du Chauve. En raison de son mysticisme, nous n'avons rien à craindre d'elle. Je n'en dirai pas autant de mes collègues, mais c'est à moi de prendre mes précautions. Et vous, Médès, serez-vous assez prudent ?

— Je n'ai pas l'habitude de commettre des erreurs.

16.

Sur le bateau à destination de Memphis, Médès avait dressé une liste d'arguments pour rompre l'alliance naissante avec Béga. Aucun ne résistait à l'examen. Ce prêtre se présentait bien comme le complice idéal. Aigri, rancunier, animé d'une intelligence tortueuse, tenace, dépourvu de cette sensibilité primaire qui empêche de commettre le mal, il détenait des secrets dont Médès voulait s'emparer depuis toujours. Certes, il faudrait l'amadouer, savoir le flatter au bon moment et lui faire croire qu'il était l'homme le plus important du trio. À Médès de dompter son caractère bouillant.

Il n'oubliait pas l'or de Pount que lui seul ne considérait pas comme une illusion. Dans l'immédiat, impossible de détourner un équipage sans être repéré. Plus tard, il mettrait la main sur un chantier naval et utiliserait sa fortune afin de conquérir ce trésor.

Le gardien extérieur salua son maître bien bas et alerta le gardien intérieur qui ouvrit aussitôt la lourde porte de l'opulente demeure. Dans l'allée, il croisa le docteur Goua, visiblement pressé.

— Mon épouse serait-elle souffrante ?

— Migraine d'oisive. Je lui ai prescrit une pommade et un somnifère léger. Mais il y a plus grave.

— Parlez, je vous en prie.

— Elle est trop grosse. Si elle continue à grignoter toute la journée, elle deviendra obèse. L'alimentation, voilà le secret de la santé. Bon, j'ai des cas plus sérieux à traiter.

Médès et Gergou s'isolèrent dans le bureau du Secrétaire de la Maison du Roi après qu'on leur eut servi de la bière, des galettes chaudes et de la viande séchée.

— Assassiner Sésostris me paraît impossible, estima Gergou. Il est trop bien protégé, personne n'osera s'en prendre à lui. Si nous engageons un tueur, il sera arrêté et nous dénoncera.

— Probable, mais il existe néanmoins un moyen d'agir : affaiblir le roi en nous attaquant à ses proches. Si nous sapons les fondations qu'il estime indestructibles, nous l'isolerons. Alors, il sera à notre portée. Commençons par l'homme que tu connais le mieux : le Grand Trésorier Senânkh.

— Je le connais bien, c'est vrai, et n'ai malheureusement rien d'intéressant à vous apprendre. Ce bonhomme est intègre ! Son seul défaut consiste à trop aimer la bonne cuisine. Et pas une femme, si aguichante soit-elle, ne le transformera en agneau bêlant.

— Ton analyse me paraît exacte, reconnut Médès. Puisqu'on ne peut pas corrompre Senânkh, nous le piégerons. N'oublie pas que j'ai travaillé au ministère de l'Économie et que son fonctionnement n'a pas de secret pour moi. Voici comment nous allons procéder. Cette fois, l'unique talent de mon épouse nous sera utile.

La quarantaine vigoureuse, les joues rebondies et le ventre épanoui, le Grand Trésorier du royaume, placé à la tête de la Double Maison blanche, semblait être un bon vivant, sympathique et chaleureux. En réalité, il se comportait comme un meneur d'hommes implacable et redouté, au caractère intransigeant, dépourvu du sens de la diplomatie et impitoyable avec les fainéants. Quant aux flatteurs et aux mous, ils ne faisaient pas long feu dans ses équipes. Chargé par le pharaon de la juste répartition des richesses, Senânkh considérait que la bonne tenue des comptes de l'État était une condition indispensable au maintien de Maât et de la civilisation. En cas de gaspillage, d'endettement ou de laisser-aller, le tissu social se déchirerait et la porte serait ouverte à n'importe quel abus.

Comme chaque semaine, le Grand Trésorier se rendit chez le vizir Khnoum-Hotep afin d'examiner les besoins des provinces les moins bien loties. En les rendant prospères, le vizir confortait chaque jour l'unité retrouvée, conformément à la volonté du roi.

Aussi francs et directs l'un que l'autre, les deux dignitaires s'entendaient à merveille. Sans l'aide de Senânkh, Khnoum-Hotep ne serait peut-être pas parvenu à surmonter les mille et une mesquineries de l'administration centrale. Ni l'un ni l'autre n'étaient esclaves de l'ambition, se satisfaisant des responsabilités que le monarque leur confiait.

— Pas de problèmes particuliers, Grand Trésorier ?

— Des greniers à reconstruire d'urgence, des taxes sur la navigation augmentées sans mon accord, une dizaine de plaintes contre des percepteurs qui jouent aux tyrans, des retards dans la livraison de jarres à Thèbes, deux tire-au-flanc que je vais licencier... Je te fais grâce du reste. Et toi, toujours vaillant ?

— Le vizir s'épuise, mais l'Égypte se porte bien. Enfin, presque bien.

Dans la bouche de Khnoum-Hotep, ce genre de nuance laissait présager de graves soucis.

— Puis-je t'aider ?

— J'espère surtout que tu pourras t'aider toi-même. La bonne répartition des richesses n'est-elle pas ton premier devoir ?

— Je ne crois pas l'avoir oublié !

— Plusieurs hauts fonctionnaires pensent le contraire.

— Sur quelles bases ?

— Je viens de recevoir une dizaine de rapports fort embarrassés, accompagnés de lettres portant ton sceau et ordonnant des distributions de céréales plutôt surprenantes. En résumé, les trois quarts pour de riches propriétaires et le reste pour des familles modestes et des villages en difficulté qui ne recevront donc pas assez de nourriture. La population ne tardera pas à le savoir et ses protestations seront vigoureuses. Les juges instruiront forcément des plaintes. Elles remonteront jusqu'à moi, et je serai contraint de condamner le responsable. Tu devras quitter la Maison du Roi, Senânkh, et ta carrière se terminera en prison.

— Prends-tu ces accusations au sérieux ?

— Je dors mal depuis plusieurs nuits, mais n'ai pas le droit de détruire ces documents.

— Si tu commettais un tel délit, tu serais indigne de ta fonction. Montre-les-moi.

Senânkh lut avec attention.

— Est-ce bien ton sceau ? demanda le vizir.

— On le jurerait.

— Et ton écriture ?

— On le jurerait aussi.

— En ce cas, comment te justifies-tu ?

— J'aimerais m'expliquer devant le roi.

— Puisque Sa Majesté l'aurait exigé, ne perdons pas de temps.

Accablé, Khnoum-Hotep peina à se lever. Il se serait

bien passé de ce scandale qui affaiblirait gravement la Maison du Roi. Et jamais il n'aurait cru que Senânkh cédât à la corruption.

Le calme du Grand Trésorier surprit le vizir. Sous le poids de telles accusations, comment pouvait-il rester aussi serein ? Face à Sésostris, cette façade s'écroulerait.

Sous le regard acéré du pharaon, Khnoum-Hotep fournit les éléments du dossier. Le monarque ne manifesta aucune émotion.

— Bien entendu, tout est faux.

— Bien entendu, confirma Senânkh.

— Majesté, objecta le vizir, vous avez les preuves sous les yeux !

— Mon sceau et mon écriture ont été parfaitement imités, affirma Senânkh.

— Ton système de défense n'est-il pas dérisoire ? s'inquiéta Khnoum-Hotep.

— Il le serait si j'étais incapable de démontrer mon innocence.

Le vizir reprit espoir.

— De quelle manière ?

— Voilà longtemps que je redoutais un coup tordu dans ce style-là. C'est pourquoi j'ai pris mes précautions en codant mon courrier officiel. Je décale toujours la troisième et la cinquième ligne de mes lettres. Lorsque j'écris la lettre S, le verrou, pour la huitième fois, j'allonge nettement la partie de droite. Quand il s'agit de la jambe, le B, je diminue le pied lors de sa deuxième apparition. Enfin, je dispose trois points noirs, très discrets, de manière à former un triangle au cœur du texte. Examine les missives qui me sont faussement attribuées, et tu constateras qu'aucun de ces signes caractéristiques n'y figure.

Le vizir se rendit à l'évidence.

— Comment puis-je être sûr que tu ne viens pas de les inventer ?

— De deux manières : d'abord, en sortant des archives mes lettres officielles où ces particularités apparaissent ; ensuite, en faisant confirmer mes dires par un témoin digne de foi qui était dans la confidence.

— Son nom ?

— Le pharaon d'Égypte.

Le vizir avala sa salive.

— Je suis heureux, très heureux ! Je vais immédiatement prévenir les accusateurs qu'ils ont été abusés. Quel esprit vicieux a pu commettre un tel forfait ?

— Quelqu'un qui voulait m'éliminer d'une façon légale et sans la moindre violence. L'idée était astucieuse, la parade semblait impossible. Parvenir à imiter ainsi un sceau et une écriture est un petit exploit. Tout laisse à supposer que j'ai un adversaire déterminé au sein de la haute administration.

— Peut-être même à l'intérieur de ton propre ministère, avança le vizir. Cherche parmi les jaloux et les déçus qui rêvent de prendre ta place. Je te préconise une mesure d'urgence : modifie ton code et ne le révèle pas, sauf à Sa Majesté.

Pour la dixième fois, le Libanais essaya.

Pour la dixième fois, il échoua. Comment renoncer à un vin blanc, doux et sucré, à du bœuf en daube, à des haricots à la graisse d'oie, à des gâteaux au miel et à la confiture de figues ? Certes, l'Annonciateur lui avait recommandé de moins boire et de moins manger, et ses conseils équivalaient à des ordres. Mais à quoi servait la richesse s'il fallait subir un régime qui ôtait toute joie de vivre ? Grâce à des robes plus amples, le Libanais espérait donner le change. En présence de l'Annonciateur, il se comporterait désormais comme un véritable ascète.

À son meilleur agent, le porteur d'eau, il n'offrit que des figues sèches.

— Médès est de retour à Memphis.

— Provenance ?

— D'après mes informateurs, Abydos.

— Abydos, le territoire sacré d'Osiris, réservé à quelques initiés ! s'étonna le Libanais. Pourquoi ce voyage ?

— Aucune idée.

Intrigué, le Libanais congédia son agent, prit une douche, se fit masser et revêtit un peignoir à franges si moelleux qu'il s'endormit en s'allongeant sur des coussins.

Son intendant le réveilla pour l'avertir de la visite de son capitaine, un excellent marin chargé du transport du bois en provenance du Liban.

— Nouvelle cargaison bien arrivée, patron. Et le reste avec.

— Pas d'ennuis avec les douaniers ?

— Pas le moindre, la filière fonctionne à merveille.

Buriné, les cheveux en bataille, le loup de mer s'exprimait lentement et d'une voix rugueuse.

— Côté transport, aucun problème. Côté réseau intérieur, encore des noises. Certes, depuis la réunification, la situation s'améliore puisqu'on peut passer sans difficulté d'une province à l'autre. J'ai maintenant des contacts dans chaque port, et l'information circule vite. Mais ça bloque à Kahoun.

— Pour quelle raison ?

— Un fonctionnaire local refuse la dernière accréditation à notre caravane. Il dispose pourtant des sauf-conduits de l'administration memphite, mais ça ne lui suffit pas ! Le bonhomme veut contrôler lui-même l'identité de chaque arrivant et la nature des marchandises.

— Fâcheux, très fâcheux... Comment s'appelle-t-il ?

— Héremsaf.

— Je m'en occupe.

Cette caravane, Héremsaf ne la sentait pas, tel un chien dont la truffe refuse un aliment frelaté. Cependant, le dossier semblait d'une clarté exemplaire, et il ne manquait aucune autorisation. Le scribe aurait dû ouvrir les portes de Kahoun et accueillir les étrangers sans même réfléchir. Néanmoins, son instinct lui commandait d'opérer une ultime vérification. Peut-être se trompait-il, mais au moins n'aurait-il pas de regret. Mieux valait être pointilleux que laxiste. Ce ne serait pas la première fois qu'une caravane abritant des clandestins et transportant des produits douteux tenterait de s'introduire à Kahoun. Récemment, un Syrien avait essayé de vendre de médiocres papyrus dont il garantissait toutefois la qualité supérieure.

Demain, Héremsaf s'entretiendrait avec Iker. Alors que le jeune homme connaissait une carrière fulgurante qui le conduirait au-delà de ce qu'il imaginait, pourquoi restait-il si triste et si tourmenté ? Voilà longtemps que le supérieur des prêtres d'Anubis n'avait pas conversé avec celui que beaucoup appelaient « le sauveur », à la suite de son remarquable travail pour éviter les effets dévastateurs de la crue. Un mal rongeait le scribe, quelle en était la cause ?

Seules des questions directes lui permettraient de recevoir des réponses franches. Dès le lendemain,

Héremsaf convoquerait Iker et obtiendrait enfin la vérité.

Son secrétaire l'avertit de la visite d'une jeune femme.

— Je vais voir.

Une jolie brunette, bien maquillée, lui présenta un plat de fèves à l'ail, nappées d'une sauce aux fines herbes.

— Le cuisinier d'Iker est le spécialiste de cette recette. Il a pensé que vous seriez heureux de la déguster.

— Bonne idée.

— Mangez chaud, le goût sera parfait.

Comme il n'avait pas eu le temps de déjeuner, Héremsaf ne se fit pas prier, d'autant que le plat se révéla délicieux.

Pendant qu'il se régalait, Bina s'éloigna, le sourire aux lèvres.

Héremsaf ressentit les premières douleurs au milieu de la nuit. Il crut d'abord à une intoxication alimentaire, mais la souffrance devint si violente qu'elle lui coupa le souffle et l'empêcha de quitter son lit.

Ses muscles se tétanisèrent, son cœur cessa de battre. Le poison en provenance du Liban avait produit l'effet escompté.

17.

— Le Chevelu te réclame, annonça Sékari à Iker, réveillé en sursaut. Il semble bouleversé.

— Quelle mauvaise nouvelle apporte-t-il ?

— Il ne veut parler qu'à toi.

Avant de descendre au rez-de-chaussée, le jeune scribe se rinça la bouche.

— Que se passe-t-il, Chevelu ?

— Héremsaf... Héremsaf est mort cette nuit !

— Héremsaf ! En es-tu certain ?

— Malheureusement oui.

— La cause du décès ?

— Le cœur a lâché. Ces derniers temps, il était surmené et refusait de se reposer. Malgré votre différence d'âge, ce drame devrait te donner une bonne leçon. Toi aussi, tu travailles trop.

Iker se rendit au temple d'Anubis dont le nouveau supérieur dirigerait le rituel d'inhumation d'Héremsaf. Il se mit à sa disposition afin que rien ne manquât au rituel.

Les dossiers du défunt furent repris par la mairie et répartis entre divers responsables. Celui qui s'occupa de la caravane ne discerna rien d'anormal dans la procédure et lui accorda donc l'autorisation d'entrée à Kahoun.

La nouvelle du décès d'Ouâkha, l'ex-chef de la province du Cobra, affectait profondément le pharaon Sésostris, mais, comme d'ordinaire, il n'en laissait rien paraître. Ouâkha avait été le premier à le soutenir et à lui jurer fidélité, au début de sa lutte contre les provinces dissidentes. Alors que le pays aurait pu basculer dans la guerre civile, l'appui d'Ouâkha s'était révélé décisif. Sa disparition, elle aussi, marquait une étape cruciale : comment réagiraient sa famille, ses proches et ses conseillers ? Ou bien ils se soumettaient au vizir Khnoum-Hotep, envoyé sur place pour les funérailles, ou bien ils tentaient d'imposer un nouveau chef de province.

En cas de sédition, le monarque serait contraint d'utiliser la force.

À ces sombres pensées s'ajoutait une inquiétude persistante : qui avait jeté un maléfice sur l'arbre de vie et voulait empêcher la résurrection d'Osiris ? Aujourd'hui, le pharaon savait qu'il ne s'agissait d'aucun des chefs de province naguère opposés à la réunification. En toute logique, le magicien noir devait être un Cananéen révolté dont l'unique but était la destruction de l'Égypte. Peut-être le général Nesmontou, en quadrillant la Syro-Palestine, parviendrait-il à l'identifier.

De retour à Memphis à la tombée du jour, Khnoum-Hotep se rendit aussitôt chez le souverain.

— Personne ne songe plus à rétablir un potentat local, Majesté, déclara-t-il avec un soulagement perceptible. J'ai mis en place une administration qui travaillera sous le contrôle d'un de mes délégués.

— Ne tolère ni faiblesse ni excès. Que la province

du Cobra, comme les autres, soit gérée selon Maât, qu'aucun de ses habitants ne souffre de la faim et que toute injustice soit sévèrement châtiée. Face aux dieux, je suis responsable du bonheur de mon peuple. Et toi, tu es responsable devant moi.

— Je figurais au premier rang pour apprécier l'ampleur de votre œuvre. À présent, elle fait partie de mon être et je n'ai pas d'exigence plus ardente que la consolidation de l'unité dont vous êtes le garant. Désormais, les provinces ne vous causeront plus aucun souci.

— Si nous ne réussissons pas à guérir l'acacia d'Osiris, que restera-t-il de l'Égypte ?

— Comment, rien ? s'irrita Médès en arpentant son bureau.

— Il ne lui est vraiment rien arrivé, confirma Gergou. Le Grand Trésorier Senânkh garde son poste.

— Pas la moindre sanction ?

— Pas la moindre. Le vizir lui accorde toujours sa confiance.

— Le pharaon aussi, malheureusement ! Et moi qui espérais que Sésostris jouait une sorte de comédie afin de sauver la face et de préserver la réputation de la Maison du Roi ! Pourtant, mon épouse a parfaitement imité l'écriture de Senânkh. Quant au sceau, n'était-il pas reconstitué à la perfection ?

Soudain, Médès comprit.

— Un code... Senânkh utilisait un code ! Pas d'autre explication possible. C'est pourquoi il a démontré son innocence sans difficulté.

— En étudiant les archives, on le découvrira.

— Inutile. Il a en forcément changé.

— Quelqu'un est peut-être dans la confidence.

— À coup sûr, le pharaon en personne !

Le découragement gagna Gergou.

— Alors, Senânkh demeure hors d'atteinte.

— Pour le moment, mon ami, juste pour le moment. Mais il existe des cibles plus faciles à atteindre.

Médès exposa son nouveau plan à Gergou, qui l'apprécia au plus haut point et partit aussitôt le mener à bien.

Riche d'enseignements, cet échec ne bridait nullement Médès. La Maison du Roi ressemblait à une véritable forteresse qu'il n'abattrait pas en un jour. Mais à présent, il disposait d'un allié à Abydos. Un allié lui permettant de toucher au cœur des grands mystères et d'obtenir autant de puissance que le pharaon régnant.

Le Libanais utilisa plusieurs miroirs pour vérifier sa mise. Grâce à sa nouvelle robe ample aux rayures verticales, il paraissait beaucoup plus mince.

Néanmoins, quand l'Annonciateur pénétra dans la salle de réception, il fut incapable de soutenir son regard et s'empressa de lui offrir de l'eau.

Son hôte déclina l'offre.

— Désirez-vous quelque chose, seigneur ?

— Uniquement un rapport détaillé et sans trompe-l'œil.

Sur les tables basses, ni fruits ni gâteaux. Ainsi l'Annonciateur pouvait-il constater les efforts de son hôte.

— Dans le domaine commercial, excellentes prévisions. Nos prochaines affaires devraient nous rapporter des bénéfices substantiels. Mes arguments ont convaincu Médès, et je ne doute pas de la qualité de sa collaboration. Comme prévu, je le fais attendre pour rencontrer mon... patron. Sa curiosité éveillée, il ne manquera pas de me relancer.

L'Annonciateur eut un léger sourire, plus inquiétant que rassurant.

— En ce qui concerne mon réseau d'informateurs, poursuivit le Libanais, il fonctionne de mieux en mieux. Avec un minimum d'agents, les informations circulent rapidement. L'unification accomplie par Sésostris n'est pas un vain mot ; aucune province ne s'oppose plus au pouvoir central, et voyager dans toute l'Égypte devient aisé.

— Et la caravane à destination de Kahoun ?

Ce fut au tour du Libanais de sourire.

— Voici justement la preuve de l'efficacité de mon réseau ! Mon meilleur agent sur place, une jeune femme nommée Bina, a découvert qu'un fonctionnaire bloquait le dossier. Ce tatillon soupçonneux, un certain Héremsaf, refusait d'ouvrir les portes de la ville. J'ai donc fourni à Bina une substance très active, utilisée au Liban pour se débarrasser des gêneurs. Cette jeune femme prometteuse vient de mener à bien sa mission. Héremsaf est mort, la mairie de Kahoun a levé le dernier obstacle à l'arrivée des nôtres.

— Beau travail.

Le Libanais rosit.

— J'agis au mieux, seigneur. Meurtrir l'Égypte me procure un immense plaisir.

— Bien que tu aies encore grossi, beaucoup te sera pardonné.

Quand la longue caravane parvint à proximité de Kahoun, elle fut stoppée par la police qui vérifia minutieusement les documents l'autorisant à voyager.

Barbus et torse nu, les Asiatiques portaient des pagnes orange et des sandales noires. Certains étaient chargés de nattes, d'autres jouaient de la lyre à huit cordes. Des anneaux ornaient les chevilles des femmes, vêtues de tuniques chamarrées et chaussées de bottines de cuir.

Les policiers inspectèrent les fardeaux des ânes : paniers, vases, javelots, fards fabriqués avec de la malachite du Sinaï et soufflets de métallurgiste.

— Qui est votre chef ? demanda le scribe supervisant le contrôle.

— Ibcha, répondit un garçon souriant.

— Où se trouve-t-il ?

— À l'arrière de la caravane.

— Va le chercher.

Le garçon s'exécuta.

Ibcha était un solide gaillard à la barbe fournie.

— Pourquoi y a-t-il des armes dans vos bagages ?

— Arcs et flèches nous auraient permis de nous défendre en cas de mauvaise rencontre. Plusieurs d'entre nous sont métallurgistes et savent fabriquer des javelots à pointe de métal.

— Puisque vous vous installez à Kahoun, je confisque vos armes. Je vous interrogerai un par un, et vous indiquerez votre nom, votre âge, votre situation de famille et vos compétences professionnelles. Ensuite, je vous attribuerai un logement.

Les Asiatiques se montrèrent dociles.

Les formalités achevées, le scribe s'adressa de nouveau à Ibcha.

— De strictes règles de sécurité régissent Kahoun. Au moindre délit, si minime soit-il, le coupable et sa famille seront expulsés. Nous ne tolérerons aucune bagarre entre vous et nous exigeons une obéissance absolue aux directives du maire. Suis-moi.

Le scribe conduisit Ibcha à l'atelier où l'on façonnait des couteaux, empilés sur des étagères. C'était là que le poignard d'Iker avait été aiguisé.

— Cette production ne nous suffit pas, expliqua le scribe. Le maire veut doter les forces de l'ordre d'un équipement neuf et de bonne qualité. La forge voisine a été agrandie, les stocks de métaux viennent d'être livrés. Bien entendu, chaque objet produit sera vérifié et numéroté. Deux jours de repos pour t'installer. Ensuite, au travail, avec le salaire d'un ouvrier qualifié. Toi et les tiens, vous vous procurerez à Kahoun tout ce dont vous aurez besoin. En échange d'une paire de sandales, vous obtiendrez deux litres d'huile ou bien vingt pains, ou bien encore vingt-cinq litres de bière. Bienvenue parmi nous.

Non loin de là, Bina observait la scène. La première partie de sa mission menée à bien, elle continuerait à profiter de la naïveté des Égyptiens qui croyaient à l'efficacité de leurs contrôles. Sur dix armes fabriquées, les Asiatiques en détourneraient une. Peu à peu s'amasserait une quantité suffisante pour les futurs maîtres de la cité. Si Iker réussissait à supprimer le pharaon, la révolution serait plus rapide que prévu.

— Mes alliés sont enfin arrivés, confia Bina à Iker. Bientôt, nous n'aurons plus besoin de nous cacher dans cette maison délabrée.

— Quel est leur plan ?

— Je l'ignore, mais aie confiance. Ils haïssent le tyran autant que toi et moi, et n'hésiteront pas à sacrifier leur vie afin de le renverser.

Encore sous le choc de la disparition d'Héremsaf, Iker n'avait prêté aucune attention à la caravane asiatique.

— À Kahoun, rappela-t-il, les étrangers demeurent étroitement surveillés. Comment tes amis comptent-ils agir ?

— Je te répète que je l'ignore.

— Et toi, quel sera ton rôle ?

— Moi, je ne suis qu'une servante illettrée. Je me contenterai de leur procurer de la nourriture et des vêtements. Mes compatriotes m'ont offert un joli cadeau. Tu veux le voir ?

Sans attendre la réponse du jeune scribe, Bina exhiba une petite pièce de lin triangulaire et ourlée.

— On passe un coin entre les jambes, expliqua-t-elle d'une voix sucrée, et l'on noue ce cache-sexe avec les deux autres coins. Si tu m'aidais à l'essayer ?

La jolie Asiatique ôta sa tunique. Nue, dans la pénombre, elle se rapprocha d'Iker.

— Tu m'aides ?

— Pardonne-moi, mais... je suis trop préoccupé.

La tentatrice ravala sa fureur.

— Une autre fois, concéda-t-elle.

La fête du dieu Bès battait son plein. Tous les habitants de Kahoun y participaient, le vin coulait à flots, et l'on jouait de la musique dans chaque quartier en espérant le passage du nain danseur au masque de lion. Barbu, les jambes épaisses, il éloignait les démons et découpait les mauvais esprits avec ses longs couteaux. C'est pourquoi les artisans le représentaient sur les lits, les chevets, les lampes, les chaises et les ustensiles de toilette. En tirant sa langue rouge, Bès émettait le verbe purificateur ; en frappant son tambourin, il répandait des ondes positives. À lui de veiller sur la naissance des enfants dans la chambre d'accouchement et des initiés dans le temple.

Partout, des torches allumées ; entièrement illuminée, Kahoun se laissait aller à la joie de vivre, au rire et aux plaisirs de la bonne chère.

Après avoir bu quelques coupes en compagnie des autres conseillers municipaux, Iker s'éclipsa, prétextant fièvre et migraine. Malgré lui, ses pas le portèrent en direction de l'atelier où les Asiatiques avaient aiguisé son poignard.

En cette nuit de liesse, l'endroit le plus tranquille de la ville.

Iker s'approcha.

Pas de musique, pas de chansons, pas de rires, mais un peu de lumière provenant de ce local.

Des rideaux occultaient les fenêtres. Grâce à la déchirure de l'un d'eux, le scribe glissa un œil à l'intérieur.

À voix basse, Bina lisait un texte à une dizaine d'hommes qui l'écoutaient avec attention. Puis elle s'empara d'un pinceau et commença à rédiger une lettre.

Stupéfait, Iker se retira.

Ainsi, elle lui avait menti en prétendant qu'elle ne savait ni lire ni écrire !

La pauvre servante inculte, soumise et persécutée était, en réalité, le chef de ce groupe de terroristes !

Écœuré, Iker rentra chez lui.

— Iker, réveille-toi, il est tard !

N'obtenant aucune réponse, la tête encore embrumée par la fête, Sékari poussa la porte de la chambre du scribe.

Vide.

Vide aussi, la salle d'eau. Incrédule, Sékari explora la maison, puis se rendit à l'étable où Vent du Nord dégustait de la luzerne.

— Il n'aurait quand même pas abandonné son confident ! Ça y est, je comprends... Il a forcé sur le vin et le cuve quelque part.

Sékari parcourut Kahoun et interrogea les commères. En vain. À l'évidence, Iker avait quitté la ville.

Sur le bateau à destination de Memphis, Iker n'éprouvait qu'un seul regret : ne pas avoir emmené Vent du Nord. Mais le jeune scribe ne reviendrait sûrement pas vivant de son aventure, et il savait que Sékari s'occuperait bien de son âne.

Iker avait été contraint de couper brutalement tout contact avec les Asiatiques qu'il ne considérait plus comme des alliés. Leur véritable but, il s'en moquait. Il devait agir seul.

18.

La réunion d'urgence eut lieu au cœur de la nuit, sous la direction de Bina.

— Iker a quitté la ville, révéla-t-elle aux métallurgistes venus d'Asie pour fabriquer des armes à Kahoun.

— Il nous dénoncera tous ! s'inquiéta Ibcha, le chef des artisans.

— Si telle avait été son intention, nous serions déjà en prison.

— Alors, pourquoi cette fuite subite ?

— Ses nerfs ont craqué, expliqua la jeune femme. Il veut agir seul et frapper le tyran quand bon lui semblera sans avertir personne, pas même moi.

— Aucune chance !

— Ce scribe n'est pas un garçon ordinaire. En lui brûle un feu que nul ne saurait éteindre. C'est pourquoi je ne le donne pas battu d'avance.

— Imagines-tu le nombre d'obstacles à franchir avant de parvenir jusqu'au roi ?

— Des obstacles, il en a déjà surmonté beaucoup ! Et j'ai réussi à le convaincre que Sésostris était un monstre impitoyable qu'il fallait abattre par n'importe quel moyen afin de sauver l'Égypte.

— Ce naïf t'a cru ?

— Iker sait que le mal existe et pense que Sésostris en est la source. S'il faut se sacrifier pour la tarir, il n'hésitera pas.

— À mon avis, il sera éliminé. S'il réussit, tant mieux pour nous !

— Il existe un autre motif de préoccupation, avoua Bina : l'inconnu qui a vainement tenté de tuer Iker. Des crocodiles ont dévoré son cadavre.

— S'il s'agissait de l'émissaire d'un réseau organisé, estima Ibcha, ses collègues n'en seraient pas restés là. D'autres incidents notables se sont-ils produits depuis ?

— Non. À Kahoun, cette affaire n'a fait aucun bruit. On jurerait même qu'il ne s'est rien passé.

— Jalousait-on Iker ?

— Certes oui, à cause de sa capacité de travail et de sa rapide ascension !

— Ne cherche pas plus loin : banal règlement de comptes. Ton protégé s'est débarrassé d'un concurrent gênant. Moi, ça me rassure plutôt ! S'il sait se battre, il possède un pouce de chance en plus.

À trente-deux ans, le Porteur du sceau royal Séhotep passait pour l'un des plus redoutables séducteurs de Memphis. Unique héritier d'une riche famille, scribe exceptionnel, esprit rapide et nerveux, toujours habillé à la dernière mode, Séhotep trompait bien son monde. On le considérait souvent comme un amoureux des plaisirs de l'existence, peu enclin à travailler des heures durant. C'était oublier ses yeux pétillants d'intelligence et son extraordinaire faculté d'assimilation de dossiers complexes en un minimum de temps. Supérieur de tous les travaux du roi, chargé de veiller au respect du secret des temples et à la prospérité du bétail, il menait de front ces tâches écrasantes avec une apparente désinvolture qui dissimulait une parfaite rigueur.

Les courtisans détestaient Séhotep dont l'existence ressemblait à une suite de succès faciles. Lui-même accréditait cette réputation en laissant entendre qu'il ne rencontrait jamais la moindre difficulté et se jouait avec aisance de n'importe quel problème. Bien entendu, il ne manquait aucun des grands rendez-vous mondains de la capitale et des somptueux banquets organisés par les notables. Chacun y parlait volontiers, Séhotep écoutait et recueillait un maximum d'informations.

Invité à l'inauguration de la nouvelle école de danse de Memphis, le Porteur du sceau royal honorait cette cérémonie profane de sa présence. La maîtresse de ballet était aussi émoustillée que ses jeunes artistes, vêtues d'un pagne suffisamment court pour ne pas gêner leurs évolutions.

Une jolie brune offrit son plus beau sourire à Séhotep. Il le lui rendit. Puis elle s'intégra à la troupe qui déploya une série de figures acrobatiques à couper le souffle. Levant haut la jambe jetée en avant, le pied au niveau de l'épaule, le buste bien droit, les danseuses fléchissaient et rebondissaient avec une rapidité stupéfiante. Ensuite, elles effectuèrent une succession de sauts périlleux, le corps arqué, prenant successivement appui sur les mains, doigts tendus, et sur la pointe des pieds. Séhotep eut l'impression qu'elles formaient un cercle, mais son regard se concentra de plus en plus sur la jolie brune.

La démonstration terminée, la maîtresse de ballet s'approcha de Séhotep avec inquiétude.

— Êtes-vous satisfait ?

— Remarquable prestation. J'aimerais féliciter ces artistes.

— Quel immense honneur !

Séhotep s'attarda auprès de sa préférée.

— Que de souplesse et de rythme ! Je suppose que tu as appris le métier depuis ton plus jeune âge ?

— En effet, seigneur.

— Ton nom ?

— Olivia.

— Et ton âge ?

— Dix-huit ans.

— Tu dois être fiancée.

— Non... Enfin, pas vraiment. La directrice du corps de ballet est très sévère.

— Nous pourrions peut-être dîner ensemble. Disons... ce soir ?

Très liquoreux, saturé d'aromates, le vin cuit des oasis titrait dix-huit degrés. Il accompagnait un succulent repas en tête à tête, après que Séhotep eut donné congé à ses serviteurs. Éblouie par la merveilleuse villa de son hôte, Olivia montrait un bel appétit tout en évoquant les difficultés de son art.

Quand Séhotep lui prit tendrement la main, elle ne la retira pas. Dans ses yeux luisait le désir.

Il la déshabilla lentement et l'entraîna jusqu'à sa chambre.

— Ni toi ni moi ne souhaitons avoir d'enfant, n'est-ce pas ? Sois gentille, sers-toi de cette pommade contraceptive.

Olivia en enduisit le sexe de son amant. À base d'épines d'acacia broyées, la pommade était odorante et onctueuse.

La danseuse n'appréciait guère les préliminaires. Aussi Séhotep ne perdit-il pas de temps en caresses interminables. Devinant les goûts de sa maîtresse, il s'employa à la satisfaire en ne songeant qu'au plaisir de la belle. Et ce fut ainsi qu'ils exécutèrent un ballet où ils rivalisèrent de talent.

Allongés côte à côte, ils savouraient les moments très doux qui suivaient une extase partagée.

— À quoi travaille un Porteur du sceau royal ?

— Si je te décrivais toutes mes tâches, tu ne me croirais pas. Savais-tu, par exemple, que je m'occupe du prochain arrivage de bœufs gras pour le temple d'Hathor ? Un grand rituel se prépare en vue de l'initiation de nouvelles prêtresses, et il se terminera par un banquet. Je supervise aussi la restauration des portes du temple et de son sanctuaire.

— Serais-tu architecte ?

— J'emploie tous ceux du royaume et je contrôle chaque site, surtout lors de circonstances exceptionnelles.

— Serait-ce le cas ?

— Je veille également sur le respect du secret des temples, dit Séhotep en souriant.

— Est-il vraiment si important ?

— Si tu connaissais l'ampleur du trésor qui sera livré au sanctuaire de Neith, tu n'en douterais pas.

— Les trésors me font rêver ! De quoi sera composé celui-là ?

— Secret d'État.

— Tu excites encore plus ma curiosité ! Ne peux-tu m'en dire un peu plus ?

— Ce que contient ce trésor est si précieux que les divinités elles-mêmes en seront enchantées.

Les caresses dont Olivia gratifia son amant réveillèrent son désir. Aussi s'élancèrent-ils dans une nouvelle danse amoureuse.

À l'issue de leurs ébats, la jeune femme sauta du lit.

— Si nous allions sur ta terrasse ? Il doit y avoir une vue magnifique !

Séhotep acquiesça.

Nus et enlacés, ils contemplèrent Memphis, illuminée par la pleine lune.

— Comme c'est beau, murmura-t-elle. Je n'aurais pas cru qu'il y avait autant de temples ! L'énorme, là-bas, c'est bien celui de Ptah ?

— Exact.

— Et l'autre, plus allongé, au nord, à qui appartient-il ?

— À la déesse Neith.

— La destinatrice du trésor ?

— À dire vrai, elle ne l'abritera que temporairement.

— Ensuite, où ira-t-il ?

— En un lieu inaccessible aux profanes.

— Loin d'ici ?

— À Abydos.

— Abydos, le territoire sacré d'Osiris... Tu le connais, toi ?

— Qui peut se vanter de connaître Abydos ?

Elle se serra davantage contre Séhotep.

— Demain soir, le ballet danse lors d'un banquet. Mais après-demain soir, je suis libre.

— Moi pas.

— Alors, rendez-vous la semaine prochaine ?

— Je pars examiner les bœufs gras destinés au rituel. Quand je reviendrai, le trésor sera à l'abri dans le temple de Neith. Je le convoierai jusqu'à Abydos. Ensuite, nous nous reverrons.

Elle l'embrassa avec fougue.

En moins d'une heure, Olivia subit pour la troisième fois les assauts de Gergou. Il était gras et brutal mais la payait bien. Certes, elle aurait préféré faire l'amour avec Séhotep, délicat et attentionné. La danseuse se souviendrait toujours de cette délicieuse nuit au cours de laquelle elle avait été traitée comme une princesse.

— Terminé ?

— Tu m'as épuisé, ma belle ! Avec toi, on n'est jamais déçu.

— Il arrive quand, ton patron ?

— Il ne devrait plus tarder. Surtout, tu lui racontes tout sans omettre le moindre détail. S'il est satisfait, la récompense promise sera augmentée.

Lorsque Médès pénétra dans le salon où Gergou amenait ses conquêtes, Olivia le jugea laid et empâté. Mais après Séhotep, quel homme trouverait grâce à ses yeux ?

— Alors, jeune fille, tu as séduit le Porteur du sceau royal ?

Au ton de voix, Olivia sentit que le questionneur était dangereux. Avec lui, il faudrait jouer serré.

— Gergou m'a promis un lot de vêtements de luxe.

— Séhotep t'a-t-il bien accueillie ?

— Au-delà de mes espérances !

— Jolie comme tu es, il n'a pas dû te résister bien longtemps. Lui as-tu extirpé des confidences ?

— Après l'amour, certains hommes aiment se vanter de leur travail. Par chance, Séhotep en fait partie.

— Je t'écoute, mignonne. Tu seras payée en fonction de la valeur de tes informations.

— Séhotep a évoqué ses multiples fonctions : les grands chantiers, les...

— Je sais tout ça. A-t-il décrit une tâche précise, dans un avenir proche ?

— Il part examiner des bœufs gras et les ramènera à Memphis.

Le détail intrigua Médès, car aucune grande fête n'était prévue dans l'immédiat.

— À quoi sont destinées ces bêtes ?

— À la célébration d'un rituel et d'un banquet au temple de Neith.

— Il t'a raconté des balivernes, petite. Cet édifice est en réfection.

— Séhotep supervise les travaux. Et je sais aussi pourquoi cette fête sera organisée.

— Alors, parle !

Olivia minauda.

— Si nous précisions ma rémunération ?

Médès sembla amusé.

— Tu es habile et intelligente, mais ne force pas ton talent.

— Si vous me menacez, vous ne saurez rien de plus.

— Ton rêve le plus fou ?

— Une belle maison au centre de la ville.

— Exorbitant !

— Je ne crois pas.

— Eh bien, voyons ce que tu as à vendre. Si la marchandise est de qualité supérieure, d'accord pour la maison.

— J'ai procédé par étapes afin que Séhotep soit vraiment en confiance. Vaniteux et fier de son importance, il n'a pas résisté à l'envie de m'éblouir. Ne pas être curieuse l'aurait étonné, trop questionner l'aurait alerté. Comme notre entente fut parfaite et sans fausse note, il s'est laissé aller et m'a révélé l'existence d'un trésor bientôt déposé dans le sanctuaire du temple de Neith. À l'occasion de cet événement, une fête sera organisée.

— Un trésor... de quelle nature ?

— D'après ses propres termes, « si précieux et si important que les divinités elles-mêmes seront enchantées ».

Séhotep ne s'exprimait pas à la légère ; aussi cette formulation surprit-elle Médès.

— Rien de plus précis ?

— Ce trésor arrivera à Memphis la semaine prochaine.

— Sans doute une statue destinée à embellir le temple de Neith, estima Gergou, déçu.

— Certainement pas, objecta Olivia.

— Pourquoi cette assurance ? questionna Médès.

— Parce que le trésor ne fera qu'y séjourner.

— Connaîtrais-tu sa véritable destination ?

— À propos de ma future maison, j'aimerais obtenir un document inattaquable.

— Gergou, apporte-moi un papyrus.

Médès dicta à son second un certificat de propriété en bonne et due forme, au nom de la danseuse Olivia.

— Ça te convient ?

— Il y manque votre sceau.

— Il me manque la destination du trésor.

La jeune femme sentit qu'elle ne devait pas trop tirer sur la corde.

— Abydos.

Médès contint une exclamation.

— Tu en es sûre ?

— Séhotep a même précisé que, là-bas, le trésor serait inaccessible aux profanes.

L'or... C'était l'or capable de guérir l'acacia ! La découverte d'Olivia valait bien plus qu'une belle maison au centre de Memphis.

— Quand dois-tu le revoir ?

— Quand il sera revenu d'Abydos où il aura livré le trésor.

Le plexus douloureux, Médès s'obligea à marcher de long en large pour se calmer.

— Bon travail, Olivia, très bon travail

Il déchira nerveusement le papyrus.

— Qu'est-ce que ça signifie ! Vous m'aviez promis...

— Ta maison, tu la possèdes déjà. Dès ce soir, tu y habiteras. Et ce n'est que la première partie de ta rémunération.

— Vous vous moquez de moi !

— Gergou te conduira à ton nouveau domicile, mais tu devras encore travailler pour moi afin d'obtenir ton acte de propriété définitif et plusieurs autres avantages.

— Qu'exigez-vous de plus ?

— Je veux ce trésor, et tu vas m'aider à l'acquérir.

— De quelle manière ?

— En te faisant passer pour une prêtresse de Neith et en pénétrant dans le sanctuaire.

— Et si j'échoue ?

— Tu réussiras.

— Ma récompense ?

— De quoi t'habiller et te nourrir pendant de nombreuses années, un serviteur et une servante payés par mes soins et à ton entière disposition.

La danseuse se prit à rêver d'une existence dorée.

— Je saurai à quel moment le trésor sera déposé dans le temple de Neith. Tu seras aussitôt prévenue et tu agiras.

— Seule ?

— Non, l'un de mes hommes t'accompagnera et supprimera d'éventuels obstacles. C'est lui qui sortira le trésor du sanctuaire.

— L'entreprise présente de sérieux risques !

— Pas davantage que ceux d'une carrière de danseuse. Une blessure grave, et ton avenir se brise.

Olivia comprit la menace. Elle ne pouvait plus reculer.

— J'attends donc de vos nouvelles... chez moi !

— Emmène-la, Gergou. La deuxième maison de la première ruelle à l'angle nord-est du temple de Ptah. Sur la porte, un couteau peint en rouge. Le gardien de la demeure d'en face te donnera la clé. Dis-lui que tu viens de la part de Bel-Tran.

Sous ce nom syrien, Médès possédait plusieurs maisons à Memphis qu'il utilisait comme entrepôts abritant les marchandises issues de ses divers trafics. Celle-là, la dernière acquise, était encore vide.

Pendant que le couple s'éloignait, Médès digérait son émotion. Le goût immodéré de Séhotep pour les femmes l'avait perdu. Sésostris le jugerait responsable du vol de l'inestimable trésor, et la Maison du Roi se disloquerait. Heureuse conséquence de la manœuvre qui allait rendre Médès propriétaire de l'or guérisseur !

19.

Même s'il pensait sans cesse au trésor dont il espérait bien s'emparer, Médès ne devait pas négliger ses affaires. C'est pourquoi il tenait à rencontrer de nouveau le Libanais pour savoir si son partenaire commercial respectait ses promesses. En utilisant la procédure habituelle, il fut accueilli, tard dans la nuit, par un hôte toujours aussi jovial.

Les tables basses croulaient sous d'appétissantes pâtisseries. Médès porta à ses lèvres une coupe de vin vieux sans prononcer le moindre mot.

— Je viens de le recevoir, précisa le Libanais, et je suis heureux que vous soyez le premier à le goûter. Fabuleuse Égypte ! Un climat merveilleux, des vins incomparables, une cuisine qui vous empêche de céder au moindre régime... Ici, le plus pessimiste renonce à ses idées noires.

— Ta philosophie ne manque pas d'intérêt, mais j'aimerais savoir si nos projets deviennent réalité.

— Accordez-moi le privilège de goûter ce flan aux épices arrosé d'alcool de dattes. Selon mon pâtissier, c'est le meilleur de Memphis.

Médès ne regretta pas d'avoir cédé.

— Les Égyptiens aiment tant les meubles en cèdre

que notre stock est déjà épuisé, reprit le Libanais. Une nouvelle livraison, plus importante que les précédentes, se prépare. De votre côté, pas de problème ?

— Aucun.

— Les flacons de grossesse nous parviendront dans une quinzaine de jours. D'après mon correspondant, ils surpassent, en beauté comme en solidité, tout ce qui circule sur le marché. Quant à la récolte de laudanum, c'est la plus abondante depuis une dizaine d'années, et j'en ai acquis la totalité. Mes concurrents ont été... éliminés. Résultat identique dans le domaine des huiles. Combien d'entrepôts disponibles ?

— Tu me prends de vitesse, reconnut Médès.

— Je saurai me montrer patient.

— Je dois avouer que tu m'étonnes.

— Venant de vous, c'est un compliment qui me touche, et je travaillerai d'arrache-pied pour continuer à mériter votre estime. Je n'en ai pas terminé avec les bonnes nouvelles : mon patron accepte de vous rencontrer. La prochaine nouvelle lune vous convient-elle ?

— Elle me convient. À Memphis ?

Le Libanais parut gêné.

— Non, plus au sud.

— Où exactement ?

— Près d'Abydos.

— Abydos ! C'est un territoire interdit.

— Mon patron m'a dit que vous y connaissiez un permanent. Il désire s'entretenir avec vous, votre second, Gergou, et le prêtre d'Abydos.

Médès blêmit. Qui pouvait être au courant de son alliance avec Béga ?

— Donne-moi le nom de ton patron !

— Il vous le donnera lui-même.

— Prends garde, le Libanais ! Puisque tu sais si bien qui je suis, ne me provoque pas.

— J'ai reçu des ordres stricts que je dois respecter, Médès. Comprenez-le.

— Je ne me rendrai pas à ce rendez-vous.

— Vous auriez tort de le manquer.

— Une menace ?

— Ce n'est pas mon style, voyons ! Je crois simplement que cette rencontre vous sera très bénéfique.

Médès était fou de rage. Comment ce maudit voleur osait-il le manipuler ?

— Si tu ne cesses pas immédiatement de m'espionner, je romps notre collaboration.

— Ne serait-ce pas une grave erreur, alors qu'elle promet tant ?

— Que sais-tu sur Abydos ?

— Moi ? Rien du tout.

— Mais ton patron, lui...

— Il m'a seulement demandé de vous proposer cette entrevue.

Le Libanais semblait sincère. Et si ce mystérieux supérieur était un autre prêtre d'Abydos cherchant à évincer Béga ?

— Je n'ai aucun intérêt à vous tendre un piège, ajouta son hôte, et mon employeur pas davantage.

— Je dois réfléchir.

Ne pas rester maître du jeu horripilait Médès. Mais il fallait parfois faire semblant de perdre pour gagner plus gros au coup suivant.

Tous les prêtres permanents d'Abydos remplissaient leur fonction dès le lever du soleil. Celui qui veillait à l'intégrité du grand corps d'Osiris s'assurait du parfait état des scellés sur la porte de son tombeau. Celui dont l'action demeurait secrète parce qu'il voyait les mystères l'assistait avant de seconder celui qui versait la libation d'eau fraîche sur les tables d'offrandes. En célébrant les ancêtres, le serviteur du *ka* renouait le lien avec les êtres de lumière, protecteurs d'Abydos. Et les sept musiciennes de la déesse Hathor enchantaient l'âme divine.

N'ayant nulle critique à formuler, le Chauve les convia au temple des millions d'années de Sésostris, à présent achevé. Il prit la tête de la procession et franchit le portail ouvert au centre de la paroi nord du mur d'enceinte. De là partait une chaussée menant au temple, vaste quadrilatère entouré d'une cour bordée d'un portique à quatorze colonnes sur laquelle s'ouvraient des portes de service facilitant la communication avec les réserves d'offrandes et d'objets rituels. Au-delà débutait la salle à colonnes.

Puisant de l'eau dans des bassins, le Chauve purifia les officiants un à un. Puis ils passèrent devant les statues de Pharaon et de la Grande Épouse royale qui, dans la sérénité du sanctuaire, célébraient éternellement le mystère du mariage sacré.

Au plafond du temple couvert brillaient des étoiles d'or. Sur les murs, le roi communiait avec les divinités, notamment Osiris.

Au nom du monarque, le Chauve offrit Maât à l'invisible.

— Cet édifice a été construit par Osiris à la ressemblance de la contrée de lumière, déclara-t-il. Ses piliers sont les supports du cosmos, les symboles sacrés reposent à leur juste place, le parfum de l'au-delà est présent. Que les dames de l'acacia chantent et jouent de la musique pour l'arbre de vie.

Les voix s'entrelacèrent dans une lente mélopée qui, pendant la durée de l'œuvre, fit régner l'harmonie que connaissait Abydos avant la maladie de l'acacia.

Puis il fallut revenir à la réalité.

— Seuls deux rameaux ont reverdi, rappela le Chauve. La pyramide de Dachour empêchera peut-être toute nouvelle dégradation, mais je tiens à souligner l'absolue nécessité de l'accomplissement rigoureux de nos tâches. Dans les circonstances actuelles, aucun manquement ne sera toléré.

C'était au tour de la jeune prêtresse et de Béga de desservir les autels et de répartir les offrandes entre les prêtres temporaires. Après que les divinités eurent goûté leur aspect immatériel, elles pouvaient nourrir les corps.

— Votre mission à Memphis s'est-elle bien déroulée ? demanda Béga.

— J'ai transmis au pharaon le message de notre supérieur.

— La capitale vous a-t-elle plu ?

— Une grande ville, très animée, et des temples superbes, mais je n'aimerais pas y vivre. Je lui préfère le calme d'Abydos.

— La cour royale bruisse d'intrigues et d'ambitions. Ici, le royaume trouve son équilibre réel. Préserver Abydos est le devoir essentiel du pharaon, et je suis persuadé que la construction de cette pyramide sera une étape décisive.

— Nous le souhaitons tous, Béga.

Son service achevé, la jeune femme demeura longtemps à l'intérieur du temple. De chaque bas-relief, de chaque peinture, de chaque symbole émanait une énergie qui luttait contre *isefet*, la tendance inéluctable à la destruction et au chaos. En créant cette demeure sacrée, Sésostris contribuait à implanter le ciel sur la terre. La prêtresse éprouvait un besoin vital de cet univers où l'abstrait devenait perceptible, où les lois divines illuminaient les sens.

Près du portail de l'enceinte, elle s'immobilisa.

À ses pieds, un énorme scarabée à la carapace brillante façonnait une sphère avec de la bouse de vache qu'il avait pétrie en tournant sur lui-même. Son œuvre accomplie, le maître potier la fit rouler avec ses pattes arrière, en progressant à reculons, de l'est vers l'ouest. Puis il enfouit la sphère dans la terre meuble.

— Pour connaître l'issue de ce travail, dit une voix grave et puissante, tu devras patienter vingt-huit jours.

La prêtresse leva les yeux et découvrit le pharaon.

— Abydos est la cité du scarabée divin, précisa Sésostris. Au terme d'une lunaison, le vieil Osiris contenu dans la sphère aura affronté l'épreuve de la mort. Si la rectitude a été respectée, la lumière sortira de la terre et il ressuscitera. Un nouveau soleil se lèvera, la vie se répandra dans tous les espaces. Combien d'êtres peuvent pressentir un tel mystère en observant cet insecte que le profane écrase si facilement sous son pied ? De longues heures de travail et de recherche te seront encore nécessaires afin de percevoir ce message. Es-tu décidée à franchir une nouvelle porte ?

— C'est mon plus cher désir, Majesté.

— As-tu conscience du péril ?

— J'ai déjà découvert tant de richesses qu'elles suffiraient à combler une existence entière. Mais renoncer à courir un risque serait une lâcheté impardonnable.

— Alors, suis-moi.

Sésostris emprunta la rampe dallée, longue de sept cents mètres, qui conduisait de son temple à son étrange demeure d'éternité. Elle aussi venait d'être achevée. En bordure du désert, non loin de la nécropole des pharaons de la Ire dynastie, elle était protégée par une enceinte et un temple d'accueil.

— Nous allons pénétrer dans la matrice stellaire, avertit le pharaon. Osiris, le créateur des rites et de la règle des temples, s'y régénère en permanence. Pourtant, un grand malheur le frappe. L'univers subit le crime et la mort, la nuit devient obscure, le jour disparaît, notre monde vacille. Veux-tu vivre cette épreuve, quoi qu'il t'en coûte ?

La jeune prêtresse hocha la tête affirmativement.

— Je t'aurai prévenue : le chemin est dangereux, les ténèbres épaisses, le cœur faible n'y résiste pas. Persistes-tu ?

— Oui, Majesté.

Dans la cour, deux puits. L'un vertical, l'autre en pente relativement douce qui permettait d'accéder à un couloir aboutissant à une salle aux parois revêtues de calcaire et au plafond imitant des rondins de bois avec une remarquable précision. En apparence, la tombe s'arrêtait là.

Mais le monarque s'engagea dans un tronçon où régnaient le quartzite, le grès et le granit. En s'imprégnant du feu particulier caché au cœur de ces pierres, la jeune prêtresse vécut les étapes de l'œuvre alchimique.

Au plafond manquaient des blocs. Utilisant cette ouverture, destinée à être bouchée, le pharaon et la prêtresse se glissèrent dans une chambre très étroite, haute de six mètres.

— Nous changeons de niveau et de monde, expliqua le souverain. Ce qui semblait clos et terminé ne l'était pas. En passant par le haut, par l'esprit sans limites, nous ouvrons la porte de la lumière cachée.

Ils s'aidèrent d'une corde afin d'atteindre un passage horizontal débouchant sur une salle semblable à celle qu'ils venaient de quitter. En descendant le long de la paroi grâce à une autre corde, ils touchèrent de nouveau le sol.

Le regard de la jeune femme avait changé. Elle voyait la clarté au cœur de la pierre.

— Nous sommes revenus au même niveau, indiqua le souverain, mais il est différent. En franchissant la porte de la matrice stellaire, tu contemples l'autre côté de la vie. Ici prennent fin les perceptions humaines. C'est pourquoi le bloc de granit de quarante tonnes que tu contemples sera dissimulé sous un revêtement de calcaire et doublé par un autre bloc. Si je voulais t'épargner, nous n'irions pas plus loin. Mais ne t'a-t-il pas été prédit que de terribles épreuves t'attendaient ? Tu peux encore modifier ton destin, à condition de ne pas dépasser cette limite.

— Je désire connaître l'invisible.

— Le prix à payer est très élevé, l'effort à fournir presque surhumain.

— N'est-ce pas la règle ? Que Votre Majesté continue à me guider.

Ils parcoururent un couloir long d'une vingtaine de mètres. Lors de la fermeture de la tombe, des blocs de granit l'obstrueraient.

Et ce fut la découverte de la chambre de résurrection, habillée de quartzite.

Un sarcophage de granit et un coffre à canopes trônaient dans la petite pièce où régnait une douce lueur.

— Le sarcophage est la barque d'Osiris, révéla Sésostris. Son couvercle l'occultera aux yeux des humains et des génies destructeurs, et il voguera en paix dans les paradis. En correspondance avec les quatre fils d'Horus chargés de poursuivre l'œuvre de leur père Osiris, les quatre vases canopes seront dissimulés dans les murs de cette chambre. Descendant de Râ, Osiris a façonné la lumière en sortant de sa mère Ciel. De son corps naquit la création. Aussi réside-t-il dans toutes les provinces et dans tous les sanctuaires. Il est heureux de l'aimer, car il protège les justes de voix et les ressuscités. Puisque tu veux le connaître, monte dans sa barque.

Elle hésita.

Ce que proposait le roi était inconcevable. Comment, de son vivant, entreprendre un tel voyage ?

Mais rien ne la ferait reculer.

Aussi, en prenant appui sur le bras du monarque, enjamba-t-elle la paroi du sarcophage et s'allongea-t-elle à l'intérieur, les yeux vers le ciel de pierre.

— Vois, voyage et connais, ordonna la voix grave de Sésostris, dont les résonances semblèrent ne jamais s'éteindre. Alors, tu perceras le plus grand secret de l'Égypte : l'être initié aux mystères d'Osiris peut revenir de la mort.

20.

Après avoir emprunté la bouche de Péker, un canal creusé en direction du tombeau d'Osiris et bordé de trois cent soixante-cinq tables d'offrandes, les membres du Cercle d'or d'Abydos se réunirent loin des yeux et des oreilles, sous la protection de Sobek dont les gardes surveillaient les alentours.

Le couple royal présidait le Cercle. Étaient présents le Chauve, le Porteur du sceau royal Séhotep, le Grand Trésorier Senânkh et le général Nesmontou.

— Deux d'entre nous sont malheureusement absents, déplora le monarque. Le général Sépi continue son exploration méthodique des mines d'or, sans résultat pour le moment. Quant à notre autre frère en esprit, il poursuit la mission délicate que je lui ai confiée, et nul ne soupçonne sa véritable qualité.

— Majesté, avança Senânkh, je propose d'accueillir Khnoum-Hotep. Il travaille de manière remarquable et consolide chaque jour l'unité que vous avez restaurée. Le vizir vit selon Maât et l'applique dans chacune des initiatives qu'il vous soumet avec loyauté. En l'initiant aux mystères du Cercle d'or, nous élargirons encore sa vision.

— L'un de vous s'y oppose-t-il ? demanda le pharaon.

Seul le silence répondit.

— Puisque l'unanimité règne, Khnoum-Hotep sera bientôt parmi nous. Il faut à présent faire le point sans complaisance.

— La plantation de quatre acacias aux points cardinaux procure de la bonne énergie à l'arbre de vie, indiqua la reine. Il se trouve ainsi au centre d'un champ de forces que ne sauraient traverser ni miasmes ni maladies. Mais ce n'est qu'un système défensif.

— La porte du ciel se referme, rappela le Chauve avec gravité. La barque d'Osiris ne circule plus normalement dans l'invisible et, peu à peu, se dégrade.

— La construction de la pyramide de Dachour nous aidera à lutter, affirma Senânkh. Le chantier fonctionne, les conditions de travail des artisans sont excellentes. Djéhouty se consacre à l'œuvre sans relâche de sorte qu'aucun instant ne soit perdu.

— Reste la principale question, toujours sans réponse, rappela le roi : qui a jeté un maléfice sur l'arbre de vie ?

— La situation se stabilise en Syro-Palestine, estima le général Nesmontou, et nos services de renseignements interrogent quantité de suspects, y compris des magiciens de village. Rien que des broutilles pour le moment. J'ai pourtant le sentiment que l'attaque est partie de là-bas.

— À supposer que le coupable soit un dignitaire de la cour de Memphis, avança Séhotep, mes investigations dans ce domaine n'ont rien donné. Je ne manque aucune réception, avec l'espoir qu'une vantardise me mettra sur la piste.

— Scruter le personnel administratif n'a pas été plus efficace, déplora Senânkh.

— Je n'ai aucune accusation à formuler contre les prêtres et les prêtresses d'Abydos, ajouta le Chauve. Ils remplissent leur fonction avec un maximum de sérieux.

Sésostris ne pouvait exclure la sinistre hypothèse selon laquelle le mal proviendrait du territoire sacré d'Osiris. Mais la jeune prêtresse, chargée de repérer le moindre indice, demeurait muette.

— Nous sommes aux prises avec un adversaire redoutable, constata le roi. Intelligent, rusé, doté de pouvoirs dangereux, il dirige une équipe d'une parfaite discrétion. Les services du vizir et les policiers de Sobek ne sont pas parvenus, eux non plus, à percer le brouillard.

— Effrayant ! jugea Senânkh. Ce monstre tisse une toile dont nous ne discernons pas les fils. Quand nous la verrons, ne sera-t-il pas trop tard ?

— N'est-il pas déjà trop tard ? s'inquiéta le Chauve.

— Certainement pas, objecta Sésostris. Si peu que ce soit, nos actions rituelles ont entravé la sienne. L'acacia d'Osiris reste vivant, et nous produisons l'énergie nécessaire pour empêcher sa disparition.

— L'Ennemi le sait, affirma Séhotep. Ne tentera-t-il pas une nouvelle offensive afin de briser nos ultimes défenses ?

— Le chantier de la pyramide sera protégé avec le plus grand soin, assura le roi, et les mesures de sécurité autour d'Abydos renforcées.

— Nous ne nous tiendrons pas éternellement sur la défensive, prophétisa la reine. Forger des armes capables de combattre un tel ennemi prend du temps, mais jamais le Cercle d'or ne cédera au désespoir. Puisqu'il est en mesure de sauver la source spirituelle de notre pays, seule cette pensée doit l'habiter.

Menton-en-galoche sursauta.

Alors qu'il s'assoupissait, un bruit de pas l'arracha brutalement à sa torpeur.

C'était la dixième nuit consécutive qu'il se terrait à l'angle d'une ruelle et observait la petite porte d'entrée latérale du temple de Neith à Memphis. En réfection, la principale ne s'ouvrait que lors des grandes cérémonies.

Menton-en-galoche aimait l'obscurité. Il connaissait tous les mauvais lieux de la capitale et avait détroussé plus d'un voyageur naïf. Deux fois déjà, son poignard s'était planté dans le ventre de récalcitrants. Et ce ne serait pas demain que la police l'attraperait, surtout depuis qu'il travaillait pour un puissant protecteur, un nommé Gergou qui le payait bien.

Grâce à cette mission spéciale, consistant à savoir si quelqu'un introduirait quelque chose dans le temple de Neith en pleine nuit, Menton-en-galoche toucherait une belle prime. Il s'offrirait deux ou trois professionnelles haut de gamme dans la meilleure maison de bière de la ville.

À force de veiller, il finissait par croire qu'il ne se passerait rien.

Les bruits de pas s'accompagnèrent de chuchotements, et le guetteur perçut des bribes de phrases : « Attention, très précieux... Personne dans les parages ?... Cachons-le dans le sanctuaire... Ensuite, on se sépare, et silence total... »

Ce que portaient les quatre hommes ne semblait pas léger. S'il était sorti de son repaire, Menton-en-galoche aurait été intercepté par un cinquième qui marchait à bonne distance de ses compères, en couverture.

La manœuvre fut promptement exécutée, la petite porte refermée avec une grosse clé, et les cinq hommes se dispersèrent.

Menton-en-galoche attendit un bon moment avant de

quitter son poste d'observation. Il emprunta un chemin tortueux, mais vide de policiers, se rendit au point de rendez-vous et communiqua un rapport détaillé à Gergou.

— Le trésor est arrivé, annonça Gergou à Médès. Un coffre pesant soutenu par quatre gaillards.

— Cette petite Olivia a vraiment bien travaillé ! Quand un homme d'État comme Séhotep bavarde trop, il commet une faute impardonnable. T'es-tu renseigné sur un éventuel dispositif policier autour du temple de Neith ?

— Deux rondes supplémentaires la nuit, pas davantage. Sobek ne souhaite pas attirer l'attention sur un édifice en travaux où il n'y a normalement rien à voler.

— Comment sont entrés les porteurs ?

— Par une porte latérale. Un acolyte en possédait la clé.

— Il nous la faut !

Gergou sourit.

— Menton-en-galoche a pris une empreinte d'argile. Nous disposerons d'une clé dès ce soir.

— As-tu confiance en ce gredin ?

— C'est un bandit efficace.

— A-t-il déjà tué ?

— Il a gravement blessé deux de ses victimes.

— Donc, supprimer Olivia ne devrait lui poser aucun problème.

— En échange d'une rétribution correcte, aucun.

— Qu'il abandonne sur place le cadavre de cette traînée afin de compromettre Séhotep. L'enquête prouvera l'imprudence et la culpabilité du Porteur du sceau royal.

— Je ne veux plus, décréta Olivia avec une moue dédaigneuse.

Gergou crut avoir mal entendu.

— Qu'est-ce que tu racontes ?

— Mon métier, c'est la danse. Maintenant, j'ai une jolie maison, un domestique, et je me consacre à mon art. Je ne veux plus être mêlée à tes combines.

— Tu perds la tête, gamine. Oublierais-tu notre contrat ?

— J'ai fait mon travail.

— Pas encore ! Tu dois te rendre au temple de Neith cette nuit, passer pour une prêtresse si besoin, et me rapporter le trésor avec un ami que j'ai le plaisir de te présenter.

Olivia jeta un œil méprisant à Menton-en-galoche.

— Je ne l'aime pas.

— Personne ne te demande de l'aimer. C'est lui qui te secondera et t'évitera tout ennui.

— N'insiste pas, Gergou.

— À ta guise, petite. Mais ne compte pas sur moi pour te sortir de la maison de bière des faubourgs de Memphis où s'écoulera le reste de ta pauvre existence.

Brusquement inquiète, Olivia agrippa le bras de son protecteur.

— Tu te moques de moi, n'est-ce pas ?

— Mon patron ne supporte pas qu'on le trahisse. Tu seras expulsée du corps de ballet, et plus personne n'osera t'employer... à part moi.

Elle s'écarta.

— Entendu, j'obéis. Mais ensuite, promets-moi de me laisser tranquille.

— Promis.

Si Menton-en-galoche échappait depuis tant d'années à la police, il le devait à sa parfaite connaissance du terrain et à son extrême prudence. Aussi, avant d'aller chercher sa complice, s'était-il longuement promené, comme un vulgaire badaud, dans les alentours du temple de Neith. Des tailleurs de pierre y travaillèrent jusqu'au coucher du soleil, puis fut effectuée la première ronde de police.

Menton-en-galoche ne repéra rien d'anormal.

Il répéta la même manœuvre autour de la maison d'Olivia. Là encore, tout semblait paisible. Il frappa donc à la porte, selon le code convenu.

Apparut la jeune femme, vêtue d'une sobre robe verte. Au cou, elle portait une amulette en forme de deux flèches entrecroisées, symbole de la déesse Neith.

— Tu as l'air tellement réservé que l'on te prendrait pour une prêtresse !

— Dispense-toi de commentaires.

— On n'est pas si pressés, ma jolie. N'aurais-tu pas envie de goûter un moment agréable avec moi ?

— Pas la moindre.

— Tu ne sais pas ce que tu perds !

— Je m'en remettrai.

— On ne marche pas côte à côte, tu me suis à bonne distance. Si je me mets à courir, tu rentres chez toi. Ça voudra dire que j'ai repéré des gêneurs. Si c'est toi qui as des doutes, chantonne et change de direction.

Nul incident ne se produisit.

Parvenu devant la petite porte latérale, Menton-en-galoche utilisa sa clé.

— Ça fonctionne... Viens vite.

Elle accourut et pénétra la première dans l'édifice où flottaient des odeurs d'encens.

Une dizaine de lampes éclairaient faiblement la salle

à colonnes, mais les tables d'offrandes étaient vides. Contre les murs, des échafaudages.

— Allons vers le sanctuaire, murmura Menton-en-galoche.

— J'ai peur.

— Peur de quoi ?

— De la déesse ! Avec son arc et ses flèches, elle peut tirer sur les intrus.

— Cesse de divaguer, gamine.

Il la poussa dans le dos.

Alors qu'ils atteignaient le seuil de l'ultime chapelle, une voix féminine les interpella.

— Que faites-vous ici ?

Menton-en-galoche se retourna et découvrit une vieille prêtresse, si frêle et si menue qu'un coup de vent l'aurait renversée.

Impressionnée, Olivia s'inclina devant elle.

— Je suis une servante de la déesse et je viens de province pour la saluer.

— À cette heure-ci ?

— Mon bateau repart très tôt demain matin.

— Comment es-tu entrée ? Qui est cet homme ?

— Mon dévoué serviteur. Nous sommes passés par la porte latérale.

— Le gardien aura oublié de la refermer. As-tu avec toi les litanies de Neith, la créatrice du monde ?

— Elles sont dans mon cœur.

— Alors, recueille-toi et que ses sept paroles illuminent ta conscience. Moi, je suis fatiguée et je regagne ma chambre.

La vieille disparut. Menton-en-galoche avait failli l'assommer.

Après avoir patienté pour s'assurer que rien ne troublerait plus le calme de l'endroit, il s'empara d'une lampe et s'aventura dans le sanctuaire, accompagné d'Olivia.

Sur un socle de granit, un coffre en bois d'acacia.

— Voilà le trésor ! Aide-moi à le porter.

Une voix, cette fois masculine, les cloua sur place.

— Bonsoir, Olivia. Ne serais-tu qu'une méprisable voleuse ?

— Séhotep ! Mais comment... comment... ?

— J'aime les femmes, je ne déteste pas les conquêtes rapides et les liaisons éphémères, mais je suis d'abord Porteur du sceau royal. C'est pourquoi je ne bavarde jamais au lit, sauf lorsque j'ai le sentiment qu'on me tend un piège. Quelle meilleure solution que d'en tendre un autre ?

Plusieurs policiers sortirent de la pénombre.

Menton-en-galoche avait toujours rempli scrupuleusement ses contrats, condition essentielle pour être engagé de nouveau. C'est pourquoi, avant de prendre la fuite, il trancha, comme prévu, la gorge d'Olivia.

— Ne le tuez pas ! ordonna Séhotep.

En s'interposant, un policier fut contraint de se défendre. Plus prompt que son agresseur qui brandissait un couteau, il planta son épée courte dans le cœur de Menton-en-galoche.

Le Porteur du sceau n'adressa aucun reproche à l'homme chargé de garder la petite porte, car la réaction du bandit avait été plus violente et plus rapide que prévu.

Malheureusement, ni lui ni la danseuse ne donneraient le nom de leur commanditaire.

— Qu'est-ce qu'on fait du coffre ? demanda le chef du détachement.

Emporte-le chez toi. Il est vide.

21.

Depuis sa nomination à la tête de toutes les polices du royaume, Sobek le Protecteur ne dormait plus beaucoup. Obsédé par la sécurité du pharaon, il déplorait que ce dernier se déplaçât fréquemment et prît trop de risques. Sobek aurait préféré qu'il ne sortît jamais de son palais. Mais Sésostris ignorait les conseils de prudence, et il fallait bien s'accommoder de la situation, si inconfortable fût-elle.

Malgré sa fonction, Sobek continuait à s'entraîner au moins une heure par jour avec les policiers d'élite qui formaient la garde rapprochée du souverain. Peu nombreux, rapides et efficaces, ils ne quittaient pas le roi lors de ses déplacements et savaient réagir à n'importe quel type d'agression.

Ce matin-là, Sobek était de mauvaise humeur. Certes, il n'apparaissait pas facile d'implanter un bon réseau d'informateurs dans une Égypte réunifiée, particulièrement dans les provinces naguère hostiles à Sésostris ; mais pourquoi la police ne recueillait-elle aucun renseignement à propos d'un ou de plusieurs individus fiers de leur dissidence ? Les criminels ne restaient jamais longtemps tapis dans l'ombre, car ils aimaient faire parler d'eux. Mettre le pays en péril en attaquant son centre spirituel, n'était-ce pas un exploit dont on avait envie de se vanter ?

Pourtant, rien.

Sobek regrettait de ne pouvoir offrir aucune piste au pharaon. Aussi convoquait-il souvent les responsables des diverses forces de sécurité et d'investigation afin qu'ils intensifient leurs efforts. Même complices des démons, le ou les coupables ne pouvaient être invisibles !

À la suite du drame survenu au temple de Neith, Sobek et le Porteur du sceau royal Séhotep s'entretinrent au domicile du second.

— Connaissais-tu cette Olivia avant de la rencontrer à l'école de danse ?

— Non. Comme elle succombait un peu trop vite à mon charme, je l'ai soupçonnée d'agir en service commandé. As-tu interrogé la maîtresse du corps de ballet ?

— Elle et les autres danseuses : toutes hors de cause. Tu prends trop de risques, Séhotep. Suppose que cette fille ait eu l'intention de t'assassiner ?

— Pas son genre. Après les ennuis de Senânkh, j'étais persuadé qu'on tenterait de me compromettre, moi aussi, et de me déshonorer. Quelqu'un a décidé de s'attaquer aux membres de la Maison du Roi et de détruire l'entourage immédiat du pharaon. Cette Olivia, qu'as-tu appris sur elle ?

— Rien d'intéressant, hélas ! Elle voulait vraiment suivre une carrière de danseuse.

— Pas d'amant attitré ?

— Des petits amis de passage. Nous avons retrouvé les deux derniers, mais leur interrogatoire fut infructueux. En apparence, cette Olivia était une gamine sans histoire.

— En apparence seulement, car quelqu'un l'a bien engagée !

— Je sais, Séhotep. Et on ne collabore pas par hasard avec un bandit chevronné comme Menton-en-galoche.

— Celui-là n'a sûrement pas agi de sa propre initiative.

— Bien sûr que non, mais impossible d'identifier son patron. Menton-en-galoche traitait avec le plus offrant et travaillait au coup par coup.

— Il avait reçu l'ordre de supprimer Olivia, ne crois-tu pas ?

— Probable.

— Dans toute association de malfaiteurs, il existe forcément un maillon faible !

— J'en doute de plus en plus, Séhotep.

— Morts tous les deux, tu en es sûr ? questionna Médès, inquiet.

— Tout à fait sûr, répondit Gergou.

— La police a-t-elle eu le temps de les pressurer ?

— D'après la colère de Sobek le Protecteur, certainement pas ! En bon professionnel, Menton-en-galoche a rempli son contrat et supprimé la danseuse. C'est en tentant de s'enfuir qu'il a été abattu. Si vous voulez mon avis, nous sommes passés à deux doigts de la catastrophe.

— J'ai sous-estimé Séhotep, reconnut Médès. Comment supposer que cet amateur de femmes nous tendrait un piège aussi vicieux ?

— Senânkh, Séhotep... deux échecs, constata Gergou, amer. Les membres de la Maison du Roi se révèlent coriaces.

— Le pharaon ne les a pas choisis au hasard, ils viennent de prouver leur valeur. Mais ce ne sont que des hommes. Nous finirons par déceler leurs points faibles.

Gergou s'affala dans un fauteuil bas.

— Nous sommes riches, considérés, influents... Si nous nous contentions de notre bonne fortune ?

— Qui n'avance pas recule, objecta Médès. Ne sombre pas dans la déprime à cause de ces aléas. Déstabiliser le roi est indispensable.

Gergou se servit à boire.

— Désormais, ses proches se tiendront sur leurs gardes.

— Montrons-nous plus astucieux ! Je sais où porter un coup décisif.

Médès exposa son plan. Il exigeait beaucoup de démarches, mais rien de déraisonnable. En cas de succès, Sésostris serait effectivement très affaibli.

Une fois encore, la réunion des principaux responsables de la police restait stérile. Aucun service ne disposait d'une piste sérieuse. Dans les tavernes, aucun indicateur n'avait repéré un suspect se vantant d'exploits susceptibles de mettre le royaume en péril.

L'un des adjoints de Sobek semblait embarrassé.

— Plusieurs plaintes ennuyeuses me sont parvenues, indiqua-t-il. Elles proviennent de quatre provinces, une dans le Nord, trois dans le Sud.

plaignants ?

— Des marchands ambulants qui auraient été arrêtés de manière injustifiée, une femme d'affaires de Saïs et un fermier de Thèbes bousculés par des policiers.

— Sans importance.

— Tout de même, chef ! Ce genre d'incident se produit rarement et, là, on jurerait une épidémie.

— Lance une enquête administrative. S'il y a vraiment eu des fautes, j'infligerai des sanctions.

Au moment où il sortait de son bureau, Sobek se heurta à un envoyé de Khnoum-Hotep.

— Le vizir veut vous voir d'urgence.

« Peut-être détient-il un indice sérieux », pensa Sobek.

Il aurait préféré le trouver lui-même, mais l'heure n'était pas à la vanité professionnelle. D'où qu'elle surgisse, une information valable serait la bienvenue.

Au visage fermé du vizir, le chef de la police comprit qu'il ne s'agissait pas d'une bonne nouvelle.

— Sa Majesté a beaucoup d'estime pour toi, rappela Khnoum-Hotep, et moi aussi, mais...

— Mais je n'obtiens aucun résultat et je mérite un blâme ! Néanmoins, je t'assure que mes hommes cherchent partout et sans relâche.

— Je le sais et ne t'adresse aucun reproche sur ce point.

— Alors, quoi d'autre ?

— Tu es bien responsable de la libre circulation des personnes ?

— Exact.

— Je viens de recevoir une série de plaintes détaillées concernant plusieurs cas d'entraves injustifiées à cette liberté.

— Des broutilles !

— Pas du tout. Depuis la réun[illegible] l'É[illegible] il n'existe plus de barrières entre les provinces et chacun doit pouvoir se rendre d'un point à un autre en toute sécurité. Le rôle de la police consiste à rassurer, non à imposer des contrôles tatillons. Le nombre et la gravité de ces plaintes prouvent que tes subordonnés commettent de déplorables excès d'autoritarisme.

— J'ai ordonné une enquête.

— Qu'elle aboutisse au plus vite et se traduise par des sanctions exemplaires. Je consens à oublier ces errements, à condition qu'ils ne se reproduisent plus.

Sur le bateau qui l'emmenait à Memphis, Iker se méfiait de tous les passagers, depuis le capitaine jusqu'à un paysan hirsute, endormi sur ses ballots. Le jeune homme n'appréciait même pas la beauté des paysages, tant son esprit se concentrait sur le but à atteindre : supprimer le monstre.

Aujourd'hui, il se félicitait d'avoir subi un entraînement militaire lors de son séjour dans la province de l'Oryx car, au moment fatidique, il lui faudrait force, courage et détermination, à la manière d'un soldat au combat.

Iker se sentait incapable de tuer un être humain de sang-froid. Mais ce n'était pas un individu ordinaire qu'il devait anéantir. Ce roi se comportait comme un tyran sanguinaire et conduisait son pays au malheur et à la ruine. Combien d'assassinats avait-il commis pour conforter son horrible pouvoir ?

— Dis donc, l'ami, c'est à toi ce beau matériel ?

Le vieillard lorgnait sur l'équipement de scribe qu'Iker avait déposé à ses pieds.

— Oui, il m'appartient.

— Alors, tu sais lire et écrire ! Moi, j'en rêvais. Mais il y a eu la terre, le mariage, les enfants, le troupeau... Bref, l'existence est passée comme une journée et je n'ai pas eu le temps d'étudier. Aujourd'hui, veuf, j'ai légué le domaine à mes fils. Moi, je me suis installé à Memphis dans une petite maison près du port. Tu te rends dans la capitale, toi aussi ?

— En effet.

— Tu es nommé là-bas, je parie ! Ah ! quelle

chance... la plus belle ville du pays ! Tu la connais déjà, je suppose ?

— Non.

— Ton premier séjour à Memphis, ça alors ! Je me rappelle le mien, quel éblouissement ! Prépare-toi à mille et une découvertes. Dis donc, accepterais-tu de me rendre un service ?

— Ça dépend.

— Oh ! rien de compliqué ! Je suis obligé d'écrire une lettre à l'administration à propos de mes impôts. Comme je suis retraité, ils devraient baisser, mais j'ignore les bonnes formules.

— Il existe des scribes publics qui...

— Je sais, je sais, mais puisque nous sommes ici et que tu as du temps, ce serait plus simple ! Attention, je ne suis pas un ingrat : je te logerai gratuitement chez moi jusqu'à ce que tu trouves mieux.

La proposition était inespérée, mais ne s'agissait-il pas d'un piège tendu par la police ? La voyant mal utiliser les services d'un vieil homme comme celui-là, le scribe s'aventura.

— J'accepte.

— Tu me facilites la vie ! On commence ?

Iker ouvrit son sac de voyage, en sortit un morceau de papyrus et un pinceau. Après avoir délayé un peu d'encre noire, il écouta attentivement la requête du vieillard, lui demanda des précisions et rédigea une missive nourrie des formules qu'appréciait le fisc. En constatant qu'elle émanait d'un scribe informé des lois et des usages, le contrôleur acquiescerait au souhait du contribuable.

— Tu écris drôlement bien, mon garçon ! J'ai de la chance, moi aussi. Si ça t'amuse, je te ferai visiter la ville. Je la connais dans ses moindres recoins ! Mais peut-être seras-tu trop occupé.

— Non, je dispose de plusieurs journées libres avant de prendre mon poste.

— Tu ne le regretteras pas ! Grâce à moi, tu seras vite transformé en Memphite.

Prudent, le vieillard fit rédiger par Iker une deuxième lettre adressée au supérieur de son contrôleur afin qu'il surveille les agissements de son subordonné. Le texte fut délicat à composer, car le scribe dut trouver les formules adéquates pour ne vexer personne.

Le retraité était un bavard impénitent. Il aimait raconter son existence d'une parfaite banalité avec force détails qui n'intéressaient que lui, sans craindre de se répéter.

À l'approche de Memphis, il sembla rajeuni.

— Voilà, on arrive ! Admire le port, avec ses quais interminables et ses centaines de bateaux. Toutes les richesses aboutissent ici. Et les entrepôts, les plus grands d'Égypte ! Observer les dockers, c'est fascinant.

L'endroit ressemblait à une fourmilière.

— Je ne loge pas loin. Peux-tu porter mes bagages ?

Fringant, le vieillard se fraya un chemin à travers la foule. Iker le suivit.

Seul, dans une ville inconnue, comment se serait-il débrouillé ? Le destin volait à son secours.

Son compagnon de voyage habitait dans un quartier populaire où de petites maisons à deux étages alternaient avec des demeures plus cossues. Les enfants jouaient dans la rue, les maîtresses de maison échangeaient des recettes et se transmettaient les potins, un marchand de galettes écoulait sa marchandise.

— C'est ici, dit le vieillard en poussant une porte sur laquelle était peint en rouge un Bès barbu et hilare, chargé de repousser les mauvais esprits.

Le seuil franchi, Iker se contracta.

À l'intérieur, quelqu'un.

Le scribe posa les bagages. Combien d'hommes l'attendaient ? Parviendrait-il à leur échapper ?

Balai en main, une robuste sexagénaire apparut.

— Ma femme de ménage, indiqua le vieillard. En mon absence, elle entretient la maison.

— L'un de vos fils ? demanda-t-elle, soupçonneuse.

— Non, un scribe qui vient prendre son nouveau poste à Memphis. Je l'hébergerai pendant quelque temps.

— J'espère qu'il est propre, bien élevé, et qu'il ne salira pas tout.

— Comptez sur moi, promit Iker.

— On dit ça... Je verrai à l'usage.

— Ta chambre est au premier, précisa le vieillard. Installe-toi, puis nous irons dîner dans une bonne taverne.

Dès qu'il fut seul, Iker sortit le poignard de sa tunique, le posa sur son lit et le contempla longuement.

Rien ne lui ferait oublier sa mission.

22.

Le capitaine du cargo de céréales se régalait avec une purée de pois chiches à l'ail. Dans moins de quatre heures, il serait arrivé à Memphis où l'attendait une femme peu farouche qui adorait les histoires de marins.

— Chef, la police fluviale en vue, l'avertit son second.

— Tu es sûr ?

— Elle nous donne l'ordre d'accoster.

Furibond, le capitaine abandonna son déjeuner et se présenta à la proue.

De fait, un bateau rapide avec une dizaine d'hommes armés à bord lui barrait la route.

— Inspection obligatoire, clama le gradé.

— Sur l'ordre de qui ?

— Le chef de la police, Sobek le Protecteur.

Connaissant la réputation du personnage, le capitaine savait qu'il valait mieux ne pas plaisanter. Aussi accomplit-il aussitôt la manœuvre d'accostage et laissa-t-il les représentants de l'ordre se déployer sur son bâtiment.

— Que se passe-t-il ?

— Les règles de navigation sont modifiées, répondit

le gradé. Tu dois patienter jusqu'à demain pour rejoindre la capitale.

— Tu te paies ma tête ! J'ai des horaires à respecter, moi !

— De plus, nous devons inspecter la cargaison.

— Mes documents sont en règle.

— C'est ce qu'on va voir... Sauf obstruction.

— Pas mon genre !

— Alors, montre-les-moi pendant que mes hommes font leur travail.

Le capitaine obéit.

Au coucher du soleil, le verdict tomba.

— Tu es en infraction, jugea le gradé. Mauvais état de ton bateau, charge excessive, personnel insuffisant. Tu pourras néanmoins naviguer, mais une forte amende te sera infligée.

Les policiers partis, le capitaine frappa du poing sur le bastingage.

— Ça ne se passera pas comme ça ! Sobek n'a pas le droit de changer le règlement à sa guise. J'alerte le bureau du vizir.

Le vieillard n'arrêtait pas de parler, mais était un guide précieux. Iker n'ignorait plus rien de Memphis. Il avait arpenté le quartier du port, le centre de la ville, les faubourgs nord et sud, admiré les temples d'Hathor, de Ptah et de Neith, flâné dans Ankh-taouy, « la vie des Deux Terres » où se dressaient des sanctuaires à la mémoire des pharaons défunts, vogué sur les canaux, longé l'antique citadelle aux murs blancs et dîné dans les meilleures auberges en échange de lettres administratives rédigées pour son hôte et ses relations.

À plusieurs reprises, le scribe et son mentor avaient

contemplé de loin le palais. De nombreux militaires assuraient sa sécurité.

— Le pharaon redouterait-il un attentat ? demanda Iker.

— L'Égypte réunifiée jouit d'une paix solide, mais ça ne plaît pas à tout le monde. Les familles des ex-chefs de province n'aiment pas beaucoup notre souverain. À cause de lui, elles ont perdu nombre de leurs privilèges. Le vizir Khnoum-Hotep leur cloue le bec, et le peuple lui est favorable ! Un roi comme Sésostris est un bonheur pour le pays.

Iker comprit qu'il ne pouvait pas formuler la moindre critique à l'égard du tyran, puisque le retraité appartenait à la cohorte des envoûtés.

— La tâche du chef de la police doit être éprouvante, avança-t-il.

— Ça, mon garçon, on le pense tous ! Mais Sobek le Protecteur a les épaules solides. Quand tu le vois, tu es prêt à tout lui avouer, même les délits que tu n'as pas commis. Aussi longtemps que le pharaon sera placé sous sa protection, il n'aura rien à craindre. Moi, j'ai soif... Pas toi ?

Le retraité jouissait d'une capacité d'absorption très au-dessus de la moyenne, et le jeune scribe peinait à suivre son rythme. Comme l'alcool le rendait prolixe, Iker devenait, grâce à lui, un Memphite aguerri.

Chaque nuit, les mêmes souvenirs s'entrechoquaient dans ses rêves : le mât du *Rapide* auquel il était attaché, le naufrage, l'île du *ka*, le serpent lui demandant s'il serait capable de sauver son monde, l'illusoire pays de Pount, le faux policier chargé de le tuer, son vieux maître qui lui parlait d'un destin indéchiffrable et puis elle, la jeune prêtresse, si belle, si lumineuse, si inaccessible !

Il se réveillait en sursaut et serrait le manche du poignard pour se rassurer.

Son avenir, il le connaissait.

— Pourquoi ne manges-tu pas, ce matin ? demanda le retraité dont l'appétit ne faiblissait pas. Un bon petit déjeuner, c'est primordial.

— Pardonne-moi, je n'ai pas faim.

— Ma cuisine ne te plaît pas ?

— Elle est excellente, mais j'ai l'estomac noué.

— Je crois savoir pourquoi, Iker : on tarde à t'attribuer ton nouveau poste, n'est-ce pas ?

Le silence du jeune homme fut éloquent.

— Ne te soucie pas trop, ce sont les lenteurs habituelles de l'administration. En rédigeant des lettres pour les habitants du quartier, tu gagnes correctement ta vie. Mais dis-moi... qu'espères-tu précisément ?

Cette question-là, Iker l'avait prévue.

— Je ne suis pas seulement scribe mais aussi prêtre temporaire. C'est pourquoi je dois entreprendre des démarches auprès des temples.

— Ah ! je comprends ! Tu deviendras quelqu'un d'important et tu me juges bien médiocre.

— Au contraire, je ne sais comment te remercier de ton hospitalité.

— Tu m'as sauvé des rigueurs du fisc, c'est inestimable ! Grâce à tes courriers, je goûte une retraite heureuse. Bénéficier de tes compétences fut pour moi une chance inespérée, mais je sais qu'elle ne durera pas éternellement.

Iker se présenta au temple de Ptah, entouré de nombreux bâtiments administratifs, d'ateliers, d'entrepôts et de bibliothèques. Le préposé à la sécurité le conduisit auprès de l'intendant général.

Le jeune homme décida de jouer franc jeu.

— Ton nom ?

— Iker.

— Tes références ?

— Scribe et prêtre temporaire du temple d'Anubis à Kahoun.

— Ce n'est pas rien... Que souhaites-tu ?

— Ayant rempli les fonctions de bibliothécaire, j'aimerais parfaire ma formation juridique tout en me rendant utile.

— Désires-tu un logement ?

— Si possible.

— Je vais te présenter au recruteur, il te soumettra à un examen.

Malgré quelques pièges qu'Iker avait appris à déjouer lorsqu'il suivait les cours du général Sépi, une simple formalité. Aussi le jeune homme fut-il engagé pour une période de trois semaines, suivie de deux jours de repos. S'il donnait satisfaction, il serait reconduit.

Au contact des livres, Iker goûta une forme de sérénité. Se plonger de nouveau dans les textes fondamentaux, religieux, littéraires ou scientifiques, lui procura une joie profonde. Chargé de vérifier un ancien inventaire, de rectifier d'éventuelles erreurs et d'y ajouter les nouvelles acquisitions, il apprécia la richesse de la bibliothèque.

Iker sentit peser sur lui le regard inquisiteur du surveillant qui jaugeait les capacités de ce nouvel employé. Il l'oublia très vite, tant sa tâche le passionnait.

Quand le fonctionnaire lui tapa sur l'épaule, le jeune homme sursauta.

— La journée est finie depuis longtemps.

— Déjà ?

— Dépasser l'horaire habituel exige une autorisation spéciale que je ne suis pas habilité à te délivrer. Si tu travailles trop et trop vite, tu provoqueras la jalousie de tes collègues. Sache te tenir à ta place.

Sans émettre la moindre protestation, Iker se leva et suivit le surveillant. Il le conduisit à sa chambrette, dans le bâtiment réservé aux prêtres temporaires.

— Demain, tu participeras à la répartition des offrandes après qu'elles auront été consacrées. L'heure du dîner étant passée, je te souhaite une bonne nuit.

De son matériel de scribe qui ne le quittait jamais, Iker sortit le poignard et le serra sur sa poitrine. Chaque soir, il affermissait ainsi sa détermination.

Rasé, purifié et parfumé, Iker reçut de la main d'un prêtre permanent des pains ronds à la croûte dorée qu'il offrit à chacun des officiants préposés au rituel du matin. Lui fut le dernier à déguster ce régal, agrémenté de lait frais.

— Tu es nouveau, remarqua un trentenaire un peu voûté. Ta spécialité ?

— Le droit.

— Où l'as-tu appris ?

— Dans la province du Lièvre.

— La ville de Thot dispense une bonne formation, mais tu as beaucoup de données à revoir ! À présent, il n'existe plus de chefs de province. Le vizir dirige l'ensemble des juridictions en appliquant la loi de Maât.

— Où puis-je étudier ?

— À l'école de juristes, près des bureaux du vizir.

— Je suppose qu'une recommandation est indispensable.

— Si tu travailles correctement, tu l'obtiendras.

Dans les semaines suivantes, le comportement d'Iker

fut exemplaire. Il se fondit dans la masse des prêtres temporaires, ne commit ni bévue ni excès de labeur. Muni de la recommandation accordée par son supérieur, il se présenta à l'école où régnait une atmosphère des plus studieuses. Ses camarades ne montrèrent ni sympathie ni animosité à l'égard du nouveau venu qui assistait aux cours avec application. À l'évidence, il possédait le niveau nécessaire et ne serait donc pas renvoyé, comme bon nombre de postulants.

Non loin de la salle de cours se dressait le palais royal, toujours protégé par un impressionnant dispositif de sécurité.

Lors d'une pause, un étudiant maigre et vif s'approcha d'Iker.

— Es-tu originaire de Memphis ?

— Non, de la région thébaine.

— Une contrée magnifique, paraît-il.

— Thèbes est beaucoup moins vaste que Memphis.

— Tu te plais, ici ?

— Je suis venu pour apprendre.

— Tu ne seras pas déçu ! Les professeurs nous mènent la vie dure, mais nous donnent une excellente formation. Les meilleurs élèves accéderont à la haute administration, et ce ne sera pas une sinécure, car le vizir a réorganisé tous les services de l'État qui, désormais, devront faire preuve d'efficacité. Pas question de flemmarder dans les bureaux ou de s'asseoir sur ses titres. Personne n'est nommé scribe à vie, et mieux vaut éviter les colères de Khnoum-Hotep. Comme le pharaon ne se montre pas plus commode, inutile de compter sur sa clémence.

— Le roi réside-t-il souvent à Memphis ?

— Souvent, en effet. Chaque matin, le vizir lui soumet les dossiers majeurs. Depuis la réunification du pays, le travail ne manque pas.

— As-tu déjà aperçu Sésostris ?

— À deux reprises, lorsqu'il sortait de son palais. Tu ne peux pas le manquer : il est vraiment le plus grand des Égyptiens !

— Pourquoi tant de policiers et de soldats autour du palais ?

— À cause de Sobek le Protecteur, le responsable de la sécurité du pharaon. Un vrai maniaque ! Il craint sans doute que des dignitaires déçus ne s'en prennent à Sa Majesté. Et puis la situation s'envenime en Syro-Palestine. Le général Nesmontou semble la contrôler, mais, avec les terroristes, on ne sait jamais. L'un d'eux pourrait être assez fou pour tenter de tuer le roi.

23.

— Explique-moi ça, Sobek, exigea le vizir Khnoum-Hotep en lui montrant la série de plaintes qui s'accumulaient sur son bureau depuis plusieurs jours.

L'interpellé examina les documents. Des capitaines de bateaux de marchandises protestaient vigoureusement contre la modification arbitraire des règles de navigation, l'augmentation injustifiée des taxes et le comportement inadmissible des forces de l'ordre.

— Je n'ai pas donné ces directives.

— Tu es bien le chef de toutes les polices du royaume et le responsable de la circulation fluviale ?

— Je ne le nie pas.

— Alors, tu ne contrôles pas tes subordonnés ! C'est grave, Sobek, extrêmement grave. À cause de ces fautes inexcusables, la réputation de Pharaon risque d'être atteinte. Le processus même de réunification pourrait être remis en cause. Si les milices locales font la loi, interceptent les cargos et les rançonnent, où allons-nous ? Bientôt, ce sera le retour des chefs de province !

— Sur l'instant, nulle explication plausible.

— Ton aveu d'impuissance me consterne. Te crois-tu encore digne de tes fonctions ?

— Je vais te le prouver. Ces incidents déplorables seront bientôt éclaircis.

— J'attends ton rapport et des résultats concrets.

Sobek le Protecteur se comporta comme une tornade, ses inspecteurs menèrent des enquêtes serrées. Il interrogea lui-même les capitaines et compara leurs témoignages.

À la lueur des informations recueillies, la vérité éclata. Aussi Sobek se présenta-t-il de nouveau devant le vizir.

— Mes subordonnés n'ont pas violé les règles de circulation, affirma-t-il, sauf dans un seul cas où ils ont été abusés par de faux documents administratifs.

— Qu'est-ce que ça signifie ?

— Qu'une bande de malfaiteurs particulièrement habiles tente de semer le trouble.

— Ont-ils été arrêtés ?

— Malheureusement non.

— Tu n'es pas sérieux ?

— Malheureusement si.

— La paix civile serait-elle menacée ?

— N'exagérons rien, protesta Sobek. J'ai acquis la certitude qu'il s'agissait d'un petit groupe bien préparé et très mobile, pas d'une armée. Désormais, il y aura deux policiers à bord de chaque bateau de marchandises. De plus, je modifie mon code de commandement. À toi, vizir, de faire savoir que les règles de navigation demeurent inchangées et qu'aucun capitaine ne doit céder à une provocation si l'on tente de le persuader du contraire.

Khnoum-Hotep se calma.

— Ces bandits seraient-ils liés aux attaques contre l'acacia d'Abydos ?

— Rien ne le prouve. Ce n'est pas la première fois qu'est commis ce genre de méfait, et les mesures que je propose ramèneront le calme. Bien entendu, la traque a commencé, et les coupables finiront en prison.

— Voilà deux scandales successifs qui font beaucoup jaser contre toi, Sobek.

— Je m'en moque.

— Pas moi ! En cas d'incompétence, je serai contraint de prendre des mesures. N'oublie pas que tu es aussi le responsable de la sécurité de Pharaon.

— Estimes-tu Sa Majesté menacée ?

— Je te soutiens encore, mais ne tolérerai plus d'autres incidents.

Iker partageait son temps entre le travail de prêtre temporaire au temple de Ptah et les cours de droit à l'école du vizir. Réservé, consciencieux, il bénéficiait de l'estime générale. Le scribe côtoyait le supérieur des serviteurs du dieu, le gardien des mystères, le préposé aux vêtements, les ritualistes, les comptables, les responsables des greniers et des troupeaux. Mais aucun de ces dignitaires, distants avec les jeunes scribes, ne lui apprendrait ce qu'il voulait savoir : les habitudes du monarque et la manière de l'approcher. Ne rien brusquer et guetter une opportunité semblait être la bonne attitude. Combien de temps faudrait-il patienter ?

À la fin d'un cours de droit sur la Maison du Roi et ses responsabilités, le professeur annonça une nouvelle qui fit bondir le cœur du scribe : les trois meilleurs élèves auraient le privilège d'être présentés au Porteur du sceau royal, lequel, d'ordinaire, les amenait devant le pharaon afin de lui prouver la qualité de l'enseignement dispensé. Les trois scribes formulaient devant le monarque des propositions de réforme susceptibles de simplifier l'arsenal législatif.

Iker réduisit son temps de repos au minimum.

Comme sujet, il choisit la gestion des greniers, en insistant sur la nécessité d'accumuler des réserves dans les villes principales et de faciliter leur distribution lors des mauvaises crues. En raison de textes obsolètes, on maintenait, par négligence, des dispositions injustes.

Vint le jour de la proclamation des résultats.

Les deux premiers noms que prononça le professeur n'étaient pas le sien. Mais le troisième et dernier...

Un étudiant lui donna un coup de coude.

— Tu dors, Iker ? On dirait que ça te laisse froid ! Pourtant, on en rêvait tous. Et te voilà parmi les élus qui vont rencontrer le pharaon !

Beaux joueurs, les malchanceux félicitèrent les vainqueurs.

Dans un état second, Iker pensait déjà à l'instant où il se précipiterait sur le tyran pour le poignarder.

Pagne impeccable, tunique immaculée, perruque courte de bonne qualité, sandales de cuir : les trois apprentis juristes affichaient une sobre élégance, mais masquaient mal leur nervosité.

Au moment de glisser le poignard dans ses vêtements, Iker s'interrogea. Ne fouillait-on pas les visiteurs, quels qu'ils soient ? Si l'on trouvait l'arme sur lui, il serait aussitôt arrêté et emprisonné.

Obligé de l'abandonner, le justicier ne disposait plus du moyen de frapper le monstre. Il lui faudrait donc s'emparer de l'épée d'un garde et agir à la vitesse de l'éclair.

La fouille se déroula sans incident. Un secrétaire et un policier guidèrent le petit groupe jusqu'à la salle d'audience de Séhotep.

— Soyez concis, recommanda le professeur. Le Porteur du sceau royal ne dispose que de très peu de temps.

Le haut personnage impressionna les jeunes gens. Le premier bredouilla, le deuxième oublia un point clé de son raisonnement, Iker exposa ses idées avec une relative confusion.

— Intéressant, mes services retiendront peut-être quelques éléments, jugea Séhotep. Que vos élèves continuent à étudier et apprennent à mieux se maîtriser.

— Quand les présenterez-vous à Sa Majesté ? s'enquit l'enseignant.

— Cette coutume n'est plus à l'ordre du jour.

Iker devait résoudre deux difficultés : entrer au palais avec son poignard puis être admis auprès du roi. L'une et l'autre semblaient insurmontables.

Le scribe s'interdisait de renoncer. Jusqu'à présent, le sort ne lui souriait-il pas ? S'installer à Memphis paraissait bien ardu et, pourtant, des portes s'étaient ouvertes.

Aussi décida-t-il de continuer à se comporter comme un étudiant modèle et un prêtre exemplaire. Quand son professeur lui proposa une formation longue, il accepta aussitôt : et lorsque le supérieur du temple de Ptah lui demanda de seconder les astronomes en passant des nuits à observer le ciel, il obéit sans rechigner.

Cette position privilégiée présentait un avantage : du toit du temple, on voyait le palais royal. Iker ne nota pas que les positions des astres, mais aussi les allées et venues des gardes, avec l'espoir de découvrir une faille dans le système de sécurité.

Espoir déçu.

Il n'y avait pas moins de policiers la nuit que le jour, et la relève se déroulait avec une précision et une rapidité excluant toute intrusion. Sobek n'était pas un amateur, ses hommes pas davantage.

Iker songea à questionner le responsable de la sécurité du temple de Ptah pour obtenir plus de détails sur les habitudes de la garde rapprochée du monarque, mais renonça à cette démarche qui l'aurait fait considérer d'un mauvais œil. Comment glaner des informations sur l'intérieur du palais et savoir précisément où résidait le pharaon ?

S'introduire dans le bâtiment paraissait impossible. Restait donc la possibilité de poignarder le tyran à l'extérieur, à condition de connaître les dates de ses déplacements. Par quel moyen ?

Quand Gergou sortit de la maison de bière où une prostituée syrienne s'était montrée coopérative, il ne marchait pas très droit. Il retrouva cependant le chemin de la maison de Médès dont le portier le fit patienter. Chancelant, il parvint néanmoins à atteindre le bureau de son patron.

— Mieux vaut t'asseoir, estima Médès.

— J'ai soif.

— De l'eau suffira.

— De l'eau, pour fêter nos succès ? Avec le rapport que je vous réserve, je mérite du vin, et du meilleur !

Médès céda. La contenance de Gergou était telle qu'il conservait encore de la marge. Et puis il ne fallait pas briser son bel optimisme.

— Ça fonctionne à merveille, affirma-t-il après avoir vidé une coupe. La rumeur se propage à vive allure et se nourrit de ses propres ragots ! Je n'y croyais pas, mais vous avez eu raison de vous attaquer à Sobek.

— As-tu correctement payé les faux policiers qui ont semé le trouble dans le trafic fluvial ?

— J'ai utilisé des intermédiaires, tous très satisfaits. Personne ne remontera jusqu'à nous. Impossible, cependant, de pousser notre avantage, car Sobek a pris des mesures radicales. Des policiers sont présents sur chaque bateau de commerce, les contrôles renforcés.

— Peu importe, notre premier objectif est atteint : ternir la réputation de Sobek le Protecteur. Même le vizir commence à douter de sa compétence, voire de son honnêteté.

— J'imagine ses colères avec plaisir ! Lui qui se jugeait intouchable doit cauchemarder.

— Passons donc à la phase suivante, décida Médès.

— Ne serait-ce pas... imprudent ?

— À quoi aurait-il servi de déployer tant d'efforts pour s'arrêter là ? Fragiliser Sobek ne suffit pas. Il faut l'éliminer.

Gergou n'avait plus envie de boire.

— Soyons patients, le vizir va peut-être le révoquer.

— Il ne possède pas encore de charges suffisantes contre lui, et Sobek demeure proche du roi. À nous de fournir des preuves de son indignité.

— Je ne vois pas comment !

— Tu disposes bien de quelques hommes de main capables de mentir avec assurance ?

— Aucun problème.

— Alors, nous nous débarrasserons de Sobek en lui portant un coup fatal, de manière à transformer les soupçons du vizir en certitudes.

Chaque fois que le Libanais rencontrait l'Annonciateur, il perdait momentanément l'appétit, tant son estomac se contractait. Cet homme insaisissable l'effrayait et le fascinait en même temps. Depuis que le faucon-homme avait failli le tuer en imprimant dans sa chair une marque indélébile, le négociant savait qu'il travaillerait toujours pour lui et ne lui échapperait jamais.

S'accommodant de son sort, il en tirait un maximum de bénéfices et jouait franc jeu avec son redoutable patron. Dès qu'il entrait en possession d'un nouvel élément, il l'en informait. Car l'Annonciateur ne lui pardonnerait ni retard ni négligence.

Pas de pâtisseries sur les tables basses, moins de coussins, davantage d'austérité... Par tous les moyens, le Libanais cherchait à éviter les réprimandes de l'Annonciateur.

— Donne-moi du sel.

— Tout de suite, seigneur !

L'Annonciateur posa un regard méprisant sur le salon du Libanais. À quoi servait tout ce luxe ? Régie par la vraie foi, la société nouvelle l'éradiquerait.

Le négociant revint avec un bol.

— Voici la fleur des oasis.

L'Annonciateur se désaltéra avec l'écume de Seth.

— Qu'as-tu à m'apprendre ?

— Ce ne sont que des rumeurs, mais tellement persistantes qu'elles ne manquent pas de fondement. On soupçonne le chef de toutes les polices du royaume, Sobek le Protecteur, d'entraver la libre circulation des personnes et de modifier arbitrairement les règles de navigation. Les deux affaires ont été étouffées, mais les relations entre lui et le vizir Khnoum-Hotep se dégradent.

— D'après toi, peut-on acheter ce Sobek ?

— Certainement pas. C'est un policier pur et dur, un incorruptible. Quelqu'un tente de le compromettre afin qu'il perde son poste.

— Une idée précise ?

— Non, seigneur. Mais je mène mon enquête, sans pouvoir vous assurer qu'elle aboutira. Celui qui ose s'attaquer à Sobek le Protecteur doit être aussi venimeux que prudent.

— Le vizir se laissera-t-il abuser par de fausses accusations ?

— Peu probable, mais Khnoum-Hotep veille à la bonne application de la loi, et sa réputation de rigueur n'est pas surfaite. Si on lui procure une belle preuve, donc suffisamment maquillée et crédible, il sera contraint de démettre Sobek de ses fonctions. Lui évincé, tout le système de sécurité se disloquera, au moins quelque temps. Et Sésostris deviendra vulnérable.

24.

Iker aimait le petit matin au temple. Après la purification de l'aube, participer au service des offrandes lui procurait un moment de sérénité qui le surprenait chaque fois. En contemplant le lac sacré, il oubliait ses angoisses et son terrifiant projet. La vie redevenait harmonieuse et paisible, comme si le mal n'existait plus.

Mais le rituel s'interrompait, et la réalité lui sautait de nouveau au visage.

— Tu sembles fatigué, remarqua le supérieur. Il est temps que tu cesses d'aider les astronomes. J'ai une nouvelle affectation à te proposer, mais elle risque de déplaire à un amateur de droit et de belles-lettres. Néanmoins, un scribe ne doit-il pas se former à toutes les disciplines ?

— Je suis à votre disposition.

— Je considère l'obéissance comme une vertu majeure, Iker, et tu n'en es pas dépourvu. Dès aujourd'hui, te voici préposé au contrôle des viandes.

Non discutable, cette décision affligea le jeune homme. Voir tuer des animaux lui était insupportable. Il pensa à Vent du Nord qu'il avait dû abandonner à Kahoun, certain que Sékari saurait le rendre heureux.

La mine pâle et les jambes lourdes, Iker se rendit à

l'atelier des sacrificateurs, composé d'un abattoir et d'une boucherie où travaillaient des experts à la musculature prononcée. Dans l'équipe, ni gringalet ni larmoyant. Habitués à la mort brutale et au dernier regard des bovins conscients de leur sort, ils restaient entre eux et ne se mêlaient pas volontiers aux intellectuels en robe de lin immaculée.

Iker arriva au moment de la pause. Avec un bel appétit, les bouchers dégustaient des entrecôtes grillées. Sans interrompre leur repas, ils considérèrent l'intrus d'un œil suspicieux.

— Tu es qui, toi ? demanda le maître boucher, un robuste quinquagénaire aux cheveux blancs et à la poitrine bombée.

— Iker, le nouveau responsable du contrôle des viandes.

— Encore un gratte-papier qui nous prend pour des fraudeurs... Tu as mangé ?

— Je n'ai pas faim.

— Tu n'apprécies pas les grillades ?

— Si, mais... pas maintenant.

— Notre travail te dégoûte, c'est ça ? Tu n'es pas le seul, mon garçon ! Pourtant, il faut bien des spécialistes capables de tuer les bêtes et de donner une bonne nourriture aux carnassiers que nous sommes.

— Je n'éprouve aucun mépris pour votre tâche que j'avoue être incapable d'accomplir.

Le boucher lui tapa sur l'épaule.

— Rassure-toi, on ne te le demande pas ! Allez, mange. Ensuite, tu noteras le nom et le nombre des morceaux découpés ce matin.

Iker dut apprendre à identifier le filet, le faux-filet, la rate, le foie, les abats et toutes les autres parties du corps des bovidés. Il consigna les procès-verbaux du vétérinaire qui, après examen du sang de chaque animal, garantissait sa pureté. Il s'habitua à l'atmosphère particulière de l'endroit où régnait une hygiène des plus strictes. Mais jamais le jeune homme n'assista à l'abattage, pratiqué par au moins quatre techniciens dont le maître boucher, seul habilité à égorger la victime en atténuant ses souffrances.

Entre Iker et les artisans, un climat de confiance et de respect s'installa. Lui ne se montrait pas pointilleux, évitant de les importuner ; eux furent un peu moins rugueux.

Un soir, au terme d'une journée de travail, le maître boucher et le scribe s'assirent côte à côte. Ils burent de la bière et mangèrent du bœuf séché.

— Où as-tu appris ton métier ? demanda le quinquagénaire.

— Dans le nome de l'Oryx, puis à Kahoun où je suis devenu prêtre temporaire d'Anubis.

— Anubis le chacal... Lui, il nettoie le désert en le débarrassant de ses charognes qu'il transforme en énergie vitale. Ça t'étonnera sans doute, mais nous sommes collègues. Moi aussi, je suis prêtre, comme tout maître boucher, car l'abattage doit être rituel. Nulle cruauté dans mon cœur et ma main. Je remercie l'animal de nous offrir sa vie pour prolonger la nôtre. Les prêtresses d'Hathor sacralisent notre labeur, non dépourvu de danger.

— Évoques-tu les réactions imprévisibles des bêtes ?

— Non, nous savons les immobiliser avec des cordes. Je veux parler de l'affrontement avec Seth le redoutable.

— À quel moment se produit-il ?

— Chaque fois que nous touchons la patte avant gauche. C'est elle qui contient le maximum de puissance. Contemple le ciel, et tu la verras [1]. Les ritualistes

1. Il s'agit de la Grande Ourse.

présentent cette patte à la porte de l'au-delà afin qu'elle s'ouvre et laisse passer l'âme des ressuscités. Si le rite n'était pas accompli, elle resterait fermée, et le feu de Seth dévorerait notre pays.

Ces révélations étonnèrent le scribe.

— Puisque les âmes des pharaons résident dans les étoiles qui entourent la Polaire, sont-elles placées sous la protection de Seth ?

— Elles se nourrissent de sa force, comme le pharaon régnant des plats que je lui apporte.

— Tu... tu connais Sésostris ?

— Connaître est un bien grand mot, mais j'ai effectivement le privilège de le voir une fois par semaine, lorsqu'il réside à Memphis. Ce soir-là, il aime dîner seul. Moi et mon assistant lui présentons une viande pleine d'énergie.

À cet instant, Iker sut qu'il venait enfin de découvrir le bon moyen pour s'approcher du tyran. Il devait garder son calme, ne manifester ni impatience ni enthousiasme.

— Lourde responsabilité... Impossible de décevoir Sa Majesté !

— À moi de bien pratiquer mon métier.

— On prétend que le roi n'est pas un homme commode.

— Ça, tu peux le dire ! Il te domine de toute sa taille, et nul ne peut supporter son regard. Quand il s'exprime, sa voix grave te perce l'âme et tu te sens minuscule. Et puis il y a son calme, presque inhumain, que rien ne semble troubler. Je ne te parle pas de son autorité... Les sages qui l'ont choisi comme pharaon ne se sont pas trompés.

— Par bonheur, avança Iker, il se trouve sous haute protection.

— Avec le dispositif de sécurité mis en place par

Sobek, le chef de la police, Sésostris n'a vraiment rien à craindre ! Seules des personnes connues passent les contrôles. Même moi et mon assistant sommes fouillés plusieurs fois avant d'être autorisés à pénétrer dans les appartements de Sa Majesté.

De peur d'éveiller la méfiance du maître boucher, Iker changea de sujet. N'en savait-il pas assez pour échafauder un plan qui aurait une chance de réussir ?

— Beaucoup redoutent une guerre en Syro-Palestine. Toi, tu y crois ?

— Pas du tout. Le roi a raison d'intervenir de manière très ferme dans le pays de Canaan où les candidats à la révolte ne manquent pas. Ces gens-là ne songent qu'à fomenter des troubles, même au détriment de leur propre population. Seul un général de la trempe de Nesmontou leur brisera les reins. Que penses-tu de cette grillade ?

— Je n'ai jamais rien dégusté de meilleur.

— C'est le mets préféré du roi.

— Tu as vraiment beaucoup de chance de le rencontrer.

— Si tu devenais mon assistant, tu aurais cette chance-là, toi aussi !

— Je ne suis que scribe contrôleur et tout à fait incapable d'exercer le métier de boucher.

— Pour m'accompagner au palais et porter un plat, ce n'est pas nécessaire. Si mon employé choisit une autre profession, je t'emmènerai, au moins une fois. Sa Majesté sera heureuse de connaître un scribe jeune et brillant.

Nez fin finissait de recoudre la voile de son bateau qui lui permettrait d'aller vendre son stock de poteries à la ville voisine. Dans son village, à deux jours de navigation de Memphis, les ménagères étaient bien équipées ; mais à une heure de là, on manquait de récipients solides et de bonne taille.

Deux policiers l'abordèrent.

— C'est toi, Nez fin ?

— C'est moi.

— Tu es bien le potier du village ?

— À ma connaissance, il n'y en a pas d'autre.

— Ce bateau t'appartient ?

— En effet.

— Toi et ton bateau, on vous réquisitionne pour la corvée.

— La corvée... Quelle corvée ?

— Tu verras.

— Je ne verrai rien du tout ! Je suis artisan et n'accepte la corvée qu'en cas d'absolue nécessité, lorsqu'on doit réparer les digues avant la crue. Nous ne sommes pas à cette période-là.

— Nous, on a nos ordres.

— Donnés par qui ?

— Sobek le Protecteur, chef de toutes les polices du royaume.

— Qu'est-ce qu'il exige, votre Sobek ?

— Je te l'ai dit, tu verras.

— Pas question !

— Ou bien tu obtempères, ou bien l'on saisit ton bateau.

— Essayez, pour voir !

D'un coup de gourdin, l'un des policiers faucha les jambes de Nez fin. L'autre se jeta sur lui et l'immobilisa.

— Tranquille, mon bonhomme ! Sinon, on te brise le crâne.

Terrorisé, Nez fin regarda les deux policiers s'éloigner sur son bateau.

Volé, agressé, blessé... Il se battrait.

Après s'être longuement entretenu avec le pharaon, le vizir Khnoum-Hotep eut un moment de découragement devant la masse de dossiers à traiter. Mettre en place une nouvelle administration, lutter contre toute forme de corruption, obtenir de chacun le meilleur de lui-même, assurer à chaque Égyptien une existence décente, ne défavoriser aucune province n'étaient que quelques-unes des tâches jugées prioritaires par Sésostris. Le roi abattait lui-même un travail considérable, sans oublier ses obligations rituelles quotidiennes. Le vizir se chargeait du reste, de tout le reste, avec l'aide des membres de la Maison du Roi.

Ceux qui croyaient que l'exercice de cette haute fonction ressemblait à une partie de plaisir étaient des imbéciles ou des naïfs. Elle avait bien, comme annoncé, l'amertume du fiel. Mais Khnoum-Hotep éprouvait une joie profonde quand il parvenait à faire régner la loi de Maât et à rendre une bonne justice, sans s'occuper du rang social de l'accusé et de l'accusateur.

— Combien de demandes d'audience, aujourd'hui ?

— Une vingtaine, répondit son secrétaire.

— Des cas graves ?

— Apparemment non. Sauf peut-être un artisan, mais son histoire paraît tellement bizarre qu'il s'agit sans doute d'un pauvre homme à l'esprit dérangé.

— Qu'il passe en premier. Si c'est un fou, l'entretien sera de courte durée.

L'artisan n'osait pas entrer dans le bureau du vizir. Le secrétaire fut contraint de le pousser.

— Ton nom, exigea Khnoum-Hotep.

— Nez... Nez fin.

— Profession ?

— Potier.

— D'après le rapport que j'ai sous les yeux, le maire de ton village s'est déclaré incompétent pour traiter ton affaire et t'a conseillé de t'adresser au tribunal de ta province. Mais ce dernier s'est également déclaré incompétent. Ton ultime recours consiste par conséquent à solliciter le tribunal du vizir. Les faits doivent donc être d'une exceptionnelle gravité.

— Ils... ils le sont !

Sachant qu'il n'aurait pas de deuxième chance, Nez fin parla à toute allure, entrechoquant les mots.

— J'ai été agressé, on m'a roué de coups et volé mon bateau ! Ils étaient deux, armés de gourdins. Ils m'ont même menacé de me tuer si je résistais. Tout ça à cause de la corvée ! Mais ce n'est pas l'époque. C'est pourquoi j'ai refusé et...

— Qui étaient ces deux hommes ?

— Des policiers.

— Des policiers, tu es certain ?

— Oui, seigneur. Ils agissaient sur les ordres de Sobek le Protecteur.

Le visage du vizir devint franchement menaçant.

— Acceptes-tu de répéter ça en jurant sur le nom de Pharaon que tu dis bien la vérité ?

Nez fin répéta et jura.

— Quelle direction ont-ils prise ?

— Ils sont partis vers le nord. Vous allez... me rendre justice ?

— L'État te donne un nouveau bateau, du blé, de la bière, de l'huile et des vêtements. On te conduira chez un médecin qui t'examinera et te soignera. Tes frais de séjour et de transport sont à ma charge.

— Ce Sobek sera-t-il condamné ?

— La justice suivra son cours.

Muni de la description du bateau volé dont la voile comportait le nom de Nez fin, des scribes se présentèrent à l'entrée du port réservé aux embarcations de la police.

— Vous cherchez quoi ? interrogea un surveillant bourru.

— Inspection générale.

— Vous avez un ordre écrit du chef Sobek ?

— Celui du vizir suffira.

— Moi, je n'obéis qu'au chef Sobek.

— Lui, il obéit au vizir. Libère-nous le passage. Sinon, nous t'arrêtons.

Le surveillant s'inclina.

Il ne fallut pas plus d'une demi-heure aux enquêteurs pour découvrir le bateau de Nez fin, dissimulé entre deux unités de la police fluviale.

25.

— Qu'y a-t-il encore, Khnoum-Hotep ?

— Cette fois, Sobek, c'est vraiment très grave. Un potier, Nez fin, a été agressé et volé par deux policiers qui agissaient sur tes ordres pour l'emmener à la corvée.

— Ce n'est pas l'époque et je n'ai jamais donné de tels ordres !

— Je dispose d'une preuve.

— Laquelle ?

— Les deux voleurs se sont emparés du bateau de leur victime. Nous venons de le retrouver dans le port de la police.

— Mise en scène grotesque !

— Les faits sont là, Sobek. Il y a au moins deux malfaiteurs parmi tes hommes. Je veux croire que tu as été abusé, mais les coupables doivent être arrêtés, et vite. Sinon, tu seras considéré comme pleinement responsable de ce délit majeur.

Le Protecteur abandonna toutes ses tâches et commença une enquête approfondie dans ses propres services.

Ils avaient le front bas, des yeux éteints et des épaules de docker, mais ils étaient riches. À chacun des deux faux policiers, Gergou venait de remettre un sac de cuir rempli de pierres semi-précieuses qu'ils négocieraient un bon prix.

— Drôlement bien payé, reconnut le plus âgé, vu la facilité du boulot. Taper sur le potier, l'effrayer et voler son bateau, on a connu pire !

— L'amarrer au quai de la police comportait des risques.

— En pleine nuit sans lune, le gardien complètement soûl, on n'a pas trop peiné ! Vous n'auriez pas d'autres affaires aussi juteuses ?

— Désolé, déplora Gergou, mais mieux vaut ne plus nous revoir. À Sichem, en revanche, l'un de mes amis vous réserve une belle surprise.

— Encore plus rentable ?

— Encore plus.

— Qui veut franchir les Murs du Roi doit être en règle.

— Voici une tablette que tu montreras aux douaniers. Vous passerez sans difficulté.

L'homme la glissa dans sa tunique.

— Il s'appelle comment, votre ami ?

— Présente-toi à la mairie, il vous attend.

Le bandit comprit : il s'agissait du maire lui-même, un pourri comme tant d'autres ! Décidément, travailler pour Gergou les menait loin.

Du haut d'une butte, caché par le feuillage d'un balanite, Gergou regarda les deux gredins marcher tranquillement vers la frontière.

Ni l'un ni l'autre ne savaient lire.

Quand ils montrèrent le document à un soldat, le ton monta très vite. S'ensuivit une bagarre qui tourna à l'avantage des deux brutes. Alors qu'ils tentaient de s'enfuir, une dizaine d'archers les prirent pour cibles et ne les ratèrent pas.

Sur la tablette était écrit : « Mort à l'armée égyptienne, vive la révolte en Canaan. »

Ainsi disparaissaient les agresseurs du potier. Nul n'établirait un lien quelconque entre eux et ces cadavres d'insurgés provocateurs.

— Comme ça, tu dormais ? interrogea Sobek.

— Oui, chef.

— Et tu as dormi toute la nuit au lieu de surveiller notre port ?

— Pas toute... Enfin, presque toute, chef. Je ne pouvais pas me douter... C'est quand même le quai de la police, on ne risque rien !

— Tu avais bu ?

— De l'alcool de dattes, et du bon !

— Offert par qui ?

— Je l'ignore, je l'ai trouvé dans ma guérite. J'y ai goûté, puis vous savez ce que c'est... On s'ennuie, la température fraîchit. D'habitude, je tiens quand même mieux l'alcool.

« Ce crétin a été drogué », pensa Sobek.

L'auteur de la manipulation, lui, n'était pas stupide et ne laissait rien au hasard. Le piège se refermait sur Sobek, à moins qu'il ne parvînt à identifier les policiers corrompus

Mais s'agissait-il de deux membres des forces de l'ordre ou bien de simulateurs ?

Le Protecteur procéda lui-même à une série d'interrogatoires particulièrement déplaisants et ses fidèles menèrent des investigations approfondies afin de détecter d'éventuelles brebis galeuses.

Très vite se répandit la rumeur selon laquelle de graves dissensions minaient la police.

Ivre, le Syrien monta sur la table de la taverne et se mit à danser la gigue avec la grâce d'un éléphant.

Les buveurs applaudirent.

— Sobek, je l'ai vaincu ! Il se croyait plus fort que les autres, celui-là, mais pffft... Un bon coup de pied dans les côtes, et il s'écroule ! Le plus fort, c'est moi.

Suivit une kyrielle de propos incohérents qui déclenchèrent les rires des autres ivrognes.

Un porteur d'eau, le meilleur agent du Libanais, prêta attention à ce délire. Lui buvait peu et, dans cette taverne comme dans les autres, grappillait des renseignements susceptibles de l'éclairer sur les malheurs frappant le chef de la police.

Il s'agissait probablement des vantardises d'un fêtard alcoolique, mais le porteur d'eau était scrupuleux. Aussi, lors de la fermeture de la taverne, suivit-il le Syrien qui tentait à grand-peine de tenir debout.

Dans une ruelle obscure, il l'empêcha de tomber.

— Merci, l'ami ! Heureusement qu'il y a encore de braves gens... Pas comme ce Sobek ! Mais je l'ai quand même possédé.

— Toi tout seul ?

— Moi tout seul ! Enfin, presque... Une petite équipe drôlement soudée. Et si tu savais... On s'est présenté comme des policiers de la brigade fluviale ! T'aurais vu la tête du capitaine du cargo de céréales... Il nous a pris pour des vrais, nous qui détestons ces types-là ! Qu'est-ce qu'on a ri, surtout que c'était bien payé, à condition qu'on ne dise pas un mot. Alors, attention, l'ami : je ne t'ai rien dit, absolument rien.

— Je n'ai rien entendu. Les autres, ils racontent la même histoire ?

— Les autres, ils ont disparu. On devait se retrouver pour fêter la chute de Sobek, mais ils ne sont pas venus.

— Toi, où habites-tu ?

— Ça dépend des soirs. On ne me met pas facilement la main dessus, à moi !

— Qui vous a engagés, toi et tes acolytes ?

Le Syrien se tint tout raide, l'index pointé vers le ciel.

— C'est plus secret que secret ! Mais ce gars-là ne doit pas être un miteux.

À l'évidence, la bande de médiocres malfrats chargée de compromettre Sobek avait été éliminée de sorte qu'aucun de ses membres ne révélât la vérité, prouvant ainsi l'innocence du chef de la police. Travail mal fait, puisqu'il restait un survivant, ivrogne et bavard. Méticuleux, le porteur d'eau effaça le problème avant de contacter le Libanais.

Comment résister à des cailles nappées d'une sauce brune où se mêlaient harmonieusement une dizaine d'épices ? Ce deuxième plat de viande venait après quelques entrées et du poisson, et précédait un nouveau dessert créé par son cuisinier. Le Libanais oublia son régime et s'abandonna à l'inégalable plaisir du goût, tout en songeant au dernier rapport du porteur d'eau.

Cette fois, plus aucun doute : Sobek le Protecteur était bel et bien victime d'un complot. Excellente nouvelle au demeurant, mais il fallait encore identifier la tête pensante sans l'alerter et déclencher sa vindicte. Aussi le Libanais exigeait-il la plus grande prudence des membres de son réseau, car toute initiative déplacée risquait de leur nuire.

Un repas de cette qualité, accompagné d'un vin rouge

dont le bouquet enchantait le palais et régénérait le sang, ouvrait forcément l'esprit. Dans la masse d'informations accumulées par ses agents, un détail alerta le Libanais : les bateaux de charge interceptés par de faux policiers étaient des cargos céréaliers. Qui pouvait connaître leur itinéraire et savoir où les intercepter, sinon deux personnes ?

La première, le responsable de la police fluviale nommé par Sobek. Pourquoi aurait-il voulu lui nuire ?

La seconde, beaucoup plus intéressante : Gergou, inspecteur principal des greniers. Derrière Gergou, Médès, Secrétaire de la Maison du Roi.

Si ce dernier était bien l'instigateur du complot, impossible de progresser sans avertir l'Annonciateur.

— Si tu as demandé à me voir, dit le vizir à Sobek, c'est sans doute pour me donner le résultat de ton enquête. Je l'espère positif.

— De mon point de vue, oui.

— Les noms des deux coupables ?

— Je l'ignore, mais j'ai une certitude : ce ne sont pas des policiers.

Le ton de Khnoum-Hotep se durcit.

— Dérobade inutile et ridicule, Sobek ! Le dossier est accablant. Si tu persistes à couvrir tes hommes, tu seras considéré comme le seul responsable.

— Je ne couvre personne. Menées sans aucune indulgence, de sérieuses investigations n'ont abouti qu'à créer un climat détestable.

— Tu ne me laisses pas le choix. Je suis obligé de t'inculper après t'avoir démis de tes fonctions.

— Je suis victime d'un complot et tu prends une décision injuste.

— En ne te sanctionnant pas, j'insulterais la justice, et le pouvoir royal serait considérablement affaibli.

— Tu commets une grave erreur, vizir.

— Avant la tenue de ton procès, tu auras tout le temps de prouver ton innocence. D'ici là, tu ne diriges plus la police. Et je crois également préférable que tes hommes de confiance n'assurent plus la protection rapprochée du roi.

Sobek blêmit.

— Pour quelle raison ?

— Supposons que les deux coupables appartiennent à ce corps d'élite que tu as formé et que tu contrôles... Ne serait-il pas imprudent de lui laisser les mains libres ?

— Comprends-le : un criminel tente de me détruire afin de rendre le pharaon vulnérable.

Khnoum-Hotep réfléchit longuement.

— C'est l'une des possibilités, en effet, et je prendrai les mesures nécessaires de sorte que Sa Majesté ne coure aucun risque. Mais il en existe une autre : des fidèles du chef de toutes les polices du royaume ont cru pouvoir commettre des délits en toute impunité parce que leur supérieur les couvrait. Une telle ignominie serait le signe d'une décadence inacceptable. Mon principal devoir consiste à l'empêcher.

— Suis-je autorisé à voir le roi ?

— Une entrevue laisserait supposer qu'il cautionne tes agissements. Or le pharaon n'interfère jamais en matière de justice.

— Je t'estime, Khnoum-Hotep. Toi, tu me connais mal et tu te trompes.

— Sincèrement, je l'espère.

— C'est fait ! s'exclama un Gergou triomphant. Sobek le Protecteur vient d'être inculpé par le vizir pour coups et blessures volontaires, vol de bateau, utilisation illégale de la corvée et abus de pouvoir. Ça devrait chercher loin, non ?

— Khnoum-Hotep voudra faire un exemple et prouver au peuple que l'État n'est pas corrompu, estima Médès. Faut-il encore que Sobek soit condamné.

— Il n'a aucune chance de s'en sortir. Les preuves sont accablantes, le potier maintiendra ses accusations. Mes deux petits bandits ont bien travaillé.

— Aucun risque de ce côté-là, Gergou ?

— Vraiment aucun ! Comme prévu, les gardes-frontières les ont abattus. Je n'ai laissé aucune trace derrière moi.

— Sobek tentera de démontrer son innocence.

— Impossible, je vous assure. Ce problème-là est réglé, le chef de toutes les polices du royaume éliminé.

— Le vizir nommera probablement plusieurs responsables à la tête des différents services de sécurité et les contrôlera lui-même. Dans un premier temps se produira une belle désorganisation dont nous profiterons pour accomplir notre plan.

L'enthousiasme de Gergou retomba.

— Ne serait-il pas préférable de s'attaquer d'abord aux membres de la Maison du Roi ? La déchéance de Sobek les déstabilisera et...

— Sans lui, Sésostris devient vulnérable. Le corps d'élite, fidèle au Protecteur, ne sera pas remplacé dans l'immédiat. C'est donc à l'intérieur même du palais qu'il convient de frapper.

— Ni vous ni moi ne pouvons agir !

— Hésiterais-tu, Gergou ?

— Tuer le pharaon... Trop risqué !

— Dès que les gardes choisis par Sobek auront été renvoyés, nous achèterons certains remplaçants. Alors, le chemin sera libre.

— Ne m'en demandez pas trop, patron !

Médès ne se faisait aucune illusion : son second savait se débrouiller dans l'ombre, mais il n'aurait pas le courage de supprimer Sésostris.

— Tu as raison, ni toi ni moi ne pouvons nous exposer ainsi. Recrutons un expert qui n'aura peur de rien.

— À qui pensez-vous ?

— Nous ne le connaissons pas encore. À toi de le trouver, Gergou, en fouinant dans les tavernes, sur les docks et dans les quartiers pauvres. Déniche une tête brûlée que la perspective de devenir très riche en une seule nuit attirera de manière irrésistible.

— S'il échoue, il nous dénoncera.

— Qu'il réussisse ou qu'il échoue, il ne survivra pas. Soit les gardes l'abattront avant qu'il ne quitte le palais, soit nous l'éliminerons nous-mêmes lors de la remise de sa prime.

26.

Les prévisions de Médès se réalisaient en tous points.

Isolé, déprimé, Sobek tournait comme un fauve en cage, craignant de ne jamais retrouver la liberté. Les portes se fermaient une à une, et il se sentait privé de son souffle vital : l'appui du pharaon. « Pas de fumée sans feu », murmurait-on, même dans les rangs des policiers. Sobek le Protecteur n'était peut-être pas irréprochable. Nanti de trop de pouvoirs, n'avait-il pas franchi les bornes de la loi en se croyant intouchable ?

L'accusé ne savait pas où chercher : aucun soupçon précis, pas la moindre piste, plus aucun moyen d'investigation. À part protester de son innocence, Sobek était réduit à l'inaction. Forcément traîné dans la boue lors d'un procès au cours duquel on inventerait de nouveaux griefs en faisant témoigner jaloux, déçus et aigris, il serait condamné à une lourde peine.

Face à une telle injustice, il aurait dû tenter de quitter le pays. Mais Sobek ne se comporterait pas comme un lâche. De plus, une telle dérobade prouverait sa culpabilité. Il ne lui restait plus qu'à espérer un miracle.

Frappé au cœur, il voyait détruire le travail accompli depuis plusieurs années. Suspectés de collusion avec leur chef, les membres de la garde rapprochée du souverain avaient été mutés dans d'autres unités et remplacés par des militaires de carrière sans formation face à des attaques terroristes. De plus, la rivalité entre leurs supérieurs, dont chacun cherchait à s'attirer les faveurs du vizir en vue d'une promotion, désorganisait les patrouilles, les rondes et la surveillance du palais.

Sobek redoutait le pire.

Iker et le maître boucher s'entendaient à merveille. Bien qu'il eût compris les difficultés et l'aspect rituel de son travail, le jeune scribe ne serait jamais capable de l'accomplir. Mais on ne lui demandait rien d'autre que de tenir avec rigueur la comptabilité des pièces de viande dont aucune ne devait être détournée du service des dieux.

Un jour par semaine, le maître boucher s'absentait de l'atelier pour participer à des cérémonies au temple d'Hathor, en compagnie des dames de la Demeure de l'Acacia, dont la supérieure n'était autre que la reine.

Alors qu'ils se régalaient d'un faux-filet, Iker s'enhardit à interroger l'artisan.

— T'arrive-t-il de converser avec la souveraine ?

— Quand elle réside à Memphis, elle dirige le rituel et ne se répand pas en bavardages.

— Pourquoi es-tu associé à ces prêtresses ?

— Je leur apporte la force de Seth qu'elles seules savent maîtriser et intégrer dans une harmonie d'origine céleste. Ignores-tu qu'Horus et Seth cohabitent dans le même être, celui de Pharaon ? La reine est l'unique voyante capable de discerner l'unité de cette dualité. En contemplant le roi, elle le crée. En le créant, elle lui permet de concilier l'inconciliable.

Iker eut envie d'affirmer que, chez Sésostris le tyran,

Seth prenait le pas sur Horus, mais il parvint à tenir sa langue.

— La tâche de la reine d'Égypte semble ardue, avança-t-il.

— Surtout en ce moment !

— Que se passe-t-il ?

— Elle multiplie les rites de protection de la personne royale à cause de la crise de la police dont le chef, Sobek, est accusé d'abus de pouvoir. Un coup très dur pour le pharaon qui avait totale confiance en lui. Le vizir réorganise les services de sécurité, et ça prendra du temps.

— Le palais ne reste quand même pas ouvert à tous les vents !

— Presque ! Le dispositif peaufiné par Sobek a volé en éclats. Hier soir, en apportant avec mon assistant le repas destiné au roi, j'ai constaté que de nombreux contrôles n'étaient plus effectués.

Une évidence s'imposait : Iker devait prendre la place de cet assistant. La déchéance de Sobek le Protecteur ne lui offrait-elle pas l'occasion inespérée d'agir ?

Après avoir savouré sa ration de sel, l'Annonciateur fit peser sur le Libanais son regard de rapace.

— Qu'as-tu à m'apprendre, mon ami ?

— D'excellentes nouvelles, seigneur ! Sobek le Protecteur a été démis de toutes ses fonctions. Hors de doute qu'il est tombé dans un piège tendu par Médès, mais je n'en ai pas la preuve formelle. Il me paraît préférable de ne pas pousser plus loin mes investigations.

— Qui remplace Sobek ?

— Personne. Il avait tant de responsabilités et de compétences que son éviction creuse un véritable gouffre. Le vizir s'efforce de le combler sans trop de succès. Ainsi la sécurité du roi est-elle moins bien assurée.

— Pourquoi Khnoum-Hotep se comporte-t-il ainsi ?

— À ses yeux de rigoriste, l'application de la loi passe avant toute autre considération. D'après des bruits de couloir, le dossier qu'il possède contre Sobek serait accablant.

— Une sorte de règlement de comptes...

— Probablement. Khnoum-Hotep fut chef de province, et il ne doit pas lui déplaire d'évincer d'anciens adversaires. Je suppose qu'il ne s'arrêtera pas en si bon chemin et s'en prendra bientôt à d'autres personnalités proches du monarque.

— Serait-il possible d'obtenir des informations sur l'intérieur du palais et les appartements privés de Sésostris ?

— Quand Sobek dirigeait les services de sécurité, je vous aurais répondu par la négative. Aujourd'hui, c'est différent. Les gardes et le personnel ne sont plus soumis à la même discipline.

— Tâche de savoir à quel moment précis le roi sera le plus vulnérable.

— Vous pensez que...

L'Annonciateur s'exprima avec une extrême douceur.

— Le destin pourrait faire progresser notre cause bien plus vite que prévu.

Les tavernes regorgeaient de petits truands prêts à commettre un mauvais coup de plus, mais dans des limites raisonnables. Certes, la mise à l'écart de Sobek le Protecteur encourageait nombre de délinquants à reprendre leurs activités. Hélas ! la plupart, déjà connus de la police, n'avaient guère envie de retourner en prison. Le vizir ne plaisantait pas avec la sécurité des personnes et des biens. Crime et viol étaient passibles de la peine de mort, et le vol considéré comme un délit grave. Un voleur faisait preuve d'avidité, la principale manifestation d'*isefet*, puissance destructrice opposée à Maât.

Pour trouver l'oiseau rare, Gergou devait profiter de la période de flottement pendant laquelle Khnoum-Hotep réorganisait les forces de l'ordre et nommait de nouveaux responsables. Mais l'âme damnée de Médès demeurait pessimiste.

Les tavernes ? On y parlait beaucoup, beaucoup trop. Y dénicher des hommes de main comme ceux qu'il employait d'ordinaire, puis les réduire au silence, passe encore ; on les oublierait vite, et personne ne les regretterait. Mais l'assassin d'un pharaon... Il lui fallait une envergure certaine ! Dans les maisons de bière, Gergou n'avait repéré aucun tueur potentiel.

Il explora méthodiquement les quartiers modestes de Memphis où régnait pourtant une réelle joie de vivre. Aucune famille ne subissait la misère, et la popularité de Sésostris ne cessait de croître. Grâce à lui, on mangeait à sa faim, on bénéficiait des services de santé, on vivait en paix et l'on ne redoutait plus le lendemain.

Quand le pharaon était un bon pharaon, tout allait bien.

Lors de ses discussions, Gergou n'entendit que les louanges du monarque. Dépité, il ne poursuivit pas plus avant.

Restaient les docks.

Deux avantages : la force physique des dockers, indispensable pour tuer le roi, et le caractère cosmopolite de la profession. Ne valait-il pas mieux que l'assassin fût un étranger ?

Gergou se renseigna sur les effectifs, en s'intéressant plus particulièrement aux préposés à la manutention des céréales. En tant qu'inspecteur général des greniers, il avait accès à l'ensemble des documents administratifs.

Après plusieurs jours de recherche, un détail l'intrigua. Sur le quai deux, l'équipe prévue comportait dix dockers, dont un Syrien et un Libyen.

En réalité, ils étaient onze.

Ce onzième travailleur n'avait donc aucune existence légale. En observant les allées et venues sans être vu, Gergou s'aperçut qu'un grand type au torse couvert de cicatrices détournait de temps à autre un sac qu'il cachait dans l'entrepôt voisin. À chaque opération, il échangeait quelques mots avec le Libyen.

La nuit tombée, ce dernier apparut accompagné de deux ânes, chargea les sacs et quitta le port. Gergou les suivit. Le Libyen déchargea son butin qu'il dissimula dans une cabane proche de son domicile, situé dans un faubourg tranquille.

Alors qu'il franchissait le seuil, Gergou se montra.

— Reste calme, l'ami, la maison est cernée. Si tu tentes de t'enfuir, les archers t'abattront.

— Vous êtes... la police ?

— Pire que ça : service de répression des fraudes. Avec nous, pas de jugement, pas de tribunal, mais sanction immédiate. Je sais tout de ton trafic. Vol de céréales, ce sont les travaux forcés à perpétuité. Mais on pourrait peut être s'arranger.

Effrayé, le Libyen balbutiait.

— S'arranger... comment ?

— Entrons.

La demeure était plutôt coquette.

— Ta petite entreprise te rapporte !

— Il faut me comprendre, je voulais compléter mon salaire. Je ne recommencerai pas, je vous jure !

— Ton complice, qui est-ce ?

— Personne... Je n'ai aucun complice.

— Encore un seul mensonge, et finie la liberté !

— Entendu, il y a bien quelqu'un qui me donne un coup de main. C'est... c'est mon frère.

— Un travailleur clandestin ?

— En quelque sorte.

— Pourquoi n'est-il pas entré en Égypte de manière légale ?

— Ça ne l'arrangeait pas trop.

— La vérité, tout de suite !

Le Libyen baissa la tête.

— Il a tué un policier qui l'avait insulté. Mon devoir était de le sauver. Comme il n'est pas inscrit sur la liste des dockers salariés, on se débrouille. Les autres acceptent de ne rien dire.

— Où habite-t-il ?

— Dans une masure, près du port.

Gergou exigea des détails afin de pouvoir la trouver aisément.

— Son nom ?

— Le Couturé. Pour être franc, il a toujours été un peu bagarreur.

— Il n'a sans doute pas supprimé qu'un seul policier, ton gentil frère.

— Il fallait bien qu'il se défende ! Vous allez nous arrêter ?

— Ça dépend, répondit Gergou, énigmatique.

— Ça dépend... de quoi ?

— De votre désir de coopérer, à toi et à ton frère.

— Que devrons-nous faire ?

— Toi, te taire et travailler normalement, tout en expliquant à tes collègues que ton frère est reparti pour la Libye.

— Alors, vous l'arrêtez !

— Je vais lui proposer une mission dans l'intérêt de la répression des fraudes, annonça Gergou. S'il la mène à bien, il aura une autorisation de séjour et un permis de travail. Vous serez tous les deux en règle et cesserez de vous comporter comme des voleurs. En revanche, s'il refuse, votre avenir se présente très mal.

— Je peux... lui parler ?

Gergou fit mine d'hésiter.

— Ce n'est pas très réglementaire.

— Accordez-moi votre confiance, je vous en prie ! Le Couturé risque de mal réagir si je ne prépare pas le terrain.

— Tu me demandes beaucoup, mais j'accepte d'être bon prince. Demain, tu parles à ton frère, vous ne détournez plus aucun sac et, le soir, je le rencontre chez lui. Tâche de te montrer convaincant.

— Comptez sur moi !

27.

Gueule-de-travers aimait beaucoup Memphis. Il rêvait de rançonner ses entrepôts et de devenir très riche. Hélas ! l'entreprise s'annonçait nettement plus difficile que le pillage discret des fermes isolées dorénavant placées sous sa « protection ».

Le colosse velu aux bras énormes faisait suffisamment peur à ses victimes pour qu'elles observent un silence total et paient leur dîme avec une parfaite régularité.

Gueule-de-travers voyait donc sa petite fortune s'augmenter régulièrement. Lors de ses passages à Memphis, tout en rendant compte de ses activités à l'Annonciateur, il n'oubliait pas de profiter des plaisirs de la vie.

Le quartier où résidait le grand chef était quadrillé par ses fidèles qui repéraient très vite une tête nouvelle ou un curieux. Gueule-de-travers pénétra dans la boutique que gérait un terroriste au visage sympathique. Il vendait des sandales, des nattes et des tissus grossiers à une clientèle populaire.

D'un regard, il autorisa l'arrivant à monter à l'étage.

Au sommet de l'escalier, Shab le Tordu bloquait le passage.

— Je dois te fouiller.

— Arrête un peu, tu veux ? C'est moi, pas un inconnu !

— Ce sont les ordres de l'Annonciateur.

— Méfie-toi, le Tordu, je vais m'énerver.

— Les ordres sont les ordres.

Entre les deux hommes, l'entente cordiale n'avait jamais régné. Shab considérait Gueule-de-travers comme un bandit dépravé qui ne songeait qu'à ses intérêts, Gueule-de-travers détestait le Tordu, dévoué à son maître comme un chien abandonné et recueilli.

— Quand je viens à Memphis, je ne porte jamais d'armes. Si la police effectue un contrôle, je suis tranquille.

— Laisse-moi quand même vérifier.

— Si ça t'amuse...

Gueule-de-travers ne mentait pas.

— Suis-moi.

L'Annonciateur était assis au centre d'une pièce obscure. Obstruant les fenêtres, des nattes ne laissaient filtrer qu'un rai de lumière.

— Comment vas-tu, mon brave ami ?

— Au mieux, seigneur ! Les affaires sont florissantes. J'apporte ma contribution à la cause.

— Sous quelle forme ?

— Deux de mes hommes me suivent. Ils déposeront dans la boutique des pierres précieuses achetées avec les versements de mes protégés. Vous pourrez les troquer contre des armes.

— J'espère que tu ne prends aucun risque.

— Vraiment aucun ! Je repère les fermes intéressantes, je menace, je bouscule si nécessaire et je prélève le prix de ma protection sans tolérer le moindre retard.

— Grâce à moi, Gueule-de-travers, te voici riche.

— N'exagérons rien, seigneur. L'entretien de ma troupe me coûte une fortune.

— Tes guerriers n'auraient-ils pas tendance à s'empâter ?

— Sûrement pas ! À l'entraînement, personne ne retient ses coups.

— Sobek le Protecteur n'est plus le chef de la police. En raison de sa désorganisation, les circonstances nous sont favorables. Bientôt, j'obtiendrai des informations qui nous permettront d'intervenir à l'intérieur du palais. Il me faut un brave désireux et capable de tuer Sésostris.

— Mes gaillards le sont tous, mais j'ai une préférence : un Syrien vicieux et rapide. Personne n'a encore réussi à le terrasser. Sa haine de l'Égypte est telle qu'il ravagerait volontiers le pays entier ! Supprimer le pharaon sera pour lui le plaisir suprême.

L'endroit était totalement obscur. Si Gergou ne l'avait pas exploré dans la journée, il aurait éprouvé de sérieuses difficultés à s'y retrouver en ce début de nuit. Le secteur serait bientôt démoli pour céder la place à de nouveaux bâtiments, mieux conçus et plus vastes.

— Montre-toi, le Couturé.

Pas de réponse.

Soudain, Gergou prit peur.

Et si le docker le détroussait ? Vu la musculature du bonhomme, l'inspecteur principal des greniers ne serait pas de taille dans un corps à corps.

— Montre-toi, ou je m'en vais.

— Je suis là, dit une voix rocailleuse.

Gergou avança et discerna le Libyen dans l'obscurité. Les bras croisés, il était adossé à un mur.

— Ton frère t'a parlé ?

— Il m'a parlé.
— Alors, tu acceptes ?
— Sûrement pas. À moi, on ne m'impose rien.
— Tant pis pour ton frère.
Le docker décroisa les bras.
— Ça veut dire quoi ?
— Ça veut dire que la brigade de répression des fraudes l'a arrêté et que son sort est suspendu à ton accord.
— Je vais te broyer les os !
— Ça ne sauvera pas ton frère. Si tu ne m'obéis pas, il mourra.
Le Libyen cracha.
— Qu'attends-tu de moi ?
— Puisque tu as déjà tué plusieurs hommes, tu n'hésiteras pas à recommencer.
— Possible.
— Tes exploits précédents étaient de la petite bière, le Couturé. T'engages-tu à supprimer un personnage important ?
— Important ou pas, qu'est-ce que ça peut faire ? Ce ne sera qu'un pauvre type en moins.
— Même le pharaon ?
Le Libyen se colla au mur.
— Le pharaon, c'est un dieu !
— Pas plus que toi et moi.
— Fichez le camp, je ne veux plus rien entendre !
Choisis entre le roi et ton frère. Si tu refuses, il sera exécuté dès ce soir.
— La magie protège le pharaon.
— Faux, la situation a changé.
— Ah ! Qu'est-ce qui s'est passé ?
— Sobek le Protecteur a été démis de ses fonctions. Sans lui, aucune magie ne saurait être efficace. Le roi n'est plus qu'un homme comme les autres.

— Et les gardes ?

— Ceux qu'avait formés Sobek ont été renvoyés. On s'arrangera pour te libérer le chemin jusqu'aux appartements de Sésostris.

— Quand et avec quelle arme ?

— L'arme, on te la fournira. Quand le moment sera venu, je te le ferai savoir. Ne quitte plus ton repaire et patiente.

— Et mon frère ?

— On le retiendra prisonnier jusqu'à ce que tu aies accompli ta mission. Ensuite, vous serez riches, tous les deux. Plus besoin de voler, plus besoin de te cacher ni de travailler. Toi et ton frère serez considérés comme des héros. Propriétaires d'une belle villa, vous disposerez d'une armée de serviteurs. Maintenant, libre à toi de refuser.

— J'accepte.

Garçon jovial et besogneux, l'assistant du maître boucher apprenait le métier avec une sage lenteur et respectait à la lettre les consignes de son instructeur. Grâce à des artisans de cette exigence-là, la boucherie du temple de Ptah demeurerait l'une des meilleures du pays.

— J'ai une joyeuse nouvelle, confia-t-il à Iker : je me marie bientôt. Si tu savais comme elle est jolie ! Ses parents n'ont pas été faciles à convaincre. Puisqu'elle a pris sa décision, ils ne peuvent que s'incliner.

— Je te souhaite beaucoup de bonheur.

— Toi, tu ne songes pas au mariage ?

— Pas encore.

— N'es-tu pas un peu trop... sérieux ?

— Pour un provincial, s'installer à Memphis n'a rien

de facile, et je désire d'abord progresser dans mes études. Ensuite, on verra.

— N'oublie quand même pas de fréquenter les filles !

Pendant que l'assistant retournait à la boucherie, Iker songeait à la jeune prêtresse dont le visage continuait à hanter ses nuits. S'il n'avait pas été investi d'une mission dont il ne ressortirait pas vivant, il se serait lancé à sa recherche.

À quoi bon ? La retrouver était impossible. Si un miracle lui permettait de la revoir, n'éclaterait-elle pas de rire en l'écoutant bredouiller des paroles stupides ? Avec elle, il aurait construit une autre vie. Mais se nourrir de rêves et d'illusions ne menait nulle part. Or Iker connaissait le terme de son ultime voyage : le palais royal.

En rédigeant son rapport hebdomadaire, aussi élogieux que le précédent, il pensait à l'ultime verrou. Certes, il pouvait falsifier la comptabilité et jeter la suspicion sur l'assistant. C'eût été trahir Maât et détruire la carrière d'un brave garçon. Se plaindre de lui auprès du maître boucher serait également inique.

Si près du but, Iker se sentait impuissant. Un criminel se serait brutalement débarrassé de cet obstacle encombrant, mais le scribe n'en était pas un. Il voulait simplement délivrer l'Égypte d'un assassin et d'un tyran. Lui seul devait rendre gorge.

Tout en dessinant des hiéroglyphes d'une main sûre, Iker cherchait la solution.

Après s'être assuré que personne ne l'observait, le porteur d'eau pénétra chez le Libanais au milieu de la nuit. Le portier avait ordre de lui ouvrir à n'importe quel moment.

Pendant qu'un domestique réveillait son maître, l'hôte inattendu fit honneur aux pâtisseries étalées sur des tables basses. Grâce à ses incessants déplacements, lui ne souffrait d'aucun problème de poids.

Enveloppé dans une ample robe de chambre, c'est un Libanais ensommeillé qui apparut.

— Ça ne pouvait pas attendre demain ?

— Je ne crois pas.

— Bon, je t'écoute.

— Je suis devenu l'amant d'une des lingères du palais. Une jolie écervelée, dotée d'une qualité inestimable : le bavardage. Elle est tellement fière de son poste que je n'ai même pas besoin de lui poser des questions. Depuis ce soir, je connais pratiquement tout du dispositif de sécurité.

Le Libanais n'avait plus sommeil.

Le porteur d'eau ne s'était jamais vanté.

— Des militaires âgés, sûrs d'eux et prétentieux, remplacent les gardes formés par Sobek. Très disciplinés, ils obéissent au doigt et à l'œil à leurs officiers, qui se succèdent toutes les six heures. Parfois, le roi demeure seul dans son bureau où il dîne en examinant des dossiers. Aucun policier en faction dans ses appartements. Or cette soirée solitaire aura lieu après-demain.

— Beau travail ! Mais il reste quand même ces gardes-là.

— Pas si on les éloigne.

— De quelle manière ?

— Ma charmante maîtresse m'a donné le nom du lieutenant qui sera de service demain, à partir de la première heure de la nuit. Il faudra l'intercepter et lui substituer l'un de nos hommes, lequel ordonnera aux militaires de quitter le palais pour une intervention extérieure. Alors, le passage sera libre.

Le borgne tapa du poing sur le sol, reconnaissant ainsi sa défaite. Normalement, le Syrien aurait dû cesser de l'étrangler. Au contraire, il accentua sa prise avec férocité.

— Ça suffit, lâche-le ! hurla Gueule-de-travers.

Le Syrien fit la sourde oreille.

Son chef fut contraint de le tirer par les cheveux. Enfin, il desserra l'étau.

— Le borgne a demandé grâce !

— J'ai pas vu. Et puis, c'était une ruse. Ce type-là, il est taré. Il fait semblant de renoncer et il contre-attaque.

Le borgne restait étendu, son œil valide grand ouvert.

— Allez, relève-toi !

L'injonction de Gueule-de-travers fut sans effet.

— On dirait qu'il est mort, avança le Syrien.

— Sûr, tu l'as tué !

— C'est pas une grosse perte, il se battait de moins en moins bien.

— Va te laver et t'habiller, ordonna Gueule-de-travers. Tu pars en mission.

Le regard du Syrien brilla d'excitation.

— Ça y est, ça y est vraiment ! Et qui je dois massacrer ?

— Le pharaon d'Égypte.

28.

Le maître boucher préparait les offrandes pour le rituel du matin lorsqu'il apprit la mauvaise nouvelle : le futur marié souffrait d'une forte fièvre et ne pouvait donc venir travailler.

L'artisan interpella Iker, occupé à diluer de l'encre.

— Ce soir, révéla-t-il, le roi est seul, et je m'occupe de son dîner. Acceptes-tu d'outrepasser tes heures de service et de remplacer mon assistant qui vient de tomber malade ?

Le scribe contint une bouffée d'enthousiasme.

— Je crains de ne pas être compétent.

— Rassure-toi, rien de compliqué ! Je porte le premier plat, toi le second.

— Au palais, personne ne me connaît. La garde ne me laissera pas entrer.

— Moi, on me connaît ! Et puis les mesures de sécurité ont été considérablement allégées. Tu passeras sans problème, crois-moi. Aurais-tu peur de voir le roi ?

— J'avoue que...

— Pas de panique ! Je frapperai à sa porte. Quand il aura ordonné « Entrez », de sa voix qui traverse les murs, nous pénétrerons dans la pièce, la tête baissée, et nous déposerons les plats sur une table basse, à droite du vestibule. Ou bien le monarque sera absorbé par son travail et nous repartirons aussitôt ; ou bien il me demandera si la boucherie fonctionne bien. Comme il remarquera le changement d'assistant, je te présenterai. Remarque, je comprends tes appréhensions. Même assis, ce roi ressemble à un géant ! Il a une façon de te regarder qui te laisse muet. Même quand tu le connais, tu es toujours aussi impressionné. Bon, trêve de bavardage et au travail. Note le nombre et la qualité des morceaux destinés au temple. Ensuite, on s'offrira un en-cas.

Alors que le maître boucher s'éloignait, Iker renversa de l'encre. Ses mains tremblaient.

Si près du but, aurait-il le courage de remplir sa mission ?

Le docker libyen n'avait pas la tête au labeur. En plus, ses collègues le battaient froid. Deux d'entre eux, avec lesquels il déchargeait un cargo de céréales, détestaient son pays. Il n'osait pas les interroger sur les causes de leur froideur et acceptait de soulever des charges plus lourdes qu'à l'ordinaire, tout en pensant à son frère. L'avait-il vraiment convaincu de coopérer ? Le drôle de type qui les manipulait ne plaisantait pas. Impossible de repousser ses exigences.

Encore un sac, tellement lourd qu'il faillit s'effondrer sous son poids.

— Les gars, on devrait être au moins deux pour porter ça !

— Lorsque tu as violé la fillette, t'étais seul, non ? interrogea l'un des deux dockers, dévisageant le Libyen d'un regard haineux.

— Qu'est-ce que tu racontes ?

— On sait tout, ordure.

— Vous vous trompez, je n'ai agressé personne !

— On sait tout, je te dis. Les salopards dans ton genre ne méritent pas de procès. On exécute la sentence, maintenant.

Le docker jeta le Libyen à l'eau. Ne sachant pas nager, l'étranger se débattit en vain. Quand il appela au secours, il reçut un sac sur la tête. Assommé, il coula.

— Justice est faite, commenta son collègue.

De loin, Gergou avait assisté à la scène. Convaincus par son histoire de viol et correctement payés pour supprimer le monstre en faisant croire à un accident, les dockers s'étaient acquittés de leur tâche avec zèle.

Conformément aux exigences de Médès, Gergou ne laissait aucune trace derrière lui.

Au terme de la réunion de la Maison du Roi, le Porteur du sceau Séhotep communiqua à Médès les éléments qui lui permettraient de rédiger les nouveaux décrets. Ils amélioraient la situation des artisans et brisaient des rigidités administratives gênant les échanges commerciaux entre les provinces.

— Sa Majesté souhaite voir ces lois diffusées rapidement, précisa Séhotep. Autrement dit, c'est plus qu'urgent.

— Dès ce soir, je présenterai un projet au roi.

— Non, pas ce soir. Le pharaon dîne seul afin de mettre à jour plusieurs dossiers. En revanche, demain matin, après le rituel de l'aube, sera un excellent moment. Ne te contente pas d'un simple projet et oublie que la nuit sert normalement à dormir.

— J'ai été prévenu, concéda Médès en souriant, et n'ai donc aucune raison de me plaindre.

— Tu n'occupes pas le poste le plus facile, mais le roi apprécie ton travail.

— Se rendre utile à son pays, n'est-ce pas la plus

belle des satisfactions ? Pardonnez-moi, je n'ai pas un instant à perdre.

Médès rentra chez lui et envoya un serviteur chercher Gergou à l'inspection des greniers où il se pavanait devant ses subordonnés. Abandonnant sa démonstration d'autorité, il lança quelques phrases bien senties sur la paresse des fonctionnaires et se hâta jusqu'à la demeure de son patron.

— Il faut agir ce soir, dit Médès. Sésostris sera seul dans son bureau.

— Et les gardes ?

— La relève aura lieu à la première heure de la nuit. Pendant quelques minutes, le couloir menant aux appartements privés du roi sera sans surveillance. Que ton Syrien s'introduise par l'accès réservé aux domestiques et aille droit au but.

— Et s'il se heurte à un obstacle inattendu ?

— Qu'il le brise. Montre-lui ce plan de l'intérieur du palais et qu'il le grave dans sa mémoire. Ensuite, brûle-le. Le cas de son frère est-il réglé ?

— Définitivement.

— Préviens ta brute et donne-lui tes instructions.

Gergou n'aimait vraiment pas ce quartier. Il y régnait une atmosphère oppressante, bien différente de la gaieté habituelle de Memphis. D'un tas d'ordures fumantes se dégageait une odeur pestilentielle. Des chiens errants cherchaient n'importe quelle nourriture. Des briques gisaient sur le sol, éparpillées, comme si le bâtiment auquel elles étaient destinées n'avait plus aucune chance de voir le jour.

Même sous le soleil, le refuge du Couturé était sinistre.

— Sors de là, exigea Gergou.

La porte demeura fermée. Il s'approcha, inquiet.

— Sors immédiatement !

À quelques pas de Gergou, des rats devinrent menaçants. Au moment où il leur jetait des débris de briques, deux mains lui serrèrent le cou tout en le soulevant du sol.

— J'ai envie de t'étrangler ! rugit le Couturé.

— Arrête, réussit à articuler Gergou, je t'apporte ta première prime !

Le docker reposa l'Égyptien sur le sol.

— Si tu mens, je t'écrabouille.

Gergou se tâta le cou. Cet imbécile avait failli le lui briser !

— Alors, cette prime ?

L'inspecteur principal des greniers se félicita de sa prudence. Prévoyant la réaction de ce cerveau arriéré, il s'était muni d'un petit sac en cuir contenant un magnifique lapis-lazuli.

— Cette pierre vaut très cher. Et ce n'est qu'une petite partie de la prime totale... À condition que tu agisses dès cette nuit.

Le Syrien palpait le trésor.

— Jamais rien vu de pareil... Ce soir, tu dis ?

— Je vais te montrer un plan du palais royal et t'expliquer comment y pénétrer. Si tu réussis, tu connaîtras une existence de rêve. Voici l'épée courte dont tu te serviras.

Le lieutenant chargé de commander les forces de sécurité du palais pendant les six prochaines heures appliquait sa propre méthode, et non celle de Sobek, trop contraignante à ses yeux. Il envoyait un sous-officier prévenir les gardes de l'heure de la relève, et ils sortaient tous du palais, un à un, dans l'ordre inverse de leur arrivée. Ainsi le lieutenant pouvait-il les identifier et les compter. Ensuite, il mettait en place ses propres hommes.

Le soldat qui gardait la porte réservée aux domestiques fut heureux de quitter son poste. Le bas du dos douloureux, il ne tenait plus debout.

À peine s'éclipsait-il que le Couturé s'introduisit dans le palais, prêt à massacrer quiconque se mettrait en travers de son chemin.

Le plus surpris fut le Syrien.

En bon commando formé par Gueule-de-travers, il observait les parages depuis plus d'une heure et attendait la manœuvre de diversion, organisée par un faux militaire, pour entrer à son tour dans les lieux.

À l'évidence, ce gaillard-là ne faisait pas partie du dispositif.

Qui était-il et que voulait-il ? Avec son épée courte et sa tête de brute, il n'avait rien d'engageant.

Le Syrien comprit : un policier en couverture !

Et s'il y en avait d'autres, cachés à l'intérieur ? Le seul moyen de le savoir consistait à éliminer celui-là, puis à s'en assurer par lui-même.

Soudain, des ordres fusèrent, suivis de bruits de course.

La diversion prévue !

On venait d'informer le capitaine d'une tentative d'effraction visant les bureaux du vizir. Tous les soldats devaient intervenir d'urgence.

Personne.

Le Couturé progressait lentement dans les couloirs en se remémorant le plan appris par cœur. Son travail se révélait si facile qu'il en sourit.

Ce fut à ce moment qu'une longue lame lui trancha la gorge avec autant de violence que de précision.

Dans un ultime sursaut, le docker battit l'air de son épée, espérant toucher son agresseur. Mais le Syrien s'était écarté et, satisfait, il regarda mourir celui qu'il prenait pour un policier.

Le commando poursuivit son chemin.

Ni gardes ni soldats. Comme annoncé, le palais était vide pendant une courte période.

Enfin, le bureau de Sésostris.

D'ici peu de temps, le pharaon aurait cessé de vivre. Le Syrien se vanterait de son exploit jusqu'à la fin de ses jours.

Alors qu'il s'apprêtait à pousser la porte, une tête dure comme de la pierre lui percuta le ventre. Le souffle coupé, le tueur tomba à la renverse. D'un coup de pied, son adversaire lui brisa le poignet droit, l'obligeant à lâcher son arme.

Des heures et des heures d'entraînement avaient appris au Syrien à réagir dans les pires situations. Malgré la blessure et la souffrance, il se remit debout et, du poing gauche, frappa au flanc l'homme qui tentait de le terrasser.

Poussant son avantage, il s'élança à son tour, la tête en avant. Prévoyant cette attaque, l'autre fut plus rapide. Il esquiva, tout en agrippant le Syrien par le cou. Si le commando n'avait pas été diminué, il se serait délivré aisément de cette prise ; mais il était trop handicapé pour remporter le combat auquel mit fin le craquement sinistre de ses vertèbres cervicales, brisées net.

Exprimant un soupir de soulagement, le vainqueur tira le cadavre jusqu'à un réduit où l'on entassait le linge sale.

Devant l'accès principal du palais, l'agitation s'apaisait. Bien que la relève de la garde eût été perturbée à la suite d'une fausse alerte, jamais le lieutenant n'avait perdu le contrôle de la situation.

— Pouvons-nous entrer ? demanda le maître boucher, accompagné d'Iker. Sa Majesté n'apprécierait pas un repas froid.

— Allez-y, ordonna l'officier, qui ne voulait pas s'attirer les foudres du monarque pour excès de zèle.

Certes, les gardes ne s'étaient pas encore disposés dans le couloir menant aux appartements royaux, mais tout le monde connaissait l'artisan.

Le cœur d'Iker battait la chamade, et il ne vit rien du palais où il venait de pénétrer si aisément. Son regard se concentrait sur le dos de son guide. Il marchait d'un bon pas et le conduisait à son but, longtemps jugé inaccessible. La persévérance et la chance avaient fini par renverser tous les obstacles.

— Voici le bureau du roi, annonça le maître boucher.

Avant de débarrasser l'Égypte du tyran, une formalité à accomplir. Une fois de plus, Iker se félicita d'avoir suivi une formation militaire dans la province de l'Oryx. Son bras ne trembla pas quand, avec le plat en albâtre, il assomma proprement l'artisan.

Caché dans les légumes répandus sur le sol, son poignard. Si on l'avait fouillé, qui aurait songé aux nourritures ?

Le scribe nettoya son arme et s'immobilisa devant la porte. Il devait oublier toute sensibilité, penser à sa vengeance, ne pas considérer qu'il supprimait un être humain mais un monstre.

Il lui fallait faire vite, très vite, sans laisser au roi le temps de réagir.

Alors qu'il ouvrait la porte, une voix grave le figea sur place.

— Entre, Iker. Je t'attendais.

29.

Baigné dans une lumière douce que diffusaient de nombreuses lampes, le bureau du monarque était immense. Assis en scribe, un papyrus déroulé sur ses genoux, Sésostris fixait le jeune homme.

— Entre et referme cette porte.

Tétanisé, Iker obéit.

— Puisque tu veux me tuer, il te faut une autre arme.

Le monarque roula le papyrus et se releva.

Un géant se dressa devant Iker.

— Crois-tu pouvoir frapper un pharaon avec ce misérable poignard ? Prends celui-là, que manient les génies gardiens de l'autre monde.

Iker lâcha son arme et, d'une main tremblante, accepta le cadeau de Sésostris.

— À présent, choisis ta fonction : serviteur de Maât ou confédéré d'*isefet*, compagnon d'Horus ou celui de Seth ? Désires-tu le feu de la vie qui régénère et transmute ou celui de la mort dans lequel brûlent les criminels ?

Sésostris ne ressemblait pas au tyran qu'Iker détestait. En lui, rien de fourbe ni de fuyant. Il se tenait là, à moins d'un mètre de lui, vulnérable, alors que son agresseur brandissait un objet terrifiant, capable de l'anéantir.

— Décide-toi, Iker. Certaines portes ne s'ouvrent qu'une seule fois.

— Majesté, comment connaissez-vous mon nom ?

— As-tu oublié que nous nous sommes croisés, lors d'une fête campagnarde ? J'ai demandé à l'un de mes fidèles amis de ne plus te perdre de vue.

Sortant d'un angle obscur de la pièce, Sékari apparut.

Iker fut médusé.

— Toi... toi condamné aux travaux forcés, toi mon domestique qui maniais le balai et faisais la cuisine !

— Ma fonction implique de multiples compétences. Tu n'es pas facile à pister, mais l'effort en valait la peine. J'ai même été contraint d'escalader un mur et d'effrayer la dame Téchat afin de l'empêcher de te retenir dans la province de l'Oryx.

— Tu... tu savais tout de mes contacts avec Bina l'Asiatique ?

— De tes contacts, oui, mais pas de la teneur de vos entretiens. Si tu deviens un fidèle de Pharaon, le seul garant de Maât, tu lui révéleras ce qui se trame à Kahoun. Je suis persuadé qu'Héremsaf, à qui tu dois ton élévation à la dignité de prêtre temporaire d'Anubis, a été assassiné. Tu es au centre d'un terrifiant complot, Iker. Jusqu'à cet instant, on t'a manipulé. Maintenant, ouvre les yeux.

Le jeune homme fut pris d'un vertige.

— Allons nous asseoir, recommanda le monarque. Sékari, la sécurité te paraît-elle de nouveau assurée ?

— Les gardes sont à leur poste. Quant au maître boucher, il en sera quitte pour une bonne migraine. Avant qu'il ne porte plainte contre Iker, Séhotep lui expliquera qu'il s'agit d'une affaire d'État dans laquelle son assistant d'un jour n'est nullement impliqué.

Un voile se déchirait. Ici, au cœur du palais, en présence du maître des Deux Terres, Iker commençait à éprouver les bienfaits d'une puissance lumineuse.

Manipulé, stupide, naïf... Combien de fautes il avait commises !

— Majesté, je...

— Ni excuses ni regrets, Iker. Il fallait que tu affrontes l'adversité et qu'à ton insu tu suives une formation impitoyable. Ce passé n'offre d'intérêt que si tu en tires les leçons. Le seul avenir qui nous intéresse, toi et moi, est celui de l'Égypte. Posons donc les vrais problèmes. Grâce à Sékari, je dispose de certaines informations, mais il me manque des précisions essentielles. Comment ton existence a-t-elle basculé ?

— On m'a enlevé à Médamoud, mon village natal. J'étais l'élève d'un vieux scribe, aujourd'hui décédé, qui m'a appris à lire et à écrire. Les ravisseurs m'ont attaché au mât d'un grand bateau, *Le Rapide*. Selon le capitaine, je devais servir d'offrande au dieu de la mer. Ces pirates comptaient trouver de l'or au pays de Pount.

— Ce capitaine t'a-t-il dévoilé l'identité du destinataire de cet or ?

— « Secret d'État » : ainsi qualifiait-il sa mission.

— Le nom de cet officier ?

— Je l'ignore, Majesté. Je ne connais que ceux de deux marins, Œil-de-Tortue et Couteau-tranchant, mais toute trace de leur existence a été visiblement effacée.

— Le dieu de la mer t'a donc épargné.

— À la suite d'une tempête, je fus le seul rescapé. En sortant du néant, je me suis réveillé sur une île enchanteresse, celle du *ka*, où m'est apparu en rêve un gigantesque serpent, maître de la terre divine et du merveilleux pays de Pount ! « Je n'ai pu empêcher la fin de ce monde, a-t-il déclaré ; et toi, sauveras-tu le tien ? » L'île a disparu, des marins m'ont recueilli, ainsi que des caisses contenant du parfum. Même si tout cela semble invraisemblable, c'est la vérité, je vous le jure !

— Je n'en doute pas, Iker.

— Mes sauveurs étaient d'autres brigands qui m'ont jeté dans les griffes d'un faux policier !

— Celui que j'ai dû éliminer à proximité de Kahoun, précisa Sékari.

— Je n'ai cessé, Majesté, de chercher à comprendre pourquoi tant de malheurs s'abattaient sur moi. Toutes les pistes conduisaient à un seul responsable : vous-même. Des indices concordants m'amenèrent à conclure qu'un vaisseau de cent vingt coudées comme *Le Rapide* vous appartenait forcément et que l'équipage vous obéissait.

— As-tu obtenu une preuve formelle ?

— J'espérais la dénicher dans les archives de la province du Lièvre, mais, d'après Djéhouty, les documents relatifs au *Rapide* avaient été détruits. Ceux de Kahoun ont subi le même sort.

— Tu as raison, Iker : un navire de cette taille-là appartenait forcément à la marine royale.

Le jeune homme frissonna. S'il ne s'était pas trompé sur ce point crucial, il se trouvait donc en présence du despote décidé à le supprimer !

— Aucun de mes bateaux de mer ne s'appelle *Le Rapide*, indiqua Sésostris. Cette unité a été construite en fraude. Dès demain débutera une enquête approfondie sur cet acte de piraterie d'une exceptionnelle gravité. Sans nul doute, l'auteur de ce forfait est aussi celui qui a mandaté le faux policier pour te tuer. Ce que ce criminel voulait à tout prix éviter vient de se produire : tu m'as appris la vérité. Quand il te saura vivant, tu seras de nouveau en grand danger.

— Je ne m'éloigne jamais d'Iker, rappela Sékari.

— Qu'as-tu découvert d'autre sur l'or de Pount ? interrogea le roi.

— Malheureusement rien. Mais je garde en mémoire la phrase du *Livre de Kémit* : « Puisse le bon scribe être sauvé par le parfum de Pount. » Ce pays légendaire serait-il réalité ?

— Sais-tu ce qu'est devenue la reine des turquoises que tu as extraite de la montagne d'Hathor ?

— Non, Majesté. La bande de tueurs qui ont dévasté le site l'a dérobée.

— Probablement des Cananéens, sans doute les inspirateurs de la révolte de Sichem que le général Nesmontou a réduite au silence en reprenant la ville. Le jour viendra où cette pierre nous manquera.

Sékari sentit qu'une nouvelle mission s'annonçait. Avec quels moyens et dans quelle direction ?

— À Kahoun, ajouta Iker, un vieux menuisier m'a décrit un coffre en acacia destiné à un long voyage. Je me suis demandé si les pirates ne comptaient pas y cacher l'or de Pount. L'artisan est décédé, il ne m'a pas donné le nom de son client.

Sésostris se tourna vers Sékari. D'un regard, l'agent secret lui fit comprendre qu'il n'en savait pas davantage.

— À présent, Iker, exigea le monarque, ne me cache rien de tes agissements à Kahoun.

En parlant, le jeune homme se condamnait à mort. Mais il devait une totale sincérité au pharaon qu'il avait injustement soupçonné.

— Une jeune Asiatique m'a convaincu que vous étiez un tyran sanguinaire, insensible à la détresse des Égyptiens comme des étrangers soumis à votre joug. Ses préoccupations rejoignaient les miennes, j'étais envoûté, obsédé par une seule idée : me venger en vous tuant et, du même coup, rendre sa liberté au peuple.

— Toi, un prêtre d'Anubis, commettre un assassinat ?

Iker regarda ses mains.

— J'ai tenté de m'en persuader, et je me réveille à l'issue d'un interminable cauchemar. Je reconnais avoir comploté contre vous, et c'est une faute impardonnable. Avant d'être pris en otage, mon seul but était de devenir un bon scribe. Puis ces événements incompréhensibles se sont enchaînés, et j'ai perdu la raison. Rien ne justifie mon aveuglement.

— Cette Asiatique dirige-t-elle une faction ?

— Elle m'a menti en se faisant passer pour une pauvre servante à laquelle les autorités refusaient le droit de s'instruire. En réalité, Bina désire s'emparer de Kahoun avec l'aide de compatriotes qui ont réussi à s'y infiltrer. Ne supportant pas d'être abusé, j'ai rompu tout contact et décidé d'agir seul.

— L'un de leurs alliés t'attendait-il à Memphis ?

— Non, Majesté. J'estimais impossible de parvenir jusqu'à vous, mais les circonstances m'ont servi.

— Le retraité bienveillant, les cours de droit, le temple de Ptah, le maître boucher, la maladie de son assistant, précisa Sékari.

— Tu... tu savais tout ?

— Je te rappelle que le roi m'a ordonné de ne pas te perdre de vue.

— Mais... pourquoi m'avoir laissé entrer ici ?

— Telle était la volonté de Sa Majesté.

De nouveau, Iker éprouva une sensation de vertige.

— Ce soir, dévoila Sékari, tu ne représentais pas le seul danger. Profitant d'une fausse alerte qui a perturbé la relève de la garde, deux hommes se sont introduits dans le palais. Ils n'étaient pas complices, puisque l'un a supprimé l'autre, au torse couvert de cicatrices. Moi, je me suis occupé du vainqueur. D'après sa manière de se battre, il avait suivi un entraînement poussé. Selon moi, un Syrien et un Libyen. J'aurais préféré les prendre vivants et obtenir le nom de leur chef. Si le roi m'y autorise, j'aimerais me retirer. Mon rôle doit rester secret.

Sésostris acquiesça.

Iker ne doutait pas de la sentence du monarque : que, sur-le-champ, il se plonge dans le cœur le couteau du génie gardien. Le régicide méritait ce châtiment.

— Cache cette arme dans tes vêtements, ordonna le souverain.

S'emparant du poignard avec lequel Iker voulait l'assassiner, le roi le brisa. Puis il ouvrit la porte devant laquelle se tenaient le lieutenant et une dizaine de soldats.

— Majesté, nous venons de trouver les cadavres de deux individus et le maître boucher, assommé. Dès qu'il reviendra à lui, nous le soumettrons à un interrogatoire serré et...

— Cet artisan est innocent. Conduisez-le auprès du Porteur du sceau Séhotep. Quant aux cadavres, tentez de les identifier.

— La garde a été doublée, Majesté, et les abords du palais sont interdits. Dès demain, nous fouillerons les domestiques.

— Un peu tard, ne crois-tu pas ? Que soient de nouveau appliquées les mesures préconisées par Sobek.

Le lieutenant regardait Iker d'un œil stupéfait. Que faisait ici l'assistant du maître boucher ?

Le roi traversa le couloir et désigna une chambre.

— Tu dormiras ici, Iker.

30.

Iker ne dormait pas.

Étendu sur un lit en bois de sycomore, il revivait chacun des instants de cette incroyable nuit au cours de laquelle tant de voiles épais s'étaient déchirés.

Le jeune scribe flottait entre deux mondes, celui de ses stupides illusions et celui de la réalité qui, au matin, ne pouvait que le broyer. Même s'il avait eu l'occasion de s'enfuir, il aurait renoncé, car il méritait sa condamnation. À travers sa personne, le roi ferait un exemple. Seul survivant des trois assassins convergeant en même temps vers le palais, lui aussi devait mourir.

Comme Bina avait dû s'amuser en le manipulant ! La seule fierté du jeune homme était de ne pas avoir succombé à ses charmes vénéneux. Grâce au souvenir de la jeune prêtresse, il n'avait pas offert ce plaisir-là à l'Asiatique.

L'aube se levait.

Au temple, le pharaon célébrait le premier rituel de la journée.

Iker procéda à ses ablutions dans la salle d'eau attenante à la chambre et se rasa avec un matériel digne d'un prince. Comment apprécier ce luxe en sachant qu'il vivait ses derniers moments ? Au moins, il ne disparaîtrait pas sans avoir rencontré le pharaon et reconnu ses erreurs. Grâce au roi, l'Égypte ne quitterait pas le chemin de Maât.

On frappa à la porte.

— Ouvrez, c'est la garde.

Résigné, Iker obéit.

Un nouveau lieutenant, en grand uniforme, salua le jeune homme.

— Sa Majesté vous attend. Suivez-moi.

Iker obtempéra.

Alors qu'une vigoureuse clarté illuminait les couloirs, le jeune homme se souvint de la phrase d'un texte de formation des scribes : « Le palais est semblable à l'horizon. Le pharaon s'y lève et s'y couche comme le soleil. »

Le lieutenant le conduisit jusqu'à une grande pièce, éclairée par plusieurs fenêtres, où était servi le petit déjeuner du souverain : lait, miel et diverses sortes de pains.

— Assieds-toi, Iker, et déguste ces nourritures. Il te faut du *ka* afin d'affronter cette journée.

Impossible de soutenir, même brièvement, le regard du monarque sans défaillir. Ajoutée à la gravité de la voix et à l'autorité de l'allure, sa profondeur faisait ressortir la petitesse de l'interlocuteur.

Mais pourquoi Iker jouissait-il de l'incroyable privilège de partager cet instant au lieu de croupir dans une prison ?

— Je cherche un homme au cœur délié, révéla Sésostris, un homme capable de percevoir, de comprendre et d'emplir son esprit de pensées justes, un homme ingénieux, réservé, à la parole efficace, un homme qui sache braver sa peur et traquer la vérité au péril de sa vie. Es-tu cet homme-là, Iker ?

— J'aurais aimé l'être, Majesté, mais...

— Tu croyais lutter en faveur de Maât, alors que son

opposé, *isefet*, te manipulait. Néanmoins, tes intentions étaient pures. Libérer un pays du joug d'un tyran : quoi de plus noble ? Et tu as réaliser un remarquable exploit : te délivrer d'un carcan en reconnaissant pleinement tes fautes.

— Majesté, je mérite...

— Tu mérites une tâche à la hauteur de ton désir. Je te pose cette question une dernière fois : veux-tu être l'homme que j'ai décrit ?

Iker s'inclina devant le pharaon.

— De toute ma volonté, Majesté, je m'y efforcerai.

— Si ta volonté est droite et entière, tu réussiras. Elle te sera nécessaire pour accomplir de périlleuses missions. Tu souhaitais devenir écrivain, n'est-ce pas ? Allons donc rendre hommage à tes ancêtres. Tu auras grand besoin de leur aide.

Au sortir du palais, une merveilleuse surprise attendait Iker : Vent du Nord, l'œil brillant et le sourire aux lèvres, portant le matériel du scribe !

Les retrouvailles célébrées avec force caresses et une émotion partagée, l'âne suivit fièrement son maître et le pharaon, accompagnés d'une escouade d'archers.

Fasciné, Iker découvrit l'immense territoire sacré de Saqqara que dominait la pyramide à degrés du pharaon Djéser, gigantesque escalier vers le ciel.

Le roi pénétra dans une demeure d'éternité où étaient représentés plusieurs scribes illustres.

— Écoute les paroles des anciens, Iker, recueille leur enseignement, lis leurs livres[1]. L'homme disparaît, son

1. Ce respect des écrivains, qui ne parlent pas d'eux-mêmes mais véhiculent des paroles de sagesse, est encore bien présent au Nouvel Empire. Dans une tombe de cette époque (voir D. Wildung, *L'Âge d'or de l'Égypte, le Moyen Empire*, Paris, 1984, p. 14, fig. 4), on honore de grands auteurs comme Ptah-Hotep, Ii-Mérou, Ptah-Chepsès, Kaires et Néferti.

corps devient poussière. Mais les œuvres permettent que son être demeure. Aucun de nous n'est supérieur à celui qui sait transmettre par l'écriture une pensée vitale, car les écrits agissent.

Assis en scribe, face à la paroi sculptée, Iker notait les paroles du roi.

— Les scribes pleins de sagesse n'ont point projeté de laisser derrière eux des héritiers périssables, des enfants de chair qui conserveraient leur nom. Ils se sont créé comme successeurs les livres et les enseignements. De leurs textes, ils ont fait des prêtres au service de leur *ka* ; de la palette, leur fils bien-aimé ; de la formulation, leur pyramide. Leur puissance magique atteint leurs lecteurs. Si tu veux que le destin te soit favorable, Iker, reste réservé et silencieux, évite le bavardage. Ne sois surtout pas vorace et ne cède pas aux caprices de ton ventre. Le glouton et l'avide courent à leur perte. Le feu du bouillant le détruit, le vrai silencieux recherche les lieux où règne l'harmonie. Il ressemble à l'arbre qui pousse paisiblement dans le jardin, verdit et donne de beaux fruits à l'inestimable saveur. Son ombre est bienfaisante, il termine ses jours au paradis. Le sage scrute le sens des écritures anciennes, dénoue les complications, instruit son propre cœur, surpasse ce qu'il a accompli la veille et garde la modération dans l'action. Quant à celui qui, sur cette terre, aura connaissance des formules de transformation en lumière, il sortira au jour sous toutes les formes qu'il désire et reviendra à sa juste place.

En écrivant, Iker vivait un moment de bonheur éblouissant. Il se souvenait des paroles de son professeur, le général Sépi, à propos des qualités du scribe désireux d'accéder à la sphère de la création : écoute, entendement et maîtrise des feux. Aujourd'hui, en cette matinée magique, c'était du pharaon en personne qu'il recevait un enseignement destiné à le construire.

— Le but du sage, poursuivit Sésostris, est d'atteindre la plénitude que les hiéroglyphes symbolisent par la table d'offrandes, *hotep*, mot synonyme de « coucher de soleil », cet instant ineffable où l'œuvre s'achève avant le début d'un nouveau voyage. Nous sommes bien loin de cette sérénité-là, Iker, et nous devons quitter la quiétude de cette demeure d'éternité pour affronter une réalité angoissante.

Tout en rangeant son matériel, le scribe songea à la prédiction du capitaine du *Rapide* : « Ton destin, c'est de devenir une offrande. » L'otage avait échappé au dieu de la mer, mais des épreuves plus redoutables encore ne le guettaient-elles pas ?

Le roi et le scribe firent quelques pas dans le désert.

— L'Égypte est en danger de mort, révéla Sésostris. Son message spirituel risque de disparaître si les mystères d'Osiris ne sont pas célébrés. Un maléfice a été jeté sur l'arbre de vie, l'acacia d'Abydos. Grâce à diverses interventions, nous avons stoppé le processus de dégénérescence et même fait reverdir deux rameaux. Insuffisant et médiocre, ce résultat n'est peut-être que temporaire. Nous savons qu'il faut trouver l'or guérisseur, car lui seul sauvera l'acacia. C'est pourquoi j'ai envoyé le général Sépi à sa recherche.

— Mon professeur ?

— Un grand scribe ne s'accomplit qu'en étant aussi un homme d'action et de terrain. Malgré nos efforts, nous n'avons pas encore réussi à identifier le criminel qui manie la force de Seth contre l'arbre d'Osiris. Déterminé à détruire l'Égypte, ce démon des ténèbres se présente comme un adversaire aussi redoutable qu'efficace.

— Serait-il le supérieur de Bina et celui qui, la nuit

dernière, a envoyé deux assassins pour vous supprimer ?

— Excellentes questions auxquelles il conviendra d'apporter des réponses précises. Sans doute d'autres incidents graves, tels le meurtre d'un contrôleur de l'immigration et l'agitation en Canaan, sont-ils également les méfaits de ce démon. As-tu entendu parler de l'Annonciateur ?

— Non, Majesté.

— Ce séditieux a entraîné la ville de Sichem à se révolter avant d'être massacré par ses habitants. Le foyer semble loin d'être éteint. Grâce à notre nouvelle armée nationale, le général Nesmontou parvient à maintenir l'ordre, mais je crains les activités terroristes de petits groupes bien entraînés et difficiles à repérer. Longtemps, nous avons cru que l'homme des ténèbres était l'un des chefs de province ; à présent, nous soupçonnons des Cananéens ou des coureurs des sables. Ces derniers ne songent qu'à piller des caravanes. Difficile de prévoir leurs raids. Pourtant, il faudra réduire leurs nuisances et découvrir parmi eux un ou plusieurs meneurs qui auraient réussi à détourner le feu séthien.

Iker s'attendait à se voir confier une mission précise et dangereuse.

La décision de Sésostris le frappa comme la foudre.

— Je te nomme scribe royal, au service direct de Pharaon. Ce titre te permettra de figurer à la cour.

Memphis bruissait de mille rumeurs, aussi folles que contradictoires. Les uns prétendaient que le roi avait été assassiné par un apprenti boucher, les autres que des Cananéens s'étaient attaqués au palais, d'autres encore que des bandes armées continuaient à se battre avec les gardes à l'intérieur même des appartements du souverain.

Il fallut l'apparition de Sésostris sur le parvis du temple de Ptah, en compagnie d'Iker, pour faire cesser les ragots. Non seulement le monarque était bien vivant, mais encore célébrait-il lui-même le rituel de midi, assisté d'un nouveau scribe royal.

La tête bandée, le maître boucher fut heureux de voir ainsi promu son assistant d'un jour. Persuadé d'avoir été assommé par l'un des bandits qui tentaient de s'introduire dans le bureau du pharaon, il se réjouissait de la nomination d'Iker. Le jeune homme avait volé au secours du roi, lequel le récompensait ainsi de son courage.

Le déploiement des forces de l'ordre et l'arrivée de plusieurs dignitaires, dont le Porteur du sceau royal Séhotep et le Grand Trésorier Senânkh, laissèrent supposer à la population qu'un fait exceptionnel allait se produire. Curieux et badauds se pressèrent près de l'entrée de l'édifice avec l'espoir d'apprendre au plus vite la nouvelle.

Lorsque le vizir arriva à son tour, nul ne douta plus de l'imminence de l'événement.

Dans la grande cour à ciel ouvert, prêtres permanents, temporaires et hauts fonctionnaires s'interrogeaient sur les futures déclarations du roi. D'abord, était-il tout à fait indemne ? Ensuite, quel type de répression décréterait-il ? Sans doute une occupation plus dure du pays de Canaan, peut-être l'établissement du couvre-feu à Memphis, sans oublier les sanctions prises à l'encontre des policiers et des militaires incapables d'assurer sa sécurité. Enfin, le ou les coupables avaient-ils été identifiés et arrêtés ?

Quand Sésostris sortit du sanctuaire, tous les regards convergèrent vers le géant, coiffé de la double couronne symbolisant l'union de la Haute et de la Basse-Égypte.

Aucune trace de blessure, aucun signe de faiblesse.

— Que le scribe Iker vienne auprès de moi.

Hésitant, le jeune homme s'avança et s'agenouilla.

— Que le vizir Khnoum-Hotep le relève.

Le Premier ministre saisit la main du scribe, surpris de le revoir en de telles circonstances.

— Je nomme Iker pupille unique du palais, déclara le pharaon. Il reçoit la dignité de Fils royal.

Sésostris traversa la cour, suivi du vizir et d'Iker.

La teneur de cette déclaration et sa brièveté stupéfièrent l'assistance.

L'un des spectateurs faillit tomber à la renverse. Médès, le Secrétaire de la Maison du Roi, n'en croyait ni ses yeux ni ses oreilles. Il ne pouvait pas s'agir d'Iker, le petit scribe enlevé à Médamoud pour servir de victime sacrificielle ! Comment ce gamin sans famille, dont l'existence n'était connue que de quelques paysans incultes, avait-il pu survivre et suivre un chemin menant jusqu'au pharaon ? L'un des hommes de main de Médès, le faux policier aujourd'hui disparu, lui avait pourtant juré qu'Iker était mort !

S'il s'agissait bien du miraculé, que raconterait-il au roi ? L'enlèvement, le voyage vers Pount, le naufrage, les agressions, les errances... Rien d'important, puisque le scribe ignorait l'existence de Médès et ne détenait aucun indice permettant de remonter jusqu'à lui.

Iker, un individu dérisoire et promis au néant, Fils royal ! Afin de dissiper ce cauchemar, une seule voie : le détruire par n'importe quel moyen.

31.

Le vizir n'avait aucune bonne nouvelle à offrir au roi. D'abord, l'enquête menée sur les deux agresseurs se traduisait par un échec. Aucun des policiers et des soldats préposés à la garde du palais ne connaissait ces individus et, comme on ne pouvait faire appel à Sobek pour fouiller dans les bas-fonds de Memphis, on ne saurait probablement jamais d'où provenaient ces assassins. Ensuite, les investigations concernant *Le Rapide* se terminaient, elles aussi, dans une impasse. Aucun bâtiment portant ce nom n'avait été construit à Memphis.

— Il a pourtant fallu utiliser du bois, employer des charpentiers, maquiller des documents et affréter un équipage, souligna Sésostris. De telles démarches ne sauraient passer complètement inaperçues.

— Une fois encore, je reconnais que Sobek le Protecteur nous manque beaucoup. Mais en couvrant des subordonnés coupables d'un grave délit, il s'est mis lui-même dans une situation très délicate. En ne l'inculpant pas, j'aurais trahi ma fonction.

— Je ne te reproche rien, Khnoum-Hotep.

— Deux hypothèses me sont venues à l'esprit. Soit *Le Rapide* a été assemblé au bord de la mer par un armateur clandestin, et nous ne retrouverons jamais sa trace ; soit c'est un chantier naval égyptien qui est intervenu, mais de manière occulte. En ce cas, il reste forcément des indices.

Le roi convoqua Iker et Sékari.

— Majesté, déclara ce dernier, j'ai recueilli une maigre information en traînant sur les quais. D'après la description du Couturé, un docker l'a identifié comme un travailleur clandestin d'origine libyenne que protégeait son frère. Le type était costaud et ne rechignait pas devant les charges les plus lourdes. Alors, on le tolérait.

— Et le frère ?

— Disparu. Sa maison est vide.

— Piste coupée, déplora le vizir.

Le monarque s'adressa à son fils adoptif.

— Selon toi, les marins du *Rapide* étaient bien égyptiens ?

— Sans aucun doute, Majesté.

— Fouille dans ta mémoire, Iker. À un moment ou à un autre, n'as-tu pas appris un détail, quel qu'il soit, sur la construction de ce bateau ?

La réflexion fut brève.

— D'après le menuisier de Kahoun, Rabot, des parties du bâtiment auraient été façonnées dans le Fayoum. Je n'ai pas eu le temps de prospecter dans cette direction.

— Sûrement la bonne, estima Sékari. Je pars pour cette province.

— Un instant, exigea le monarque. Toi, Iker, accompagne le vizir jusqu'à son bureau. Il te précisera tes devoirs de scribe royal.

Khnoum-Hotep et le fils adoptif de Sésostris se retirèrent.

— Le Cercle d'or d'Abydos m'a beaucoup manqué,

avoua Sékari, et j'aimerais m'y régénérer. Hélas ! quelque chose me dit qu'il y a plus urgent.

— J'aimerais aussi que nous nous réunissions tous dans la cité d'Osiris. Mais lorsque l'Égypte court un danger aussi grave, nos préférences personnelles s'effacent. Néanmoins, si tu ressentais un amoindrissement de tes forces, je ferais le nécessaire.

— Je suis encore solide, Majesté.

— Ne prends-tu pas trop de risques, Sékari ?

— Nesmontou et Sépi m'ont donné une excellente formation.

— La façon dont Sobek a été piégé m'inquiète. Elle révèle l'existence d'un réseau bien organisé et d'une tête pensante qui sait utiliser contre nous notre propre justice. Le malheureux se débat comme un fauve en cage, sans possibilité de prouver son innocence. Va le voir, Sékari, et tâche de trouver le moyen de relancer l'enquête.

En pénétrant dans l'aile du palais réservée aux services du vizir, Khnoum-Hotep et Iker croisèrent Médès.

— Ravi de rencontrer le héros du jour, déclara-t-il avec chaleur. La procédure adoptée par Sa Majesté souligne vos exceptionnelles qualités. Permettez-moi de vous féliciter, Iker, et de vous souhaiter le meilleur accueil à la cour de Memphis.

Le jeune homme se contenta de saluer.

Je te présente Médès, le Secrétaire de la Maison du Roi, dit Khnoum-Hotep. Il est l'un des personnages majeurs de l'État, chargé de la rédaction des décrets officiels et de leur diffusion dans tout le royaume. Une tâche délicate qu'il accomplit à merveille.

— Ce compliment me va droit au cœur, mais j'ai

conscience qu'il faut le mériter chaque jour et qu'aucun manque de vigilance ne me sera pardonné.

— Belle lucidité, reconnut le vizir.

— Si je peux être utile au Fils royal, qu'il n'hésite pas à me solliciter. Je suis malheureusement pressé, car le supérieur de la poste est souffrant, et je dois le remplacer dans l'heure. Veuillez m'excuser.

Iker et son hôte montèrent sur une terrasse d'où ils admirèrent le centre de la ville. Sous le soleil, les bâtiments officiels et les temples semblaient à l'abri du désordre et du malheur.

— Tu n'as pas perdu ton temps dans la province de l'Oryx, estima Khnoum-Hotep, et je ne regrette pas de t'avoir formé selon mes méthodes. À l'époque, je te considérais même comme mon probable successeur, car j'écartais mes crétins de descendants, incapables de gouverner. Puis ce roi est arrivé, ce roi qui est vraiment un pharaon. Il m'a appris à me moquer de moi-même, de ma vanité et de mes illusions, et me les a fait payer très cher en me nommant vizir !

Le rire tonitruant de Khnoum-Hotep surprit Iker.

— Je régnais sur mon petit domaine en despote absolu, et me voici au service d'autrui sans une seule journée de repos ! Qui pouvait l'imaginer, sinon Sésostris ? Obéis-lui, Iker, vénère-le et sois-lui fidèle, car il est le garant de Maât et le bras agissant de la lumière. Lui seul affronte sans frémir les forces des ténèbres. En cas de défaite, notre civilisation disparaîtra. Puisque le pharaon t'a informé, tu connais la gravité de la situation.

— Je suis à votre entière disposition.

— Normalement, un scribe royal devient un administrateur zélé des richesses du royaume. Toi, ne t'attends surtout pas à te pavaner dans de superbes locaux à la tête d'une cohorte de subordonnés ! Le roi te destine à d'autres missions. S'il a ordonné cette entrevue, c'est afin que je te mette en garde contre la multiplicité des dangers qui te guettent, ici, à la cour. Des proches de Sésostris, à savoir les généraux Nesmontou et Sépi, le Porteur du sceau Séhotep et le Grand Trésorier Senânkh, tu n'as rien à craindre. Ils sont totalement dévoués à Sa Majesté.

— Médès n'appartient-il pas à la Maison du Roi ?

— Il y entrera tôt ou tard, à condition de rester actif et compétent. Mais il y a les autres, tous les autres : dignitaires envieux, courtisans déçus ou aigris ! Ton irruption au premier plan déclenche des haines dont tu ignores l'ampleur. Des dizaines de médiocres ont déjà juré ta perte, et ils procéderont avec d'infinies précautions pour ne pas s'attirer les foudres de Sésostris. Par chance, Sékari veille sur toi. Tu résideras dans un appartement du palais et bénéficieras d'une protection policière nuit et jour. Te connaissant, je suis persuadé que tu as envie de travailler sans tarder à la bibliothèque centrale.

— Vous me connaissez bien, reconnut Iker en souriant.

— N'oublie surtout pas ta vocation d'écrivain. La transmission des paroles de puissance est essentielle afin d'assurer ici-bas la présence de Maât.

Sobek le Protecteur enrageait. S'il avait été maintenu à son poste, si ses méthodes avaient été appliquées et son système de sécurité conservé, le pharaon n'aurait pas été victime d'une triple agression !

Obligé de quitter à la fois sa demeure de fonction et la caserne où il entraînait les membres de la garde d'élite, à présent dispersés, il vivait reclus dans une petite maison que surveillaient en permanence deux policiers récemment engagés et qui refusaient de lui adresser la parole.

Informé des événements par sa femme de ménage, il ne pouvait séparer les ragots de la réalité.

Quand un drôle de bonhomme, plutôt jovial, se présenta devant lui, Sobek se demanda de quelle nouvelle manipulation il allait encore être victime.

— Je m'appelle Sékari, ma démarche est confidentielle.

— Qui t'envoie ?

— Le pharaon.

Sobek ricana.

— Il refuse de me recevoir !

— Une procédure étant en cours, il ne peut s'entretenir avec le principal accusé sous peine d'être taxé de favoritisme et de précipiter ta chute.

L'ex-chef de toutes les polices du royaume hocha la tête.

— Admettons... Le vizir est-il informé de ta présence ici ?

— En aucune façon.

— Mes deux geôliers ne tarderont pas à le prévenir !

— Sûrement pas, puisqu'ils viennent d'être relevés. Leurs remplaçants ont servi sous tes ordres et te soutiennent sans états d'âme.

Sobek se pencha par la fenêtre. Sékari ne mentait pas.

— Alors, tu es vraiment un envoyé du roi ! Quel est ton rôle, au juste ?

— Obéir au pharaon.

— Et que t'a-t-il ordonné ?

— Il est certain de ton innocence, mais ne saurait violer la loi. Or des preuves t'accablent.

— Khnoum-Hotep veut ma peau, voilà la vérité !

— Tu te trompes. Le dossier qu'il a entre les mains ne lui permet pas d'agir autrement.

— On tente de me noyer pendant que le coupable se tapit dans l'ombre.

— Pour que tout soit clair entre nous, dit Sékari avec gravité, j'exige une réponse ferme et définitive à une seule question : couvres-tu des policiers responsables d'un délit ?

— Absolument pas ! S'il y avait eu des brebis galeuses parmi mes subordonnés, je les aurais identifiées. Crois-moi, elles ne seraient pas restées longtemps dans la police.

La sincérité de Sobek était éclatante.

— Le roi a donc raison : tu es victime d'une machination. Je le confirmerai au vizir.

— Heureux de l'apprendre, mais qu'est-ce que ça change ?

— Tu es cloué ici, pas moi. Donne-moi des pistes, je les exploiterai.

— Je n'en ai malheureusement aucune ! Un nouveau chef de toutes les polices a-t-il été nommé ?

— Non, il existe maintenant plusieurs responsables dont l'entente laisse à désirer.

— Ils se déchireront entre eux et la sécurité du pharaon ne sera plus assurée ! Que s'est-il exactement passé, au palais ?

— Un docker en situation irrégulière, d'origine libyenne, et un terroriste non identifié s'y sont introduits. Tous deux ont été éliminés, mais nous ne disposons d'aucun indice permettant de remonter à leurs commanditaires. Seule certitude, peu réjouissante : ils n'étaient pas du même bord. Autrement dit, deux réseaux différents veulent assassiner Sésostris.

— Libyens, Syriens, Cananéens... C'est du côté de cette racaille-là qu'il faut chercher. Ma femme de ménage m'a parlé de *trois* agresseurs.

Sékari sourit.

— Le cas du scribe Iker est tout à fait particulier, car des manipulateurs ont tenté de le transformer en justicier. Frappé par le caractère unique de ce jeune homme lors d'une fête campagnarde, Sa Majesté m'a ordonné de le suivre pas à pas. Ce fut très instructif. J'ai découvert l'existence d'un embryon de réseau terroriste à Kahoun et sauvé la vie de ce garçon qu'un faux policier était chargé de supprimer.

Le visage de Sobek se durcit.

— Tu es vraiment sûr de cet Iker ?

— Le roi l'a officiellement désigné comme pupille unique du palais et Fils royal.

— Et s'il était toujours manipulé ?

— Quand tu le connaîtras mieux, tu sauras qu'Iker a compris la raison de ses errements et qu'il est prêt à donner sa vie pour Pharaon.

Sobek parut dépité.

— Si le vizir m'expédie dans les mines de cuivre, je ne connaîtrai que des bandits.

— Puisque tu es innocent, ne sombre pas dans le pessimisme.

— La procédure continue, le procès aura lieu, les circonstances jouent contre moi, et je n'ai pas l'ombre d'un début de piste ! Mes ennemis se comptent par dizaines, celui qui m'a abattu reste invisible.

— Aucun conflit avec un dignitaire, ces derniers temps ?

— Des dizaines ! Ces jolis cœurs ne supportent pas d'entendre parler de répression. Ils exigent la sécurité, mais sans présence policière.

— Des suspects ?

— Toute la cour ! J'ai beau tourner et retourner les événements dans ma tête, rien de précis. J'avais fini par conclure que le vizir m'écartait afin de mettre le roi en péril.

— Je te le répète, Khnoum-Hotep est un loyal serviteur.

Sobek se laissa tomber dans un fauteuil.

— Je reprends l'affaire en main, révéla Sékari, et je te tirerai de ce mauvais pas.

Cette fois, l'agent secret éprouvait la nette sensation d'enjoliver l'avenir.

32.

Vêtu d'une superbe robe blanche de lin royal, coiffé d'une perruque rituelle, le pupille unique Iker accompagnait le roi à la fête de la déesse Ouseret, la Puissante, que célébraient les prêtresses d'Hathor sous la direction de la reine.

Le jeune homme se mouvait dans un rêve ininterrompu. Lui, le modeste villageois qui se destinait à une carrière d'écrivain public au service des illettrés, marchait à côté du maître des Deux Terres sous le regard admiratif et jaloux des dignitaires de la cour.

Certes, son destin ne lui accordait sans doute qu'une pause très brève. Aussi goûtait-il pleinement ces heures exaltantes en assumant ses fonctions avec un naturel désarmant aux yeux des observateurs. Beaucoup auraient aimé se moquer de lui en le traitant de paysan et de rustaud, mais Iker avait l'allure d'un scribe royal élevé au palais ! Aussi une nouvelle rumeur commençait-elle à circuler : ce garçon ne pouvait être qu'un authentique fils de Sésostris dont le roi, pour de mystérieuses raisons, avait caché l'existence jusqu'à ce jour.

Iker, lui, attendait la mission que ne manquerait pas de lui attribuer le monarque. Mission forcément dangereuse où il perdrait peut-être la vie. Aussi, au risque de mécontenter le pharaon, son fils adoptif tenta-t-il de dissiper des zones d'ombre.

— Majesté, le Cercle d'or d'Abydos existe-t-il encore ?

— Qui t'en a parlé ?

— Lors d'un extraordinaire rituel de régénération de l'ex-chef de province Djéhouty, j'ai vu de la lumière sortir de deux vases. Le général Sépi a prononcé cette phrase : « Toi qui voulais connaître le Cercle d'or d'Abydos, regarde-le agir. » Sékari, lui aussi, semble le connaître.

— Le Cercle d'or est l'émanation d'Osiris. Lorsqu'on lui appartient, on ne s'appartient plus, car seule compte la fonction vitale confiée à chacun de ses membres. Leur rôle ne consiste ni à prêcher, ni à convertir, ni à imposer une vérité révélée et des dogmes, mais à agir en rectitude.

Le pharaon s'assit sous un dais. À sa droite, Iker.

— Tu as été initié aux premiers mystères d'Anubis. Que sais-tu de la puissance divine ?

— Unique est le dieu caché, plus éloigné que le ciel lointain, trop mystérieux pour que soit révélée sa gloire, trop grand pour être perçu, répondit le jeune homme. Si l'on prononçait son nom secret, on tomberait aussitôt mort de peur !

— Crainte salutaire, estima le roi, mais insuffisante pour atteindre le Cercle d'or. As-tu déjà observé le centre du ciel ?

— Seth y règne sur les étoiles impérissables.

— Le cosmos est le corps du Grand Dieu, son âme l'énergie qui l'anime. Seth se cantonne dans une partie de ce cosmos, sa force se manifeste dans la foudre, l'éclair, la tempête et l'orage. Osiris, lui, est l'univers entier, parcouru de puissances créatrices si nombreuses et si variées que la pensée humaine ne saurait les concevoir. Lorsqu'elles se concentrent, elles forment un faisceau d'énergies d'une intensité particulière. Apparaît alors ce que nous nommons une divinité. Chacune, dans sa fonction spécifique, les transforme en nourritures spirituelles, assimilables par notre cœur-conscience. L'acte créateur est Un. En devenant Deux, il accomplit l'impossible mariage. Puis il se dévoile sous la forme du Trois, avant de se multiplier en millions, tout en restant Un.

— Pourquoi, en écriture hiéroglyphique, un mât à banderole claquant au vent, mais soigneusement emmailloté, symbolise-t-il la divinité ?

— Parce que sa réalité se transmet dans l'air lumineux, stimulé par le souffle de l'au-delà. Elle s'incarne dans un axe qui doit être protégé, donc bandeletté comme la momie, support du corps de lumière. L'Égypte entière est la demeure aimée des divinités. Tu peux les rencontrer dans les temples, les oratoires de campagne, une humble chapelle ou bien lors des fêtes. Apprends à discerner leur véritable nature et à comprendre comment elles tissent l'harmonie de l'univers. Si les parties de cette totalité s'assemblent, c'est parce que Osiris demeure pur et sans tache, car il ne se mêle ni au désordre ni aux calamités que provoque l'espèce humaine. Ses mystères ne s'altèrent ni dans l'apparent ni dans le visible.

Iker aurait aimé questionner le roi pendant des heures, mais la cérémonie débuta et le silence s'instaura.

Assistée de prêtresses d'Hathor, la reine éleva des minéraux vers le soleil, puis déposa une barque d'or sur un autel. À la proue se tenait Ouseret, la Puissante, capable de vaincre les ténèbres grâce à ses quatre visages. Le terme *ouseret* signifiait le cou, l'axe, ce qui tient la tête, mais aussi le poteau de torture auquel étaient ligotés les confédérés d'*isefet*, la force destructrice.

Une prêtresse salua la renaissance de la lumière que rendait effective la Vénérable dans la barque aux millions de manifestations. Y fut alors inséré un disque d'or, le soleil féminin qui prenait également la forme de l'uræus, cobra femelle jetant son feu pour dégager le chemin du pharaon.

Iker n'écoutait plus les hymnes, il ne s'intéressait même plus aux actes rituels.

Il ne quittait plus des yeux la jeune prêtresse, proche de la reine.

Elle.

Elle, la jeune femme toujours présente dans sa pensée et ses rêves, elle dont il était éperdument amoureux.

Il épia chacun de ses gestes, chacun de ses pas, espérant que leurs regards se croiseraient, ne fût-ce qu'un instant. Mais la ritualiste demeura concentrée sur sa tâche, et la cérémonie, affreusement courte, toucha à sa fin.

Un formidable espoir l'envahit : aujourd'hui, il n'était plus un obscur petit scribe de province, mais le fils adoptif du pharaon Sésostris ! À ce titre, il pourrait lui parler.

Ce bel élan retomba aussitôt. Tout ce qu'il lui dirait serait ridicule, fade et sans intérêt. S'il se montrait trop passionné, elle l'éconduirait.

La voix grave du roi l'arracha à ses tourments.

— As-tu bien perçu l'importance de ce rituel ?

— Je ne crois pas, Majesté.

— Continue à être sincère. Sinon, mon enseignement s'interromprait. Sache qu'il me fallait t'affermir avant de t'envoyer en mission. Le rayonnement du disque d'or et le feu de l'uræus ont pénétré dans ton corps comme dans ton âme.

— Majesté, connaissez-vous la jeune prêtresse qui assistait la reine ?

— Elle réside d'ordinaire à Abydos.

— Comment s'appelle-t-elle ?

— Elle porte un illustre nom, Isis, celui de l'épouse d'Osiris. Cette jeune femme a voué son existence au temple et à ses mystères.

La révélation du roi le désespéra : la belle Isis restait inaccessible.

L'un des principaux traits de caractère de Sékari était l'obstination, surtout quand il s'agissait d'établir la vérité et, a fortiori, de disculper un innocent. Néanmoins, l'avenir de Sobek le Protecteur paraissait bien sombre.

Sékari suivit un raisonnement simple : ceux qui réussissaient à salir Sobek ne devaient pas être peu fiers de leur exploit. Donc, ils se manifesteraient de façon plus ou moins apparente, voire bruyante.

Le fil semblait ténu. Aussi l'agent secret de Sésostris demanda-t-il au vizir de lui remettre les procès-verbaux relatant des incidents, même minimes, survenus depuis l'inculpation du Protecteur.

Devant la masse des documents, Sékari faillit renoncer ! Il sollicita l'aide de deux scribes aptes à classer les textes selon la gravité des événements : bagarres dans les tavernes, vols sur les marchés, disputes conjugales donnant lieu à une plainte, contestations sur les limites des champs... Sékari commença ses investigations par le pire : un assassinat à Memphis et deux clandestins tués lors d'une tentative de franchissement illégal de la frontière du Nord-Est.

L'assassinat résultait d'une violente dispute entre deux cousins. Ils s'étaient battus pour obtenir la propriété d'un palmier tricentenaire. Le meilleur manieur de gourdin avait fracassé la tête de l'autre.

Aucun rapport avec l'affaire Sobek.

En revanche, la tentative de franchissement de la frontière présentait un détail intéressant : les clandestins n'essayaient pas de pénétrer en Égypte, mais d'en sortir !

Sékari se rendit au fortin afin de consulter l'officier signataire du procès-verbal. Muni d'un ordre de mission du vizir, il fut bien reçu.

— Relate-moi les faits.

— Ces deux types se sont approchés sans hostilité apparente. Néanmoins, leurs têtes ne revenaient pas à mes soldats, et ils ont de l'instinct ! À l'évidence, des Cananéens. Je leur ai demandé où ils allaient. « On retourne chez nous, à Sichem, répondirent-ils, nos documents sont en règle. » Avec arrogance, ils les exhibèrent. Le texte proclamait : « Mort à l'armée égyptienne, vive la révolte en Canaan ! » Le ton monta aussitôt, les bandits tentèrent de s'enfuir, les archers les abattirent. Deux terroristes de moins.

Sékari sourcilla.

Ou bien ces provocateurs étaient suicidaires, ou bien... ils ne savaient pas lire ! Quelqu'un leur avait remis ce document en leur faisant croire qu'il s'agissait d'un laissez-passer, de sorte que les gardes-frontières les exécutent en toute légalité.

— Sais-tu comment s'appelaient ces gredins ? questionna Sékari sans grand espoir.

— Malheureusement non, mais j'ai le goût du dessin. Comme c'est l'incident le plus grave qui s'est produit ici, je n'ai pas manqué de tracer leurs portraits.

Sékari sursauta.

— Montre-les-moi.

— Des œuvres d'amateur, je te préviens !

Le coup de pinceau de l'officier était d'une remarquable précision.

— Je les emporte, dit Sékari.

Quand des policiers s'avancèrent vers Nez fin, le potier relogé dans un quartier populaire de Memphis se saisit d'une canne et la brandit bien haut.

— N'approchez pas ou je vous assomme !

— Nous venons de la part du vizir. Il souhaite te voir d'urgence.

— Qui me dit que vous n'êtes pas de faux policiers, comme les autres ?

— Moi, déclara Sékari.

— Tu es qui, toi ?

— L'envoyé spécial de Pharaon. Aucun membre des forces de l'ordre ne portera la main sur toi en ma présence.

Le potier se détendit un peu.

— Que me veut-on encore ?

— Une vérification importante, en présence du vizir.

— Lui-même, en personne ?

— Il t'attend.

Méfiant, le potier accepta néanmoins de suivre Sékari.

Lorsque ce dernier l'introduisit dans le bureau de Khnoum-Hotep, l'artisan comprit qu'on ne se moquait pas de lui. Néanmoins, il tint à signifier aussitôt sa détermination.

— Si vous me demandez de renoncer à ma plainte, je refuse ! On m'a agressé, roué de coups et volé mon bateau ! Même si le coupable est le chef de la police et moi un simple potier, je réclame justice !

— Tel est précisément mon devoir, rappela Khnoum-Hotep. Quelle que soit la condition sociale du plaignant, la justice ne varie pas. Aussi Sobek le Protecteur a-t-il été inculpé et placé en résidence surveillée jusqu'au procès.

— Bon, j'ai confiance.

— Regarde ces portraits.

Khnoum-Hotep mit sous les yeux du potier les dessins que Sékari avait rapportés de la frontière.

Nez fin agrippa le papyrus.

— Eux... Ce sont eux, les deux policiers qui m'ont fait tant de mal ! Alors, vous les avez retrouvés ! Je veux les voir tout de suite. Ils vont m'entendre, ces saligauds !

— Ils sont morts, révéla le vizir. C'étaient des Cananéens qui se sont fait passer pour des policiers aux ordres de Sobek, afin de le compromettre. Et toi, Nez fin, tu as été la victime de cette machination. Reconnais-tu formellement tes agresseurs ?

— Bien sûr que je les reconnais ! Ce sont eux, et personne d'autre !

Pendant qu'un scribe rédigeait la déposition dans les règles, Sékari courut chez Sobek le Protecteur.

33.

— Des nouvelles du général Nesmontou ? demanda le pharaon à Séhotep, le Porteur du sceau royal.

— L'armée se déploie en Canaan, Majesté. Aucun incident à déplorer.

— Le chantier de Dachour avance, précisa le Grand Trésorier Senânkh. Djéhouty effectue un travail remarquable : les artisans sont bien logés, les matériaux livrés sans retard. Hélas ! aucun message de Sépi. Il doit rencontrer de sérieuses difficultés.

— Ce silence n'est pas forcément alarmant, estima Séhotep. Prudent et méfiant, Sépi ne nous préviendra qu'après avoir trouvé l'or.

— Non seulement on tente de m'assassiner, rappela le monarque, mais encore s'attaque-t-on à mes proches pour les discréditer et m'isoler. Toi, Senânkh, tu es sorti de la nasse ; toi, Séhotep, tu as prévu le piège et agi de sorte qu'il se retourne contre ses auteurs. Mais Sobek a failli être éliminé. Soyez donc d'une extrême vigilance, car d'autres assauts se produiront.

— Toujours pas le moindre soupçon sur l'identité du coupable ! ragea Senânkh.

— Majesté, questionna Séhotep, l'un des dignitaires

a-t-il sollicité auprès de vous une promotion majeure, ces derniers temps ?

— Personne ne s'est manifesté.

— Dommage... Je pensais que le manipulateur aurait cédé à sa vanité et à son envie d'obtenir davantage de pouvoir, donc commis l'erreur de se démasquer. Le criminel se montre encore plus retors que je ne le supposais.

— Et s'il s'agissait d'un étranger et non d'un Égyptien ? avança Senânkh.

— Possible, admit Séhotep. En ce cas, aurait-il implanté des réseaux au cœur même de Memphis ?

— Puisque Sobek est rétabli dans toutes ses fonctions, précisa Sésostris, il enquêtera de nouveau à sa façon. D'ores et déjà, il reprend en main la sécurité du palais. Après les révélations d'Iker, le plus urgent était d'alerter le maire de Kahoun. Je lui ai ordonné de surveiller de près les terroristes infiltrés avec l'espoir que, d'une façon ou d'une autre, ils nous mèneront à leur chef.

— Et s'ils essayaient de s'emparer de la ville ? s'inquiéta Séhotep.

— En bénéficiant de l'effet de surprise, peut-être auraient-ils réussi. Aujourd'hui, nous les jugulerons. Comment la cour réagit-elle à l'adoption d'Iker ?

— Comme vous l'aviez prévu, Majesté, répondit Senânkh : stupéfaction et jalousie. Les nombreux candidats qui s'estimaient bien placés le poursuivront de leur haine. Mais ce garçon me paraît aussi solide que le granit. Ni critique ni louange ne semblent l'atteindre. Seul l'intéresse le chemin à parcourir. Et rien ne l'arrêtera.

— Toi, Séhotep, comment juges-tu Iker ?

— Après le succès de votre réunification de l'Égypte, Majesté, il me procure mon deuxième motif d'étonnement. On jurerait que ce petit scribe vit au palais depuis toujours ! Il a naturellement le geste juste et le comportement adéquat, sans perdre un pouce de sa personnalité. Bien entendu, la rumeur affirme qu'il est de votre sang.

— N'est-il pas devenu mon fils ? Je vais lui confier une mission dangereuse qui nous permettra peut-être de savoir où un bateau a été construit en grand secret, puis envoyé vers Pount.

— Les envieux croiront que vous l'éloignez de la cour, ils en seront ravis ! s'exclama Senânkh.

— Pardonnez ma réticence, avança Séhotep, mais ce jeune homme vous paraît-il suffisamment aguerri pour se lancer dans une telle aventure ?

— Le destin d'Iker ne ressemble à aucun autre. Ce qu'il doit accomplir dépasse les limites du raisonnable, et nul ne saurait agir à sa place. S'il échoue, nous serons tous en grand péril.

Mieux valait ne pas provoquer l'irritation de Sobek, même à propos d'une ceinture de pagne ou d'un poignet de cuir réglementaire. Le Protecteur travaillait jour et nuit afin de remettre en ordre le dispositif de sécurité que ses successeurs s'étaient empressés de démanteler.

Sobek convoqua chacun des hommes, gradés ou non, coupables d'avoir commis des erreurs pendant l'horrible nuit où des crapules avaient attenté à la vie du pharaon. Sous l'effet de sa colère, les murs de son bureau tremblèrent. Même ses proches lieutenants vacillèrent dans leurs sandales, attendant la fin de l'orage. Certains médiocres passeraient de nombreuses années dans des garnisons de province où leur tâche la plus ardue ne consisterait qu'à dénombrer les vaches et les bœufs.

Puis le Protecteur vérifia que la garde rapprochée du pharaon n'avait rien perdu de son efficacité, et ceux qui la composaient ne rechignèrent pas à l'exercice.

Quand Sobek présenta au monarque les résultats de son labeur, il le trouva en compagnie d'Iker.

— Tu n'as pas encore rencontré mon fils adoptif, remarqua Sésostris. Iker, voici Sobek le Protecteur, chef de toutes les polices du royaume.

— Salut à ton *ka*, dit le jeune homme.

— De même, répondit Sobek, crispé. Au risque de vexer un Fils royal, Majesté, j'aimerais vous parler seul à seul.

Avec l'accord du monarque, Iker s'éclipsa.

— Majesté, reprit le Protecteur, trois hommes ont tenté de vous assassiner. Deux sont morts. Le troisième, c'est Iker.

— Ta méfiance ne me surprend ni ne me choque. Sois cependant certain que je n'ai rien à redouter de ce garçon.

— Laissez-moi quand même le placer sous surveillance.

— J'allais te l'ordonner puisque sa vie, comme la mienne, reste menacée.

Sobek ne cacha pas son pessimisme.

— Ma mise à l'écart s'inscrivait dans un plan précis : l'implantation d'un réseau terroriste à Memphis et, sans doute, dans d'autres villes du pays, à commencer par Kahoun. Il bénéficie forcément de la complicité de gens du peuple, voire de notables, les uns inconscients, les autres désireux de vous renverser. J'ai été distancé, mon retard est considérable, et je chemine en aveugle ! Si je ne suis plus à la hauteur de la situation, remplacez-moi.

— C'est exactement ce qu'espère l'ennemi, estima le pharaon. Crois-tu que je vais lui donner satisfaction ?

Au terme d'une longue matinée de travail auprès du vizir, Iker se promenait dans le jardin du palais en compagnie du roi. Sycomores, tamaris, grenadiers et figuiers dispensaient d'agréables ombres. Ici, le monde était douceur et beauté.

— Khnoum-Hotep juge ton travail satisfaisant, Iker. Même les aigris sont contraints de se taire, puisque tu ne te montres pas arrogant et que tu évites les mondanités.

— Il y a tant à découvrir, Majesté ! Khnoum-Hotep me guide à merveille, mais seul ce que l'on expérimente soi-même est vraiment assimilé. En ce qui concerne la gestion des troupeaux...

— J'ai une autre mission à te confier.

En s'absorbant dans ses tâches administratives, Iker tentait d'oublier que le monarque prononcerait cette phrase tôt ou tard. Pendant quelque temps, il s'était endormi dans la fausse quiétude d'une existence de privilégié.

— Je te fixe plusieurs objectifs difficiles à atteindre, précisa Sésostris. Dès demain, tu partiras pour le Fayoum avec Sékari. Tu disposeras d'un sceau de Fils royal, mais ne l'utilise qu'en dernier recours. Essaie plutôt de passer inaperçu, car nous ne savons pas qui est notre ennemi majeur et où il se cache. Grâce aux recherches menées à la bibliothèque de la Maison de Vie d'Abydos, nous avons appris que fut jadis planté quelque part dans le Fayoum un acacia dédié à la déesse Neith. Si tu parviens à le découvrir, nous tenterons une greffe sur l'arbre d'Osiris. Ensuite, tâche de repérer le chantier naval où l'on a construit *Le Rapide*. Enfin, rends-toi à Kahoun afin d'y interpeller les Asiatiques et de briser leurs projets.

Une douloureuse pensée traversa l'esprit d'Iker.

— Majesté, la mort du scribe Héremsaf...

— Probablement un crime. Je le considérais comme un fidèle serviteur. Quand il a sollicité mon accord en proposant de t'initier aux premiers mystères d'Anubis, ses arguments furent convaincants.

— Le maire de Kahoun est-il un allié ou un adversaire ?

— Lors de sa nomination, il semblait animé des meilleures intentions. Mais le pouvoir change souvent les hommes. À toi de déceler sa véritable nature.

— Vous avez toujours tout su de moi, Majesté, de mes désirs, de mes angoisses et de mes espérances. C'est la vérité, n'est-ce pas ?

— Passe un après-midi tranquille dans ce jardin, mon fils. Et reviens au plus vite.

Sésostris s'éloigna, laissant un Iker abasourdi.

C'était la première fois que le roi l'appelait « mon fils ». Ces deux mots, si banals, si simples, prenaient soudain une formidable résonance.

Un autre monde s'ouvrait devant lui. Un monde où il ne se battrait pas pour lui-même, mais pour son père, le pharaon d'Égypte.

Bien que ce jardin fût enchanteur, Iker n'avait guère envie de s'y alanguir en rêvassant. Il lui fallait préparer ses bagages et obtenir la carte la plus détaillée possible du Fayoum, comportant l'emplacement des lieux de culte et des sites sacrés.

À l'instant où il quittait ces lieux paisibles, un vent du sud se leva, si doux et si embaumé que le jeune homme s'immobilisa afin de le savourer.

Il eut une hallucination.

Elle.

Elle qui venait vers lui avec ce vent du sud qu'elle incarnait dans un rituel destiné à ramener l'eau régénératrice et à faire croître la vie.

À son front, ornant un fin bandeau doré, des boutons de lotus bleu et blanc d'où émanait une lumière dorée. Comment décrire sa beauté, presque surnaturelle ?

Iker ferma les yeux, puis les rouvrit.

Isis était toujours là, un peu plus proche.

— Je crains de vous importuner, dit-elle d'une voix si envoûtante qu'il en bredouilla.

— Non, non... Pas du tout ! Je... je réfléchissais.

— J'aime beaucoup ce grenadier, indiqua Isis en contemplant le plus vieil arbre du jardin. Il demeure épanoui en toute saison, aucune n'altère sa splendeur. Quand une fleur se flétrit, une autre pousse aussitôt.

— Ce n'est malheureusement pas le cas de l'acacia d'Osiris.

Le visage de la prêtresse se teinta d'inquiétude.

— S'il fallait offrir ma vie pour le sauver, je n'hésiterais pas.

— Le roi m'a confié une mission périlleuse : retourner au Fayoum, y étouffer une sédition et obtenir un remède pour l'arbre de vie.

— Une branche de l'acacia de Neith.

— Alors, vous savez ? s'étonna Iker.

— Je suis chargée des recherches dans les archives d'Abydos. S'il a existé, cet arbre doit être mort depuis longtemps.

— S'il vit encore, je le découvrirai !

Cet enthousiasme la fit sourire.

À Isis, il ne pouvait rien cacher.

— J'avais l'intention de tuer Sésostris, avoua-t-il, car je le considérais comme un tyran, à l'origine de tous mes malheurs.

En quelques phrases saccadées, il lui raconta ses aventures, sans dissimuler ses tourments.

— Puisque le pharaon vous a choisi comme fils

adoptif, remarqua-t-elle, c'est qu'il vous juge honnête et droit.

— Vous-même, me pardonnez-vous mes égarements ?

En posant une question aussi incongrue, Iker sentit aussitôt qu'il venait de commettre une erreur, peut-être irréparable.

Isis sourit de nouveau.

— Sa Majesté a rendu son verdict. Pourquoi le mien serait-il différent ? Votre sincérité me touche. Et même, de la part d'un si haut personnage, elle m'honore.

— Je ne suis qu'un scribe de Médamoud ! protesta Iker.

— Vous êtes Fils royal, et je vous dois le respect.

Enfermé dans un carcan, Iker ne parvenait pas à trouver les mots pour lui parler de ses sentiments et lui révéler qu'elle, et elle seule, l'avait si souvent sauvé.

— Retournez-vous bientôt à Abydos ?

— Dès demain.

— Un lieu extraordinaire.

— Il m'est interdit d'en parler. J'ai toujours voulu vivre là-bas, au plus proche de la source de notre spiritualité.

— Vous... vous reviendrez à Memphis ?

— Je suis aux ordres du pharaon et du supérieur des permanents.

Un instant, un trop bref instant, il crut discerner dans son regard une timide lueur d'intérêt et de compréhension à l'égard de ce qu'il tentait en vain d'exprimer.

Mais elle allait s'éloigner et disparaître.

Comment la retenir ?

— Peut-être pourriez-vous m'éclairer sur un étrange événement, avança-t-il. Dans un étang, j'ai vu une femme aux cheveux magnifiques et à la peau très lisse. Quelle déesse incarne-t-elle ?

— Ouseret, la puissante, dame de l'uræus et soleil féminin, répondit Isis. C'est un privilège de l'avoir croisée, mais vous avez échappé à un redoutable péril en ne prononçant pas la formule d'apaisement. Comme elle fut révélée lors du rituel auquel vous assistiez, plus rien à craindre. Puisse-t-elle vous aider à accomplir votre mission.

— Peut-être... peut-être nous reverrons-nous ?

— Au destin de décider.

34.

Médès hésitait sur la conduite à tenir : s'attaquer, avec la plus extrême discrétion, au fils adoptif de Sésostris en ruinant peu à peu sa réputation ou bien se contenter de l'ignorer ? Dans un premier temps, il avait cru qu'Iker, conscient de son importance, occuperait un espace considérable à la cour ; ensuite, il s'était aperçu que le jeune homme travaillait sous la direction du vizir Khnoum-Hotep, comme n'importe quel scribe royal, n'assistait à aucun dîner mondain, ne fréquentait pas les dignitaires et n'occupait aucune position dominante.

À la fois étonné et soupçonneux, Médès l'avait invité à déjeuner afin de le jauger. Ce provincial était-il tellement satisfait de son sort qu'il préférait demeurer dans l'ombre, ou bien adoptait-il une stratégie dont les résultats ne seraient visibles qu'à long terme ? Restait la solution la plus probable : Iker se comportait ainsi sur ordre du roi. Sachant que ce « pupille unique » n'avait aucune envergure, Sésostris le cantonnait à une carrière d'administrateur où il ne gênerait personne.

— Seigneur, lui apprit son intendant, le Fils royal Iker ne peut honorer votre invitation.

— Pour quelle raison ?

— Il a quitté Memphis.

Au palais, Médès tenta de glaner des informations et n'en obtint qu'une seule : Iker était monté sur un bateau à destination du sud. Il voyageait seul, avec son âne. Ce départ peu reluisant ressemblait à une disgrâce. Mécontent du scribe, Sésostris ne le renvoyait-il pas dans sa province pour que nul n'entende plus jamais parler de lui ?

Revigoré, Médès dépouilla son courrier.

Rédigée en code, l'une des lettres provenait du Libanais. Noyée dans un salmigondis de formules de politesse, une phrase essentielle : « Je désire vous voir de toute urgence. »

— Une coupe de vin, cher Médès ? proposa le Libanais.

— J'ai été obligé d'annuler un dîner et j'espère que je ne le regretterai pas.

— Le grand patron confirme le rendez-vous près d'Abydos, sur un bateau qui m'appartient.

— Voici mes conditions : Gergou sera à bord dès le départ de Memphis, et j'arriverai au lieu fixé par mes propres moyens.

— Comme vous voudrez.

— Seras-tu présent ?

— Mon patron ne le souhaite pas, répondit le Libanais, onctueux. Nos affaires me retiennent ici. Elles sont d'ailleurs florissantes.

Médès eut un regard menaçant.

— Ne t'apprêtes-tu pas à me jouer un vilain tour, cher associé ?

— Je serais fou d'agir ainsi ! Grâce à vous, je fais fortune et mène une existence très agréable.

— Ton patron aussi ?

— Lui, c'est différent. À chacun ses plaisirs.

— Un personnage bien mystérieux !

— Il n'aime pas que je parle de lui.

— S'il tente de me nuire, il le regrettera.

— Ce n'est nullement son intention, Médès. Il désire vous rencontrer afin de renforcer notre coopération.

Dès le premier contact, Gergou et le capitaine au service du Libanais éprouvèrent de la sympathie l'un pour l'autre. Gergou aimait ce genre de baroudeur buriné, grossier, les cheveux en bataille, capable de tuer sans ressentir la moindre émotion ; et l'aspect massif et brutal de Gergou plaisait au marin.

— Je dois inspecter ton bateau de fond en comble.

— Ça peut se faire une coupe à la main, non ?

— Ça peut, confirma Gergou.

— J'ai du vin un peu rude, mais il descend bien.

Gergou vida une première coupe.

— Je le trouve quand même un peu vert.

— Il se bonifiera au fil du Nil !

La plaisanterie les amusa, et l'inspection se déroula dans une ambiance détendue. Gergou ne décela rien d'anormal. L'équipage comprenait dix hommes sans armes, la cargaison ne se composait que de galettes, de poisson séché et de jarres de vin.

— Rassuré, Gergou ?

— Largue les amarres, capitaine.

Durant le parcours, les deux nouveaux amis ne cessèrent de trinquer. Gergou vanta les mérites de Médès, le capitaine ceux du Libanais. Il se félicita de la manière dont s'organisait le trafic du bois précieux, puis évoqua ses projets d'avenir, une belle ferme avec des bœufs. Chaque jour, il mangerait de la viande.

— Ton bateau manque de femmes, déplora Gergou.

— J'aurais bien embarqué une professionnelle, confia le capitaine, mais le Libanais me l'a interdit.

— Il n'apprécie pas les femelles ?

— Lui, si, mais le grand patron n'est pas du genre déluré, paraît-il.

— Tu le connais ?

— Jamais vu.

Le bateau mit en panne bien avant Abydos. Dissimulé dans un épais massif de roseaux à proximité de la berge, nul ne le remarquerait. En cas de contrôle de la police fluviale, bien improbable, le capitaine prétexterait un échange et la nécessité de réparer les dégâts. Selon le Libanais, le grand patron en personne avait choisi cet endroit idéal.

— Je te laisse, annonça Gergou. Je vais chercher mon propre patron.

Le capitaine s'allongea sur le pont et s'endormit.

Le prêtre permanent Béga était intrigué.

— Pourquoi exigez-vous que je vous accompagne à ce rendez-vous, Médès ?

— Pour sceller définitivement notre accord.

Le temporaire Gergou et Médès, jouant son assistant, avaient franchi les contrôles sans difficulté, puis demandé à s'entretenir avec leur interlocuteur habituel afin de prendre sa nouvelle commande. Cette démarche s'inscrivait dans un processus routinier auquel les forces de sécurité ne prêtaient plus attention.

— Ce « grand patron », qui est-ce ? demanda Béga.

— Quelqu'un qui nous aidera à nous enrichir davantage et nous fournira des moyens matériels sans attirer de soupçons. Votre présence sera le gage de l'ampleur de notre collaboration. Je ne vous cache pas ma secrète espérance : qu'elle nous permette de renverser Sésostris au plus vite.

— Et si ce n'était qu'un vulgaire bandit ?

— Le Libanais s'affirme comme un trafiquant de haut vol, son patron ne saurait être un médiocre. Pouvez-vous sortir aisément d'Abydos ?

— Les permanents ne sont pas des reclus, rappela Béga. Ce mystérieux personnage ne nous tendrait-il pas un piège ?

— Gergou a inspecté le bateau où aura lieu la réunion, ses hommes montent le guet dans les environs. En cas de danger, ils interviendront. Croyez-moi, Béga, je contrôle la situation. Et je suis persuadé que nous franchirons ensemble une étape décisive.

En barque, Gergou s'approcha du bateau.

Tout paraissait tranquille.

— Capitaine ! C'est moi, Gergou.

Tendant l'oreille, il perçut une succession de ronflements. En montant à bord, Gergou découvrit le capitaine et son équipage ivres morts. Scrupuleux, il fouilla une nouvelle fois le bâtiment sans rien trouver d'alarmant.

Empruntant de nouveau la barque, il rama jusqu'au bateau de Médès, amarré un peu plus loin.

— Pas d'embrouille.

— Ton équipe est-elle bien en place, Gergou ?

— Sécurité assurée.

Médès réveilla le capitaine d'un coup de pied dans les côtes. L'autre grogna et ouvrit un œil.

— Sais-tu quand doit arriver ton patron ?

— Non, non... Moi, je me contente d'attendre.

— Fais nettoyer la cabine.

Le capitaine secoua son équipage. Grincheux, il redonna au bateau un semblant de propreté.

Écartant les roseaux, un homme encapuchonné apparut.

— Venez, Béga, lui recommanda Médès. Il n'y a rien à craindre.

Plutôt gauche, la démarche hésitante, le prêtre permanent s'aventura sur la passerelle. Voyant qu'il risquait de tomber, Médès le soutint. À l'évidence, l'activité physique n'était pas le fort de Béga.

Essoufflé, il s'assit sur un tabouret à trois pieds.

— Tout le monde est là ? demanda-t-il.

— Il manque encore notre hôte.

Une longue attente débuta. Béga gardait le visage baissé ; Gergou buvait en cachette, derrière la cabine ; Médès faisait les cent pas sur le pont.

Excédé, il apostropha le capitaine, avachi contre le bastingage.

— J'ai horreur qu'on se moque de moi ! Maintenant, je m'en vais. Toi, tu me paieras cet affront !

Une voix à la fois suave et menaçante figea Médès sur place.

— Pourquoi cette colère inutile ? Me voici.

Il se tenait à la proue, sans que personne l'ait vu arriver.

Grand, barbu, la tête couverte d'un turban, le visage émacié, vêtu d'une tunique de laine descendant jusqu'aux chevilles, il avait des yeux rouges profondément enfoncés dans leurs orbites.

Gergou lâcha sa coupe, Béga se raidit, Médès demeura bouche bée.

— Qui... qui êtes-vous ?

— Je suis l'Annonciateur. Vous trois, vous deviendrez mes fidèles disciples.

« Un fou, c'est un fou ! » pensa Médès, qui fit signe à Gergou de déclencher l'intervention de ses hommes.

— Inutile de t'agiter, recommanda l'Annonciateur. Ton bateau est sous mon contrôle. Les petites crapules employées par Gergou n'étaient pas de taille à lutter contre mes lieutenants.

Jaillissant des roseaux, Gueule-de-travers et Shab le Tordu jetèrent sur le pont têtes et mains coupées.

— Laissez-moi partir, supplia Béga d'une voix chevrotante.

— Personne ne quittera cet endroit avant d'avoir reçu mes ordres et promis de m'obéir, précisa l'Annonciateur avec douceur.

Gergou tenta quand même de se jeter à l'eau, mais des serres de faucon s'enfoncèrent dans son épaule. Hurlant de douleur, il fut contraint de s'agenouiller.

— Si tu recommences, je t'arrache le foie, promit l'Annonciateur. Quelle mort ridicule, au lieu de faire fortune !

— Vous... vous êtes vraiment le patron du Libanais ? demanda Médès, fasciné.

— Il a appris, dans sa chair, à ne pas me trahir et à se montrer docile. Qu'il vous serve d'exemple car, ensemble, nous mènerons à bien de grands projets. Vos intentions sont bonnes, à tous les trois, mais vous vous heurtez à forte partie et, jusqu'à présent, n'obtenez que des résultats décevants. Le Grand Trésorier Senânkh, le Porteur du sceau royal Séhotep, le général Nesmontou et le chef de toutes les polices Sobek le Protecteur sont sortis indemnes des traquenards que vous avez organisés. Et je ne parle pas du pharaon. En envoyant contre lui un amateur, vous avez fait échouer le tueur chargé de l'assassiner. À présent, Sobek est innocenté, et Sésostris de nouveau sous haute protection.

— Vous... vous aussi, vous voulez supprimer le roi ? questionna Médès, un peu rassuré.

— Des efforts dispersés nous condamnent à l'échec. C'est pourquoi j'ai décidé de les coordonner. Toi, ôte ton capuchon et donne-moi ton nom.

L'interpellé n'eut pas le courage de résister.

— Je m'appelle Béga et je suis prêtre permanent à Abydos.

— Belle prise, Médès, estima l'Annonciateur.

— Il faut percer le secret des mystères d'Osiris, affirma le Secrétaire de la Maison du Roi, car Abydos demeure le centre de la spiritualité égyptienne et la source de la puissance du pharaon.

— Crois-tu me l'apprendre ? dit l'Annonciateur avec dédain. Béga, parle-moi de l'arbre de vie.

Le prêtre leva des yeux stupéfaits.

— Vous... vous savez ?

— Réponds.

— L'acacia d'Osiris est tombé gravement malade, victime d'un maléfice.

— Ne serait-il pas complètement desséché ?

— Non, il reprend un peu de vie. Un premier rameau a reverdi lors de la construction du temple et de la tombe de Sésostris. Ils émettent du *ka*, et les ritualistes s'occupent quotidiennement de l'arbre afin de le fixer en lui. Un deuxième rameau a connu le même sort quand le décret de réunification de l'Égypte fut proclamé.

— Quelles sont les autres actions en cours pour tenter de guérir l'arbre ?

— Sésostris fait édifier une pyramide.

— À quel endroit ?

— À Dachour, répondit Médès.

— Qui détient la palette en or ? interrogea l'Annonciateur.

Béga était éberlué.

— Connaîtriez-vous tous nos trésors rituels ?

— Réponds.

— Le pharaon en personne. Notre supérieur, le

Chauve, ne prend aucune initiative et n'agit qu'avec l'accord explicite du roi.

— Toi, Béga, que désires-tu ?

— Me débarrasser de ce despote et obtenir la place qui me revient ! En raison de mon expérience et de mon ancienneté, je suis apte à régner sur Abydos.

— Pourquoi t'être allié à Médès ?

Voyant Béga embarrassé, le Secrétaire de la Maison du Roi prit la parole et ne cacha rien des projets commerciaux mis au point avec le prêtre.

— Excellentes idées, reconnut l'Annonciateur. Surtout, continuez dans cette voie. Nous sommes d'accord sur bien des points, mais il vous manque de l'ampleur. Moi, l'Annonciateur, je suis le détenteur de la vérité. Je rédigerai une loi définitive dont plus aucun mot ne pourra être changé, car Dieu me la dictera. Elle s'appliquera à l'humanité entière, et ceux qui s'y opposeront seront massacrés. Auparavant, nous devons anéantir le principal obstacle, l'institution pharaonique, et nous emparer de l'Égypte. Quand nous serons maîtres de ce pays, le centre du monde, la conquête des autres ne sera plus qu'un jeu d'enfant.

Médès n'avait pas prévu d'aller si loin, mais pourquoi pas ? Gergou, lui, suivrait Médès. Quant à Béga, il était tellement effrayé que l'obéissance absolue lui apparaissait comme le seul moyen de survivre.

— Nous sèmerons la terreur parmi les incroyants, prophétisa l'Annonciateur, nous exécuterons les blasphémateurs, nous effacerons les frontières, nous contraindrons les femmes à rester dans leurs foyers et à servir leurs époux, nous nous saisirons de l'or des dieux et nous empêcherons Osiris de ressusciter.

35.

Le ton de l'Annonciateur faisait frissonner ceux qui buvaient ses paroles. Des poches de sa tunique de laine, il sortit trois morceaux de quartzite rouge.

— La lumière n'a pas endommagé ces pierres de Seth, expliqua-t-il. Aussi contiennent-elles encore le feu destructeur qui nous aidera à combattre nos ennemis. Tous les trois, ouvrez votre main gauche.

L'Annonciateur déposa une pierre dans la paume de Médès, de Béga et de Gergou.

— Maintenant, refermez vos doigts et serrez fort, très fort !

Les trois hommes crièrent en même temps. Le quartzite leur brûlait la peau, mais impossible de relâcher leur pression !

L'Annonciateur étendit les bras, la douleur disparut.

— Maintenant, vous portez la marque de Seth dans votre chair. Vous êtes ses alliés et ses confédérés, et vous m'obéirez sans discuter. Sinon, votre corps s'embrasera et vous mourrez dans d'atroces souffrances.

Le quartzite s'était désagrégé. Comme ses complices, Médès vit au creux de sa paume une minuscule tête du dieu, avec son museau d'okapi et ses deux grandes oreilles dressées.

Béga étouffait. Lui, le serviteur d'Osiris, était à présent le disciple de Seth, son assassin !

— Plus rien ne nous séparera, ajouta l'Annonciateur. Notre pacte est scellé.

— Avec quelles troupes attaquerons-nous le pharaon ? demanda Médès.

— Ne vient-il pas de créer une armée nationale ?

— Si, et le général Nesmontou la commande. Une puissance militaire redoutable.

— Un choc frontal tournerait forcément à notre désavantage, reconnut l'Annonciateur, car je ne pourrai lui opposer qu'un troupeau de Cananéens vantards, pleurnichards et lâches. Seule solution : le terrorisme.

— Avec quelles armes ?

— Mon réseau de Kahoun en fabrique officiellement afin d'équiper les forces de l'ordre égyptiennes, mais en détourne une partie à notre usage. Nous organiserons des actions ponctuelles et sanglantes qui feront vaciller le pharaon et répandront la peur dans la population.

— Les civils innocents ne se retourneront-ils pas contre nous ? s'inquiéta Gergou.

— Il n'y a pas d'innocents. On sera avec nous ou contre nous. Se soumettre au pharaon et respecter la loi de Maât, c'est être coupable. Désormais, chacun à votre place, vous la piétinerez sans relâche. Je veux tout savoir d'Abydos, de Sésostris, de son gouvernement, de son armée et de sa police. À présent, dispersons-nous.

Béga rabattit son capuchon et partit le premier. Chancelant, il emprunta la passerelle et disparut dans les roseaux.

— Sésostris n'aurait-il pas pris une décision extraordinaire ? s'enquit l'Annonciateur, le regard perdu dans le lointain.

— Exact, répondit Médès, il a choisi un fils adoptif.

— Son nom ?

— Iker.

— N'est-ce pas le jeune homme de Médamoud que tu destinais au dieu de la mer ?

Médès subit un nouveau choc.

— Oui, mais... Comment le savez-vous ?

— Qui t'a fourni le nom de cette victime expiatoire ?

— Un indicateur local.

— Il agissait sur mon ordre. J'ai décelé chez ce garçon de remarquables capacités à résister aux forces du mal. En le sacrifiant, nous les aurions récupérées à notre profit. En échappant au naufrage, il s'est nourri d'une force supplémentaire.

Gueule-de-travers sortit de sa réserve.

— Cet Iker serait-il l'indicateur de police que je croyais mort brûlé dans la montagne des turquoises ?

— Il a survécu à l'incendie et continué son chemin, inconscient de la puissance qui le guidait. Aujourd'hui, il reçoit l'enseignement de Sésostris et siège auprès du pharaon.

— Rassurez-vous, objecta Médès, il a quitté Memphis, tel un médiocre que le roi aurait chassé discrètement.

— Sa destination ?

— Le Sud. Il regagne probablement son village natal où il paradera quelque temps comme un héros avant de s'endormir sur ses privilèges. Dans la capitale, on n'entendra plus parler de lui.

À leur tour, Médès et Gergou abandonnèrent le bateau.

L'Annonciateur s'adressa au capitaine.

— Pars pour le Fayoum. Ouvre grands tes yeux et tes oreilles. Si tu repères Iker, tue-le.

Aucune des cartes dont disposait Iker ne mentionnait l'acacia de Neith, mais les archives fournissaient une précision : il se dressait sur l'île de Sobek, dans le Fayoum. Malheureusement, les géographes ne l'avaient pas localisée. En interrogeant les habitants de la province, le jeune homme parviendrait peut-être à l'atteindre.

Depuis le départ de Memphis, Sékari surveillait Iker. Feignant de ne pas se connaître, les deux voyageurs ne s'adressaient pas la parole. En cas de danger, Sékari interviendrait aussi vigoureusement que nécessaire.

Deux paysans lui avaient semblé louches, surtout quand ils s'étaient approchés d'Iker d'une manière bizarre. Mais ils ne désiraient que converser, et aucun incident ne se produisit avant l'arrivée au port desservant la ville de l'Enfant royal[1] où les bâtisseurs agrandissaient un temple en l'honneur du dieu bélier Héryshef, « Celui qui est sur son lac », responsable de la crue dans le Fayoum et de sa bonne irrigation par le grand canal sinuant à travers une abondante végétation.

Partout, des travaux : assèchement de certains marais, fondation de villages et de temples, construction de petits barrages, d'écluses et de canaux de drainage. Une bonne partie de la région ressemblait à une immense forêt, paradis pour la flore et la faune.

Satisfait de son voyage, Vent du Nord marchait allègrement. Après avoir joué son habituelle comédie en gémissant et en se roulant par terre afin qu'Iker ne taille pas ses sabots, aussi durs que du bois d'ébène, il reprenait fière allure et suscitait l'admiration des connaisseurs.

— Tu sais bien qu'il faut entretenir tes sabots trois fois par an en égalisant leur surface avec une râpe, lui rappela Iker.

1. Neni-nesout (Hérakléopolis Magna).

L'âne préféra ne pas répondre et poursuivit son chemin jusqu'au péage de la ville de l'Enfant royal.

— Marchandises à déclarer ? demanda le préposé.

Iker montra son matériel de scribe.

— Ça va, tu peux passer.

— Je cherche un très ancien site sacré où se dresse un acacia dédié à la déesse Neith. Qui pourrait me renseigner ?

— Le meilleur connaisseur de la région, c'est le surveillant des digues.

Le fonctionnaire indiqua au voyageur l'emplacement de la maison du spécialiste. Comme s'il avait mieux compris l'itinéraire que le Fils royal, Vent du Nord marcha devant, sans se tromper.

Le surveillant prenait le frais dans son jardin, à l'ombre d'une pergola. Iker le salua, se présenta et formula sa requête.

— L'acacia de Neith... Oui, j'en ai entendu parler. Il pousse dans un coin perdu que seuls fréquentent de rares bergers et les bêtes sauvages. Dirige-toi vers le nord-ouest, en laissant sur ta droite l'obélisque de Sésostris Ier. À son sommet, un disque solaire symbolise la naissance de la lumière hors des eaux primordiales. Pourquoi cet arbre sacré t'intéresse-t-il ?

— Je repère les anciens sites de cette province pour les noter sur une carte.

Le soir, à l'auberge, le surveillant ne manqua pas de relater cet entretien à ses amis. La description d'Iker et de son âne tomba dans l'oreille du capitaine envoyé en mission par l'Annonciateur. Il ne lâcherait plus sa proie.

La luxuriance de la nature n'avait pas que du bon. Sans une pommade anti-moustiques dont Vent du Nord bénéficiait également, les deux explorateurs auraient rebroussé chemin. D'après les indications d'un vieillard rencontré dans un hameau, l'arbre de la déesse n'était plus très loin, mais il fallait se méfier en longeant le lac aux crocodiles peuplé de véritables monstres, dont l'un âgé de quatre-vingts ans qui, au couchant, se prélassait au soleil.

Iker se demanda si Sékari continuait à le suivre à distance dans ce dédale.

Après avoir écarté des branches de tamaris entremêlées, le scribe découvrit une étendue d'eau cachée au cœur de la végétation et dont l'extrémité se perdait dans une forêt de saules. Sur la rive, un berger grillait une perche.

Iker s'approcha.

— L'île de Sobek, c'est loin d'ici ?

— Possible que non.

— Je suis le scribe Iker et je recherche l'emplacement de l'acacia de Neith.

Hirsute, mal rasé, le capitaine ressemblait à l'un de ces solitaires mal embouchés qui n'appréciaient guère la compagnie des humains mais connaissaient leur territoire à la perfection.

— L'acacia de Neith, répéta-t-il. Que lui veux-tu ?

— Le poser sur ma carte.

— Les cartes, inutile. Mieux vaut se fier à son flair.

— Acceptes-tu quand même de m'aider ?

— Faut d'abord que je finisse mon déjeuner. Tu as faim ?

Les deux convives mangèrent en silence. Puis le faux berger se leva.

— L'île de Sobek se trouve au bout du lac, précisa-t-il. On prend ma barque.

Il écarta les roseaux et dégagea l'amarre.

— Accroche-toi à mon bras, recommanda-t-il à Iker.

Avec le nombre de prédateurs qui rôdent dans le coin, mieux vaut ne pas chuter.

Iker eut tort de faire confiance à son guide.

À l'instant même où le scribe se tenait en équilibre instable, le capitaine le poussa violemment.

En heurtant la surface du lac, le Fils royal fit jaillir une gerbe d'eau. Le temps de reprendre ses esprits et de nager vers la rive, il vit foncer sur lui le vieux crocodile maître de l'endroit, lourd de huit cents kilos. S'emparant d'Iker, il s'enfonça dans les profondeurs.

— Mission accomplie ! s'esclaffa le capitaine.

L'assassin n'eut pas le loisir de se réjouir davantage car, jaillissant d'un fourré, Sékari le percuta d'un coup de tête dans les reins, l'expédiant à son tour dans le lac.

— À l'aide, hurla le capitaine, je ne sais pas nager !

Même si Sékari avait voulu le secourir, il n'aurait eu aucune chance d'y parvenir. Deux autres crocodiles s'occupaient déjà de cette proie gesticulante. Le premier referma sur son cou des mâchoires équipées de soixante-dix dents perforantes, le second sur sa jambe gauche. Avec hargne, les monstres déchiquetèrent l'envoyé de l'Annonciateur.

Sékari était furieux contre lui-même.

— Je l'ai pris pour un véritable berger ! Même si je me méfiais de lui, je pensais qu'il n'agresserait pas Iker avant de l'emmener jusqu'à l'acacia.

Vent du Nord fixait le plan d'eau que rougissait le sang du capitaine.

— Je ne peux pas abandonner Iker, je plonge !

Vent du Nord se campa devant Sékari et leva l'oreille gauche.

— Comment, non ? Peut-être n'est-il que blessé, peut-être...

Dans les grands yeux de l'âne, Sékari lut une détermination sans faille, mais pas de désespoir.

Découragé, il s'assit sur la berge.

— Tu as raison, je ne réussirai qu'à me faire dévorer.

À présent, de nombreux crocodiles se battaient entre eux, chacun tentant de grappiller une part du festin.

Sékari pleura.

— Je n'ai pas su sauver mon meilleur ami. C'est à cause de moi qu'il est mort.

Vent du Nord releva l'oreille gauche. Sékari le caressa.

— Ta bonté me fait chaud au cœur, mais je me déteste. Viens, partons d'ici.

De nouveau, l'âne s'interposa.

— C'est fini, Vent du Nord. Tout est fini.

Fermement dressée, l'oreille gauche démentait cette affirmation.

— Tu veux attendre encore ?

Ce fut au tour de l'oreille droite de pointer vers le ciel, avec une belle vigueur.

— Attendre... Mais attendre quoi ?

Vent du Nord s'installa confortablement sur le sol, sans quitter le lac des yeux.

36.

Vu la rapidité du prédateur, Iker n'avait même pas eu peur de mourir. À l'instant où l'énorme crocodile se glissait sous son corps, il s'était accroché au monstre plongeant vers le fond du lac.

Après avoir traversé une zone trouble et grise, il découvrit une forêt aquatique qu'illuminait un doux soleil. Lui vinrent naturellement à l'esprit les paroles magiques composant un hymne destiné à apaiser la fureur du dieu crocodile : « Toi qui te lèves dans l'eau primordiale et dispenses la clarté provenant des flots, fais-la renaître sur terre, sois le taureau fécondant, seigneur des nourritures, recherche ton père Osiris et protège-moi du danger. »

Émerveillé par la splendeur des plantes multicolores qui ondulaient avec grâce, Iker ne songeait plus à respirer. Le vieux crocodile remonta à la surface et déposa son fardeau sur une butte ensoleillée.

Ne comprenant pas comment il avait survécu, Iker eut la sensation d'être équipé d'une arme nouvelle, la force du grand poisson[1].

1. Cette force était appelée *at*. Les Égyptiens classaient le crocodile dans la catégorie des poissons.

Devant lui, une extraordinaire momie : la tête du corps osirien sortait du corps d'un crocodile en bronze, aux dents en or, et revêtu d'une cape formée de cuivre et d'électrum [1]. Le maître des eaux se présentait comme une barque indestructible, offerte au défunt pour voguer dans les étendues de l'au-delà. En quelques minutes, tout en s'oubliant lui-même, Iker venait de vivre la renaissance de la lumière surgie du fond du lac.

Au sommet de la butte, un acacia.

Hélas ! on venait de le brûler. Branches et feuilles n'étaient plus que cendres encore fumantes. Sur le tronc calciné, le nom de la déesse Neith souillé à l'encre rouge.

— Raconte-moi encore, exigea Sékari.

— Ça fait la dixième fois, protesta Iker.

— À cause de toi, j'ai cru avoir commis une erreur fatale ! Et puis ton histoire semble tellement folle que je dois mémoriser chaque détail et m'assurer que tu n'en inventes pas de nouveaux quand tu recommences à la relater.

— Est-ce le cas ?

— Jusqu'à présent, non, mais se montre-t-on jamais trop prudent ?

— Le mauvais génie qui se cache dans les ténèbres a détruit l'acacia de Neith. On jurerait qu'il pressent nos initiatives.

— Raison de plus pour nous rendre immédiatement à Kahoun, arrêter Bina et démanteler son réseau.

— Assurons-nous d'abord de la rectitude du maire.

— Entre en ville de la manière la plus officielle qui

1. L'association homme-crocodile est attestée par une momie conservée dans les réserves du musée Topkapi d'Istanbul.

soit, recommanda Sékari. S'il te jette en prison, je provoquerai l'intervention de l'armée. Espérons que la ville n'est pas déjà aux mains des Asiatiques !

Bina se sentait prête. Dans trois jours, les Asiatiques installés à Kahoun prendraient les armes qu'ils avaient fabriquées et dissimulées, puis attaqueraient les postes de garde pendant la nuit. Avec son complice Ibcha, aussi déterminé qu'elle, la jeune femme supprimerait ensuite les scribes afin de terroriser la population et lui faire comprendre que ses nouveaux maîtres rejetaient l'ancienne culture.

Après la chute de Kahoun, Bina entreprendrait la conquête des autres agglomérations du Fayoum. Aucun village ne lui résisterait. D'autres caravanes d'Asiatiques arriveraient en renfort, et l'armée de Sésostris, immobilisée en Canaan, mettrait beaucoup de temps à réagir. Ensuite, elle subirait une épuisante guérilla.

Telles étaient les directives de l'Annonciateur que la jolie brune suivrait à la lettre.

Sa victoire, elle la devrait à son charme. Tous les trois mois, le maire renouvelait entièrement la garde de Kahoun. Or Bina avait séduit le fonctionnaire en charge des prochaines mutations. Autant par ses caresses que par ses déclarations enflammées, elle l'avait convaincu de se rallier à sa cause en lui promettant un poste de premier plan dans le futur haut commandement. Grâce à ce naïf, qui serait le premier à disparaître, elle connaissait le nombre exact de soldats et leurs positions.

En quelques minutes, les Asiatiques les anéantiraient.

— Nom et fonction, exigea le gradé qui surveillait la porte principale de Kahoun.

— Iker, scribe et prêtre temporaire du temple d'Anubis.

— Objets à déclarer ?

— Mon matériel d'écriture.

Le gradé fouilla les sacoches que portait Vent du Nord.

— Tu peux passer. Moi, j'en ai bientôt terminé avec ce fichu travail ! Après-demain, enfin la relève, et je retourne dans le Delta.

— La ville est calme ? demanda Iker.

— Aucun incident à signaler.

Précédé par Vent du Nord qui connaissait bien Kahoun, Iker se dirigea vers l'énorme villa du maire, peuplée d'un nombre important de scribes et d'artisans.

L'un des postiers le reconnut.

— Iker... Mais où étais-tu parti ?

— Le maire se trouve-t-il dans son bureau ?

— Il ne le quitte jamais ! Je t'annonce.

Le jeune homme installa Vent du Nord à l'ombre d'un préau et lui fit apporter du fourrage. Un scribe conduisit le visiteur au cœur de la villa.

Le maire émergeait d'un amas de dossiers.

— Iker ! Dis-moi que ce n'est pas toi... Ce ne peut pas être toi qui as été nommé Fils royal, d'après un décret que je viens de recevoir !

— Je crains que si.

— Quand tu as disparu, j'ai renoncé à lancer une enquête. Pourtant, tu aurais mérité de sévères sanctions ! Mais j'ai senti qu'il se tramait quelque chose de bizarre, car tu étais vraiment trop différent des autres scribes. Tu es revenu en mission officielle, je parie ?

— Je veux savoir quel maître vous servez.

Le maire s'agrippa à son fauteuil.

— Que signifie cette question ?

— On a tenté d'assassiner le roi. Ici même, à

Kahoun, se cachent des terroristes. Ils ne tarderont plus à agir.

— Tu... tu te moques de moi ?

— Je connais certains de ces conspirateurs. La plupart sont des Asiatiques employés comme métallurgistes.

Le maire semblait stupéfait.

— Tu ne parles pas de Kahoun, ma ville !

— Malheureusement si. Ou bien vous êtes complice des terroristes, ou bien vous m'aidez à les éradiquer.

— Moi, du côté de ces bandits ? Serais-tu devenu fou ! Combien de soldats veux-tu ?

— Les arrêter tous en même temps implique de ne pas leur donner l'alerte. Une intervention mal préparée se traduirait par trop d'affrontements sanglants.

— Alors, que propose le Fils royal Iker ?

— Réunissez les responsables et organisons une série d'opérations bien ciblées. Après avoir brisé ce complot, vous me procurerez la liste des chantiers navals du Fayoum, y compris ceux qui ont été fermés et sans oublier celui pour lequel a travaillé le défunt menuisier Rabot.

— Les éléments seront longs à rassembler, mais tu les auras.

— Puis-je m'installer dans mon ancienne maison ?

Le maire parut affreusement gêné.

— Impossible.

— L'auriez-vous attribuée à quelqu'un d'autre ?

— Non, pas du tout... Enfin, tu verras toi-même.

Le forgeron employé dans l'annexe de la villa du maire prétexta un insupportable mal de dos et laissa la responsabilité de la forge à son assistant pour consulter d'urgence un thérapeute.

En réalité, il venait de reconnaître Iker et devait prévenir immédiatement son chef, Ibcha, contremaître du principal atelier de fabrication d'armes.

Ibcha envoya chercher Bina, qui abandonna aussitôt le ménage de la luxueuse demeure du Conservateur des archives, son récent employeur.

Le trio s'enferma dans une réserve.

— Iker est revenu, révéla le forgeron.

— Tu en es sûr, vraiment sûr ? interrogea Bina.

— Je suis très physionomiste.

— Une catastrophe, déplora Ibcha.

Bina ne le contredit pas. Elle savait que le commando envoyé par Gueule-de-travers pour tuer le roi avait échoué et qu'Iker était devenu pupille unique du palais, autrement dit fidèle serviteur du pharaon.

Pourtant, d'après de récentes informations, Iker, tombé en disgrâce et obligé de quitter la cour, avait pris la direction du sud avec une espérance de vie fort réduite, puisqu'un des agents du Libanais s'apprêtait à l'éliminer.

— Iker bénéficie toujours de la confiance du pharaon, estima-t-elle. Il l'a chargé de nous briser les reins. Seule solution : nous enfuir sur-le-champ en emportant un maximum d'armes et en sacrifiant nos moins bons éléments dans une échauffourée qui fera diversion.

Ibcha se révolta.

— Nous ne sommes qu'à quelques heures de la prise de Kahoun !

— Si le Fils royal s'est rendu chez le maire, c'est pour organiser notre arrestation. Il nous veut vivants. Oublies-tu qu'il connaît l'emplacement de l'atelier de coutellerie et le rôle véritable des métallurgistes asiatiques ? Nous n'avons plus un instant à perdre. Si nous tergiversons, nous sommes perdus.

Effondré, Ibcha se rendit aux raisons de son chef.

— Quel type de diversion préconises-tu ?
— L'attaque de la villa du maire.

Iker et Vent du Nord étaient atterrés.

De leur belle maison et de son superbe mobilier, il ne restait plus que des ruines portant les stigmates d'un violent incendie.

— On n'a rien pu sauver, expliqua le Chevelu, scribe opportuniste et paresseux, toujours présent en cas de malheur. Le feu s'est déclenché en pleine nuit, et ce n'était pas un accident.

— Pourquoi cette certitude ?

— Parce qu'il y avait au moins dix foyers et qu'ils ont été allumés en même temps ! C'est la raison pour laquelle les secours furent inefficaces. Une vieille femme a vu s'enfuir plusieurs hommes. Tu sais, Iker, moi, je t'aime bien. Mais il existe des jaloux et des malfaisants.

— Des soupçons précis ?

— Précis, non... C'est vrai que tu es devenu le fils adoptif du pharaon ?

— C'est vrai.

— Alors, tu m'aideras à obtenir une promotion ?

— La décision appartient au maire.

— Il ne m'apprécie pas trop, le maire. Si je te fournissais une information capitale, tu me soutiendrais ?

— Procure-la-moi.

— Où comptes-tu loger ?

— Au temple d'Anubis.

L'âne prit la direction du sanctuaire dont les permanents accueillirent Iker avec des attitudes variées. Les uns étaient heureux de le revoir, les autres lui reprochaient d'avoir abandonné son poste de temporaire sans prévenir personne.

Le jeune homme présenta ses excuses aux prêtres, qui remercièrent le Fils royal d'honorer ces lieux de sa présence. Ils lui offrirent la meilleure chambre, mais le scribe voulut d'abord revoir la bibliothèque où il avait inventorié et classé tant de manuscrits remarquables, datant de l'époque des grandes pyramides.

Sa méditation fut de courte durée, car le Chevelu sollicitait un entretien. Iker le reçut dans sa chambre.

— Je l'ai, ton information ! Tu parleras au maire ?

— Je lui parlerai.

— Eh bien, voilà : l'un des incendiaires était le forgeron asiatique employé à la mairie. Quand il t'a aperçu, ce matin, il a quitté précipitamment son poste à cause de douleurs dorsales. D'après son assistant, un beau mensonge, puisqu'il détalait comme un lièvre.

Iker avait donc été repéré par l'un des hommes de Bina. Soit elle déclencherait très vite les hostilités, soit elle précipiterait la fuite de ses acolytes. L'intervention policière n'étant pas encore au point, la jeune Asiatique disposait d'un avantage certain.

— Vite, le Chevelu ! Alertons le chef de la garde.

Alors que les deux hommes s'élançaient vers la caserne, des cris fusèrent.

— On attaque la villa du maire ! hurla un marchand de jarres en abandonnant son chargement.

37.

Militaires et policiers se précipitèrent vers la demeure du maire. Pendant que la confusion s'installait dans la ville, Bina, Ibcha et de nombreux Asiatiques en sortirent, portant de lourds paniers remplis d'armes.

— Tiens-toi à l'écart de la foule, recommanda Sékari à Iker. Dans cette cohue, impossible de te protéger d'un mauvais coup.

Sur l'acropole de Kahoun, le combat faisait rage. Les martyrs désignés par Bina avaient tué plusieurs serviteurs désarmés, mais les artisans, eux, se défendaient avec leurs outils. Et lorsque surgirent les forces de l'ordre, certains Asiatiques, renonçant à leur promesse d'offrir leur vie à la cause, se dispersèrent comme des moineaux effrayés. D'autres, en revanche, luttèrent férocement mais succombèrent sous le nombre.

Débuta alors une longue et difficile chasse à l'homme qui se termina deux bonnes heures plus tard. Aucun des terroristes ne fut épargné.

Choqué, le maire réconfortait les blessés.

Iker et Sékari cherchèrent à savoir combien d'Asiatiques s'étaient échappés et quelle direction ils avaient prise. Trier dans les témoignages où se mêlaient exagération et affolement ne fut pas facile. Il en résulta néanmoins deux fortes probabilités : une partie des fuyards vers le nord de la province, l'autre vers le Nil.

— On creusera après, décida Sékari. Le plus urgent est d'identifier leurs éventuels complices dans la cité même. Sinon, nous risquons un nouvel attentat.

Un seul suspect indemne : le forgeron qui avait alerté les Asiatiques. Bien qu'il eût tenté de se poser en victime, nul ne croyait à sa comédie.

Un gradé lui empoigna les cheveux.

— Qu'on me laisse l'interroger à ma manière. Il dira tout, croyez-moi !

— Pas de torture, décréta Iker.

— Dans le cas présent, la fin justifie les moyens !

— J'interrogerai moi-même ce prisonnier.

Le gradé lâcha l'artisan. Contredire un Fils royal pouvait lui attirer de graves ennuis.

— Voyais-tu souvent Bina ?

— Comme beaucoup d'habitants de Kahoun.

— Quel était son plan pour s'emparer de la cité ?

— Je n'en sais rien.

— Guère vraisemblable, observa Iker, puisque tu occupais un poste d'observation privilégié dans la villa même du maire. Ne devais-tu pas le supprimer en cas d'émeute généralisée ?

— Je faisais juste mon travail.

Sékari s'assit à côté du prisonnier.

— Moi, l'ami, je ne suis ni soldat ni policier. Le Fils royal qui te questionne si gentiment n'exerce aucune influence sur moi, car ma carrière ne dépend pas de lui. L'amusant, c'est que je suis plutôt expert en matière d'interrogatoire. En confidence, je peux même t'avouer que ça me distrait. De ton côté, évidemment, ce sera bien moins drôle.

Sékari exhiba un morceau de bois pointu.

— Je commence toujours par crever un œil. Très

douloureux, paraît-il, surtout quand on ne dispose pas d'un bon outil. Ça, c'est juste un amuse-gueule. Ensuite, je passe au sérieux. Si le Fils royal veut bien s'éloigner de manière à éviter ce pénible spectacle...

Iker tourna le dos au forgeron.

— Restez, je vous en supplie, et empêchez ce fou de me torturer ! Promis, je parlerai !

Le scribe revint vers l'artisan.

— Je t'écoute. Un seul mensonge, et l'expert s'occupe de toi.

— Bina voulait profiter de la relève de la garde, demain. Les soldats exécutés, elle aurait facilement conquis la ville.

— Elle avait donc un complice parmi les militaires ?

— Exact, mais j'ignore son nom.

— Tu te moques de nous, affirma Sékari.

— Non, je vous jure que non !

À ce degré d'affolement, le prisonnier disait la vérité. Iker et Sékari rejoignirent le maire, heureux de goûter le calme revenu.

— Quel est le responsable de la relève de la garde, prévue pour demain ? lui demanda le Fils royal.

— Le capitaine Réchi.

— Où puis-je le trouver ?

— À la caserne extérieure, en bordure du canal.

La caserne était vide, car tous les soldats avaient regagné Kahoun afin d'y assurer la sécurité. Ne restait qu'une sentinelle d'une trentaine d'années.

— Je cherche le capitaine Réchi, dit Iker.

— Qui es-tu ?

— Le Fils royal Iker.

— Ah !... Réchi, il surveille le canal depuis son bateau.

— En ce cas, il aura sûrement aperçu les fuyards. Conduis-moi à ce bateau.

— Le capitaine m'a interdit de quitter mon poste et...

— Je te couvre.

— Bon, allons-y.

Les deux hommes marchèrent rapidement jusqu'au canal.

Cachée par la végétation, une embarcation de belle taille, avec une cabine centrale.

— Tu es là, Réchi ? demanda le soldat d'une voix forte.

Importunés, des vanneaux noir et blanc s'envolèrent.

— Curieux, il ne répond pas. J'espère qu'il ne lui est rien arrivé. Montons voir.

À la poupe, deux harpons utilisés lors de la chasse à l'hippopotame.

Au moment où Iker poussa la porte de la cabine, il pressentit l'attaque.

Évitant d'être assommé, il fut néanmoins frappé à l'épaule et s'effondra.

— Trop curieux, ce fouineur ! s'exclama Réchi en s'emparant d'un harpon.

Malgré la douleur, Iker roula sur lui-même pour éviter les crochets de l'arme qui se plantèrent dans le pont, à un pouce de sa tête.

Réchi s'apprêtait à frapper de nouveau, cette fois avec le second harpon, quand un violent coup de genou dans les reins le stoppa. Une clé au bras l'obligea à lâcher son arme, et une manchette à la gorge le priva d'air au point de lui faire perdre connaissance.

— Ce lâche ne sait pas se battre, constata Sékari. Comment te sens-tu, Iker ?

— J'en serai quitte pour un hématome. Réveillons-le.

Sékari plongea la tête du capitaine dans le canal.

— Ne me tuez pas ! implora-t-il.

— Ça dépendra de tes réponses. On sait déjà que tu es le traître acheté par Bina l'Asiatique.

— Notre cause triomphera, nous sommes des opprimés et...

— Ton discours ne nous intéresse pas, votre complot a échoué. Où sont allés tes complices ?

— Je dois me taire, je...

Sékari lui replongea la tête dans l'eau et l'y laissa un long moment. Quand il la ressortit, Réchi eut du mal à retrouver son souffle.

— Je perds patience. Ou bien tu parles, ou bien tu finis ta misérable existence dans ce canal.

Le capitaine ne prit pas à la légère les menaces de Sékari.

— Les Asiatiques se sont séparés en deux groupes. Le premier a emprunté la piste menant au grand lac, l'autre s'est embarqué à destination de Memphis.

— Pour rejoindre qui ? demanda Iker.

— Je l'ignore.

— Encore une trempette ? suggéra Sékari.

— Pitié, non ! J'ai vraiment tout dit !

— Ramenons-le à Kahoun, ordonna le jeune scribe.

Épuisé, vieilli, le maire reprenait peu à peu ses esprits. Les séditieux éliminés et les traces des combats effacées, Kahoun redevenait une cité tranquille et coquette.

— Jamais je n'aurais pu imaginer pareille tragédie, confia-t-il à Iker.

— Les terroristes comptaient bien sur notre imprévoyance, estima Iker, et ils sont loin d'être annihilés.

— Avant de repartir, sollicita le maire, assiste à la fête de Sokaris. Ainsi, j'aurai le temps de rassembler les renseignements dont tu as besoin.

Iker se rappelait que le nom de ce dieu mystérieux figurait dans le chant des hommes soulevant la chaise à porteurs : « La vie est renouvelée par Sokaris. »

En tant que prêtre temporaire d'Anubis, il s'intégra à l'équipe qui porta en procession l'extraordinaire barque de Sokaris. Elle incarnait la force des profondeurs amenant l'âme des justes sur le chemin de la résurrection. À la proue, une tête d'antilope, animal de Seth dont la capacité de destruction était maîtrisée, sacrifiée puis utilisée en faveur de l'harmonie. À proximité, un poisson chargé de guider le dieu de la lumière dans les ténèbres des abysses, et des hirondelles venues de l'au-delà. Au centre de la barque, la cabine symbolisait la butte primordiale où se manifestait la vie lors de la « première fois », chaque jour revivifiée. En sortait une tête de faucon, affirmation de la puissance royale et de la victoire de la clarté céleste sur l'obscurité du chaos.

— Sokaris serait-il lié à Osiris ? demanda Iker au ritualiste qui dirigeait la cérémonie dans le sanctuaire du deuxième des Sésostris.

— Cette barque éloigne ses ennemis. À Osiris, elle offre un lieu de mutation et de nourrissement. C'est pourquoi, à l'issue de la cérémonie, elle sera transportée à Abydos.

Abydos... Le site sacré ne cessait de hanter les pensées d'Iker. Sa nouvelle fonction ne lui permettrait-elle pas, dans un avenir plus ou moins lointain, d'y être admis et de pouvoir rencontrer de nouveau Isis ? Recueilli, le jeune homme participa avec ferveur à l'entrée dans le temple, hors des regards profanes. Sokaris lui accorderait-il l'aide dont il avait besoin ?

— Sur Couteau-tranchant et Œil-de-Tortue, plus aucune zone d'ombre, déclara le maire. Ils ont effectivement appartenu à la marine marchande mais en furent expulsés pour vol. Lors de leur engagement sur *Le Rapide*, ils n'étaient plus que des hors-la-loi. Leurs collègues, le capitaine y compris, ne valaient probablement pas mieux.

— Bateau fantôme, équipage fantôme, conclut Iker. La liste des chantiers navals ?

— J'ai envoyé des enquêteurs interroger les responsables et les artisans des chantiers actuellement en activité dans le Fayoum. Pas d'anomalie. En revanche, je ne dispose d'aucune information sur un site fermé l'année dernière, à proximité du grand lac.

— L'une des destinations des fuyards !

— Si tu désires t'y rendre en personne, je te fournirai une escorte. Je supposais l'endroit paisible, mais à la suite des événements...

— Qu'un messager parte sur l'heure pour Memphis afin que Sa Majesté soit prévenue du drame de Kahoun dans les plus brefs délais.

Iker doutait que les Asiatiques fussent interceptés avant de rejoindre leurs repaires, certainement prévus de longue date. À Sobek le Protecteur de démanteler les réseaux souterrains, dont le nombre et l'ampleur demeuraient inconnus. Ce que l'ennemi avait entrepris à Kahoun, ne le poursuivrait-il pas à Memphis ?

38.

Avec sa petite équipe de prospecteurs et de policiers du désert, le général Sépi venait de pénétrer en Nubie, après avoir exploré les contrées désertiques situées de part et d'autre de la vallée du Nil. Grâce aux cartes fournies par les provinces, il ne s'était pas égaré.

Sur les sites d'exploitation de l'or, presque tous à l'abandon, le général avait prélevé quelques échantillons qu'un de ses subordonnés, en route pour Memphis, remettrait au Grand Trésorier Senânkh.

La région semblait sûre. Pourtant, les spécialistes se montraient réticents à poursuivre vers le sud.

— Que crains-tu ? demanda Sépi au lieutenant. N'as-tu pas cent fois sillonné cette contrée ?

— Si, mais je me méfie des tribus nubiennes. Elles provoquent une insécurité permanente.

— Ne sommes-nous pas capables de mater quelques bandits ?

— Les Nubiens sont de puissants guerriers, à la cruauté légendaire. Des renforts seraient indispensables.

— Impossible, nous serions trop visibles. J'ai reçu la consigne de passer inaperçu.

— Quel genre d'ennemi redoutez-vous au juste ?

— Nous verrons bien.

— Un monstre des sables... C'est bien ça ?

— S'il se manifeste, je dispose des formules adéquates. Elles le cloueront au sol.

Sépi n'étant pas un vantard, le lieutenant se sentit rassuré.

— Pourquoi Éléphantine n'a-t-elle pas averti le pharaon des désordres que causent ces Nubiens ? interrogea le général.

— Quand la province s'estimait indépendante, de mauvaises habitudes ont été prises. Les modifier prendra du temps.

Dès son retour dans la vallée du Nil, Sépi réglerait ce problème sans ménagement. Même si la grande province du Sud s'était ralliée à Sésostris, son comportement demeurait peu satisfaisant.

Le petit corps expéditionnaire emprunta la piste qui longeait l'Ouadi Allaki, vers l'est. Malheureusement, la carte de Sépi ne correspondait plus à la réalité du terrain.

Étonné, le lieutenant ne reconnaissait pas les lieux.

— Les vents déplacent les dunes, rappela-t-il, et les violents orages font gonfler les oueds dont le cours se modifie. Là, c'est vraiment étrange. On jurerait que des mains géantes ont déplacé les rochers. Mieux vaudrait rebrousser chemin.

— Au contraire, jugea Sépi, ne négligeons pas un tel signe. Nous irons aussi loin que nous le permettent nos réserves d'eau. Peut-être trouverons-nous un puits.

Au bout de trois jours de marche, ils aperçurent des bâtiments de pierres sèches qui marquaient l'emplacement d'une exploitation minière.

Un technicien pénétra dans une galerie étroite avec l'espoir qu'elle contiendrait encore des filons exploitables.

À peine y progressait-il que le plafond s'effondra.

Ses compagnons tentèrent aussitôt de le dégager.

Au terme de plusieurs heures d'efforts, ils ne ressortirent qu'un cadavre.

D'autres entrées de galeries semblaient aussi accessibles, mais Sépi ne prit aucun risque. S'emparant d'une grosse pierre, il la lança dans un boyau en pente descendante.

Quelques secondes plus tard, un grand fracas.

Ce plafond-là aussi s'était effondré.

— La mine entière est piégée, conclut le général.

— Retournons en Égypte, préconisa le lieutenant.

— On veut précisément nous obliger à renoncer. L'ennemi me connaît mal.

— Au-delà de ce site, il n'y a plus rien !

— Toi, tu restes ici avec l'équipe ; moi, avec un volontaire, je continue. Si nous découvrons un autre gisement, nous reviendrons vous chercher.

Râblé et buriné, le volontaire regrettait sa décision. Pourtant, les pistes du désert, il les pratiquait depuis longtemps. La chaleur, le sable brûlant, les yeux en feu, les mirages, les insectes... Pas de quoi s'affoler. Mais il respirait mal. Le vent se levait brusquement, cinglait la peau, puis disparaissait tout aussi vite, laissant la place à un soleil dévorant qui ne lui avait jamais paru aussi ardent. Des puces lui grignotaient les mollets, et c'était la troisième vipère à cornes, très agressive, qu'il repoussait en jetant des pierres.

— Ne nous obstinons pas, général.

— Encore un petit effort, soldat.

— C'est l'enfer, par ici. Juste le désert, les reptiles et les scorpions. Aucune trace d'or.

— Je suis sûr du contraire.

Le volontaire se demandait où Sépi puisait une telle énergie. Pas après pas, il le suivit.

Soudain, une apparition.

Un homme de grande taille, barbu, la tête couverte d'un turban.

Intrigué, Sépi s'approcha.

— Qui es-tu ?

— Je suis l'Annonciateur et je savais que tu oserais t'aventurer jusqu'ici, général Sépi. Exploit inutile, condamné à l'oubli. Et toi, tu dois mourir.

Sépi brandit son épée et fonça sur l'étrange personnage. Il crut pouvoir lui enfoncer la lame dans le ventre, mais des serres de faucon se plantèrent dans son bras et l'obligèrent à lâcher son arme.

Frôlant le volontaire, tétanisé, des monstres surgirent de nulle part. Un énorme lion, une antilope avec une corne sur le front et un griffon se ruèrent sur l'infortuné général, bientôt terrassé et déchiqueté.

Le soldat tenta de s'enfuir, mais une main puissante le plaqua au sol.

— Toi, je t'accorde la vie. Raconte bien ce que tu as vu.

— Ce pauvre gars est complètement fou, constata le lieutenant. Le soleil lui a calciné le cerveau.

— Les monstres du désert, ça existe ! objecta un prospecteur.

— Je crois plutôt à une attaque de Nubiens. Pris de panique, il a abandonné le général Sépi. Désertion de poste... S'il n'était pas dans cet état, ça lui vaudrait une lourde condamnation.

— Le corps presque entièrement brûlé, il vit ses derniers moments. Arriver jusqu'ici lui a demandé un courage incroyable. Souvenez-vous, lieutenant : ces monstres, vous en avez peur, vous aussi !

— Peut-être, peut-être... En tout cas, on ne peut abandonner dans le désert le cadavre du général Sépi, à supposer qu'il ait bien été tué.

— Vous ne voulez pas dire qu'il faut aller le chercher ?

— Si nous revenons sans le général et sans pouvoir expliquer ce qui s'est passé, nous aurons de très gros ennuis.

Le prospecteur reconnut que le lieutenant avait raison. Mais à l'idée d'affronter de terrifiantes créatures qui broyaient les os des humains et buvaient leur sang, ses jambes flageolaient.

— On y va tous, décida l'officier, et on se serre les coudes.

La petite troupe ne fit aucune mauvaise rencontre.

Elle découvrit le cadavre de Sépi dans un état effroyable, lacéré par de larges griffes. Seul le visage n'avait pas souffert.

— Creusons-lui une tombe à l'entrée de l'Ouadi Allaki, ordonna le lieutenant, bouleversé, et recouvrons-la de pierres afin que les bêtes sauvages ne dévorent pas sa dépouille.

Dès réception des échantillons d'or qu'apportait l'émissaire de Sépi, le Grand Trésorier Senânkh se rendit chez le vizir Khnoum-Hotep. Toutes affaires cessantes, les deux dignitaires demandèrent audience au roi.

— Convoquez Séhotep et Djéhouty, exigea le pharaon. Je préviens la reine, et nous partons tous pour Abydos. En notre absence, Sobek le Protecteur assurera la sécurité de Memphis. Où se trouve actuellement le général Sépi ?

— En Nubie, répondit Senânkh. Nous aurons bientôt d'autres nouvelles.

— Vérifions au plus vite la valeur de ces échantillons.

— Ne devrais-je pas rester à mon poste, Majesté ? suggéra le vizir.

— L'heure est venue d'agrandir le Cercle d'or d'Abydos, révéla Sésostris. Sous la protection d'Osiris et sur son territoire, toi et Djéhouty vivrez son rituel. Il augmentera encore le poids de vos responsabilités mais renforcera notre cohérence face à l'adversité.

Conformément aux recommandations de Sobek, dont le pessimisme et la méfiance ne cessaient de croître, chacun des illustres voyageurs emprunta son propre bateau, escorté de deux bâtiments de la police fluviale. Pourtant, malgré les protestations du Protecteur, le pharaon persista à prendre la tête de la flottille.

Dès l'arrivée à Abydos, le site fut entièrement verrouillé. Aucun des temporaires venus y travailler pour la journée ne fut admis.

Accompagné des prêtresses et des prêtres permanents, le Chauve s'inclina devant le pharaon. Le ritualiste chargé de veiller sur l'intégrité du grand corps d'Osiris dépouilla les arrivants de leurs objets métalliques.

Quant à Béga, il s'interrogeait sur les motifs de la présence à Abydos du pharaon, de la Grande Épouse royale, du vizir et des plus hauts personnages de l'État. Sans doute s'était-il produit un événement exceptionnel qui justifiait un déplacement aussi spectaculaire.

— Majesté, déclara le Chauve, la barque d'Osiris est immobilisée et ne circule plus dans les univers où elle recueille les énergies nécessaires à la résurrection. Mais l'arbre de vie résiste encore au maléfice.

— Je t'apporte de l'or. Peut-être le guérira-t-il.

Béga grinça des dents. Les fidèles du pharaon auraient-ils fini par obtenir l'impossible ?

— Rendons-nous auprès de l'acacia, ordonna Sésostris.

Silencieuse, la procession s'organisa.

Espérant que le précieux métal serait efficace et dissiperait le cauchemar, Isis pénétra la première dans le champ de forces délimités par les quatre jeunes acacias plantés autour de l'arbre de vie et correspondant aux points cardinaux.

À son pied, elle versa de l'eau et du lait.

Puis le roi s'approcha et toucha le tronc avec de l'or provenant du désert de Coptos. Nulle réaction ne se produisit, nulle chaleur ne se répandit dans les veines de l'acacia.

Le même échec se répéta avec les autres échantillons envoyés par le général Sépi.

Alors que l'affliction s'emparait de l'assemblée, Béga se réjouissait de cette déroute, tout en arborant un visage déconfit.

— Majesté, rappela le Chauve, nous n'avons pas seulement besoin d'or régénérateur pour guérir l'arbre mais aussi pour fabriquer les objets rituels sans lesquels les mystères osiriens ne sauraient être célébrés en rectitude.

— Les investigations conduites en Nubie ne font que débuter. Si quelqu'un peut trouver ce métal indispensable, c'est Sépi. À présent, initions deux nouveaux suivants de Maât au Cercle d'or d'Abydos. Que Khnoum-Hotep et Djéhouty se retirent dans une cellule du temple d'Osiris et qu'ils y méditent.

Voilà bien longtemps que le Cercle n'avait pas été réuni au grand complet, autour des quatre tables d'offrandes qui marquaient la volonté inaltérable de ses membres de consacrer leur vie à la transmission de la spiritualité osirienne. Sésostris songeait à Sékari, chargé d'assurer la sécurité de son fils adoptif, au général Nesmontou, occupé à consolider la paix en Syro-Palestine, et au général Sépi, dont la mission s'annonçait encore plus difficile que prévu.

Absences cruelles, mais le roi savait qu'ils auraient approuvé sans réserve les initiations de Khnoum-Hotep et de Djéhouty, deux anciens opposants devenus ses fidèles serviteurs, et, au-delà de sa personne, de l'institution pharaonique, seule garante du maintien de Maât sur terre.

En dépit des dangers qui menaçaient le pays et de la profonde déception causée par le récent échec, les deux cérémonies se déroulèrent sereinement, comme si les participants se situaient hors du temps. Khnoum-Hotep prit place au septentrion, en compagnie de Senânkh, et Djéhouty à l'occident, près du Chauve.

Le banquet se terminait lorsqu'un membre des services de sécurité annonça l'arrivée d'un lieutenant en provenance de Nubie. Le monarque le reçut aussitôt.

L'officier aurait préféré se battre contre des guerriers déchaînés plutôt que de comparaître devant le géant dont il n'osa pas soutenir le regard.

— Majesté, je suis porteur de très mauvaises nouvelles.

— Surtout, ne me cache rien.

— Les mines d'or de Nubie sont soit inaccessibles, soit piégées ! Plus grave encore, le général Sépi est mort.

Comme à son habitude, le roi ne laissa rien paraître de son émotion. C'était la première fois qu'il déplorait la disparition d'un membre du Cercle d'or d'Abydos. Jamais plus le siège de Sépi ne serait occupé, personne ne le remplacerait. Il avait accompli sans faillir ses devoirs sacrés et formé Iker en ouvrant son esprit aux multiples dimensions du métier de scribe. Doté d'une intelligence exceptionnelle, courageux jusqu'à la témérité, Sépi s'était montré déterminant dans le processus de réunification de l'Égypte en empêchant Djéhouty de commettre d'irréparables erreurs.

— Quelles furent les circonstances de son trépas ?

— Majesté, le général a poursuivi l'exploration vers le grand Sud en compagnie d'un volontaire. Avant de succomber à une insolation, le malheureux nous a donné des explications confuses. D'après lui, Sépi aurait été victime des monstres du désert. À mon avis, il s'agit plutôt de pillards nubiens qui ont détruit les installations minières. La région n'est pas sûre, il n'y a aucune chance de les retrouver.

— Tu te trompes, dit le roi. J'arrêterai les assassins du général Sépi et je les châtierai. As-tu correctement protégé sa dépouille ?

— Bien entendu, Majesté. Nous avons enterré le corps à l'entrée de l'Ouadi Allaki.

— Repars là-bas avec un momificateur et ramène Sépi dans la province de Thot.

39.

Furieuse, Bina devait pourtant obéir aux ordres. De son point de vue, elle se serait montrée beaucoup plus utile dans le Fayoum qu'en se réfugiant à Memphis. Mais personne, pas même elle, ne pouvait contester une décision de l'Annonciateur.

Après la fuite en catastrophe, le voyage en bateau s'était bien déroulé. Grâce à sa promptitude, la jeune femme avait sauvé les meilleurs éléments de sa troupe, envoyant les moins expérimentés à une mort certaine. Se reprochant d'avoir sous-estimé Iker, elle ne commettrait plus jamais cette bévue. L'estimant fougueux et déterminé, elle croyait néanmoins le jeune homme friable et manipulable.

Grossière erreur.

En devenant Fils royal, Iker s'affirmait comme un ennemi irréductible. Loin d'avoir été congédié par Sésostris et renvoyé dans sa province natale, le jeune scribe devenait son bras armé auquel le pharaon avait confié le soin de réduire à néant le réseau terroriste de Kahoun, hors d'une procédure conventionnelle.

Et dire que l'intervention d'Iker ne s'était produite que quelques heures avant la prise de la ville par les Asiatiques ! Sans doute l'Annonciateur jugerait-il Bina responsable de cette malchance. En ce cas, ses jours seraient comptés. Cependant, la jolie brune ne craignait ni de l'affronter ni de s'expliquer. Elle accuserait même ses alliés de Memphis d'imprévoyance.

Ce fut un rouquin à l'œil méchant qui accueillit Bina au port. Conformément aux consignes de sécurité, les Asiatiques s'étaient dispersés avant d'entrer dans la capitale, car la police rechercherait un ou plusieurs groupes d'étrangers.

— Tu ressembles au portrait qu'on m'a tracé de toi, fillette.

— Je ne suis plus une fillette. Toi, cache mieux ton couteau en silex. Un regard averti le repérera aisément.

Un rictus déforma les lèvres de Shab le Tordu.

— Marche quelques pas derrière moi, fillette, et ne me perds pas de vue. Ce n'est pas le moment de roucouler devant les mâles.

Étant donné le nombre de badauds qui déambulaient dans les rues de Memphis, il n'était pas difficile de passer inaperçu. Bina se glissa dans la foule et suivit son guide à la démarche alerte.

Quand il pénétra dans une boutique, elle l'imita.

La porte se referma aussitôt derrière elle.

— Il faut que je te fouille, fillette.

— Tu ne me toucheras pas !

— Précaution indispensable. Elle ne souffre aucune exception.

Sans baisser les yeux, Bina ôta sa tunique et son linge de corps. Nue, elle défia Shab le Tordu.

— Comme tu peux le constater, je ne cache aucune arme. Rends-moi mes vêtements.

Le rouquin les lui jeta au visage. La jolie brune se rhabilla lentement.

— Monte à l'étage, lui ordonna-t-il, acerbe.

Le sourire ironique de Bina disparut. Son prochain

interlocuteur serait beaucoup plus dangereux que ce voyeur.

La pièce était plongée dans une obscurité presque complète.

Immobile, nerveuse, la jeune femme ressentit une présence. Dans les ténèbres, deux points rouges.

— Sois la bienvenue, dit la voix douce de l'Annonciateur. Toi, tu n'aperçois que mes yeux ; moi, je te vois très bien. Tu es belle, rusée et courageuse, mais tu n'as pas encore donné ta pleine mesure.

— Je ne suis pas responsable de l'échec de Kahoun, seigneur, car je n'ai pas été prévenue du retour d'Iker et de sa véritable mission. Impossible de nous emparer de la ville selon le plan prévu. J'ai choisi de préserver nos meilleurs hommes plutôt que de les voir périr dans un combat perdu d'avance.

Un long silence s'ensuivit.

Tremblante, les poings serrés, Bina attendait le verdict.

— Je ne te reproche rien, jeune fille. Dans ces circonstances délicates, tu as fait preuve d'initiative et sauvé la plupart des armes fabriquées à Kahoun par nos adeptes. Notre réseau de Memphis est à présent bien équipé et nous pourrons mieux aider nos frères de Canaan.

Bina respira mieux, mais ne se contenta pas de ce satisfecit.

— Seigneur, ma place n'est pas ici ! J'aurais été plus utile en me rendant au temple, près du grand lac. Cette phase de notre entreprise s'annonce ardue, et je ne suis pas certaine qu'Ibcha, malgré sa détermination, soit capable de la mener à bien.

Les yeux rouges flamboyèrent.

— Que tes talents ne t'entraînent pas à la désobéissance. C'est moi qui commande, Bina, et moi seul, car personne d'autre n'entend la voix de Dieu. Il me donne l'ampleur de vue nécessaire pour conduire notre stratégie selon Sa volonté. Toi, comme mes autres disciples, tu dois t'y plier sans regimber.

Jamais Bina ne laissait un homme la brider. Avec l'Annonciateur, c'était différent. Lui s'affirmait comme un vrai chef, inspiré par une force supérieure qui, après avoir ravagé l'Égypte, s'étendrait au monde entier. Tuer, détruire, torturer ne gênaient pas la jeune Asiatique, puisqu'il n'y avait pas d'autre moyen de faire triompher la cause à laquelle elle consacrait son existence. Elle vengerait ainsi son peuple humilié.

— C'est ici que tu me seras le plus utile, reprit l'Annonciateur, car je vais te doter de nouveaux pouvoirs. Jusqu'à présent, tu n'as combattu qu'avec tes qualités propres. Elles ne suffiront pas, face à nos redoutables adversaires. Approche-toi, Bina.

Un court instant, elle eut envie de s'enfuir. Si près du maître suprême, quelle honte de céder à la panique !

Elle avança.

Le flamboiement des yeux s'intensifia. Soudain, Bina eut l'impression qu'un bec de faucon s'enfonçait dans son front et des serres dans ses bras. Malgré l'intensité de l'attaque, la jeune femme n'éprouva aucune douleur.

Elle aurait juré qu'un sang tiède coulait dans tout son corps, de la tête aux pieds.

— Ma chair est à présent dans ta chair, mon sang dans ton sang. Ainsi deviens-tu la reine des ténèbres.

Encore incrédules, Médès et Gergou contemplaient chacun le minuscule tatouage représentant la tête de Seth, gravée au creux de leur paume.

— On n'a donc pas rêvé, conclut Gergou en se jetant

sur une coupe de bière forte. Croyez-vous que cet Annonciateur soit seulement un homme ? C'est un démon surgi du cœur de la nuit !

— Beaucoup plus que ça, mon ami, beaucoup plus ! Il est le mal, ce mal qui me fascine depuis toujours et que la loi de Maât tente d'étouffer. Nous avons déjà fait de grands pas ensemble, et l'alliance avec Béga nous permettait d'entrevoir de belles perspectives. Mais l'Annonciateur possède une autre dimension ! Avec lui, nous accomplirons des prodiges.

— Moi, je le laisserais bien réussir seul.

— Il a besoin de nous. Si puissant soit-il, il lui faut s'appuyer sur des hommes sûrs, bons connaisseurs du pays et de son administration. Aussi notre rôle sera-t-il primordial. L'Annonciateur ne nous a pas choisis par hasard, et nous occuperons les premières places dans le futur gouvernement de l'Égypte. À lui le maximum de risques pour éliminer Sésostris, à nous les fruits de la victoire !

Moins optimiste que Médès, Gergou craignait tellement l'Annonciateur qu'il lui obéirait au doigt et à l'œil.

— Va au port, exigea Médès, et tâche de savoir si le navire du pharaon est annoncé.

Il ne comprenait pas pourquoi le couple royal, le vizir et les principaux personnages de l'État avaient quitté Memphis. Tandis qu'il expédiait les affaires courantes, Sobek le Protecteur assurait la sécurité de la capitale. Ce dernier en savait sans doute long sur le but de cette expédition et sa durée, mais l'interroger eût éveillé sa méfiance. Médès devait continuer à se comporter comme un parfait Secrétaire de la Maison du Roi, travailleur, compétent et discret.

Soudain, le palais s'agita et l'ensemble du personnel sortit de sa torpeur.

De la fenêtre de son bureau, Médès assista au retour

de Sésostris et de ses ministres. La Maison du Roi fut aussitôt convoquée, et son Secrétaire dut rendre compte de sa gestion avec minutie. Le vizir lui posa de nombreuses questions, nul reproche ne lui fut adressé.

Tous avaient un visage grave que marquait une profonde tristesse.

— Qu'as-tu appris ? demanda Médès à Gergou.

— C'est curieux, chez les marins, ce besoin de raconter leurs voyages ! Le pharaon revient d'Abydos.

— Va voir Béga. Il nous révélera ce qui s'est passé là-bas.

— Je sais déjà que le roi a fait halte à Khémenou, la capitale de la province du Lièvre, afin d'y célébrer les funérailles du général Sépi dont le corps a été transporté par un bateau en provenance du Sud.

— Sésostris perd un homme précieux. Connaît-on les causes de sa mort ?

— Il aurait été victime des Nubiens. Des mineurs et des prospecteurs assistaient à la cérémonie, et Sépi a bénéficié d'un sarcophage exceptionnel.

— La Nubie, des mineurs, des prospecteurs... Sépi cherchait l'or guérisseur ! Seul Béga pourra nous dire s'il l'a trouvé.

Suivant le processus habituel, Gergou se rendit à Abydos pour livrer aux permanents des produits de qualité supérieure et recevoir la nouvelle commande de Béga. Le prêtre avait jugé bon d'attendre le retour à la normale avant de reprendre le trafic de stèles. Pendant le séjour du roi et de ses ministres, le doublement des effectifs militaires et policiers interdisait toute transaction.

Les informations de Béga étaient réjouissantes : aucun des échantillons d'or fournis par Sépi n'avait guéri l'arbre de vie.

S'ajoutant à cet échec désespérant, la disparition du général affaiblissait le monarque qui, d'après Béga, devait se contenter de protéger magiquement l'acacia d'Osiris sans pouvoir le sauver.

L'Égypte ressemblait de plus en plus à un colosse au cœur malade. En l'obligeant à accomplir des efforts épuisants, l'Annonciateur provoquerait tôt ou tard une crise fatale. La porte du temple serait alors grande ouverte, et Médès s'emparerait de ses mystères.

Il contempla encore la paume de sa main.

Lui, l'allié de Seth, triompherait d'Osiris.

— Aucun incident ?

— Aucun, Majesté, répondit Sobek le Protecteur. Et je n'aime pas ça.

— Pourquoi être mécontent de ta propre efficacité ?

— Par l'intermédiaire du maire de Kahoun, le Fils royal Iker nous a prévenus que des terroristes avaient pris la direction de Memphis. Mes hommes n'en ont intercepté aucun. Trois hypothèses : soit ces Asiatiques, particulièrement habiles, se sont infiltrés sans être repérés, grâce à un réseau installé dans la capitale ; soit ils sont partis ailleurs ; soit Iker a menti.

— Ta dernière hypothèse est une grave accusation.

— Pardonnez-moi, Majesté, mais je ne peux oublier que ce garçon a tenté de vous assassiner !

— Tu te trompes, Sobek. Ce n'est pas moi qu'Iker voulait tuer, mais un tyran criminel et sanguinaire, décidé à lui ôter la vie et à plonger le peuple égyptien dans le désespoir. Un maître des ténèbres, agissant par personnes interposées, a manipulé ce jeune scribe. Je savais qu'Iker viendrait, cette nuit-là. Après l'avoir rencontré, lors d'une fête à la campagne, je savais aussi que son cœur est large et droit. Grâce à Sékari, j'ai été informé des péripéties qui jalonnèrent sa route menant jusqu'au palais.

Les explications du monarque ébranlèrent le Protecteur.

— Vous avez couru un risque énorme, Majesté !

— Aucun raisonnement n'aurait convaincu Iker de renoncer à rendre justice. Seule une entrevue pouvait déchirer le voile qui l'aveuglait.

— Alors, vous lui faites vraiment confiance ?

— Le titre qu'il porte n'est pas seulement honorifique, car ses devoirs seront nombreux et écrasants. Bien des épreuves s'annoncent et, quelle que soit l'affection que j'éprouve pour Iker, je n'aurai pas le droit de le ménager.

— Si je comprends bien, vous privilégiez ma première hypothèse ?

— Malheureusement oui.

— Ce qu'elle implique me paraît effrayant ! Les terroristes bénéficient forcément de complicités dans la population égyptienne. Ils possèdent des logements sûrs et une organisation jusqu'à présent infaillible dans laquelle aucun de mes informateurs n'a réussi à se glisser. Plus étonnant encore, le silence ! Personne ne bavarde, personne ne se félicite de défier les autorités.

— Voici la preuve que tous les membres de ce réseau ont peur. Peur d'un chef suprême qui n'hésitera pas à supprimer quiconque ne tiendrait pas sa langue. Ce monstre-là utilisait Iker, c'est celui-là qu'il rencontrera forcément sur sa route.

— Pourquoi le Fils royal n'est-il pas rentré à Memphis ?

— Parce que tu veilles sur la capitale et qu'il suit une autre piste. Kahoun ne redoute plus rien, mais une partie des Asiatiques n'a probablement pas quitté le Fayoum. Iker doit découvrir pourquoi.

40.

Précédé de Vent du Nord, Iker se dirigeait vers le grand lac [1]. En dépit des objections de Sékari qui le suivait à bonne distance et, tel un chien de garde, maintenait tous ses sens en alerte, le jeune scribe voulait explorer cette piste.

Rassuré sur le sort de Kahoun, Iker savait que le maire ne se montrerait plus aussi naïf et veillerait avec fermeté sur le sort de sa ville. En revanche, il se demandait pourquoi une partie des Asiatiques avait fui de ce côté.

Équipé de l'amulette représentant le sceptre Puissance, doté de la force rapide du crocodile, armé du couteau d'un génie gardien offert par Sésostris, le Fils royal ne redoutait pas le danger.

Sa seule faiblesse était de penser trop souvent à Isis.

Stupide, timide, inconsistant, il avait été incapable de lui avouer ses sentiments. Et son nouveau statut, pourtant inespéré, ne lui procurait aucun avantage. La jeune femme se moquait visiblement de son titre, car elle ne s'intéressait qu'à Abydos.

Il avait tant rêvé de cette rencontre, tant répété ses

1. Le Birket Qârûn.

paroles et son attitude ! Résultat, un lamentable fiasco ! Il ne parvenait pas à oublier Isis, bien au contraire. Avoir été près d'elle, avoir pu lui parler, la regarder, respirer son parfum, entendre sa voix, admirer sa démarche... Tant de bonheurs, hélas si fugaces !

L'apparition de deux forts gaillards, brandissant des gourdins, le ramena à une brutale réalité.

L'âne s'immobilisa et gratta le sol. À ce signal, Iker comprit qu'il s'agissait d'une mauvaise rencontre.

Les deux hommes s'avancèrent. L'un barbu, l'autre glabre.

— Zone interdite, dit le barbu. Que cherches-tu ?

— Un chantier naval abandonné.

Les costauds parurent intrigués.

— Un chantier naval... On connaît pas. Qui t'envoie ?

— Le maire de Kahoun. J'établis une carte précise des lieux avec indication des établissements publics.

— Le problème, c'est qu'on est chargés d'interdire le passage.

— Sur l'ordre de qui ?

Le barbu hésita.

— Du... du maire de Kahoun, justement.

— En ce cas, plus de problème. Dans mon rapport, je préciserai que vous avez scrupuleusement respecté vos consignes.

— On ne peut quand même pas t'autoriser à passer. Les ordres, ce sont les ordres.

— Ne seriez-vous que deux pour surveiller les abords du lac ?

La question laissa sans voix les deux gardiens.

— Je veux bien rebrousser chemin, concéda Iker, mais j'emprunterai un autre itinéraire. Et puis votre faction ne tardera pas à se terminer, car des soldats venus de Kahoun inspecteront bientôt la région.

— Ah !... Qu'arrive-t-il ?

— Le maire doit s'assurer que des Asiatiques en fuite ne se dissimulent pas dans les parages.

Les doigts de la main droite du glabre se crispèrent sur le manche de son gourdin. Le cou tendu, Vent du Nord fixait le barbu.

— Ça dépasse nos compétences, estima-t-il. On regagne notre poste et on attend les renforts.

— À propos de ce chantier naval, qui pourrait me renseigner ?

— Aucune idée. En tout cas, il ne se trouve pas dans le coin.

— Je me dirigerai donc à l'opposé.

Iker s'éloigna lentement, sentant peser sur lui le regard inamical des deux costauds.

Lorsqu'il fut hors de vue, Sékari le rejoignit.

— Ils ont détalé comme des lièvres, lui apprit-il. J'ai craint qu'ils ne te bastonnent.

— Leurs explications étaient absurdes, jugea Iker. Ce sont des complices des Asiatiques. En fait, ils montaient le guet et sont partis prévenir leur chef.

— L'endroit ne semble pas sûr. Mieux vaut déguerpir.

— Au contraire, nous touchons au but ! Vent du Nord suivra facilement leurs traces.

— Notre armée se réduit à deux combattants.

— Tu oublies mon âne.

— Trois contre une bande armée, n'est-ce pas un peu maigre ?

— Il suffira d'être prudent.

Connaissant l'obstination d'Iker, Sékari n'insista pas.

— Surtout, progressons lentement.

— En cas de péril, Vent du Nord nous préviendra.

Le bleu des eaux du grand lac, aussi brillant que celui du ciel, les émerveilla. Des pêcheurs se reposaient en dégustant du poisson grillé. Dépourvus d'agressivité, ils convièrent Iker à partager leur repas. Après une longue période d'observation, Sékari les rejoignit. Lui aussi fut bien accueilli, et il apprécia le menu.

En mangeant, ils parlèrent de leur technique et de l'intelligence de certains poissons.

— N'existait-il pas un chantier naval, près d'ici ?

— Drôle d'histoire, répondit un pêcheur. Il y en avait effectivement un, à une centaine de pas. On y fabriquait des bateaux de belle taille. Un jour est arrivé un charpentier qui portait bien son nom : Rabot ! Des ouvriers peu aimables l'accompagnaient. L'accès au chantier fut alors interdit. Ils façonnaient des pièces énormes, comme s'ils construisaient un navire de haute mer. Puis ils les ont déménagées, sans doute pour les assembler ailleurs. Peu après s'est déclenché un incendie. Moi, j'ai vu Rabot mettre le feu à des branchages. À la suite de ça, le chantier a été abandonné.

Iker venait de trouver l'endroit où *Le Rapide* avait été conçu. Hélas ! cette découverte ne lui procurait aucune information sur l'identité du commanditaire. Bien que Rabot eût tenu un rôle important, il ne payait pas les artisans.

— N'auriez-vous pas repéré une bande d'Asiatiques qui erre dans les parages ? demanda Sékari. Ils nous ont volé du matériel, et l'on aimerait bien leur dire deux mots.

— De ce côté du lac, on n'a rien vu. Ils se sont peut-être cachés près du temple aux grosses pierres. Là bas, personne ne les dérangera.

— Pour quelle raison ?

— Parce que l'endroit est hanté. Autrefois, des prêtres, une trentaine de policiers et leurs familles y habitaient, et des ouvriers travaillaient dans une mine voisine. Ce sanctuaire était le point d'arrivée de caravanes venant des oasis de Baharia et de Siwa. En part une route menant à Licht et à Dachour. Les démons ont chassé tout le monde.

Iker et Sékari se regardèrent.

— On aimerait examiner ce sanctuaire de près, avança ce dernier.

— N'y songez plus. Ceux qui se sont aventurés là-bas, ces derniers temps, ne sont pas revenus.

— Quelle est la meilleure voie d'accès ?

— Il faudrait traverser le lac pour atteindre le débarcadère, mais...

— Si vous nous emmenez, indiqua Iker, je demanderai au maire de Kahoun de vous offrir des barques neuves.

— Tu... tu connais le maire ?

— Je suis Fils royal et scribe du palais.

La traversée fut un nouvel enchantement. Bien qu'un peu nerveux, le pêcheur manœuvrait en souplesse. Son embarcation glissait sur l'eau avec aisance, et Vent du Nord, bien campé sur ses pattes, goûtait la brise. Iker et Sékari, tout en appréciant ce moment de communion avec le ciel, l'air et le lac, ne cessaient de fixer la berge.

Personne.

L'endroit semblait désert.

— J'accoste, vous débarquez très vite, et je repars, déclara le pêcheur dont les mains tremblaient.

Une magnifique voie pavée conduisait au temple[1], proche de la rive nord du grand lac. Sentinelle à la limite du désert, protégé par une enceinte, précédé d'une cour et flanqué de bâtiments annexes, l'édifice

1. Qasr el-Sagha.

était bâti avec d'énormes blocs de grès taillés en oblique. Ils rappelaient ceux qu'utilisaient les constructeurs de la IVe dynastie à Guizeh.

Au milieu du côté sud, une porte étroite donnait accès à l'unique salle intérieure, sorte de couloir assez large sur lequel s'ouvraient sept chapelles, niches verticales couvertes d'un toit.

Resté à l'extérieur, Vent du Nord avertirait les deux hommes en cas de danger.

— Tout a été pillé, constata Sékari. Les coupables ont fait croire que le lieu était hanté pour éviter que l'on ne découvre leur forfait.

Ni scène ni inscription. Le temple s'apparentait à un reliquaire où l'on célébrait la puissance du nombre Sept, expression du mystère de la vie. Il ne subsistait plus aucun objet rituel, mais Iker trouva des poteries et des nattes.

— On a dormi ici, constata-t-il.

À droite de l'entrée, le mur extérieur intrigua Sékari. Il emprunta un étroit passage, creusé dans l'épaisseur de la construction. À son extrémité, un trou permettait d'épier les allées et venues. Sur le sol, une tunique multicolore et des sandales noires.

Il les montra à Iker.

— Des objets asiatiques. Un guetteur se tenait là, ses complices se cachaient à l'intérieur du temple. Mais où sont-ils partis ?

Les deux compagnons fouillèrent les annexes où ils décelèrent d'autres traces de la présence des intrus.

— Suivons la route pavée, recommanda Iker. Elle nous mènera aux habitations des mineurs et des policiers.

— C'est probablement là que les Asiatiques se sont installés. Ne prenons donc aucun risque. Moi, j'ai l'habitude de passer inaperçu ; toi, tu m'attends ici. Si Vent du Nord se manifeste, je reviens.

Sékari ne se vantait pas. Quel que soit le milieu naturel, il savait se déplacer sans bruit et tromper l'attention des meilleurs gardiens. Son expérience le sauva, car un Asiatique surveillait la route qui aboutissait au site comprenant les maisons des carriers, disposées de manière géométrique, et celles des policiers, réparties en quatre quartiers abritant une trentaine de demeures.

Un barbu aux bras épais haranguait des hommes bien armés. Sékari n'entendait pas son discours, mais ne pouvait s'approcher davantage.

Il retourna au temple.

— J'ai trouvé nos fuyards, annonça-t-il à Iker. Plus aucune présence de carrier ni de policier. Quelles sont les intentions des Asiatiques ? Ou bien ils rejoignent la Libye par le désert, ou bien ils projettent un mauvais coup.

— Existe-t-il un poste d'observation où nous ne serons pas repérés ?

— Le toit de ce sanctuaire me paraît parfait. Si les ennemis font mouvement, nous le verrons. Quant à attaquer à deux, n'y songe pas. J'ignore leur nombre exact, mais ils sont équipés de lances, d'épées et d'arcs.

— Puisqu'il s'agit d'une petite armée, elle se prépare forcément à lancer une offensive.

— Certainement pas contre Kahoun ! Cette fois, le maire ne se laissera pas surprendre.

— Nous devons découvrir leur objectif, estima Iker.

— En attendant, va dormir. Je te réveillerai pour ton tour de garde.

— Sékari... pourquoi m'as-tu parlé du Cercle d'or d'Abydos ?

— Je n'en sais trop rien.
— Tu es initié à ses mystères, n'est-ce pas ?
— Comment un rustre comme moi pourrait-il être admis dans une telle confrérie ? Mon honneur consiste à servir le pharaon du mieux possible. J'abandonne les secrets à d'autres.

L'attente ne fut pas longue.
Au petit matin, une colonne d'Asiatiques sortit de son campement. Iker reconnut leur chef, Ibcha, avec sa barbe fournie et ses bras épais, mais n'aperçut pas Bina. S'était-elle rendue à Memphis, avec l'autre groupe ?
Sékari ouvrit les yeux.
— Ils partent tous ?
— J'en ai l'impression.
Quelques minutes plus tard, le doute s'estompa : les terroristes quittaient leur repaire du Fayoum. Le choix de leur itinéraire fournirait une information décisive.
Le désert, et ce serait la fuite.
La piste de l'est, une stratégie d'attaque.
— La piste de l'est, constata Sékari, inquiet.
— Suivons-les, exigea Iker.

41.

Le général Nesmontou détestait la ville de Sichem et les Cananéens. S'il avait pu expédier la totalité de la population plus au nord et transformer la région en réserve naturelle, il aurait obtenu une tranquillité aujourd'hui illusoire. Car le vieux soldat ne se leurrait pas : le calme imposé n'était qu'apparent. Chaque famille comprenait un ou plusieurs dissidents qui rêvaient d'exterminer les Égyptiens.

Pour la dixième fois, il tentait de mettre en place un gouvernement local chargé de gérer la cité et les villages des alentours. Mais dès qu'un Cananéen disposait d'un espace de pouvoir, si minime soit-il, il songeait aussitôt à installer son propre système de corruption en se moquant du bien-être de ses compatriotes. Sitôt acquise la preuve d'une malversation, Nesmontou jetait le coupable en prison et choisissait un nouveau responsable qui se révélait vite aussi malhonnête que le précédent. Le général devait également compter avec les innombrables clans sans cesse en conflit afin d'obtenir un maximum d'avantages du protectorat.

S'il s'était écouté, Nesmontou aurait tranché dans le vif. Mais il exécutait les ordres du pharaon, soucieux d'apaiser les tensions. D'après lui, une paix durable ne se construirait que sur la prospérité.

Le vieux général n'y croyait pas. Avec les Cananéens, aucun respect de la parole donnée ni des contrats passés. Le meilleur ami de la veille devenait l'ennemi du lendemain. Seule règle constamment appliquée : le mensonge. Nesmontou parvenait parfois à mettre la main sur de petits voleurs, mais n'avait encore recueilli aucun renseignement sur l'agresseur de l'arbre de vie.

— Général, dit son ordonnance, voici un message du pharaon.

Codé, le texte était bien de la main de Sésostris. Les quelques lignes plongèrent Nesmontou dans une profonde tristesse, car elles lui apprenaient la mort de Sépi. Au sein du Cercle d'or d'Abydos, il montrait lucidité et détermination. Quand la réunification semblait lointaine, voire impossible, il s'était engagé sans trembler dans ce combat, certain que Sésostris serait un grand pharaon.

Privé de l'or guérisseur, l'acacia d'Osiris demeurait très fragile. Sépi avait donné sa vie pour le sauver, et son sacrifice ne serait pas inutile, car ses frères en esprit continueraient la lutte, quoi qu'il leur en coûtât.

— Général, ajouta l'ordonnance, on nous signale des troubles au sud de Sichem. Un révolté a incendié plusieurs maisons et s'est réfugié dans un grenier vide.

— J'y vais.

Voilà longtemps que ne s'était pas produit un incident aussi grave. Préludait-il à une tentative de soulèvement ? En ce cas, Nesmontou l'étoufferait dans l'œuf.

À la tête d'un régiment comprenant quarante archers et quarante lanciers, il s'élança vers le quartier en cause. Les plus jeunes eurent quelque peine à suivre le rythme imposé par le général, lequel oubliait son âge dès qu'il entrait en manœuvre.

Sur le passage de la troupe, portes et fenêtres se fermèrent.

Les masures finissaient de se consumer. Sur un tas d'ordures gisait le cadavre d'un employé de l'administration égyptienne.

— Il me paiera ça ! s'exclama Nesmontou, grimpant l'escalier du grenier à grandes enjambées pendant que ses hommes se déployaient.

Quand le général ouvrit la trappe, le Cananéen caché dans le silo vide lança son poignard. Gueule-de-travers lui avait promis que Nesmontou serait le premier sur les lieux et qu'il pourrait l'abattre sans difficulté.

Le vieux soldat vit partir le trait destiné à le tuer.

Dans un réflexe désespéré, il se jeta de côté. Le dard frôla son épaule gauche, traçant un sillon sanglant.

Les archers égyptiens entourèrent le blessé et visèrent l'agresseur.

— Ne tirez pas ! ordonna Nesmontou. Sortez-moi ce lâche de son trou, et assurez-vous qu'il n'y en a pas d'autres dans les parages.

Craignant d'être molesté, le Cananéen hurlait.

— Ne me l'abîmez pas, recommanda le général. Je l'interrogerai moi-même.

Pendant qu'un médecin militaire soignait Nesmontou, le vieux soldat observait l'homme qui avait tenté de le tuer. Petit, les joues et le menton couverts d'un début de barbe rousse, il le dévisageait avec une haine perceptible. Aussi un officier vérifia-t-il que les pieds et les mains du terroriste étaient solidement entravés.

— Tu n'es qu'un médiocre, jugea Nesmontou. Moi, à cette distance-là, je n'aurais pas raté ma cible. Ton employeur est encore plus stupide que toi. Quand on décide de supprimer le commandant en chef de l'armée égyptienne, on utilise des gens compétents.

— Vous ne survivrez plus longtemps ! éructa le Cananéen.

— En tout cas, plus longtemps que toi, car tu seras exécuté avant la fixation de mon bandage.

Le Cananéen ouvrit des yeux stupéfaits.

— Vous... vous ne m'interrogez pas ?

— Ou bien tu ne répondras pas, ou bien tu mentiras. Même si tu voulais me dire la vérité, que peut savoir un misérable dans ton genre ?

— Vous vous trompez, général ! Moi, je suis un vrai résistant à votre ignoble occupation, et des centaines d'autres poursuivront mon juste combat !

Nesmontou éclata de rire.

— Tu dois t'égarer dans tes comptes.

— Peu importe le nombre ! Nous réussirons à vous chasser de Canaan.

— Ce qui me surprend toujours, chez les avortons dans ton genre, c'est leur vanité. Remarque, ça me facilite la tâche. Vous êtes lâches, peureux, donc incapables de monter une opération d'envergure.

— L'Annonciateur nous conduira à la victoire !

Le visage de Nesmontou se durcit.

— Ton Annonciateur est mort.

Le Cananéen ricana.

— Ça, c'est ce que vous croyez, chiens d'Égyptiens !

— Le cadavre de ton Annonciateur, je l'ai vu de mes propres yeux.

— Notre chef est bien vivant. Bientôt, vous serez des charognes sans sépulture, car il triomphera !

— Où se cache-t-il, ton grand chef ?

— Je n'avouerai pas, même sous la torture !

D'une seule main, Nesmontou agrippa le menton du Cananéen et le souleva.

— Si je m'écoutais, je t'accrocherais à un croc de boucher afin de faciliter notre dialogue. Mais le pharaon exige de l'humanité, même avec des cloportes de ton espèce. C'est pourquoi je te confie à des spécialistes de l'interrogatoire.

Le Cananéen ne fournit que les noms de ses parents, morts depuis longtemps, et celui d'un complice abattu lors de la première révolte de Sichem. La fouille de son domicile ne donna aucun résultat.

L'exécution eut lieu sur la plus grande place de la ville, en présence d'une foule nombreuse. Percé de flèches, le corps du terroriste fut enterré sans aucune cérémonie. Le discours de Nesmontou, dont chacun constata l'éclatante santé, fut aussi bref que précis : tout embryon de révolte serait châtié avec la dernière sévérité.

Les enquêteurs se montrèrent unanimes. Le Cananéen était un déséquilibré qui agissait seul, sans l'appui d'une bande organisée.

Néanmoins, le vieux général demeura dubitatif.

Selon son flair, cet incident ne devait pas être considéré à la légère. Qu'on essaie de le supprimer ne l'étonnait guère, et ce ne serait certainement pas la dernière tentative. En revanche, le discours de l'agresseur l'intriguait. Depuis que Sichem se trouvait sous contrôle, c'était la première fois qu'un révolté faisait allusion au fou qui avait naguère soulevé la population. Cela signifiait-il qu'un autre dément reprenait le flambeau ?

A priori, invraisemblable.

Mais l'apparition de cet Annonciateur n'avait-elle pas été, elle aussi, invraisemblable ?

Nesmontou convoqua les officiers supérieurs, leur ordonna de mettre leurs troupes en état d'alerte dans toute la Syro-Palestine et d'interroger de manière approfondie l'ensemble des suspects. Les rapports lui seraient adressés directement et les meneurs interpellés conduits aussitôt devant lui.

— Les Asiatiques ne bougent plus depuis deux jours, déplora Sékari. On jurerait qu'ils attendent des renforts.

— Peut-être hésitent-ils sur le chemin à suivre, avança Iker.

— Ça m'étonnerait. À mon avis, ils appliquent un plan précis. Ici, à mi-chemin du Fayoum et de la vallée, ils s'assurent qu'ils n'ont pas été repérés. Ce ne sont pas des amateurs, crois-moi.

— Pourquoi ne pas prévenir l'armée ?

— Ils la verraient arriver et se disperseraient dans la nature. Si nous voulons découvrir leurs véritables intentions, ne les perdons pas de vue. Prendre de tels risques ne m'amuse pas plus que toi. Je préférerais être l'hôte d'un banquet avant de passer la nuit avec une fille superbe. Ah ! les jolies servantes de Kahoun et les draps de lin de ta belle maison !

— Tu jouais les serviteurs à la perfection, rappela Iker.

— Mais je ne jouais pas ! Mes parents étaient des gens simples, je suis un homme du peuple. Être serviteur ne me gêne pas.

— Comment le pharaon t'a-t-il remarqué ?

Sékari eut un large sourire.

— Oiseleur fut l'un de mes innombrables métiers, et j'ai appris à parler le langage des oiseaux. Alors que l'intendant du palais m'éprouvait en vue d'un engagement, une huppe est sortie de la volière royale, tellement affolée qu'elle aurait fini par se blesser. En sifflotant des notes d'apaisement, j'ai réussi à la calmer. Sésostris assistait à la scène, il m'a convoqué. Le roi en personne, tu imagines ! Si tu savais comme j'ai eu peur ! Face à ce géant, je me sentais plus faible qu'un nourrisson. Et ça n'a pas vraiment changé. Moi, je ne doute pas un instant que le pharaon soit en contact avec les dieux.

— Es-tu allé souvent à Abydos ?

— Abydos, Abydos... Une véritable obsession !

— N'est-ce pas le centre spirituel de l'Égypte ?

— Possible, mais nous avons d'autres préoccupations.

Iker songeait à Isis, elle qui vivait sur ce site sacré entre tous, lointaine, inaccessible. L'occasion lui serait-elle offerte de lui parler de nouveau et de lui ouvrir enfin son cœur ?

— Ça bouge, observa Sékari.

Vent du Nord et les deux hommes s'aplatirent, dissimulés par des tamaris.

Les Asiatiques reprenaient leur route.

Ibcha avait toujours fabriqué des armes. Lorsqu'il résidait à Sichem, il possédait une forge clandestine dont la faible production servait à équiper des groupuscules qui n'échappaient pas longtemps à la police égyptienne.

Puis était apparu l'Annonciateur. En écoutant son enseignement, Ibcha avait compris que seule la violence permettrait au peuple cananéen de chasser l'occupant et de devenir une grande nation, plus puissante que l'Égypte. Puisqu'il fallait tuer, il tuerait. Puisqu'il fallait sacrifier des combattants afin de répandre le sentiment d'insécurité chez l'adversaire, il en formerait, et ils mourraient avec joie. À Kahoun, Bina et lui avaient failli réussir. Désormais, de nombreuses cités redouteraient un attentat.

Avec son commando, Ibcha détruirait l'un des symboles majeurs de la puissance du pharaon et lui briserait l'âme. Sésostris n'était qu'un colosse aux pieds d'argile, trop confiant en sa force armée, immobilisée en Canaan où les actions ponctuelles se multipliaient. Grâce à l'Annonciateur, la révolte serait bientôt victorieuse.

Certain de ne pas avoir été repéré, Ibcha continua à suivre le plan dicté par Bina. En empruntant des pistes difficiles, il augmentait la durée du parcours mais échappait à tout contrôle.

Lors d'une halte, il révéla à ses hommes le but de leur expédition.

— Les pharaons aiment construire des monuments à leur gloire, et Sésostris ne fait pas exception à la règle. C'est à Dachour qu'il bâtit sa pyramide où il compte reposer pour l'éternité. Nous allons souiller cet édifice et son temple en leur infligeant un maximum de dégâts. Après une telle injure, le site sera inutilisable, la pyramide abandonnée, et Sésostris saura qu'aucune parcelle de son pays n'est à l'abri de nos raids. Le peuple perdra confiance en lui et se divisera. De nouveaux chefs de province resurgiront, le chaos s'établira.

42.

Maire de la cité des bâtisseurs de Dachour, Djéhouty se sentait fier d'eux. Avec l'appui efficace du Grand Trésorier Senânkh, il œuvrait sans relâche pour que la pyramide royale produisît au plus vite un maximum de *ka*. Sommaires au début des travaux, les installations destinées aux constructeurs s'avéraient à présent confortables.

En dépit d'une santé de plus en plus chancelante, Djéhouty partageait le quotidien des artisans. Grâce à sa chaise à porteurs, il se déplaçait aisément d'un point du chantier à l'autre et vérifiait le strict respect du plan tracé par le pharaon. L'ensemble architectural dont la pyramide formait le centre vital répondait à des normes symboliques précises grâce auxquelles rayonnait la magie des pierres.

Frileux, souffrant de rhumatismes, Djéhouty ne voulait pas entendre parler de repos. En l'initiant aux mystères du Cercle d'or d'Abydos et en lui confiant une tâche majeure, le pharaon illuminait sa vieillesse. Au lieu de s'assoupir dans une fonction honorifique, il faisait appel, chaque jour, à des ressources insoupçonnées. Certain de ne pouvoir se relever au matin, Djéhouty y parvenait cependant.

— Rien à signaler ? demanda-t-il au chef du détachement chargé de la sécurité du site.

— Tout est calme, répondit le lieutenant d'infanterie.

Djéhouty se rendit à la demeure d'éternité où reposerait le vizir Khnoum-Hotep, au nord de la pyramide. Construite en briques couvertes de calcaire, elle était animée par des bas-reliefs et des inscriptions hiéroglyphiques qui assureraient la survie de son esprit. La chambre funéraire, la salle des vases canopes et l'antichambre seraient bientôt achevées. En accordant un monument aussi superbe à son vizir, le pharaon soulignait l'importance de sa fonction.

Le maire contempla l'enceinte que rythmaient bastions et redans, véritable muraille magique protégeant la pyramide, pierre primordiale et canal où circulait le *ka* royal. En se rattachant à l'enseignement de Djéser et d'Imhotep, formulé à Saqqara, Sésostris réaffirmait les valeurs fondamentales de la civilisation égyptienne. Oui, la pyramide incarnait Osiris, ressuscité et vainqueur de la mort. Oui, Maât pouvait triompher d'*isefet*. Oui, elle libérait l'homme de la prison de sa médiocrité et de sa bassesse, à condition qu'il se transforme en bâtisseur.

Les charpentiers venaient de déposer les barques en bois dans des chapelles voûtées. Barque du jour, barque de la nuit, barque de la lumière divine, barque des millions de manifestations de l'unité, toutes serviraient au voyage de l'âme royale qui ne cessait de voguer dans l'univers.

Djéhouty parcourut le temple aux colonnes papyriformes et lotiformes. Des statues colossales du pharaon, hautes de plus de deux mètres, témoignaient de la renaissance permanente du roi en Osiris. De magnifiques hiéroglyphes révélaient les noms et les qualités du monarque, placé sous la protection du signe de la vie, la croix ansée, entourée de deux faucons. Dans l'antichambre, dieux et déesses apportaient au souverain vie et puissance ; dans la chambre des offrandes, le pharaon couronné recevait la force subtile des nourritures. Terrassant les ennemis surgis des ténèbres, recréant l'harmonie de Maât, Sésostris célébrait ici une éternelle fête de régénération.

La chaussée monumentale reliant les parties sud et nord de cet ensemble architectural était, à elle seule, un chef-d'œuvre. Quant au revêtement de la pyramide, composé de blocs de calcaire provenant de la carrière de Toura, il réfléchirait les rayons du soleil pour manifester la puissance de la pierre de lumière, surgie aux origines.

Le maître d'œuvre invita Djéhouty à pénétrer dans la partie souterraine. Occultée au terme des travaux, son entrée s'ouvrait sur un couloir qui conduisait à une antichambre, prolongée par un passage débouchant sur une pièce rectangulaire. À l'est, une chapelle revêtue de calcaire admirablement appareillé ; à l'ouest, la demeure de résurrection en granit où trônait un sarcophage de granit rouge dont le décor évoquait le palais des premiers pharaons. Il deviendrait la barque de l'esprit lumineux du roi lors de son périple dans l'au-delà. Au-dessus de la chambre funéraire, un faux plafond comprenait cinq paires de poutres en calcaire longues de six mètres, pesant chacune une trentaine de tonnes.

Djéhouty médita longuement en ce lieu situé hors du monde des hommes. Conformément à la tradition, les bâtisseurs façonnaient un espace où l'invisible pouvait se révéler sans redouter les agressions profanes. Ici, le pharaon partait réellement vivant dans et vers la lumière.

Quand il rejoignit l'extérieur, Djéhouty constata que

le soleil ne tarderait pas à se coucher. Les artisans avaient quitté le chantier, et le maire fut étonné de n'apercevoir qu'un seul garde sur le seuil du temple de la pyramide.

— Où sont passés tes collègues ?

— Le lieutenant a été averti qu'un incident grave venait de se produire sur la route du Fayoum. Il porte secours aux blessés.

— Il aurait dû me demander mon autorisation.

— Il n'a pas osé vous importuner.

Soucieux, Djéhouty prévint le maître d'œuvre et les constructeurs qu'ils ne se trouvaient plus sous la protection des forces de l'ordre. Aussi leur ordonna-t-il de placer des guetteurs autour du village.

Épuisé, les articulations en feu, il rentra chez lui, but un peu d'eau et s'allongea sur son lit en redoutant de ne plus pouvoir se relever.

Dans le lointain, baignée des lueurs douces du couchant, la pyramide en construction attirait irrésistiblement le regard d'Ibcha et des membres de son commando.

— Notre faux message a éloigné les gardes, constata-t-il. Il ne reste que des artisans fatigués par leur journée de travail. Comme tout Égyptien, ils goûtent ce moment privilégié où le soleil s'enfonce dans l'occident. Un sentiment de paix les envahit, ils seront incapables de se défendre.

En répandant la terreur et en versant le sang sur le site de Dachour, Ibcha remplirait la mission que lui avait confiée Bina, selon les ordres de l'Annonciateur : empêcher la pyramide de produire du *ka* et la réduire à un tas de pierres inertes. Grâce à ses révélations, les Asiatiques commençaient à comprendre que la force des Égyptiens ne résidait pas seulement dans leurs armes. Pour vaincre, il fallait détruire leurs édifices magiques qui émettaient une énergie mystérieuse et leur permettaient de renverser les situations les plus compromises.

Transformer Dachour en champ de ruines serait une victoire éclatante ! Le pharaon verrait fracassée l'œuvre qu'il destinait à l'éternité. À ses certitudes se substitueraient l'affliction et la crainte.

— Épargne-t-on les femmes et les enfants ? demanda un terroriste.

— Toute faiblesse nous conduirait à l'échec, répondit Ibcha. Que le feu de l'Annonciateur détruise ces lieux impies.

Les Asiatiques étaient sur le point de s'élancer vers leur proie lorsque l'un d'eux poussa un cri.

— Chef, là-bas, un homme qui court !

— Ne gâche pas un javelot, il est trop loin.

— Un autre, là-bas, avec un âne ! Il s'enfuit.

— À l'assaut ! ordonna Ibcha.

Sékari n'avait jamais couru aussi vite. À chaque instant, il s'attendait à être abattu et accélérait encore.

Enfin, l'entrée du village des constructeurs !

Sékari se heurta à un artisan armé d'un maillet.

— Où sont les soldats ?

— Partis secourir des blessés sur la route du Fayoum.

— Alerte tout le monde, vous allez être attaqués !

Le tailleur de pierre réagit avec promptitude. Saisissant leurs outils, ses collègues s'apprêtèrent à combattre.

— Défendons la pyramide, exigea Djéhouty, étonné d'avoir réussi à se remettre sur pied, une fois de plus.

Que les femmes et les enfants s'enferment dans les maisons.

— Que le Cercle d'or nous protège et nous donne la force de lutter contre *isefet*, murmura Sékari à l'oreille du maire.

Leurs mains se joignirent un bref instant.

— Iker ramènera la troupe.

— Arrivera-t-il à temps ?

— Un scribe éduqué dans la province du Lièvre ne saurait être en retard. Mets-toi à l'abri.

— Je me battrai comme les autres, déclara Djéhouty. Qu'importe notre mort, si nous sauvons l'œuvre royale. Un premier javelot blessa un artisan à la cuisse. Sékari répliqua aussitôt en expédiant un ciseau de cuivre bien aiguisé qui se ficha dans la gorge d'un Asiatique.

Le maire brandit sa canne.

— Au temple, vite !

En se regroupant à l'intérieur de l'édifice, les artisans ne laissaient plus qu'un seul accès possible à l'adversaire. Ils obstruèrent la porte avec des blocs contre lesquels se brisèrent lances et flèches.

— Ces bandits escaladeront les murs, prévint Sékari, et nous ne parviendrons pas à les repousser. Quel est l'endroit le plus difficile d'accès ?

— La tombe royale, mais je refuse de la profaner. Nous défendrons ce lieu sacré sans faiblir.

— Attention, en voilà un !

Le maillet lancé par Sékari atteignit en plein front l'Asiatique apparu au sommet du mur d'entrecolonnement. Il tomba en arrière, renversant le camarade grimpant à sa suite.

Cet échec sema le trouble parmi les hommes d'Ibcha, déjà inquiets à l'idée d'envahir un temple et de provoquer la fureur des divinités.

Sékari, lui, n'entretenait guère d'illusions. Malgré leur courage, les artisans seraient vite terrassés.

Soudain, un puissant braiment figea les assiégés.

— C'est... c'est la voix du dieu Seth ! s'exclama un sculpteur. Il prête main-forte aux assaillants !

— Au contraire, affirma Sékari, il nous procure la puissance nécessaire pour les repousser.

Ibcha trancha la gorge du blessé, car il ne devait laisser derrière lui aucun combattant susceptible de parler.

— Il nous a juste manqué un peu de temps, maugréa-t-il en observant le retour des soldats qu'Iker et Vent du Nord ramenaient vers Dachour.

Après avoir perdu deux hommes, Ibcha préférait préserver le reste de son commando plutôt que de l'engager dans un affrontement meurtrier dont il n'était pas certain de sortir vainqueur.

De rage, il tira une flèche dans la direction de la pyramide et donna l'ordre de battre en retraite.

Les Égyptiens se ruèrent à la poursuite des Asiatiques, mais ceux-ci avaient trop d'avance.

Le lieutenant se présenta devant Djéhouty.

— On m'a menti. Sur la route du Fayoum, personne n'avait besoin de notre aide. Je...

— Que tu te sois fait berner par un Asiatique pourrait être excusable. Mais tu as agi sans mon autorisation en violant les consignes de sécurité. Je te démets de tes fonctions, et le tribunal du vizir te jugera. En attendant la nomination d'un nouvel officier, je prends le commandement de la troupe.

Djéhouty s'assit. Iker lui versa à boire.

— Tu as sauvé la pyramide, Fils royal.

— Le mérite vous en revient, ainsi qu'à Sékari. N'oublions pas que la voix de Vent du Nord nous a puissamment aidés.

La paix du soir enveloppait de nouveau Dachour, comme si rien ne s'était passé. Mais les mains de Djéhouty tremblaient encore.

— Ces barbares ont osé s'attaquer à un site sacré ! Nous savons à présent qu'ils ne reculeront devant rien et commettront les pires des crimes. Quel peut être leur chef, sinon le démon qui tente de tuer l'arbre de vie ?

— Cette racaille s'enhardit et sort des ténèbres, ajouta Sékari. Cela prouve qu'elle se sent capable de passer à l'offensive. À Kahoun comme ici, elle a bien failli réussir. À nous de prendre les mesures nécessaires en prévision des prochains attentats.

43.

— Vous êtes sûr, vraiment sûr ? demanda le Fils royal.

— Hélas ! confirma le vizir Khnoum-Hotep au terme de son récit. Sépi est mort.

Ni Sékari ni Iker ne purent retenir leurs larmes.

Prudent, fin tacticien, le général ne s'était-il pas toujours extirpé des situations les plus périlleuses ?

— Jamais des pillards nubiens n'auraient réussi à piéger mon maître et mon instructeur ! estima Sékari. Quant aux démons du désert, il les dominait, puisqu'il connaissait les formules capables de les immobiliser ou de les renvoyer dans leurs solitudes brûlantes. L'assassin de Sépi est forcément le prince des ténèbres !

— Le même destructeur qui s'attaque à l'arbre de vie, avança Iker.

Sékari serra les poings.

— Tu as mille fois raison ! Il voulait empêcher le général de trouver l'or guérisseur. Mais cela signifie que ce monstre rôde partout !

— Que la douleur ne t'égare pas, recommanda le vizir.

— Sépi m'a tout appris. Sans lui, je n'existerais pas.

— As-tu suivi ses cours de hiéroglyphes ? interrogea Iker.

— Moi, il m'emmenait sur le terrain. L'écriture, je l'ai tracée dans le sable ; les signes de puissance, je les ai vécus sur les pistes dangereuses, face aux bêtes sauvages et aux brigands de tout poil. Il ne me pardonnait rien, mais me donnait les armes pour me défendre.

Le Grand Trésorier Senânkh tenta de réconforter son frère du Cercle d'or d'Abydos, mais il savait, tout comme lui, que l'absence de Sépi ne serait jamais comblée.

— Toi et Iker, vous avez bien agi à Dachour. Le général aurait été fier de votre intervention. Conformément aux exigences de Djéhouty, les mesures de sécurité ont été considérablement renforcées. Désormais, le site ne craint plus rien.

— Dachour, peut-être, mais Memphis et les autres villes ? s'insurgea Iker. Les terroristes peuvent attaquer n'importe quand et n'importe où.

Ni le vizir ni le Grand Trésorier ne contredirent le jeune homme.

— Nous avons perdu l'un de nos piliers, dit Sékari. Montrons-nous dignes de lui et reprenons son œuvre là où la mort croit l'avoir interrompue.

Le visage de Sobek était franchement hostile.

— Désolé, Fils royal, mais je suis obligé de te fouiller.

— À ta guise.

Étant donné la personnalité du visiteur, le chef de toutes les polices du royaume se chargea lui-même de cette besogne.

— Tu peux entrer.

Sobek poussa la porte du bureau de Sésostris.

— Tout est en ordre, Majesté. Désirez-vous que je reste dans la pièce ?

— Retire-toi, Sobek.

Sur les genoux du monarque, assis en scribe et le buste bien droit, un papyrus déroulé.

Iker adopta la même posture, face à lui.

— Sobek me déteste.

— De son point de vue, tu n'as pas encore donné la preuve de ton innocence et de ta fidélité à la Couronne.

— Je le convaincrai.

— Cela fait partie des missions qui te sont assignées, mon fils.

— Mes résultats sont maigres, Majesté. J'ai retrouvé l'acacia de Neith, mais l'arbre a été brûlé. J'ai découvert le chantier naval où fut construit *Le Rapide*, mais sans obtenir la moindre information sur le commanditaire. Enfin, j'ai contribué à empêcher les Asiatiques de s'emparer de Kahoun et de Dachour, mais sans parvenir à arrêter les deux principaux meneurs, Bina et Ibcha.

— Que penses-tu d'eux ?

— Je considère Ibcha comme un tueur dépourvu d'états d'âme. Il exécutera strictement les ordres reçus, fût-ce au prix de sa vie. C'est lui qui a attaqué Dachour. Il ne s'est pas lancé dans un combat à l'issue incertaine, et cette attitude m'inquiète. Ibcha a préservé ses hommes en vue d'actions futures.

— Ne serait-il pas le principal meneur ?

— À Kahoun, il obéissait à Bina.

— Cette femme commande-t-elle l'ensemble des révoltés ?

— Impitoyable, haineuse et rusée, elle est plutôt leur égérie, dotée d'une formidable capacité de nuisance. Rien ne la fera dévier du but que lui a fixé son guide, la conquête de l'Égypte par l'Asie.

— Un tel discours mérite attention, reconnut Sésostris, mais les faits ne le corroborent pas. À l'heure actuelle, il n'existe, en Syro-Palestine, aucun chef de clan apte à mener une offensive contre nous. En ce cas, le général Nesmontou ne manquerait pas de m'en avertir.

— Cette révolte rampante ne ressemble-t-elle pas à un oued, Majesté ? Pendant la majeure partie de l'année, il reste à sec. Puis surviennent des pluies dont l'abondance le transforme en torrent dévastateur. Bina et Ibcha se cachent probablement à Memphis où leurs alliés sont installés depuis longtemps. C'est ici, dans la capitale, qu'ils comptent porter un coup décisif. Et demeure une énigme : le faux policier qui a tenté de me supprimer. Celui-là n'était pas un Asiatique. Qui l'envoyait, sinon une faction égyptienne, sans doute déterminée à vous nuire ? Si ces forces négatives se rassemblent, l'adversaire deviendra redoutable. En assassinant le général Sépi, n'a-t-il pas prouvé son efficacité ?

Sésostris partageait les analyses d'Iker. Aucun des drames récents n'était le fruit du hasard. Un lien profond les unissait avec, comme finalité, la mort de l'arbre de vie.

— Quelles que soient les épreuves, Iker, je serai toujours à tes côtés pour t'aider à accomplir un destin que tu ignores encore.

Le jeune homme fut abasourdi.

Le roi venait d'énoncer, mot à mot, l'ultime message que le vieux scribe de Médamoud avait adressé à son disciple.

— Majesté, je...

— Prends un peu de repos. Trop de tension ne favorise pas la lucidité.

Nez-en-trompette dépassait les vingt ans de service. Policier exemplaire, il détestait la brutalité et appliquait les consignes avec rigueur mais humanité. Admirateur de Sobek, il le jugeait parfois trop sévère. Être aimé des Memphites n'était-il pas aussi important que de se faire craindre ? Nez-en-trompette résolvait de nombreux conflits d'ordre domestique et n'emprisonnait pas les fêtards un peu ivres. Lui-même se laissait parfois aller, sans avoir l'impression de mettre le royaume en péril.

Les derniers ordres reçus ne lui plaisaient pas. Préposé à l'un des accès de la ville, il devait fouiller et interroger ceux et celles désireux d'y pénétrer. Au moindre soupçon, interpellation, ouverture d'un dossier et garde à vue ! Ces entraves à la liberté de circulation mécontentaient la population et compliquaient le quotidien.

C'est pourquoi Nez-en-trompette, de même que ses homologues, ne commettait pas d'excès de zèle. Il se contentait de saluer les personnes de connaissance et les commerçants, et n'importunait qu'un minimum d'individus d'apparence douteuse.

La jolie brune qui se présenta en compagnie d'un barbu aux gros bras n'avait rien de suspect, mais il eut envie d'échanger quelques mots.

— Toi, ton nom ?

— Eau-fraîche, commandant.

— C'est ton mari ?

— Oui, commandant.

— Je ne vous ai jamais vus, dans le coin. D'où venez-vous ?

— Du Delta.

— Que comptez-vous faire, à Memphis ?

— Mon mari est malade, très malade. On nous a dit qu'il y avait ici d'excellents médecins. Peut-être le guériront-ils.

— Où logerez-vous ?

— Chez mon grand-père, un fabricant de sandales.

Nez-en-trompette aurait dû soumettre les deux voyageurs à un interrogatoire serré, mais l'homme semblait si mal en point qu'il n'eut pas la cruauté d'insister. Et puis la femme, avec son joli minois, ne ressemblait pas à une terroriste avide de sang.

Bina et Ibcha franchirent le poste de contrôle sans autre souci et rejoignirent les autres membres du commando. Eux aussi étaient entrés dans Memphis en choisissant ce même point de passage, à des heures différentes.

Sobek fulminait.

Étonné de ne récolter aucune information décisive sur des Asiatiques en situation irrégulière, il inspecta lui-même plusieurs postes de contrôle, doutant que ses consignes fussent scrupuleusement respectées.

Trois gradés ne se comportaient vraiment pas comme de féroces gardiens. Mais la première place revenait à Nez-en-trompette qui, face à la colère de son supérieur, tentait de s'expliquer.

— Impossible de distinguer de dangereux Asiatiques du reste de la population, chef ! Ce sont des gens comme vous et moi, et...

— Je ne crois pas, trancha Sobek.

— De toute manière, même ceux qu'on a interrogés à fond sont passés ! Aucune raison de les jeter en prison.

— Certains de tes collègues, eux, ont procédé à des arrestations !

— Ont-ils pincé d'authentiques terroristes ?

Sobek ne pouvait mentir : tous les suspects avaient

été relâchés. Le dispositif mis en place se révélait inopérant.

Inquiet et déçu, le Protecteur allégea la surveillance des accès de la capitale. En revanche, il multiplia les rondes dans les quartiers et ordonna aux patrouilles de lui signaler le moindre incident.

Au roi, Sobek ne dissimula pas son échec.

— Je me suis montré présomptueux, Majesté. Memphis est une ville ouverte que je croyais pouvoir fermer aux indésirables, mais je me suis trompé. Ou bien les Asiatiques ont été impressionnés par le déploiement de nos forces et se sont terrés dans le Delta, ou bien des complices, disposant de bases sûres dans la capitale, les ont recueillis. Je suis malheureusement persuadé que la deuxième hypothèse est la bonne et qu'elle a un corollaire : les terroristes se regroupent pour préparer un attentat. Cible principale : vous-même. L'ennemi se dissimule dans les ténèbres, je ne connais pas son visage, il peut frapper n'importe quand et n'importe où, même à l'intérieur de ce palais. C'est pourquoi je recommande de limiter au maximum vos déplacements et de renforcer les mesures de sécurité autour de votre personne.

— Se prostrer comme un animal traqué serait déjà une victoire pour nos adversaires, objecta Sésostris. Je continuerai donc à pleinement assumer les devoirs de ma charge avec ma liberté de mouvement habituelle. Toi, Sobek, tu assumeras les tiens.

— J'enrage, Majesté, car je me sens privé d'yeux et d'oreilles ! Jamais je n'ai été confronté à des criminels aussi pervers. Mais je ferai tout mon possible, soyez-en certain.

— Tu te méfies d'Iker, n'est-ce pas ?

— Comment oublier qu'il a tenté de vous supprimer ? Je veux bien croire qu'il s'agissait d'un quiproquo, mais autorisez-moi quand même à le surveiller de près. S'il entretenait des contacts avec les Asiatiques, nous aurions la preuve de sa duplicité.

— J'apprécie ton opiniâtreté, Sobek, mais j'ai nommé Iker Fils royal. Et c'est lui qui te prouvera sa loyauté.

44.

Dans le quartier de Memphis où résidait leur chef suprême, les disciples de l'Annonciateur restaient en état d'alerte. Boulangers, vendeurs de sandales, coiffeurs s'étaient si bien mêlés à la population que personne ne pouvait supposer qu'ils appartenaient à un réseau dormant.

Depuis l'arrivée de Bina, d'Ibcha et de leurs hommes aussitôt mis à l'abri dans des maisons sûres, les guetteurs avaient été multipliés et surveillaient les alentours de nuit comme de jour. Pas un policier ne s'aventurerait dans le domaine de l'Annonciateur sans être aussitôt repéré. Et l'augmentation des rondes n'inquiétait pas les Asiatiques, puisque d'innocents promeneurs se relayaient afin d'annoncer leur passage.

Au premier étage de la boutique où se vendaient nattes et paniers, l'Annonciateur ne cessait de prêcher. À tour de rôle, les disciples recueillaient sa parole sans être autorisés à poser la moindre question. En tant qu'unique interprète d'un dieu décidé à conquérir le monde, il proférait une vérité absolue et définitive.

Se désaltérant avec un peu de sel entre deux sermons, l'Annonciateur martelait un discours répétitif, destiné à pénétrer peu à peu dans les esprits d'auditeurs admiratifs. Ils n'auraient ni autre éducation ni autre culture, mais cela leur suffirait amplement pour combattre jusqu'au triomphe final.

Shab le Tordu buvait les paroles de son maître, surtout lorsqu'il annonçait l'extermination des blasphémateurs et la soumission absolue des femmes, beaucoup trop libres dans la société égyptienne. En parfait chien de garde, Shab n'oubliait pas de filtrer les bienheureux autorisés à recueillir l'enseignement. Au moindre doute, il ceinturerait le suspect et le remettrait à l'Annonciateur.

La voix douce et enjôleuse s'éteignit, les disciples se retirèrent.

— Convoque Gueule-de-travers, ordonna l'Annonciateur à Shab. Les nombreuses journées d'entraînement de ses guerriers vont enfin être mises à profit.

— Allons-nous frapper... à la tête ?

— Exactement, mon ami.

— Serons-nous assez nombreux ?

L'Annonciateur eut un sourire indulgent.

— Ne sois ni inquiet ni incrédule. Grâce à nos nouveaux alliés, nous disposerons des informations nécessaires. De notre côté, nous répandrons une telle frayeur dans la ville que la plupart des obstacles seront levés. Fais collecter du petit bois bien sec et des chiffons que nous distribuerons ensuite à nos fidèles. Bientôt, le feu de Seth s'abattra sur cette cité impie ! À présent, je vais parfaire la formation de Bina.

Le Tordu fit la moue.

— Maître...

— Qu'y a-t-il, Shab ?

— Maître, je n'ai nullement l'intention de discuter vos décisions, mais cette Bina...

— Que lui reproches-tu ?

— D'être une femme.

L'Annonciateur posa doucement la main sur l'épaule du Tordu.

— Dieu nous enseigne que les femmes sont des créatures inférieures et doivent rester confinées dans leurs maisons afin de servir leurs maris et leurs fils. Mais nous sommes en guerre, et j'utilise de multiples armes, y compris les plus surprenantes. Bina est précisément l'une d'elles. Les Égyptiens sont si naïfs qu'ils ne peuvent concevoir qu'une jolie fille soit plus dangereuse qu'une armée bien entraînée. Encore faut-il que j'achève sa transformation.

L'Annonciateur pénétra dans la pièce obscure où Bina était enfermée depuis son arrivée à Memphis. Dans ses veines coulait désormais un nouveau sang, dont la quantité devait encore être augmentée pour qu'elle devienne une tueuse impitoyable au service de la cause. Nul ne serait plus féroce que ce fauve.

— Éveille-toi, Bina, et regarde-moi.

Inanimée, repliée sur elle-même, la brune commença à revivre en entendant la voix de son seigneur. Rejetant la tête en arrière, elle se redressa lentement, les yeux dans le vide, et demeura statufiée au centre de la pièce.

L'Annonciateur fit pivoter le mur du fond et sortit de sa cachette le coffre en acacia qui abritait la reine des turquoises.

— Après avoir exposé au soleil cette pierre si précieuse, indiqua-t-il, je procéderai à ton ultime animation. Ensuite, tu m'appartiendras corps et âme, et ton obéissance sera totale.

L'Annonciateur tira un rideau, formé de deux nattes assemblées.

Un rayon de lumière frappa la reine des turquoises dont le flamboiement éclaira le visage de Bina.

— Reine des ténèbres, sois la lionne terrifiante,

avide de sang et de carnage, parcours la steppe et le désert !

Les ongles de Bina devinrent aussi acérés que des griffes, ses dents puissantes comme des crocs.

L'Annonciateur était fier de son œuvre.

Il referma le rideau et replaça la pierre dans le coffre.

— N'oublie pas, Bina, femelle dévouée à ton maître : tu ne seras lionne que sur mon ordre.

La jolie brune sembla sortir d'un profond cauchemar.

— Ôte ta tunique, exigea-t-il.

Il la fascinait autant qu'il l'effrayait. Incapable de lui résister, elle se dénuda et le laissa abuser d'elle.

Malgré les protestations de Sobek, le roi emmena Iker à l'extérieur de Memphis. Certes, les meilleurs hommes du chef de la police surveillaient le monarque et le Fils royal, mais parviendraient-ils à sauver Sésostris en cas d'attentat ? Étant donné la menace qui planait, le moment semblait mal choisi pour courir un tel risque.

Un faucon les guida, le roi le suivit en silence jusqu'à un canal ombragé. Il contempla le feuillage des saules et marcha le long des berges. Une paix profonde régnait en ce lieu.

— Troupeau de Dieu, les humains ont été bien pourvus, rappela Sésostris. N'a-t-il pas créé le ciel et la terre à leur intention, l'air comme souffle de vie, puisqu'ils sont ses images, issues de son être ? Il brille dans le soleil, fait pousser la végétation et leur donne toutes sortes de nourritures. Le Créateur n'a rien conçu de vicié. Aucun mal ne figurait dans l'ordre de sa création. Mais les humains se sont révoltés, et l'on ne peut ôter le poison du serpent, pas plus que le mal de l'être mauvais. Quand Dieu a ri, les dieux furent ; quand il pleura, les hommes naquirent. Porteur d'injustice et de cruauté, l'homme est le plus redoutable des prédateurs. La fonction pharaonique maintient et prolonge sur terre l'œuvre divine, tout en libérant l'homme de la main de l'homme. Croire que l'on peut agir en faveur des humains est toujours de la vantardise ; Pharaon agit en faveur de son père, le maître des dieux. Il n'existe aucune spiritualité pour le paresseux, aucun frère en esprit pour celui qui n'écoute pas Maât, aucun jour de fête pour l'avide. Ne désire jamais ce qui appartient à autrui, Iker, ne convoite pas ce que tu n'es pas capable d'accomplir toi-même, car l'envie procure la déchéance. L'avide est un mort vivant. Tel est aussi le devoir du roi : lutter sans cesse contre l'avidité des humains.

— À la fin de l'époque des grandes pyramides, n'a-t-elle pas triomphé ?

— Les ténèbres furent préférées à la lumière, nul ne tira plus les enseignements des lois célestes, nul ne respecta plus les lois terrestres, le mal fut appelé bien, le criminel considéré comme un juste, l'immoralité comme une vertu, la perversion comme la norme, le sage comme un fou, l'exalté comme un modèle à imiter, et les voix des dieux furent étouffées. Alors régna *isefet*, qui est injustice, violence, avidité, paresse, oubli, décomposition, chaos et loi du plus fort permettant aux assassins et aux voleurs de gouverner. Si leur triomphe perdurait, le sol deviendrait stérile, l'air irrespirable et l'eau empoisonnée. Quant au feu du ciel, il dévasterait notre monde. Lutter à chaque instant contre *isefet* ne suffit pas. Il faut surtout affermir Maât, en ritualisant le temps qui s'écoule. Chaque règne doit être la répétition consciente du processus de création, de « la première fois », afin de repousser les forces du chaos et d'établir Maât. Que sais-tu d'elle, Iker ?

— Quand Maât est à sa place, Majesté, le pays demeure ferme et le ciel favorable. Fille de Râ, compagne de Thot, toujours présente dans la barque solaire, elle est le pilote qui indique le bon chemin.

— C'est grâce à Maât que l'univers fonctionne, précisa Sésostris, et que les mondes stellaire, solaire et terrestre coexistent en cohérence. Sans Maât, notre espace serait inhabitable. Ma volonté est Maât, car seule la justesse de cœur convient au pharaon. Ma force est la justice. Si je m'en écartais, ce serait la fin de mon règne, car les monuments d'un destructeur sont voués à la destruction. Mon premier devoir consiste à élever Maât vers elle-même, à être le médiateur entre elle et mon peuple, à mettre en résonance l'ordre social et l'ordre cosmique. L'État qui n'a pas de dimension céleste et ne fait pas offrande à Maât ne connaît ni justice, ni réciprocité, ni solidarité. Il s'englue dans les conflits humains et les luttes de pouvoir. Maât ordonne : agis pour celui qui agit. Es-tu celui-là, Iker ?

— Tel est mon désir, Majesté.

Sésostris conduisit Iker à la lisière du désert. Au loin, la pyramide à degrés de Djéser.

— Connais-tu le véritable nom par lequel les profanes désignent une nécropole ?

— Ne serait-ce pas « la terre de Maât » ?

— Grande, durable et rayonnante est la règle de Maât. Jamais elle ne fut troublée depuis le temps d'Osiris. Certes, le mal, l'iniquité et leurs alliés sont sans cesse à l'œuvre en ce monde et accumulent quantité de méfaits. Mais tant que quelques êtres respecteront Maât, le mal ne parviendra pas à traverser le fleuve de la vie pour atteindre l'autre rive. Et quand viendra la fin des temps, Maât demeurera.

Le monarque se dirigea vers une petite demeure

d'éternité datant de l'Ancien Empire. Sur son linteau, une inscription.

— Lis, Iker.

— « Prononce Maât, ne sois pas passif, participe à la création, mais n'outrepasse pas la Règle. »

— De quoi se compose ton être, au-delà de ton corps ?

— De mon nom et de mon cœur.

— Ton nom, Iker[1], indique que tu es porteur d'un accomplissement et de la perfection d'une œuvre appelée à se renouveler sans cesse. Puisse ton cœur se remplir de Maât afin que tes actions soient justes. Mais il faut aussi nourrir ton *ka*, cette énergie vitale provenant de l'autre monde et vers laquelle tu retourneras si tu franchis l'épreuve du tribunal d'Osiris. Que ton *ba*, la capacité de ton esprit à se mouvoir au-delà du visible, aille chercher dans le soleil la lumière capable de te guider dans les ténèbres. Et seras-tu capable de devenir un *akh*, l'être de lumière que la mort n'atteint pas ?

Iker était ébloui. Tant de portes qui s'ouvraient, tant de perceptions nouvelles... Les révélations du roi lui donnaient le vertige.

— Regarde cette pierre, mon fils. N'a-t-elle pas la forme d'un socle de statue ?

— C'est l'un des hiéroglyphes servant à écrire le nom de Maât, Majesté !

— Les statues sont des êtres vivants, nés de Maât. Monte sur ce socle, Iker.

Le jeune homme n'hésita pas.

— Que ressens-tu ?

— Un feu jaillit de cette pierre, un feu se répand en moi. Mon regard... mon regard est plus perçant !

— Dans la guerre que nous livrons contre les puis-

1. Il-kher-neferet, « Celui qui va, porteur de l'accomplissement ».

sances des ténèbres, la survie d'Osiris et celle de sa civilisation sont en jeu. C'est pourquoi nous devons nous procurer des armes dans l'invisible. Aujourd'hui, mon fils, ton initiation aux mystères a vraiment débuté. Quoi qu'il arrive désormais, ne quitte pas le chemin de Maât.

45.

La réunion des membres de la Maison du Roi venait de se terminer. Séhotep sortit de la salle du conseil et, d'un pas alerte, gagna le bureau de Médès. Ce dernier cessa aussitôt de dicter son courrier et ordonna à ses assistants de quitter les lieux.

— Je suis à votre disposition, Porteur du sceau royal. Combien de décrets a formulés Sa Majesté ?

— Un seul. Cette fois, tu n'auras pas beaucoup de travail. Mais le texte doit être rédigé aujourd'hui même, et les facteurs de la poste royale partir dès demain matin pour le diffuser dans les provinces. Si nécessaire, double les équipes.

Une fois encore, Médès était l'un des premiers informés d'une décision de Sésostris. À cause de l'urgence, il ne pourrait guère en tirer avantage.

— Le texte est très court, précisa Séhotep : le pharaon accorde les pleins pouvoirs au général Nesmontou et le charge d'étouffer toute tentative de révolte en Canaan. Ainsi, aucun habitant de la région ne doutera de notre détermination.

— Craindrions-nous un nouveau soulèvement ?

— D'après le dernier rapport de Nesmontou, l'Annonciateur ne serait pas tout à fait mort.

— Je ne comprends pas...

— Ce malade mental a bel et bien été exécuté, mais des disciples ont survécu et se réclament de lui avec l'intention de semer le trouble dans la population. C'est pourquoi Nesmontou doit faire preuve d'une fermeté exemplaire.

— Connaissant le général, nous pouvons être rassurés !

— Heureusement, Médès.

— J'aimerais engager de nouveaux postiers et augmenter le nombre de bateaux de transport afin de me montrer encore plus efficace. Améliorer la rapidité de nos transmissions me paraît essentiel.

— Je plaiderai ta cause auprès du Grand Trésorier Senânkh.

— Soyez-en remercié.

L'information ne manquait pas d'intérêt.

Ainsi, le général Nesmontou se heurtait bien à de graves difficultés en Canaan. Tout en faisant croire à sa disparition, l'Annonciateur continuait à fragiliser l'occupant.

Ce décret royal se présentait comme un aveu de faiblesse. Incapables d'éradiquer la guérilla, le roi et le général tentaient de terroriser la population. Si la région s'embrasait, que resterait-il du prestige de Sésostris ?

Selon ses habitudes, Médès accomplit sa tâche avec rigueur et diligence. Chacun de ses employés connaissait son intransigeance : à la première erreur, licenciement. Aussi le service du Secrétaire de la Maison du Roi était-il cité en exemple, même par le vizir.

Alors que Médès entamait la rédaction définitive du décret en usant de la terminologie officielle, un visiteur inattendu se présenta.

Iker, le maudit scribe qui aurait dû disparaître depuis si longtemps !

Médès se leva et s'inclina.

— Cette visite m'honore, Fils royal !

— Je suis en mission officielle, sur ordre de Sa Majesté.

— Nous travaillons tous, et en toutes circonstances, avec la ferme volonté de lui donner satisfaction. Puis-je ajouter, à titre personnel, que je suis très heureux de votre nomination ? La cour ne pourra s'empêcher de persifler, mais ses bavardages s'essouffleront vite. Quand vous aurez besoin de moi, n'hésitez pas un seul instant.

— Votre amitié m'est précieuse, Médès. Le roi m'a demandé de porter le nouveau décret à Djéhouty, le maire de la ville de pyramide de Dachour, et de vérifier les mesures de sécurité.

— Bien des rumeurs ont couru à propos du dernier incident. J'espère que la pyramide royale n'a pas subi de dommages.

— L'attaque des terroristes a échoué. Le monument est intact, et sa construction sera bientôt terminée.

— D'aucuns prétendent que vous vous êtes comporté comme un héros.

— Ils se trompent, Médès.

— Ne vous sous-estimez pas, Iker ! Nombre de fanfarons qui proclament leur courage s'enfuient au moindre danger. Vous, vous avez affronté de redoutables bandits !

— Le mérite de la victoire revient à Djéhouty. Grâce à son sang-froid, nous avons évité le pire.

Si le jeune homme ne mentionnait pas l'intervention décisive de Sékari, c'était par nécessité de respecter le secret. Bien peu connaissaient le rôle réel de son ami.

— Je tiendrai le document à votre disposition dès demain matin, promit Médès. Félicitez de ma part Djéhouty et souhaitez-lui meilleure santé. La construction de la pyramide de Dachour sera l'un des nombreux hauts faits du règne.

Iker parti, Médès remâcha sa hargne.

Il savait juger ses adversaires, et celui-là était particulièrement dangereux. Bien sûr, le Secrétaire de la Maison du Roi se comporterait en parfait courtisan et ne manquerait pas de flatter le Fils royal, mais cette technique serait sans doute insuffisante. Il faudrait lui ôter peu à peu tout crédit auprès des dignitaires en leur faisant comprendre que ce scribe se réduisait à un intrigant, un provincial ambitieux dépourvu de compétences et d'envergure, et, pis encore, qu'il nuisait à la réputation du monarque. En procédant par petites touches, Médès distillerait un venin efficace.

Pour l'heure, une urgence : reprendre contact avec le Libanais.

Le porteur d'eau pouvait être satisfait de son travail de fourmi. Semaine après semaine, il avait réussi à embaucher quelques informateurs efficaces, notamment des membres du personnel de nettoyage du palais. L'une des femmes de ménage observait les allées et venues de Médès. Quant à la riche demeure du Secrétaire de la Maison du Roi, elle se trouvait sous surveillance depuis longtemps.

Sur l'ordre de l'Annonciateur, le Libanais vérifiait que Médès se comportait en allié loyal. À l'annonce de sa visite, le négociant ne fut pas étonné. Les dernières turbulences ne devaient pas rassurer le haut dignitaire qui persistait à suivre la procédure habituelle, avec un maximum de prudence.

— Très cher ami, comment allez-vous ?

— Que s'est-il passé à Dachour ?

— Asseyez-vous, Médès, et goûtez à quelques douceurs.

— Je veux savoir, et tout de suite !

— Ne perdez pas vos nerfs.

— Pour que notre collaboration soit durable, j'exclus toute ombre entre nous.

— Soyez tranquille, l'Annonciateur ne l'entend pas autrement. Dachour a été attaqué par un courageux commando, mais une résistance inattendue ne lui a malheureusement pas permis d'atteindre son objectif, la mise à mal de la pyramide. Elle continuera donc à produire de l'énergie. Étant donné les récentes mesures de protection, un nouvel assaut, du moins dans l'immédiat, serait une folie.

— Iker, le Fils royal, est le responsable de cet échec ! Ce garçon nuit à nos intérêts. Il faut le supprimer.

Le Libanais eut un léger sourire.

— Le supprimer... ou l'utiliser ?

— De quelle manière ?

— L'Annonciateur apprécie beaucoup le feu qui anime ce scribe et sait comment le manier. Ce problème-là sera réglé.

— Quand reverrai-je l'Annonciateur ?

— Quand il le décidera. Il est en sécurité et tient la situation bien en main. Si nous nous félicitions de nos réussites, mon cher Médès ? Notre commerce de bois précieux connaît un magnifique succès et vous procure une belle fortune, me semble-t-il ?

Le haut dignitaire n'en disconvint pas. Le système fonctionnait à la perfection.

— L'heure est venue de vous en dire davantage sur mes choix, poursuivit le Libanais. Lorsque vous connaîtrez leurs raisons profondes, vous serez définitivement impliqué dans notre lutte acharnée contre votre propre pays.

Tout en demeurant onctueux, le ton du Libanais se chargeait de menaces.

— Je n'ai pas l'intention de renoncer, affirma Médès.

— Même quand vous saurez que les produits importés sont destinés à causer la mort de vos compatriotes ?

— J'ai déjà éliminé certains gêneurs. Puisque tel est le prix à payer pour renverser Sésostris et façonner le pays dont nous rêvons, aucune hésitation.

Le Libanais s'attendait à plus de résistance. Mais le Secrétaire de la Maison du Roi paraissait avoir étouffé toute sensibilité afin de mieux parvenir à ses fins. Désormais adepte inconditionnel d'*isefet*, compagnon actif du Mal dont il ne discutait plus la puissance et la nécessité, Médès ne reculerait pas.

— Parlons d'abord du ladanum qu'apprécient tant vos parfumeurs, reprit le Libanais. Certains de nos flacons ne contiennent pas seulement ce produit si précieux, mais aussi une drogue qui lèvera certains obstacles. Ensuite, passons aux flacons de grossesse, habituellement remplis d'huile de moringa dont s'enduisent les femmes enceintes. Nos clientes appartiennent à la meilleure société, elles portent en leur sein la future élite du pays. Pourquoi la laisser prospérer, alors que nous disposons du moyen d'en anéantir une partie, avant même sa naissance ?

Stupéfait, Médès ne considéra plus le négociant comme un bon vivant, chaleureux et sympathique.

— Tu ne veux quand même pas dire...

— Quand l'Annonciateur l'aura décidé, nous remplacerons l'huile de moringa par une autre substance qui causera un nombre important de fausses couches. Ce beau projet vous contrarierait-il, Médès ?

Le Secrétaire de la Maison du Roi avala difficilement sa salive. Soudain, son combat prenait une tournure imprévue. Cette violence-là n'entrait pas dans ses plans, mais l'efficacité ne primait-elle pas ? S'allier avec l'Annonciateur offrait vraiment une autre dimension à la guerre souterraine contre le pharaon.

— Je ne suis ni choqué ni hostile.

— J'en suis heureux, cher allié. Maintenant, vous comprenez pourquoi j'ai organisé ce commerce. Et ce n'est pas tout. Les ritualistes, les scribes et les cuisiniers égyptiens utilisent différentes huiles. Nous n'avons donc pas l'intention de restreindre notre action aux femmes enceintes.

Perspectives vertigineuses, mais combien fascinantes ! Blessée à mort, la société pharaonique s'écroulerait sur elle-même sous le regard effaré d'autorités impuissantes.

— La réussite exigera coordination et doigté, précisa le Libanais. Nos réseaux seront opérationnels dans un proche avenir, mais n'oublions pas notre plus redoutable adversaire : le pharaon. Tant qu'il régnera, il trouvera l'énergie nécessaire pour affronter les pires épreuves.

— Sobek le Protecteur est malheureusement de retour, rappela Médès. Je pensais lui avoir porté un coup fatal, mais ce maudit policier a la peau dure !

— Nous en sommes parfaitement conscients et ne négligeons pas sa capacité de nuisance. Néanmoins, il apparaît aujourd'hui possible de réussir là où nous avons échoué.

— Un attentat contre Sésostris ? Je n'y crois pas !

— Des méthodes classiques se révéleraient inopérantes, je vous le concède. Mais je viens d'évoquer des armes nouvelles. Quel que soit le nombre de gardes, nous parviendrons à nous en débarrasser. J'ai besoin de votre aide, Médès. Il me faut un plan précis du palais, des renseignements sur les occupations du monarque et le dispositif de sécurité qui l'entoure.

— Si le pharaon survit, ne serai-je pas soupçonné ?

— Aucun risque, nous laisserons des traces permettant d'identifier les coupables. Quand je vous dévoilerai la date et l'heure, prenez soin de vous montrer loin du palais et de vous forger un alibi en granit. Si Sésostris disparaît, notre conquête sera plus rapide que prévu.

46.

Iker ne pouvait refuser une invitation à dîner chez Séhotep. L'élégante demeure du Porteur du sceau royal était un enchantement : bouquets de fleurs dans chaque pièce, parfums subtils, meubles raffinés, vaisselle d'albâtre, peintures représentant des grues, des cigognes et des hérons, carrelages aux teintes délicates. Quant au personnel, à l'exception d'un cuisinier dont les rondeurs prouvaient la gourmandise, il se composait de jeunes femmes charmantes, légèrement vêtues de voiles de lin et couvertes de bijoux.

— Participer au gouvernement de l'Égypte est une méthode pour se détendre un peu : voici la mienne. Toi, Fils royal, tu sembles beaucoup plus sérieux. Est-il vrai que tu passes tes nuits à lire de vieux traités de sagesse ?

— Ils ont marqué le début de mon éducation et continuent à m'offrir d'incomparables nourritures.

— Je sais qu'il est recommandé aux scribes de ne pas s'enivrer, mais l'ex-étudiant en droit acceptera-t-il quand même une coupe de vin ? Ce grand cru provient de mon vignoble d'Imaou, et le roi lui-même l'apprécie.

Iker ne fit pas la fine bouche. Le repas fut une

sorte de chef-d'œuvre qui culmina avec de savoureux rognons en sauce.

— Sans vouloir te flatter, dit Séhotep, je trouve remarquable ta manière de t'adapter à cette cour si complexe à déchiffrer. Je n'en connais pas encore tous les méandres. Toi, tu as décidé de les ignorer en bloc ! Inutile de préciser que ta nomination soulève tempêtes et jalousies. Songe au nombre de familles riches désireuses de voir leur rejeton adopté comme Fils royal ! Et te voici, obscur scribe provincial, distingué par Sa Majesté ! Chacun s'attendait à te voir triomphant et dédaigneux. Au contraire, tu fais preuve d'une discrétion si exemplaire qu'elle en devient suspecte. En plus, le roi t'accorde de longs entretiens, seul à seul ! Imagines-tu les suppositions et les angoisses ? Chaque dignitaire craint pour son poste et ses privilèges. De qui vas-tu prendre la place ?

— De personne.

— Peu vraisemblable, Iker.

— Le pharaon m'offre un trésor inestimable en m'ouvrant le cœur à des réalités spirituelles que je percevais confusément, sans être capable de les formuler. Recueillir un tel enseignement est une chance incroyable dont j'espère me montrer digne.

— As-tu conscience que des orages menacent cette quiétude ?

— Le roi me prépare à de rudes combats.

Séhotep apprécia la franchise et la lucidité d'Iker. À l'instar de Sobek le Protecteur, il émettait des réserves sur la personnalité du Fils royal et voulait mieux la connaître.

À présent, il se sentait rassuré et regrettait d'avoir douté de Sésostris.

— Enfin, Majesté, enfin ! s'exclama Sobek. Je savais que mes hommes aboutiraient à un résultat, mais le temps me paraissait bien long. Nous soupçonnons un coiffeur ambulant qui travaille dans un quartier proche du port. L'un de mes indicateurs fait partie de ses clients réguliers, ils ont l'habitude de parler librement de choses et d'autres. Leur dernière conversation a porté sur le danger que pourraient représenter des Asiatiques venus de Sichem et installés clandestinement à Memphis. Le coiffeur les considère plutôt comme de braves gens dont les récriminations sont justifiées. Notre occupation militaire ne serait-elle pas trop dure ? Le pays de Canaan ne mériterait-il pas une totale indépendance afin de mieux s'épanouir ?

— Autrement dit, ce suspect soutient les terroristes.

— Bien qu'il déplore la violence, il comprend leurs réactions. Le bougre joue les humanistes, tels certains intellectuels décadents de votre cour dont la seule occupation consiste à repérer le sens du vent.

— Dans le domaine de la diplomatie, tu n'effectues guère de progrès.

— Tout à fait inutile quand on traque des criminels, Majesté. Un policier mou, indécis et larmoyant met en péril l'existence de ses collègues.

— Ce coiffeur a-t-il tenu d'autres propos aussi subversifs ?

— Mon indicateur n'a pas posé trop de questions, car il sentait que le bavard regrettait d'avoir été trop loin. Mais nous tenons enfin un maillon de la chaîne. Le briser serait stupide. Utilisons-le afin de remonter plus haut dans la hiérarchie. Je retire mon pion du jeu, il me faut donc un homme neuf et suffisamment crédible pour que le coiffeur lui en dise davantage.

— À qui penses-tu ?

— Je suis embarrassé, Majesté. Ce genre de malfaiteur identifie instinctivement un policier, même expérimenté. De plus, notre opération doit être conduite dans le plus grand secret, ce qui exclut un dignitaire de la cour.

— Il ne reste donc qu'un seul candidat : Iker. À Memphis, il demeure un inconnu.

— Iker, le Fils royal...

— Si je ne m'abuse, Sobek, voici la mise à l'épreuve dont tu rêvais ?

— Beaux cheveux, sains et drus, mon garçon. Que souhaites-tu : crâne rasé, coupe à la mode, ondulations ?

— Coupe courte, toute simple.

— Assieds-toi sur ce tabouret à trois pieds, recommanda le coiffeur, et tiens-toi le buste droit.

Sur une table basse, le matériel de l'artisan, râblé et sympathique : plusieurs rasoirs de tailles différentes, des pinces à onduler, des ciseaux, un bol contenant de l'eau additionnée de natron.

Iker était le premier client de la matinée. Les autres patientaient, soit en prolongeant leur nuit, soit en jouant aux dés ou bien en échangeant quelques potins.

— Comme tes cheveux sont propres, je n'ai pas besoin de les laver. Tu es nouveau, dans le quartier ?

— Je suis scribe et je viens du Sud. On prétend qu'ici, à Memphis, un écrivain public gagne bien sa vie.

— Avec le nombre de réclamations destinées à l'administration, tu ne manqueras pas de besogne !

— Le vizir ne désire-t-il pas faciliter le quotidien des plus humbles ?

— C'est ce qu'il affirme, mais personne ne croit aux mirages.

— Moi, je pense qu'il a les mains liées.

— Pourquoi dis-tu ça, mon garçon ?

— Parce que personne ne peut s'opposer à la volonté d'un tyran.

Le rasoir demeura suspendu en l'air quelques instants.

— Tu ne veux quand même pas parler de...

— Inutile de prononcer son nom, tu me comprends parfaitement. Nous ne sommes pas tous des moutons bêlants et nous savons bien que seule la révolte nous rendra notre liberté.

— Parle plus bas ! Des propos comme ceux-là pourraient te conduire en prison.

— D'autres me remplaceront. Et j'ai déjà échappé à la police, lors du massacre de Kahoun.

— Tu étais là-bas ?

— J'aidais mes amis venus d'Asie. Nous espérions nous emparer de la mairie, mais nous avons été trahis. Moi, j'ai réussi à m'échapper. Hélas ! beaucoup d'entre nous sont tombés. Les Égyptiens nous le paieront.

— Serais-tu recherché ?

— Sobek le Protecteur rêve de me capturer, avoua Iker. Et moi, j'aimerais bien retrouver la jeune Asiatique qui a failli nous mener à la victoire. Mais sans doute a-t-elle été tuée…

— Son nom ?

— Si elle est encore vivante, je la mettrais en danger en le révélant. Toi, tu es un brave coiffeur et tu subis la tyrannie comme la plupart des gens.

— Tu te trompes, mon garçon. Moi aussi, je lutte, à ma manière.

— As-tu vraiment envie de combattre le despote ?

— Je ne t'ai pas attendu pour commencer ! Ta jeune Asiatique, elle s'appelle Bina.

Iker parut stupéfait.

— Tu... tu la connais ?

Le coiffeur se contenta de hocher la tête.

— Alors, elle est vivante ?

— Heureusement pour nous.

— Où la rencontrer ?

— Tu m'en demandes trop.

— Sans Bina, je suis perdu ! Tôt ou tard, je serai arrêté. À ses côtés, je peux encore être utile.

— Moi, je ne sais presque rien. En revanche, je connais quelqu'un qui te renseignera peut-être : le fabricant de fards, au fond de la ruelle, face à moi. Présente-toi de ma part.

Sous la présidence du roi, le conseil écouta le rapport détaillé d'Iker.

— C'est forcément un piège, estima Séhotep. Inutile d'aller plus loin.

— Au contraire, objecta Sobek. Pourquoi n'avons-nous pas réussi à repérer le réseau d'Asiatiques implanté à Memphis ? À cause de son parfait cloisonnement. Ce coiffeur reste dans son rôle, l'un des multiples pions sans importance. Comme Iker l'a mis en confiance, l'autre lui permet de remonter la filière.

— Je partage cette analyse, approuva Senânkh.

— Et si ce coiffeur n'était qu'un leurre ? avança le vizir.

— Iker n'a ni l'allure ni le comportement d'un policier, déclara Sobek. Lui et le coiffeur ont fait chacun un pas l'un vers l'autre, en mentionnant Kahoun et Bina. Donc, aucun danger à poursuivre cette infiltration.

— Que décides-tu, Iker ? demanda le roi.

— Je continue, Majesté.

Le fabricant de fards fournissait les principaux médecins de la ville. En combinant des substances[1] comme la galène — du sulfure de plomb —, la céruse — du carbonate de plomb —, la pyrolusite — du bioxyde de manganèse —, la chrysocolle — du silicate de cuivre hydraté — et de la malachite, il obtenait de remarquables produits de beauté. Mais il ne s'en contentait pas et créait aussi des produits de synthèse, telles la phosgénite et la laurionite. À ses fards, il ajoutait des vertus thérapeutiques qui permettaient de prévenir ou de soigner le trachome, le leucome et la conjonctivite.

Alors que le technicien procédait à un mélange, Iker frappa à la porte de son laboratoire.

— Ce n'est pas le moment de me déranger.

— Je viens de la part du coiffeur.

— Qui es-tu ?

— Un allié de Bina. À Kahoun, j'ai participé à la révolte contre le tyran. Jusqu'à présent, j'ai réussi à me cacher dans Memphis, mais je voudrais rejoindre mes amis.

— Décris-moi le coiffeur.

Iker s'exécuta.

— À Kahoun, le maire habite une modeste demeure, reprit le fabricant de fards. Lui, au contraire, aime s'affubler de vêtements excentriques et coûteux.

— C'est tout le contraire, rectifia Iker. Il vit dans une immense villa où travaillent de nombreux employés et s'habille de manière traditionnelle.

— Bina est trop vieille pour reprendre le combat.

— Elle est toute jeune et très jolie !

1. Tout ce qui suit provient des découvertes de G. Tsoucaris, P. Walter, P. Martinetto, J.-L. Lévêque, exposées dans le *Mensuel de l'X*, n° 564, avril 2001, p. 39-45.

— Donne-moi le mot de passe que t'a révélé le coiffeur.

La catastrophe.

Le coiffeur n'avait donc aucune confiance en Iker. Il lui fallait trouver sur-le-champ un mot de passe plausible, peut-être « Bina », « Kahoun » ou « révolte », mais ses chances de succès étaient infimes.

Alors, le scribe joua le jeu de la sincérité.

— Il ne m'en a donné aucun et m'a seulement affirmé que vous pourriez m'aider.

Le parfumeur sembla satisfait.

— Sors d'ici, engage-toi dans la deuxième ruelle sur ta gauche et pénètre dans la première maison sur ta gauche. Ensuite, patiente.

Iker aurait dû rendre compte à Sobek de cette nouvelle étape, mais il craignait d'être surveillé par des terroristes. De plus, l'homme traqué qu'il prétendait être ne devait pas perdre une seconde pour se rendre à cette adresse.

La porte se referma derrière lui.

Plongé dans l'obscurité, le vestibule de la petite maison blanche lui parut sinistre. Si on l'agressait, Iker ne verrait pas partir les coups.

— Monte l'escalier, ordonna une voix éraillée.

Iker prit conscience de son imprudence. Sobek ne savait pas où il se trouvait, aucun policier ne lui viendrait en aide.

Et si le jeune scribe était confronté à l'un des Asiatiques qu'il connaissait, saurait-il se montrer convaincant ?

Il n'avait jamais vu l'homme qui le recevait. Petit, entre deux âges, il ne semblait guère redoutable.

— Que désires-tu, mon garçon ?

— Rejoindre Bina et mes alliés asiatiques, poursuivre avec eux notre combat contre le tyran.

— Ils ne résident plus à Memphis.

— Où sont-ils allés ?

— À Sichem, auprès de l'Annonciateur.

— L'Annonciateur... Voilà longtemps qu'il est mort !

— Personne ne peut tuer l'Annonciateur. Il répandra le feu divin dans toute la Syro-Palestine. Nous, les Cananéens, chasserons les Égyptiens de notre territoire, formerons une immense armée et briserons le trône du pharaon.

47.

Le conseil restreint du pharaon n'avait pas perdu un mot des déclarations d'Iker.

— Voilà pourquoi Sobek le Protecteur ne parvenait pas à démanteler le réseau asiatique implanté à Memphis, conclut Senânkh. Cette bande de malfaisants a quitté la ville depuis longtemps et s'est réfugiée en Canaan où elle bénéficie de nombreuses complicités.

— Au général Nesmontou de résoudre le problème, appuya Séhotep. Qu'il éteigne le désir de révolte en arrêtant les émules de cet Annonciateur et procède à des exécutions publiques, à l'issue d'un procès retentissant. Tant que la réputation de ce révolté encouragera des fanatiques, la paix ne régnera pas dans la région.

— Grâce au Fils royal Iker, observa Khnoum-Hotep, nous savons aujourd'hui que Memphis fut un simple lieu de transit pour les terroristes et qu'ils ont regagné leur base de départ. D'un côté, bonne nouvelle ; de l'autre, une menace bien présente. Si l'ennemi regroupe ses forces, il deviendra redoutable.

— Moi, dit Sobek, je suis sceptique. Si telle était la vérité, Nesmontou nous aurait signalé davantage d'incidents à Sichem.

— Son dernier rapport est alarmiste, rappela Sésostris, mais le général attend des éléments concrets avant de se prononcer de manière tranchée.

— Et si le Fils royal avait été manipulé ? interrogea Sobek.

— Ne minimisons pas le succès d'Iker, recommanda Séhotep.

Le Protecteur se renfrogna.

— La conclusion s'impose d'elle-même, estima le vizir. Le risque majeur reste Sichem. Par prudence, maintenons un cordon de sécurité autour de Dachour et d'Abydos. En revanche, je propose de rétablir ici la libre circulation des biens et des personnes.

Le roi approuva son Premier ministre.

Sobek regarda Iker d'un œil méfiant, comme s'il le soupçonnait d'avoir menti.

À plusieurs reprises, les disciples de l'Annonciateur se prosternèrent devant leur seigneur. Puis, d'une seule voix, ils prononcèrent une prière répétitive à la gloire du dieu des victoires qui leur donnerait la suprématie sur le monde.

Alors que Shab le Tordu participait avec ferveur à cette célébration, Gueule-de-travers s'ennuyait ferme. Cette comédie lui paraissait futile en regard de la seule réalité digne d'intérêt : la violence. C'était grâce à lui et à ses commandos que l'Annonciateur triompherait, et à personne d'autre.

Alors que les litanies s'éteignaient, Shab le Tordu demeurait en extase.

Gueule-de-travers le gratifia d'un coup de coude dans les côtes.

— Reviens sur terre, l'ami ! Tu ne vas quand même pas tomber dans les rêveries enfantines ?

— Pourquoi restes-tu fermé à l'enseignement de

l'Annonciateur ? Il t'offrirait une force dont nous avons tous besoin !

— La mienne me suffit.

Les disciples ayant regagné leur lieu de travail ou leur poste d'observation, l'Annonciateur réunit le trio chargé de préparer l'attentat qui mettrait un terme au règne de Sésostris.

Shab le Tordu et Gueule-de-travers furent surpris de la transformation de Bina. Elle n'était plus une jolie brunette, vive et enjouée, mais une redoutable séductrice sûre de son charme. Malgré le mépris qu'ils éprouvaient pour le sexe opposé et leur sentiment de supériorité, les deux hommes eurent un mouvement de recul.

— Bina appartient désormais au premier cercle, révéla l'Annonciateur. Je lui ai transmis directement une partie de ma puissance afin qu'elle devienne la reine de la nuit. Elle participera donc à nos opérations d'envergure.

Ni Shab ni Gueule-de-travers n'osèrent émettre la moindre protestation. Il y avait dans le regard de Bina une lueur si effrayante que même eux ne souhaitaient pas la provoquer.

— Tes hommes sont-ils prêts ? demanda l'Annonciateur à Gueule-de-travers.

— Le bois sec a été dissimulé aux endroits prévus. À mon signal, l'action sera déclenchée.

— Je me suis longuement entretenu avec le porteur d'eau, ajouta Shab le Tordu. Grâce à sa bavarde de lingère, nous avons les renseignements nécessaires. Quant au Libanais, il m'a remis les fioles.

L'Annonciateur prit doucement la main de Bina.

— À toi d'intervenir.

— Chef, dit le policier, le coiffeur et le fabricant de fards ont disparu !

— Comment, disparu ! s'exclama Sobek le Protecteur. N'étaient-ils pas sous surveillance ?

— Bien sûr que si, mais très légère, de sorte qu'ils ne se sentent pas repérés. Ils ont réussi à tromper la vigilance de nos guetteurs.

— Je suis entouré d'incapables ! rugit Sobek.

— Chef, il y a autre chose.

— Quoi encore ?

— Le Cananéen avec lequel s'est entretenu le Fils royal prépare ses bagages.

— Celui-là, on ne le laissera pas filer ! Je m'en occupe moi-même.

Sékari se livrait à l'une de ses occupations favorites : dormir. N'ayant aucune préférence entre la grasse matinée, une longue sieste et une bonne nuit, il glissait toujours dans le sommeil avec une aisance exemplaire et n'en sortait pas volontiers.

— Réveille-toi, exigea Iker en le secouant.

— Ah !... le dîner ?

— Le Cananéen m'a envoyé un message. Je dois le rejoindre au sud de la ville. Le roi veut que tu me suives. Sékari fut aussitôt sur pied.

— Je n'aime pas ça, Iker.

— Peut-être me fournira-t-il un moyen de rejoindre mes prétendus alliés.

Le garde s'interposa, empêchant Bina de pénétrer dans la cantine des soldats.

— Où vas-tu, avec ce panier ?

— Cadeau du vizir.

— Ouvre-le.

Le soldat découvrit des flacons.

— Les uns contiennent de l'huile de première qualité pour l'alimentation, expliqua Bina, les autres un onguent qui calme les douleurs. J'ai reçu l'ordre de les apporter au cuisinier.

— Depuis quand travailles-tu au palais ?

— Depuis toujours, affirma la jeune femme, aguicheuse. Toi, je ne t'ai jamais vu.

— Normal, je viens d'être affecté ici.

— On devrait mieux se connaître, ne crois-tu pas ?

Le garde frétilla, Bina sourit.

— Bonne idée.

— Es-tu libre demain soir ?

— Demain soir... Possible, murmura-t-elle en minaudant.

Bina prit une fiole, la déboucha, humecta son index et le passa doucement sur le cou de l'homme, qui crut fondre de plaisir.

— À bientôt, beau militaire.

Le cuisinier ne fut guère plus difficile à séduire. Bina eut tout le loisir de verser de l'huile dans les marmites où mijotaient les plats destinés aux sentinelles en faction à partir de la première heure de la nuit. Elles sombreraient dans un sommeil comateux dont la plupart ne sortiraient plus. Quant aux soldats encore éveillés, les hommes de Gueule-de-travers s'en chargeraient.

— Le type n'est pas seul, chef, précisa un policier à Sobek. Il y en a au moins deux autres sur la terrasse. Et sûrement d'autres encore à l'intérieur. On est tombés sur un nid de Cananéens.

Le crépuscule faciliterait l'arrestation.

Sobek envoya un éclaireur.

Alors qu'il s'approchait de la maison suspecte, une pierre lancée par une fronde le toucha à l'épaule.

— Ces bandits nous attendaient ! constata le Protecteur. Qu'on les encercle. Moi, je retourne au palais et je vous envoie des renforts. Dès leur arrivée, que l'assaut soit lancé.

Sobek éprouvait le pénible sentiment d'avoir été floué. En continuant à diriger cette opération, il serait resté longtemps loin du roi. Et son instinct lui dictait de le rejoindre au plus vite.

— Le message indiquait pourtant bien cette maison, confirma Iker.

— Elle semble abandonnée, constata Sékari.

— À Kahoun, je rencontrais Bina dans une masure comme celle-là.

— Autrement dit, elle t'a probablement tendu un piège. Reste ici.

— Sékari...

— Ne crains rien, j'ai l'habitude.

Iker ne comprendrait jamais comment Sékari, apparemment lourdaud, se transformait en génie aérien que nul obstacle ne gênait. Il disparut avec une incroyable agilité et ne fut pas long à resurgir.

— Cette bicoque est vide. Le message n'était qu'un leurre, on a voulu nous éloigner. Vite, au palais !

Une dizaine d'incendies furent déclenchés en même temps, à proximité du palais. Le petit bois sec brûlait à merveille, les flammes montaient haut et semaient la panique.

L'un des foyers menaçant un bâtiment administratif,

plusieurs gardes postés à l'extérieur coururent prêter main-forte à des porteurs d'eau en nombre insuffisant.

— On y va, ordonna Gueule-de-travers à ses quinze commandos armés d'épées courtes.

Malgré son courage, la sentinelle demeurée devant l'entrée principale fut vite submergée.

À l'intérieur, le poison de Bina se révélait efficace. La plupart des soldats gisaient sur le sol du réfectoire, d'autres dans les couloirs. Quelques-uns tenaient encore debout, à moitié endormis ; une poignée, qui n'avait pas mangé, restait en état de combattre.

Face à la déferlante, ils ne résisteraient pas longtemps.

Sésostris venait de s'allonger sur son lit.

Quelles que fussent les multiples occupations remplissant son interminable journée de travail, le monarque ne cessait de penser à l'arbre de vie. Axe reliant la terre au cosmos et colonne vertébrale d'Osiris ressuscité, il préservait les valeurs fondamentales utilisées comme matériaux par une confrérie de sages lors de la construction de l'Égypte.

En gouvernant avec rectitude, le roi contribuait à la sauvegarde de l'acacia. Chaque acte juste produisait une nourriture, chaque célébration de rituel émettait une puissance capable de repousser les forces du mal.

Soudain, des cris et des bruits d'armes entrechoquées.

Le roi se leva, prit une épée et ouvrit la porte de sa chambre.

Dans le couloir, le dernier garde succombait. Seuls deux des commandos de Gueule-de-travers avaient été tués.

Un lourd silence s'établit.

Tous les regards convergeaient vers le géant dont le calme stupéfia ses agresseurs.

Même Gueule-de-travers, qui ignorait la peur, recula.

— C'est lui, murmura-t-il, c'est le pharaon !

Les Asiatiques baissèrent leurs armes.

— Ce n'est qu'un homme ! Il est seul, nous sommes nombreux, il n'a aucune chance de nous vaincre. À l'attaque !

À l'issue d'un long moment d'hésitation, un agresseur se décida.

Alors que le bras du pharaon avait à peine bougé, un sillon sanglant creusa la poitrine de l'Asiatique, lequel chuta lourdement sur le dos.

Voulant venger son compagnon, un autre assaillant connut le même sort.

Avec une colère mêlée de dédain, Sésostris contemplait ses ennemis.

— Tous ensemble ! hurla Gueule-de-travers.

Ses hommes lui auraient obéi si deux d'entre eux n'avaient été assommés par Sékari et Iker, maniant des matraques prélevées sur les cadavres des gardes.

— Décampons ! cria un Asiatique, persuadé que des renforts arrivaient en masse.

Il n'alla pas loin, car il se heurta à un Sobek en fureur dont la lance le transperça de part en part.

Abandonnant son équipe, Gueule-de-travers emprunta un couloir vide et sauta par une fenêtre.

Profitant de la confusion générale, il disparut dans la nuit.

48.

Le pharaon était sain et sauf.

Légèrement blessé au bras gauche, Sékari reprenait son souffle.

Sobek le Protecteur pointa son javelot vers Iker, appuyé contre le mur du couloir où s'entassaient les cadavres des Asiatiques.

— J'accuse le Fils royal d'avoir organisé cet attentat.

— Tu perds l'esprit ! protesta Sékari.

— Qui nous a fait croire que les terroristes avaient quitté Memphis ? Iker et le Cananéen... Des complices, voilà la vérité !

Le jeune homme blêmit.

— Sur le nom de Pharaon, je jure que je suis fidèle au roi et prêt à donner ma vie pour le défendre !

Redoutant la violence de Sobek, Sékari s'interposa.

— Comme toi, nous sommes les victimes d'une manipulation. On nous a éloignés du palais, des incendies ont été déclenchés, les gardes drogués. Dès que nous avons soupçonné un piège, nous sommes revenus en hâte. Iker s'est battu avec courage, il aurait pu être tué.

La fureur du Protecteur retomba. Les explications de

Sékari ne manquaient pas de poids. Mais Iker avait déjà essayé de supprimer le monarque... N'était-ce pas une deuxième tentative, mieux organisée que la première ?

— La conduite d'Iker et son serment devraient dissiper tes soupçons, estima Sésostris. Les vrais coupables gisent à tes pieds.

— Des Asiatiques, constata Sobek. Quelques-uns éliminés, combien encore décidés à nuire ?

L'Annonciateur calma ses fidèles.

— L'attentat a échoué, reconnut-il, mais aucun de nos valeureux combattants n'a parlé. Sinon, la police serait déjà ici. Ces héros iront au paradis, nous pouvons être fiers de leur courage et de leur dévouement. Grâce à eux, le tyran ne se sentira plus en sécurité nulle part, même dans son propre palais. Il est temps de quitter cette ville dépravée. Shab, forme les groupes. Chacun partira dans une direction différente afin de ne pas attirer l'attention de l'ennemi. Puis nous établirons notre jonction dans un endroit sûr, et je distribuerai de nouvelles tâches. Notre lutte pour l'instauration de la vraie foi ne cessera de s'intensifier.

Rassurés, les adeptes reçurent les consignes.

L'Annonciateur monta à l'étage et sortit de sa cachette le coffre en acacia. Les armes qu'il contenait n'avaient pas encore exprimé leur pleine puissance.

— Seigneur, déplora Bina, je regrette de ne pas avoir participé à ce combat. Gueule-de-travers a manqué de sang-froid. Tel n'aurait pas été mon cas.

— Tu auras d'autres occasions de prouver ta valeur. Sésostris se présente comme un adversaire exceptionnel, aux pouvoirs étendus. Ses dieux l'ont doté de qualités extraordinaires, et seule la supériorité du nôtre le réduira à néant. La route sera longue, Bina, car l'ennemi est valeureux.

— La victoire n'en sera que plus belle.

— Sobek ne parvient pas à nous localiser. Mais nous ne bénéficierons pas toujours de cet avantage. Sache te montrer prudente, reine de la nuit. Enveloppe de ténèbres chacune de tes démarches.

Shab le Tordu n'en menait pas large. Portant le coffre sur l'épaule, il suivait l'Annonciateur, qui aurait dû quitter Memphis avec les autres au lieu de se rendre chez le Libanais. Mais il devait obéir à son maître, même si celui-ci prenait des risques inconsidérés.

À tout moment, le Tordu craignait d'être interpellé par une patrouille de police. L'Annonciateur, lui, marchait d'un pas tranquille, comme n'importe quel citadin à la conscience immaculée. Jusqu'à la demeure du Libanais, aucun incident ne se produisit.

Quand l'Annonciateur pénétra dans le salon, le négociant et Médès se levèrent.

— Sésostris est toujours vivant ! s'exclama Médès.

— Je sais, mon ami, je sais.

— Nous allons tous être arrêtés !

— Bien sûr que non.

— Sobek interrogera les blessés, ils parleront.

— Je ne crois pas, affirma l'Annonciateur.

— Comment en être certain ?

— À l'exception de Gueule-de-travers, ce qu'ont absorbé les brutes chargées de supprimer le pharaon ne leur accordait qu'une courte survie. Même en cas de succès, ils seraient tous morts moins d'une heure après.

Médès contempla l'Annonciateur avec effarement.

— Vous... vous avez...

— La possibilité de réussir était infime, car l'environnement magique de Sésostris demeure efficace. Néanmoins, le résultat envisagé est atteint : ce régime impie se sait vulnérable. Et rien ni personne ne lui permet de prévoir d'où proviendront les coups et à quel moment ils seront portés.

— Dois-je regagner mon pays au plus vite ? demanda le Libanais.

— Certes pas, mon brave ami. Plusieurs fidèles sont déjà partis pour le nord, mais, toi, tu restes ici, de même que les membres du réseau principal, composé de commerçants, de coiffeurs et de marchands ambulants. Tu le dirigeras en mon nom et tu me fourniras des informations avec une loyauté exemplaire, n'est-ce pas ?

— Comptez sur moi, seigneur ! s'exclama le Libanais, dont les cicatrices, soudain douloureuses, lui rappelèrent l'impérieuse nécessité d'obéir à l'Annonciateur.

— Ton rôle et celui de notre allié Médès sont particulièrement importants. Vous m'informerez de ce qui se passe à Memphis et des intentions de Sésostris.

— Nous ferons de notre mieux, mais... pouvons-nous continuer nos opérations commerciales avec le Liban ?

— Je n'y vois aucun inconvénient, à condition que notre cause en bénéficie.

— Je l'entendais bien ainsi, seigneur !

— Pensez-vous respecter une pause avant de vous attaquer de nouveau au pharaon ? interrogea Médès.

— Je dois déployer mes forces de manière différente, mais il n'y aura aucune pause. De ton côté, obtiens le maximum de renseignements sur Abydos. Tant que l'acacia d'Osiris aura un souffle de vie, aucune de nos victoires ne sera décisive. Mais nous atteindrons bientôt un premier but : faire en sorte qu'aucun Égyptien ne dorme tranquille.

Alors qu'il pénétrait dans la salle d'interrogatoire de la caserne principale de Sichem, le général Nesmontou reçut un courrier de Séhotep relatant les dramatiques événements de Memphis.

Ces nouvelles échauffèrent le sang du vieux militaire et renforcèrent son désir de débusquer les meneurs de la sédition cananéenne. Bien qu'elle fût apparemment maîtrisée, Nesmontou sentait que le feu couvait sous la cendre.

Face à lui, assis sur un tabouret, les mains liées derrière le dos, un gamin aux yeux haineux.

— Pourquoi a-t-il été arrêté ? demanda le général au soldat qui le surveillait.

— Il a tenté de planter un couteau dans le dos d'une sentinelle. On n'a pas été trop de trois pour le maîtriser.

— Quel âge as-tu ? interrogea Nesmontou en fixant le prisonnier droit dans les yeux.

— Treize ans.

— As-tu confié tes intentions à tes parents ?

— Mes parents sont morts. L'armée égyptienne les a tués. Moi, je tuerai les Égyptiens. Sichem se révoltera, puisque nous avons un chef !

— Comment s'appelle-t-il ?

— L'Annonciateur.

— Il a été condamné et exécuté.

— Balivernes ! Nous, les Cananéens, on sait que c'est faux. Vous en aurez la preuve.

— Tiens donc ! Quand ça ?

— En ce moment même, l'Annonciateur pille une caravane au nord de Sichem.

— Tu sembles bien renseigné, petite crapule. Mais tu mens comme tu respires.

— Vous verrez que non !

— Un séjour en prison te remettra les idées en place.

— Ce n'est qu'un gamin, rappela le soldat.

— Un gamin prêt à tuer ! Ici s'applique la loi égyptienne : elle stipule qu'à partir de dix ans un individu est pleinement responsable de ses actes.

Alors que le général regagnait ses quartiers, son aide de camp lui apporta un message.

— Une caravane a été agressée au nord de la ville.

— Des victimes ?

— Malheureusement oui, mais aussi des rescapés.

— Amène-les-moi sans tarder.

Dès son arrivée à Memphis, Nesmontou demanda audience au pharaon, qui le reçut toutes affaires cessantes. Étant donné l'importance des informations, Sésostris convoqua le vizir Khnoum-Hotep, le Porteur du sceau Séhotep, le Grand Trésorier Senânkh, Sobek le Protecteur, le Fils royal Iker et l'agent spécial Sékari.

— L'enquête conduite par le général Nesmontou aboutit à un résultat inquiétant, déclara le roi. Qu'il expose les circonstances de sa découverte. Ensuite, nous aurons à prendre des décisions.

— Une caravane vient d'être attaquée à proximité de Sichem, révéla Nesmontou. Les soldats qui l'escortaient se sont vaillamment défendus, mais ont cédé sous le nombre. Une patrouille a secouru à temps deux survivants, un soldat et un marchand.

— Ce nouveau drame prouve qu'il faut renforcer notre présence militaire dans toute la Syro-Palestine, estima Senânkh.

— Je propose aussi de doubler les escortes, avança Sobek. Elles dissuaderont les coureurs des sables, volontiers alliés aux Cananéens, de lancer des raids meurtriers.

— Mesures nécessaires, reconnut Nesmontou, mais ce que les rescapés m'ont appris risque de les rendre insuffisantes. D'après eux, le chef de la bande de pillards était un homme de grande taille qu'ils appelaient l'Annonciateur.

— L'Annonciateur est mort, rappela Séhotep. D'après ton propre rapport, la population de Sichem l'a massacré, révoltée contre ce faux prophète !

— Je l'ai cru, en effet. À l'évidence, je me suis trompé. L'Annonciateur semble bien vivant. En recoupant des indices recueillis au fil des interrogatoires, j'ai le sentiment qu'il s'affirme comme l'âme de la révolte cananéenne. Même les enfants ne jurent que par lui et veulent combattre en son nom.

— S'il existe, il se trouve donc bien en Syro-Palestine, remarqua Iker, dont l'intervention provoqua le regard incendiaire de Sobek.

Le chef de toutes les polices du royaume n'avait rien pu tirer du Cananéen et de ses acolytes, mandatés pour l'attirer dans un piège. Tous avaient succombé à leurs blessures, infligées lors de l'assaut.

— L'Annonciateur dispose forcément de plusieurs groupes armés, poursuivit le général Nesmontou. Il se déplace fréquemment et cherche à fédérer les tribus afin de former une armée résolue à nous affronter.

— Pourquoi ne parviens-tu pas à l'arrêter ? demanda le vizir.

— Il connaît le terrain mieux que nous ne le connaîtrons jamais, et des guetteurs lui signalent le moindre déploiement de nos forces. Néanmoins, j'ai obtenu une information capitale : le marchand rescapé avait déjà entendu l'Annonciateur prêcher la guérilla contre l'Égypte. Son véritable nom est Amou, il commande une antique tribu cananéenne, réputée pour sa cruauté et sa violence.

— Il suffit donc de la localiser !

— Les familles qui composent cette tribu nomade sont entrées dans la clandestinité après l'insurrection de Sichem. Elles ont formulé une promesse que toute la région prend très au sérieux : quiconque dénoncera à l'armée ou à la police un partisan de l'Annonciateur sera exécuté avec la dernière sauvagerie.

— Que proposes-tu ? interrogea Senânkh.

— Il me faut un homme très courageux, disposant de l'entière confiance de Sa Majesté, et capable de gagner celle d'Amou et de ses proches. Il devra identifier les diverses branches du réseau terroriste et nous informer avec la plus extrême prudence. Nous interviendrons au moment propice et anéantirons l'ennemi d'un seul coup. J'exclus d'avance un militaire de carrière, facile à repérer.

— Je suis donc tout désigné, avança Sékari.

— Certainement pas, objecta Iker, car moi seul possède les arguments décisifs. N'ai-je pas tenté d'assassiner le roi ?

Sobek sursauta.

— Majesté, je vous recommande une fois encore de vous méfier de ce scribe !

— Là où se cache l'Annonciateur, poursuivit Iker, Bina et les Asiatiques de Kahoun ne seront pas loin. Il est certain qu'ils ont quitté Memphis et préparent les prochains attentats depuis la Syro-Palestine. Moi, j'ai réussi à abuser les autorités, mais pas Sobek le Protecteur. À la veille d'être arrêté, une seule issue : m'enfuir, rejoindre mes complices, leur communiquer ce que j'ai appris sur le palais et reprendre avec eux le combat contre le tyran.

— Enfin, s'exclama Sobek, tu avoues !

Iker fixa le chef de toutes les polices du royaume.

— Puisque je ne réussis pas à te convaincre de ma loyauté, mes actes parleront pour moi. Ou bien je retrouve mes complices, et tu finiras bien par m'abattre avec une joie sans mélange ; ou bien je m'infiltre chez l'adversaire et je transmets de précieuses informations qui permettront à Sa Majesté d'extirper le mal.

— Une troisième hypothèse me paraît beaucoup plus réaliste, indiqua Sékari : tu échoues, et l'Annonciateur te fait périr dans d'atroces souffrances.

— Je suis conscient du danger, admit le Fils royal. Mais j'ai une dette à payer et je veux gagner la confiance totale des proches de Sa Majesté, Sobek y compris, dont l'attitude ne me choque pas. J'ai commis une faute grave, je dois laver mon cœur et le remplir de justesse. C'est pourquoi j'implore Pharaon de me confier cette mission.

Sésostris se leva, signifiant la fin du conseil.

Tous sortirent en silence, à l'exception d'Iker.

— Majesté, puis-je solliciter une faveur avant mon départ ? Je souhaiterais revoir Isis et lui parler une dernière fois.

49.

Affalé dans un fauteuil, Gergou sanglotait.

— Quittons Memphis sans délai... Mais où se cacher ? Sésostris nous poursuivra jusqu'au fond du désert !

— Cesse de proférer des stupidités et bois davantage de bière forte. Elle te calmera.

— Je n'ai plus soif !

— Reprends-toi, bon sang !

Gergou consentit à vider sa coupe comme si c'était la dernière.

— Nous n'avons strictement rien à craindre, assura Médès. D'après les rumeurs, le seul sur lequel pèsent les soupçons de Sobek, c'est le Fils royal Iker. L'Annonciateur et la plupart des siens sont à l'abri. Le réseau du Libanais reste en place.

Gergou se sentit un peu moins inquiet.

— Êtes-vous certain que nous ne serons pas arrêtés ?

— Nous n'avons commis aucune erreur, toutes les pistes qui auraient permis de remonter jusqu'à nous sont coupées.

Cette fois, Gergou vida la jarre.

— Sésostris semble invulnérable ! Aucune tentative d'assassinat n'aboutira. Retirons-nous de cette alliance dangereuse, Médès, et jouissons de notre fortune.

— Ce serait une réaction enfantine. D'abord, l'Annonciateur n'admet ni trahison ni défection. Nous signerions ainsi notre arrêt de mort. Ensuite, nous continuerons à nous enrichir grâce au Libanais. Enfin, nous finirons par dominer le pays entier. Crois-tu vraiment à l'enfer, Gergou ?

— Les damnés y brûlent dans des chaudrons, et rien n'atténue leurs souffrances !

— Fables stupides, estima Médès. Moi, je ne crois qu'au mal, au mensonge et à la rapacité. Les nier est idiot, les combattre dérisoire. L'Annonciateur me fascine, car il utilise les forces du mal avec un art suprême. Plus étonnant encore, le nombre d'adeptes qui lui obéissent aveuglément ! Comment autant d'imbéciles peuvent-ils admettre que Dieu ait parlé à un individu pour le charger d'imposer une vérité absolue et définitive ? La bêtise mène la foule, et nous devons en profiter au maximum. C'est l'arme politique la plus formidable. Je me moque de la religion que prône l'Annonciateur, mais je suis persuadé qu'elle réussira à conquérir le monde. En nous associant à lui, nous deviendrons fabuleusement riches et puissants.

Le sang-froid de Médès rassura Gergou, la bière acheva de le détendre.

— La Maison du Roi vit dans la crainte, ajouta son Secrétaire. À la suite de l'arrivée inattendue du général Nesmontou, je n'ai eu aucun décret à rédiger. De ses entretiens avec le roi, rien n'a filtré, mais il paraît qu'Iker a été convoqué. Je vais tâcher d'en savoir davantage. De ton côté, interroge discrètement l'entourage de Nesmontou. Tu y trouveras bien un bavard, fier de te révéler les raisons de la visite du général.

Le soleil se couchait sur Abydos. Isis monta lentement l'escalier de pierre qui menait au toit du temple où elle passerait la nuit à étudier le ciel.

Chargée par le roi de repérer toute attitude suspecte de la part des prêtres permanents ou temporaires, la jeune femme avait constaté, non sans soulagement, que chacun remplissait sa fonction avec rigueur. Plus ardue encore, une autre mission sollicitait son énergie : rechercher dans les archives de la Maison de Vie les éléments, même infimes, utiles à la guérison de l'acacia.

Et c'était précisément parce qu'un texte recommandait d'explorer le cosmos qu'Isis comptait interroger les étoiles, les planètes et les décans.

La déesse Isis avait placé les astres à leur juste place, les sept Hathor orientaient le destin. Quant à la lecture de l'heure, l'horoscope, elle demeurait un secret d'État transmis de pharaon en pharaon. Les initiés, cependant, connaissaient le message des trente-six chandelles, les décans, également appelés « les vivants ». Ils naissaient et se régénéraient dans la *douat*, la matrice stellaire, tout en rythmant l'année rituelle.

À l'aide d'un viseur formé d'une feuille de palmier fendue au milieu et d'une réglette équipée d'un fil à plomb, Isis calculait la position des corps célestes. Elle observa l'Horus-taureau-du-ciel, Saturne, puissance décisive ne laissant aucune place aux faiblesses humaines ; l'Horus-qui-révèle-le-secret, Jupiter ; l'Horus-rouge, Mars, dispensateur de force ; la double étoile, celle du matin et du soir, Vénus, assimilée au phénix, porteur du rayonnement de la pierre primordiale ; Sobeg à l'avant de la barque solaire, Mercure, l'ouvreur de tous les chemins. Ensemble, ces planètes jouaient une musique qu'il fallait apprendre à percevoir pour comprendre comment la partition de l'univers, dont elles étaient les éternelles interprètes, enchantait la terre d'Égypte.

Aucune d'elles ne présentait de signe alarmant. En revanche, Isis se demandait pourquoi l'acacia ne vivait plus en harmonie avec les phases de la lune. À l'issue de la phase montante de son énergie, le quatorzième jour, l'œil céleste était repêché, reconstitué, et brillait dans la barque en tant que soleil de la nuit, lumière au cœur des ténèbres, capable d'amplifier les formes cachées dans l'obscurité.

Certes, la lune accomplissait toujours sa fonction, mais l'arbre de vie n'en bénéficiait plus. Or, selon les textes, une seule puissance pouvait dégrader ce soleil de la nuit et l'empêcher de rayonner : Seth, l'assassin d'Osiris. Seth le transgresseur, le violent, l'ivrogne, l'orageux, celui qui séparait, tranchait, semait la confusion et le désordre.

Isis savait où le trouver : au cœur de la patte antérieure du taureau, dans le ciel du nord[1].

Pointant vers lui son petit sceptre « Magie » en ivoire, la prêtresse l'interrogea, consciente du danger. Importuner Seth l'imprévisible risquait de déclencher sa foudre. Mais elle voulait découvrir pour quelle raison et de quelle manière il nuisait à son frère Osiris en s'acharnant sur l'arbre de vie.

Les circumpolaires, étoiles indestructibles, demeuraient identiques à elles-mêmes. Servantes d'Osiris, elles maintenaient la puissance séthienne au sein de l'harmonie de l'univers. En revanche, les autres corps célestes se mirent à scintiller avec des éclats insolites.

Soudain, Isis eut la vision de la réalité cachée de cette immensité qu'elle avait si souvent contemplée, admira-

1. La Grande Ourse.

tive, sans en discerner la véritable nature. Sur fond de lapis-lazuli brillaient métaux et pierres précieuses, nourris par la clarté émanant de la barque solaire. Le cosmos apparaissait comme un gigantesque laboratoire alchimique où s'effectuait sans cesse la transmutation de la lumière en vie, projetée sur chaque être, à commencer par la terre. Dans le ventre des montagnes renaissaient les métaux et les minéraux venus du ciel. Osiris-Lune, soleil au cœur des ténèbres, les faisait croître. Cette croissance, un génie du mal, manipulateur des forces cosmiques, tentait de l'interrompre.

Isis fut prise de vertige. Lentement, elle redescendit l'escalier en prenant fréquemment appui contre les murs. Il était trop tôt pour tirer les enseignements de cette découverte, mais peut-être lui procurerait-elle des armes nouvelles contre l'adversaire.

Dans la pénombre du temple, une présence.

— Qui est là ?

— Je viens prendre mon service, dit Béga d'une voix rauque. Le Chauve m'a demandé de vous remplacer et de poursuivre les observations. Avez-vous noté des anomalies dans le mouvement des astres ?

— Non, répondit Isis sans mentir.

Ce n'étaient ni le déplacement ni la position des corps célestes qui avaient ouvert sa conscience, mais leur qualité propre. Elle aurait pu en parler au prêtre permanent Béga, mathématicien et géomètre réputé, spécialiste des éphémérides. Mais la jeune femme, bouleversée, préféra garder le silence sur son expérience.

À la lueur des chandelles, Béga s'aperçut que la prêtresse paraissait épuisée.

— Comment vous sentez-vous, Isis ?

— Un peu lasse.

— Désirez-vous que je vous accompagne jusqu'à votre chambre ?

— Ce ne sera pas nécessaire.

— Sans vouloir vous commander, vous devriez prendre du repos.

— Comme à nous tous, les circonstances me l'interdisent.

— Est-ce en ruinant votre santé que vous préserverez celle de l'acacia ?

— Si ma vie pouvait sauver la sienne et celle de notre pays, je n'hésiterais pas un seul instant à la lui offrir.

— Les permanents partagent cette noble pensée, affirma Béga, et aucun ne ménage ses efforts. Le résultat n'est pas si désespérant, puisque l'acacia survit.

— Nous livrons la plus redoutable des guerres et nous ne l'avons pas encore perdue.

En la regardant s'éloigner, Béga fut en proie à des sentiments divers. Comment ne pas être envieux de sa beauté et de son intelligence ? Avec prudence et habileté, il faudrait l'empêcher de grimper dans la hiérarchie et de devenir gênante. Isis était déjà si rayonnante que beaucoup lui promettaient de hautes fonctions. Par chance, dépourvue d'ambition et uniquement préoccupée de recherches spirituelles, elle ne songeait pas au pouvoir.

Ne venait-elle pas d'effectuer une découverte qui l'avait visiblement émue ? L'interroger eût été imprudent, car elle se serait étonnée de trop de curiosité. Avec de l'opiniâtreté, peut-être Béga parviendrait-il à l'amadouer, voire à la transformer en proie pour l'Annonciateur.

Le lever du soleil fut une splendeur.

Isis remarqua l'exceptionnelle brillance du halo rouge précédant la réapparition du disque d'or, de nouveau vainqueur des ténèbres traversées pendant cette nuit que la prêtresse avait terminée dans la bibliothèque de la Maison de Vie. En compulsant le traité d'alchimie d'Imhotep dont elle était loin d'avoir épuisé les richesses, la jeune femme envisageait une première application, à condition que le Chauve fût d'accord.

Quand il vit dans la main d'Isis un miroir en cuivre, il ne manqua pas de signifier son mécontentement.

— Oublierais-tu notre premier devoir ?

— Non, rassurez-vous. Nous allons arroser le pied de l'acacia avec de l'eau et du lait, mais j'aimerais obtenir votre autorisation pour accomplir un nouveau rite.

— Avec cet objet-là ?

— La déesse Hathor ne l'a-t-elle pas sacralisé lors des rites d'initiation féminine ? C'est le plus simple dont je dispose, et sa faculté de rayonnement demeure limitée. Pourtant, j'ai bon espoir.

— D'où te vient cette idée ?

— De la perception de la nature métallique du ciel.

— Ah !... Tu as franchi cette étape-là. Décidément, le roi ne s'est pas trompé.

Bougon, le Chauve se dirigea vers l'acacia, entouré de quatre jeunes arbres. Plantés aux points cardinaux, ils formaient une enceinte protectrice empêchant de nouvelles ondes maléfiques d'atteindre le grand malade.

Après avoir nourri l'arbre de vie, Isis orienta le miroir de manière que la lumière du matin illumine une petite partie du feuillage.

Sous le regard attentif du Chauve, quelques feuilles commencèrent à reverdir. Puis la couleur s'atténua, sans disparaître complètement.

— Explique-toi, Isis.

— L'ennemi a troublé la circulation de l'énergie entre le ciel et la terre. Une seule et même puissance fait croître les métaux et pousser les végétaux dont l'acacia est le souverain, lui qui participe à la fois de l'au-delà et de l'ici-bas. À cause de cette intervention maléfique, il ne joue plus son double rôle d'émetteur et de récepteur. Seule une thérapeutique alchimique le guérira.

— C'est pourquoi l'or des dieux s'avère indispensable, rappela le Chauve.

— Avant que nous en trouvions la quantité nécessaire, utilisons d'autres métaux en provenance des étoiles. Ce simple miroir rituel vient de prouver son efficacité, si minime soit-elle. D'autres, mieux façonnés, aideront la sève à circuler dans ses veines.

— Et si nous disposions des dizaines de miroirs autour de l'acacia ? interrogea le Chauve.

— Nous risquerions de brûler son peu de vitalité et de le tuer nous-mêmes. Notre intervention doit être prudente et ponctuelle.

— Voici néanmoins un nouveau pas dans la bonne direction.

— Mes recherches ne sont pas achevées. Les anciens voyants nous ont légué des clés majeures. Aussi continuerai-je à scruter leurs paroles.

50.

Dans le laboratoire d'Abydos étaient conservées les recettes de fabrication des cosmétiques, des parfums et des onguents rituels, indispensables à la pratique quotidienne du culte. Le Chauve et les prêtres permanents connaissaient si bien ces textes qu'ils n'y prêtaient plus attention. En les réexaminant, de même que les colonnes de hiéroglyphes gravées sur les murs, Isis partit en quête d'un détail insolite ou d'une allusion à un secret perdu qui la mettraient sur la piste du métal guérisseur.

D'abord, elle nota plusieurs mentions de l'or de Pount, mais sans aucune précision sur l'emplacement de ce mystérieux pays dont nul ne pouvait affirmer la réalité ; ensuite, elle apprit l'existence d'une « cité de l'or » où était extrait un métal très pur aux vertus exceptionnelles. Là encore, aucune indication géographique. Le contexte laissait néanmoins supposer qu'elle se situait dans le désert de Nubie.

Épuisée, elle roula les précieux papyrus et les glissa dans des étuis en cuir. Puis elle sortit du laboratoire et se recueillit quelques instants dans le temple silencieux avant de regagner le monde extérieur.

Le soleil se couchait.

Dans la douce lumière du crépuscule, un géant s'avançait.

— Majesté...

— Qu'as-tu découvert, Isis ?

La jeune femme parla au monarque de son observation du ciel et de la ville de l'or.

— Je suis venu célébrer un rituel destiné à repousser les ennemis de la lumière, afin de mieux protéger Osiris. Tu seras l'une des quatre prêtresses chargées de représenter les déesses qui m'assisteront.

Dans une chapelle, le Chauve installa une châsse entourée de quatre figures ailées à tête de lionne. Elle symbolisait la première butte émergée lors de la création, quand le rayonnement divin s'était matérialisé.

En compagnie de trois autres prêtresses d'Hathor, Isis façonna une boule d'argile. Chacune représentait une facette de l'œil de Râ, capable de dissiper les orages provoqués par Seth.

Le pharaon déposa sur la châsse une cinquième boule dans laquelle il planta une plume d'autruche, évocation de Maât.

— Que ce tombeau d'Osiris soit toujours défendu contre ses agresseurs, déclara le roi. Les quatre lionnes veillent aux points cardinaux, leurs yeux ne se ferment jamais. Que ces quatre orients restent stables et que le ciel ne vacille pas.

Portant sa boule d'argile, chaque prêtresse se présenta devant le monarque. Il répéta quatre fois la formule de conjuration.

— Désormais, le soleil possède quatre yeux. Le ciel entier s'illumine. Des souffles violents, remplis de feu, dispersent Seth et ses complices.

Le monarque lança la première boule vers le sud, la

deuxième vers le nord, la troisième vers l'ouest et la quatrième vers l'est.

— Abydos demeure à jamais le site qui porte le Vénérable, et Seth se voit condamné à porter celui qui est plus grand que lui, Osiris.

Le rite achevé, Sésostris réunit prêtres et prêtresses permanents dans la salle à colonnes du temple.

— La protection de l'acacia se renforce, révéla-t-il. Quel que soit le lieu où se dissimule l'être maléfique, l'œil de Râ le discernera et contrariera son action. L'une des initiées, en mon absence, prononcera les formules prolongeant l'efficacité du rite. Isis veillera sur l'acacia et nommera les éléments de la barque d'Osiris, « la Dame d'Abydos ». Parce qu'elle ne circule plus librement, l'énergie de la résurrection s'épuise. Isis préservera ce qui peut l'être, et nous poursuivrons notre lutte et la recherche de l'or salvateur.

Béga avait la gorge sèche. Certes, Isis ne remplaçait pas encore le Chauve, mais elle prenait une importance considérable. Représentante de la volonté royale, elle ne cesserait d'étendre son influence. Par bonheur, son rôle se limitait à l'action sacrée et ne touchait ni à l'administration ni aux biens matériels. En raison de son tempérament mystique, la jeune femme s'enfermerait dans la spiritualité et ne s'apercevrait jamais du trafic de stèles.

Quant à la mort définitive d'Osiris et à la destruction d'Abydos, elle ne verrait venir le danger que bien trop tard.

Un vétéran digne de ce nom ne dédaignait pas une bonne bière, surtout un peu plus corsée qu'à l'ordinaire. C'est pourquoi Gergou s'attaquait à l'un des soldats âgés de l'escorte du général Nesmontou. À la fin de son service, lors de la relève, le militaire avait accepté une visite des meilleures tavernes de Memphis, en compagnie d'un connaisseur.

— Je travaille dans les vignes royales, mentit Gergou. Après nous être rincé le gosier à la bière forte, je te ferai goûter quelques crus dont tu te souviendras.

Nul ne tenait mieux l'alcool que Gergou. Même ivre mort, il comprenait encore ce qu'on lui disait. Le vétéran, en revanche, manquait de pratique au plus haut niveau. Aussi, après avoir évoqué ses exploits, ne refusa-t-il pas de répondre aux questions de son nouvel ami.

— Pourquoi le général Nesmontou est-il revenu précipitamment à Memphis ? s'enquit Gergou.

— Drôle d'histoire, mon gars ! Une caravane a été attaquée, il y a eu des victimes civiles et militaires. Et tu sais qui était le chef des criminels ? L'Annonciateur ! Les pouilleux de Sichem n'avaient pas massacré le bon, tu te rends compte !

— On connaît sa véritable identité, maintenant ?

— Le général, sûrement... Et il avait hâte de l'apprendre au pharaon.

— Un vaste ratissage de la région sera donc programmé.

— Ça m'étonnerait.

— Pourquoi ?

— Parce qu'on l'a déjà fait dix fois, sans aucun résultat ! Nesmontou est un futé. Il enverra un espion qui s'infiltrera parmi les Cananéens pour repérer l'endroit où se cache l'Annonciateur. Ensuite, nous frapperons.

— Excellent travail, Gergou, reconnut Médès. Ce bavard nous a été très précieux. Dès ce soir, j'informerai le Libanais afin qu'il prévienne l'Annonciateur.

— Le Fils royal Iker demande à vous voir, l'avertit un planton.

Médès sortit aussitôt de son bureau.

— Comment puis-je vous être utile, Iker ?

— J'avais accepté votre invitation à dîner, mais je ne pourrai malheureusement pas l'honorer.

— Vous n'êtes pas souffrant, j'espère ?

— Nullement, mais je dois quitter la cour quelque temps.

— Une mission en province ?

— Pardonnez-moi, impossible de vous en dire davantage.

— Désirez-vous fixer une autre date ?

— Je ne connais pas la durée exacte de mon absence.

— Permettez-moi de vous souhaiter bon voyage et de vous confier combien je suis impatient de vous revoir. Dès votre retour, accordez-moi le privilège d'être parmi les premiers à vous recevoir.

— C'est promis.

— À bientôt, donc !

— Si les dieux le veulent, Médès.

Une seule explication au départ précipité du Fils royal : Sésostris venait de lui ordonner, dans le plus grand secret, de s'infiltrer parmi les terroristes cananéens. Iker n'était pas un soldat, personne ne le connaissait dans la région, il se prétendrait adepte de l'Annonciateur et obtiendrait davantage de résultats que l'armée de Nesmontou.

Si Médès ne se trompait pas, il tenait le moyen le plus sûr de se débarrasser définitivement de ce gêneur si coriace. Le Libanais le ferait filer par ses agents qui passeraient le relais aux disciples de l'Annonciateur. Quand Iker pénétrerait dans la zone tribale de Canaan en croyant abuser ses interlocuteurs, il serait un homme mort.

Bientôt, ce serait Canaan, un pays hostile, le danger, la solitude, la peur et sans doute la mort. Iker ne se faisait aucune illusion sur son sort mais ne le redoutait pas. Avant d'affronter cette épreuve, probablement l'ultime, il goûtait la paix et la fraîcheur des jardins du palais. Il aurait aimé écrire, le reste de sa vie, à l'ombre d'un sycomore, suivre la course du soleil au rythme des hiéroglyphes déployés sur un papyrus, creuser les pensées des sages et tenter de façonner une formulation nouvelle en accord avec la tradition. Le destin en décidait autrement, et toute révolte eût été un enfantillage.

Soudain, il s'imagina à nouveau victime d'une hallucination.

Elle... elle qui venait vers lui, dans une robe d'un rose très pâle, une fleur de lotus dans ses cheveux.

— Isis, c'est vous... C'est bien vous ?

Elle lui sourit, lumineuse, solaire.

— Sur l'ordre de Sa Majesté, je réside à Memphis pour consulter certaines archives inexploitées depuis longtemps. Avant de passer de longues heures dans la bibliothèque du temple d'Hathor, je désirais revoir ces lieux. Pardonnez-moi d'avoir interrompu votre méditation.

De nouveau, les mots s'entrechoquaient dans la tête d'Iker, et il ne savait plus lesquels choisir.

— Le grenadier... Vous vous souvenez ? J'aimerais l'admirer avec vous.

L'arbre était magnifique. Sans cesse, une fleur nouvelle remplaçait l'ancienne.

Ils s'assirent sur un banc en bois, à la fois proches l'un de l'autre et si éloignés.

— J'espérais tant vous revoir, Isis ! Ce sera sans doute la dernière fois.

— Pourquoi ce pessimisme ?
— Du pharaon, j'ai obtenu l'autorisation de remplir une mission qui m'incombait : tenter de m'infiltrer dans le groupe de terroristes que dirige l'Annonciateur.
— De quelle manière ?
— Les stratèges me l'indiqueront.
— Avec quels moyens ?
— Le couteau d'un génie gardien que m'a offert Sa Majesté, une amulette représentant le sceptre « Puissance » et l'expérience du combat acquise lors de ma formation.
Isis sembla bouleversée.
— Cette mission ne serait-elle pas suicidaire ?
— En tant que Fils royal, je dois obéissance à mon père. Plus encore, il me faut le servir sans penser à moi-même. Aujourd'hui, ma place est en Canaan. Si je réussis, Pharaon luttera plus efficacement contre les forces du mal. Si j'échoue, un autre tentera l'aventure.
— Face à votre destin, vous semblez presque indifférent.
— Ne me croyez pas résigné, bien au contraire ! Mais je sais que mes chances de succès sont très minces. C'est pourquoi je sollicite une faveur de votre part, si vous consentez à m'écouter.
— Parlez, je vous en prie.
— En partant pour Canaan, je suis obligé d'abandonner mon plus fidèle compagnon, Vent du Nord, un âne que j'ai sauvé deux fois d'une mort certaine. Lui m'a préservé du mauvais sort. Accepteriez-vous de l'emmener à Abydos et de veiller sur lui ?
— Bien sûr, et j'essaierai de gagner son amitié. Soyez certain que Vent du Nord ne manquera de rien.
— Avant ce redoutable exil, vous m'accordez un grand réconfort. À Memphis, il est facile de se montrer courageux. Loin de l'Égypte, comment réagirai-je ? Et

même si je découvre le repaire de l'Annonciateur, pourrai-je avertir le roi ?

— La magie d'Abydos vous protégera, Iker. Grâce à vous, nous sauverons l'arbre de vie.

— Les dieux vous entendent, Isis.

Le jeune homme songeait aux paroles du serpent, prononcées sur l'île du *ka* : « Je n'ai pu empêcher la fin de ce monde, sauras-tu sauver le tien ? »

Elle se leva.

Dans quelques instants, elle allait s'éloigner, disparaître à jamais, et il ne lui avait encore rien dit.

Comment affronter la mort sans lui révéler la nature du feu qui le brûlait ?

Il se leva à son tour.

— Isis...

— Oui, Iker ?

— Nous ne nous reverrons probablement plus, et je dois vous avouer que... que je vous aime.

Redoutant sa réaction, il baissa les yeux.

Ce fut le silence, interminable.

— À moi aussi, déclara-t-elle d'une voix dans laquelle Iker sentit percer l'émotion, le pharaon vient de confier une mission écrasante. Comme vous, je crains d'être incapable de l'accomplir, et c'est à elle que je dois réserver toutes mes pensées. Pourtant, certaines demeureront auprès de vous et ne vous quitteront plus.

Il n'osa ni la retenir ni la questionner, et la regarda partir, aérienne, presque fragile, si élégante et si belle.

Il ne restait qu'un jardin vide, baigné de lumière.

www.pocket.fr
Le site qui se lit comme un bon livre
POCKET
Informer
Toute l'actualité de Pocket, les dernières parutions collection par collection, les auteurs, des articles, des interviews, des exclusivités.
Découvrir
Des 1ers chapitres et extraits à lire.
Choisissez vos livres selon vos envies :
thriller, policier, roman, terroir, science-fiction...
POCKET
Il y a toujours un Pocket à découvrir
sur www.pocket.fr

Impression réalisée sur Presse Offset par

BRODARD & TAUPIN

GROUPE CPI

28809 – La Flèche (Sarthe), le 15-03-2005
Dépôt légal : avril 2005

POCKET – 12, avenue d'Italie - 75627 Paris cedex 13
Tél. : 01.44.16.05.00

Imprimé en France